THE BIOGRAPHY OF
HANGZHOU

杭州传

张国云 著

九州出版社

图书在版编目（CIP）数据

杭州传 / 张国云著. —北京：九州出版社，2023.3
ISBN 978-7-5225-1374-4

Ⅰ.①杭… Ⅱ.①张… Ⅲ.①报告文学－中国－当代
Ⅳ.①I25

中国版本图书馆CIP数据核字（2022）第213994号

杭州传

作　　者　张国云　著
责任编辑　姬登杰
出版发行　九州出版社
地　　址　北京市西城区阜外大街甲 35 号（100037）
发行电话　（010）68992190/3/5/6
网　　址　www.jiuzhoupress.com
印　　刷　鑫艺佳利（天津）印刷有限公司
开　　本　889 毫米 ×1194 毫米　16 开
印　　张　31
字　　数　316 千字
版　　次　2023 年 3 月第 1 版
印　　次　2023 年 3 月第 1 次印刷
书　　号　ISBN 978-7-5225-1374-4
定　　价　128.00 元

序　言

· · ·

八百里湖山

产业迭代，竞争加剧，世界魔幻，疫情冲击全球，彻底将人回归到自我，也让人重新梳理着自己与城市的关系，寻找着哪里才是赖以安身立命之地。

这时的城市，可能不只是一道景观、一个经济空间、一种人口密度，甚至更不只是一个生活或工作场所。这不，都说杭州人的脑子好使，从吃紧的财政与行政编制中，抽身组建了一个专司城市的研究中心——杭州国际城市学研究中心，这在国内甚至全世界都可能是破天荒的。

2021年6月25日一大早，位于杭州城西的未来科技城，天空从未如此清澈蔚蓝，几朵白云在摩天大楼上飘逸，马路两侧彩旗招展。原来，首届长三角服务创新高峰论坛，正在杭州城研中心的报告大厅拉开帷幕。

谁都没有想到，杭州城研中心的办公楼设在杭师大校园，不知是想沾点学术气息，还是被绝美的校园诱惑。疫情期间，学校大门更是严防死守。这不，对参会代表与会前报备名单不一致的，保安更是铁面无私。

来自三省一市的代表，对疫情早已见怪不怪。耐得住性子的，还会幽默几句：什么"上有天堂，下有苏杭，中间是阎（研）王"，什么"杭州门难进，天堂脸难看"，估计再往下说，话就不好听了。

杭州人说话向来斯文，最多是细声细语地问："别弄错，咯里是在杭州开会？""弄得比到北京开会还要难哩？"杭州话，绝对不带一个脏字，据说受苏东坡的那句"欲把西湖比西子"熏陶，一个出美女的地方，连男人都学会了温柔谦让。这一点，其实适合在任何一座城市生活的人，选择了什么样的城市，就有可能成为什么样的人。

这几年杭州大门洞开，每年至少有上百万的人落户，哪像20世纪90年代前后，我从萧山城厢镇居民户口迁入杭城时，用人单位不缴上十万八万的进城安置费，休想入城池半步。

每年都有上亿的游客涌入杭城，谁不想一睹天堂芳容？遗憾的是，疫情隔断了无数人的来杭计划，想出门却活生生被按在家里或当地。眼望着西湖美景身不由己，肯定很憋屈！

我作为长三角服务业联盟的主席，这次论坛亦算是新官上任第一把火，今天参会的人流一大，杭州城研中心这里自然热闹许多，顿时吃香起来，有人想从这里窥见历史，也有人想从这里洞察未来。

　　按经验或常规，这时身边最好有一本介绍杭州的书。文字可以轻松些，不是学术书，不是史志书，也不是教科书，最好是一个人的读城纪，呵呵。

　　我说这话时，被这一天大会请来的浙江省委原常委、杭州市委原书记王国平听见了，他朝我笑了笑，接过话茬说："最好让人因一本书，爱上一座城。"

　　我赞叹道，这是一个绝妙的好主意。其实，从中国城市文明看，早已是1000年历史看北京，2000年历史看西安，5000年历史看杭州。

　　这到底是一个什么样的杭州呢？

　　谁都知道，杭州简称杭，别名杭、临安、钱塘、杭城、武林等。5000年前杭州先人在良渚建了全球第一座城，即便自秦设县治算起，杭州也已有了2200多年历史。

　　后来，隋为杭州治，五代时为吴越国都，南宋时为行都，是吴越文化的发源地之一，历史文化积淀深厚，素有"人间天堂"的美誉。

　　为什么要称杭州为"人间天堂"？

　　这主要得益于杭州有西湖。西湖是作为天堂明珠而象征在人间的，吸引着众多的文人墨客和才子佳人。最早西湖是一个海湾，日积月累，与大海分离，最终形成了湖泊。它真正名扬天下是从唐朝开始的，自那时起它开始与文人结下不解之缘，开启了真正的西湖历史。

时至1200年前，白居易被任命为杭州刺史。这是说，杭州因为有了白居易，西湖才有了白堤，这才有了"江南忆，最忆是杭州"的横空出世。

900多年前，北宋元祐四年（1089年），苏东坡被任命为杭州知府。这就是说，杭州因为有了苏东坡，西湖才有了苏堤，这才有了"欲把西湖比西子，淡妆浓抹总相宜"的呐喊。

接踵而至，是孤山，是慕才亭，是岳王庙，是放鹤亭……哪一处不是留着书卷或风流之气？

在风景佳处点缀上精致的名号，这本是文人墨客的风雅韵事，到了南宋便有了"西湖十景"，什么夕照，什么晚钟，什么残雪，什么风荷，跟着是画家作画，诗人写诗，使得这著名的十景声名远播。山水附上了文人的气质，到后来就是不离不弃。

说了这么多东西，人们究竟到杭城来看什么？我的理解，千万不要比谁的城市历史多长，这样杭城这本书可能就成了一块巨砖，别说读，恐怕搬也搬不动。

望着眼前杭州市的这位老领导，我突发奇想，杭州这本大书

西湖风韵（马立群 摄）

是不是应该劳驾杭州前辈代笔，他们最有发言权，也最有权威，是不是？

我这么一点拨，下面的人觉得在理。这时，已坐上讲台准备开会的王国平，忙朝我竖起了大拇指。

过了一会儿，想不到老领导在台上，干脆围绕这一话题开了腔。他说，他在位时，不少城市的负责人来杭州取经，问他怎样当好一城之长？他给的答案很简单：能当好一家之长，就能做好一城之长，做一个市长就这么简单。

听者对此常常带着怀疑的眼神，以为这个杭城的领导是在应付。关键是，他向来都是一个挺认真的人。怕被人误解，他马上给大家出了一道谜语：

"'城市里的老百姓'，请打一个成语。"

这谜底是什么？绕了一圈才被人猜中，叫"市井之臣"。

对，对，天地之大，黎元为先。

王国平笑道，这谜底已经告诉我们，搞城市建设，不能只顾大街光彩漂亮，老百姓可是生活在背街小巷啊！

为什么要求领导做不好家长，千万别当市长？王国平想说的是，如果城市只顾以自身为本，那就可能是大厦很多、大广场很多、大马路很多，而城里人生活环境与质量没有得到改善，往往会影响城市可持续发展。如果城市以人为本，百姓往往能享受到发展成果，对城市发展表现出很大的热情，甚至创新活力随之迸发。

这么一看，现代城市病，往往都是缺失了以人为本。王国平说，他对杭州这片土地爱得太深沉。作为杭州领头雁，他曾是这个城市最坚定的践行者与探索者，"小车不倒只管推"，在市委书记岗位上他一干就是10年。

在城市建设中，他信奉"干被人骂一时，不干被人骂一世"。他不断激励下属"想干大事、敢干大事、能干成大事"。"白加黑，5+2，星期六一定不休息，星期天休息不一定"几乎成了王国平对杭州各级官员说的口头禅。

巧合的是，他的父亲王平夷，也一直在杭州担任重要职务，虽不是最早的杭州市委书记，却是任职最长的市委书记。

这就厉害了，父子俩同在一个城市，有着相似经历。而且杭州任职年限最长的两任市委书记的纪录，又是由王氏父子缔造的。

王家父子把自己的命运与仕途捆绑在杭州这座城市上，尤其是王国平，有人将他与苏东坡媲美，现在回头来看，至少是说了一句良心话。

不过，喜欢"低调做人，高调做事"的王国平，当然不会轻易同意这种加持。

这时，王国平把话又回到正题上。通过一本书去读懂一座城市，去读到城市深层次的东西。在许多人的眼中，城市就是那样的宏伟大气，有直插云霄的摩天建筑，有车水马龙的繁华景象。然而，真正能体现一座城市灵魂的，不是城市的表象，而是它的大街小巷，是在市井和普通百姓的生活中。

这个城市，就是一个人，有自己独特的性格。这个城市，只有保持她所固有的特色，在历史和文化的传统上不断塑造和美化自己，才会具有真正的魅力。

这个城市，又是人的母体。城市越文明，城里的人就越能展现出优雅的姿态，和谐地融入其中，最终汇聚成城市的风格。如果每个人让自己的生活美丽起来，城市也一定会美丽起来，城市也一定能被赋予灵魂。

就像明代徐渭大师对杭州的发问："八百里湖山，知是何年图画？""十万家烟火，尽归此处楼台。"这不正是我们在苦苦追逐的城市市井味与烟火气嘛！

杭州传

· · ·

目 录

第 一 章

· · · ·

5000年曙光一晨间

这天才蒙蒙亮，王国平就早早起床，从杭州保俶塔山脚下的公寓走出来。今天他没有晨练，直接爬到宝石山的葛岭之巅的初阳台，他想到那里寻找杭城第一缕阳光。

出生就在杭州的王国平，为什么这时想到黎明前的曙光？

2018年1月26日，这是一个令他激动难忘的日子。这一天，国家文物局局长刘玉珠代表国家，郑重地在良渚古城遗址申遗文本上签了字，表明良渚古城遗址将正式申报2019年世界文化遗产。

同时，中国联合国教科文组织全国委员会秘书处又致函联合国教科文组织，正式推荐"良渚古城遗址"作为2019年世界文化遗产申报项目。要知道，这可是中国第一个申遗的新石器时代遗址。

距今5300—4300年的良渚古城遗址，是中国古代一个区域性早期国家的权力与信仰的中心所在。规模宏大的古城、功能复杂的水利系统、分等级墓地等一系列相关遗址，以及具有信仰与制度象征的系列玉器，揭示了中国新石器时代晚期在长江下游环太湖地区，曾经存在过一个以稻作农业为经济支撑的、社会分化明显的、具有统一信仰的区域性国家。

杭州良渚古城从1994年首次列入中国世界文化遗产预备名单，到2019年正式申报，花费了长达25年的时间，表明良渚古城遗址保护和申遗工作历经的波折。王国平亲历了良渚古城遗址申遗的各个重大节点，也具有了遗址保护的一些功底。

这就是说，良渚古城遗址申遗成功的意义非常重大，既突破了西方文明体系的常规认识，又对杭州建设世界名城意义非凡。想起这些往事，王国平此刻怎又不心潮起伏，激情澎湃呢？

这不，此时已在初阳台上踮起脚尖的王国平，终于见到了杭城最东边的曙光。想必这就是5000年前的良渚古城留给杭州，也是留给中国甚至是世界的第一缕城市之光吧？

1

一米七八的个头、人也长得结实的王国平，那天与我们说起良渚，他用手指向杭城的西北方向，给我们讲了一个发现这座古城的故事——

那时，余杭属于县建制，王国平正在那里担任余杭区委书记。一天，有人气喘吁吁跑到他跟前报告，说在良渚抓到几个盗墓的人。这引起了王国平的警觉，他想，有人跑到良渚盗墓，说明我们城市的脚下有宝藏啊！王国平立马派人下去调查。一查，这才知道良渚遍地都是宝。

这时，有人还带回1937年6月浙江省立西湖博物馆施昕更写的《良渚》一书。这本书对王国平太重要了。没有想到书的作者施昕更就是良渚人，小时便见到当地有玉器、黑陶和石器出土，有古董商在村子里收购，玉器为贵重者，黑陶和石器则弃之不顾，有的为农人喂鸡养鸭置放食料所用。

施昕更在参加杭州古荡试掘后时，发现古荡出土之物与良渚所见几乎一样。良渚，家乡故里啊，忽然在施昕更脑海里，生出了一种莫名的神秘感。次日，即1936年6月1日，施昕更回到良渚收集石器，获得了戈、铲、凿、镰等器物。后来又分别在7月、11月，两次赴良渚踏查寻访，在棋盘坟附近一个干涸的水塘底，发现了几片黑色有光的陶片，交给西湖博物馆馆长董聿茂。董馆长看后以为是很古的东西，鼓励他要好好研究，说不定是个重大的考古发现。

当城子崖考古报告问世两年后，一天，施昕更在省图书馆查看资料时，方知良渚发现的陶片应称作"黑陶"，与山东龙山出土物有相似处。

他这才正式提出拟对良渚作考古发掘。根据当时的《古物保存法》，由西湖博物馆出面报请中央古物保管委员会核准，决定对良渚一带进行正式考古发掘，在1936年12月至1937年3月之间，分三次进行。

前两次的发掘在棋盘坟，发现了红烧土、残石器、残豆把儿和黑陶片百余件。曾经判断这里是古窑址，从出土物种类分析，不仅是窑址，还是一处古文化遗址。

第三次发掘扩大范围至安溪、长命和大陆等乡镇。这次收获可称空前：发现良渚文化遗址或遗存12处，出土文物计陶器有：鼎、壶、簋、盘、豆、罐等；石器有：斧、钺、有段石锛、破土器、犁、镞等；璧、环等少量玉器也开始从地下露面。

发掘结束后，西湖博物馆特地邀请当时中央研究院史语所考古学家梁思永、董作宾访杭，到良渚实地踏访。他们对施昕更的工作表示满意，对良渚文化有美好的展望。

然后，施昕更就以《城子崖》为样本，写了考古发掘报告，取名《良渚》。作者对良渚的解释尤为精准："渚者，水中小洲也；良者，善也。"还给报告列了一个副标题——"杭县第二区黑陶文化遗址初步报告"。

遗憾的是，28岁的施昕更英年早逝，使得刚刚起步的良渚研究中断。

但是这本正式发掘的报告，以其严谨科学的态度确认发现的黑陶和石器是新石器时代的遗物，令"良渚"这个美丽的名字早早地进入了中国学术界的视野，为后人研究留下了珍贵的线索。

新中国成立后不久，夏鼐先生在对"考古学文化"命名原则的阐述中，正式提出和肯定了"良渚文化"。当时中国新石器时代考古学文化谱系还没完全建立起来，大部分地区还停留在只知道仰韶文化和龙山文化的阶段，广泛分布在长江下游地区这类文化被称为"黑陶文化"，因而夏鼐先生为"良渚文化"命名意义重大。

对良渚文化认识的转折点出现在1973年。通过苏州草鞋山墓葬的发掘，考古学家们惊讶地发现，良渚文化不光有黑陶，原来过去清宫旧藏、被乾隆皇帝当成汉代宝贝的那些玉器，居然都是新石器时代的，属于良渚文化！

紧接着，20世纪七八十年代常州寺墩墓地、苏州张陵山墓地、上海福泉山墓地一个个被发现和发掘，每个地点的大墓中都出土了丰富精美的玉器。从此，玉器成为良渚文化的名片。

话再说回来，当王国平得到施昕更的书及相关良渚资料，如获至宝。他马上结合良渚现状，义不容辞做起了文物的保护工作，同时，还说服专家和考古部门，加快对良渚遗址的探索与发现。

历史往往有巧合。1986年，也就在良渚遗址发现50周年时，浙江考古学家终于在施昕更发现并命名的"良渚"遗址上找到了良渚文化的显贵大墓。不管是古代还是今天，都注定是要由良渚人来为这个值得纪念的50年献上一份厚礼。

尤其，反山和瑶山墓地的相继发现和发掘，让学界再一次为良渚玉器所能达到的艺术和技术成就而惊叹，出土"琮王"的反山墓地第12号墓葬，也无疑成为目前所知良渚文化中最高等级的"王墓"。之后良渚的进一步发掘，也证实了王国平当时的判断是正确的。

玉者，石之美者。良渚人似乎悟觉到，玉，日月之精华，天地之灵韵。

2007年，格局完整、规模宏大的良渚古城重现人间。这年12月3日，《光明日报》以《良渚古城：中华5000年文明的实证》为题，向世界正式公布："2007年11月29日，浙江省考古研究所在杭州宣布，良渚文化核心区域发现一座总面积达290多万平方米的古城遗址——良渚古城。"

2009年至2015年，由11水坝组成、控制范围100平方千米的良渚古城外围水利系统显露真容……

2

习近平总书记始终高度重视良渚古城遗址保护和申遗工作。2003年，时任浙江省委书记的习近平在良渚调研时指出，"良渚遗址是实证中华5000年文明史的圣地，是不可多得的宝贵财富，我们必须把它保护好"。

良渚文化分布于环太湖流域，距今5300—4300年，以发达的犁耕稻作农业，精美的玉器、陶器、漆器为代表的专门化的手工业，具有文字风格的刻画符号，大型人工营建工程及金字塔形的社会结构为特征，是中华文明多元起源的重要实证，在中国和世界文明进程中有着不可替代的重要地位和价值。良渚古城遗址作为良渚文化的权力与信仰中心，以规模宏大的城址、功能复杂的外围水利系统、分等级墓地（含祭坛）等一系列相关遗址，以及具有信仰与制度象征的系列玉器为主的出土文物，揭示了中国新石器时代晚期环太湖流域曾经存在过一个以稻作农业为经济支撑、出现明显社会分化、具有统一信仰的区域性早期国家，为中华5000年文明史提供了独特的见证。

良渚古城遗址是中华文明探源工程重点研究的四大都邑性遗址之一，为提出文明定义和认定进入文明社会的中国方案提供了极其丰富和关键性的考古材料。什么是文明？很长一段时间，国际学术界一直以"文明三要素"——文字、冶金术和城市，作为进入文明社会的标准。然而，研究表明，在世界几大原生文明中，中美洲玛雅文明没有冶金术，南美洲印加文明未使用文字，文明定义和认定进入文明社会的标准应该更加多元。中华文明探源工程根据良渚、陶寺、石峁、二里头等都邑性遗址的考古材料，兼顾其他古老文明的特点，提出了文明定义和认定进入文明社会的中国方案，即生产发展，人口增加，出现城市；社会分工和阶层分化不断加剧，出现阶级；权力不断强化，出现王权和国家。习近平总书记强调，中华文明探源工程提出文明定义和认定进入文明社会的中国方案，为世界文明起源研究作出了原创性贡献。

走进良渚博物院第一展厅，良渚文化时期石犁、炭化稻米展柜引人驻足。农业是文明产生与发展的重要物质基础。良渚文化时期，一种安装在木质犁架上的新型农具——石犁得到广泛应用，取代了用于单点耕种的耒和耜，由间歇翻土变为连续式翻土，改变了稻田的土壤物理结构，有效提升了土地的肥力，堪称史前农业发展史上一次重要的技术革命。出现了连续成片的大面积稻田，稻田灌溉系统更为完善，大大提升了稻作农业规模化生产水平。据测算，良渚文化时期水稻的亩均产量高达140余千克，稻米成为良渚先民的主要食物。良渚古城远郊的茅山遗址发现了一处大型稻田遗址，布局规整，田埂清晰可见，具有十分完善的灌溉系统，总面积达80多亩。非常有意思的是，良渚古城内迄今都未发现稻作农业生产痕迹，却发现了巨量的炭化稻米，仅池中寺遗址就分布有5000余平方米的稻米遗存，换算出的稻米多达40余万斤。按良渚古城居民两万人计，需要3000个村落、800平方千米范围的粮食供应。古代王畿外围，以500里为一区划，古人将王都附近称为"畿""畿内""畿辅""京畿"等，也叫"甸"。

"甸"和王城的关系是"五百里甸服：百里赋纳总，二百里纳铚，三百里纳秸服，四百里粟，五百里米"（《尚书·禹贡》），这用来形容良渚古城与远郊茅山遗址这样的村落所体现出的城乡分野的情形颇为贴切。

环太湖流域已发现的良渚文化时期遗址有600多处，遗址数量之多之密，表明当时人口大幅度增长集聚，形成了大量不同层级的聚落。良渚博物院手工业发展面貌展柜集中展示了良渚文化时期的玉器、陶器、石器、漆器、竹木器、骨角牙器、纺织用具，证明良渚文化时期农业的发展不仅使手工业从农业中分离出来，更产生了以制陶业、玉石业、木作业为代表的各种专门手工业。在良渚古城内钟家港遗址还发现了制作漆木器和玉石器的手工业作坊，表明城内居民有一部分是高端手工业生产者。劳动分工的复杂化，分化出脑力劳动阶层与体力劳动阶层，阶层的分化进一步产生了阶级，成为良渚文明形成的主要标志。

出土于浙江余杭南湖的一个完整的陶罐，在独立展柜中散发着久远迷人的光彩，而其肩部的一组刻符更是引人遐想。良渚陶器上发现了大量刻画符号，既有图画性质的表意性符号，也有线条简单的指事性符号。良渚文化时期，复杂的社会分工，大规模的工程建设对信息交流提出了更高的要求，也促使了刻画符号和原始文字的出现。考古学家认为，这件非常著名的黑陶圈足罐，上面有许多连续的符号，这些符号打破了刻画符号孤立存在的局面，可视为良渚文化时期的原始文字，与中国文字的起源存在密切关联。

通过第二展厅良渚古城的沙盘模型，可以直观地看到5000多年前良渚古城向心式三重结构布局，最中心的是莫角山宫殿区，是整个古城的核心区；宫殿区外面是内城和外城，与后世都城"宫城、皇城、郭城"的三重结构体系十分类似，是区分社会等级、凸显权力中心的中国古代城市规划理念的源头，揭示出长江流域早期国家城市文明所创造的规划特征，对中国古代礼制社会都城规划建设具有深远影响。

良渚古城外围建有大型多功能水利系统，位于古城西北，由谷口高坝、平原低坝、山前长堤与自然丘陵围合而成。坝体充分利用自然山体，多选择在谷口依山而建，减少了建筑土方量，节约了劳动力，缩短了施工周期，体现出良渚先民具有利用自然、改造自然、防范水患和控制水能的智慧和能力。天目山充沛的雨水在夏季极易形成山洪，良渚高坝、低坝一高一低的两道防护体系，有效保护良渚古城及周边稻田不受洪水直接冲击。防洪的同时，能够在山谷高地和平原低地内进行蓄水。大量水资源的存蓄，形成连接多个山谷的水运网络，起到调节河道水位的作用，为古城的水运交通和日常用水提供保障。水利系统是良渚古城规划建设的重要组成部分。作为中国最早的大型水利工程，乃至世

良渚古城遗址出土的玉琮

界迄今发现的最早的堤坝系统之一，良渚古城水利系统体现了中国早期水利工程的科学性，在工程的规模、设计与建造技术方面展现出世界同期罕见的科学水平，展现出5000多年前中华文明乃至东亚地区史前稻作文明发展的极高成就，堪称人类文明发展史上早期城市文明的杰出范例。

建造规模宏大的良渚古城是个十分复杂的系统工程。据估算，营建良渚古城的宫殿、城墙和水坝所需土石方总量达1000余万方，是一项超级史前工程。要有效地组织和调度如此庞大的社会劳动和物质资源，没有国家形态的权力和能力很难实现。良渚古城的营建和使用，体现出良渚社会已经具有权力中心、政治中心。

良渚文明的一个重要特征是玉器文明。5000多年前的良渚先民，用他们独特智慧创造出类型丰富、制作精美的玉器，令人叹为观止。这些玉器不仅仅是装饰品，更是体现了王权和神权拥有者对稀有资源的控制和垄断，形成了以琮、璧、钺为代表的一整套玉器使用制度，用来明确尊卑、划分等级、区别身份、显示权力，反映出当时已经形成了一套不同阶层人群的用玉制度和社会规范。

良渚是神王之国，国王和贵族通过一整套标志身份和地位的玉礼器及礼仪制度，达到对神权的控制，拥有对王权、军权和社会资源的绝对垄断地位。以大量玉礼器随葬的良渚大墓，集中体现了王者的至高无上，说明当时的国王已经超越了氏族首领的范畴。

良渚神人兽面像

用玉制度揭示了阶层分化。不同社会身份的人物在丧葬时的玉器配制有着非常大的差异。在分等级墓地中，高等级墓地的墓葬中大多包含有玉琮、玉钺，特别是反山墓地M12出土的玉器中，同时包含了刻有统一神徽的、在器型与纹样方面最为经典的玉琮和玉钺，且位于成排墓葬的中间，意味着反山墓地存在一个身份高于周边墓葬的人物；而在良渚古城遗址最低等级的墓地卞家山墓坑中，完全没有成型玉器出现。

良渚文化时期还出现了统一的神人兽面纹。半人半兽的复合型纹饰及其变异形态，遍布良渚文化分布区，贯穿良渚文化发展的始终，几乎是绝大多数玉器图案的母题。作为良渚文化的玉器最通行的主题纹饰，它标志着当时的社会有着高度一致的精神信仰，统一的精神信仰也加强了国家的统治。

可见，良渚古城遗址是名副其实的"中华文明5000年的实证"，也是良渚5000年前带给杭州的一个梦幻与传奇。

3

北京时间2019年7月6日，在阿塞拜疆首都巴库召开的第43届世界遗产大会，一致同意杭州的良渚古城遗址列入《世界遗产名录》，这标志着作为中华5000年文明史实证的良渚被联合国教科文组织和国际主流学术界广泛认可。这一天，自然又是一个令王国平、令杭州百姓无比庄严与激动的时刻。

确切地说，中国5000年良渚古城遗址的考古发现，已经有力驳斥了国际学术界认为"中华文明始于有甲骨文、青铜器的殷商时期""文明历史不足5000年"的论调，将世人对中华文明史的认识向前推进了一大步。

这一位于浙江余杭瓶窑、良渚一带的遗址，千百年来，埋藏着古城文明起源的秘密。作为良渚文化的核心区域、良渚王国权力与信仰的中心，它由大型水利系统、功能齐备的城址、祭天礼神的祭坛、近郊、远郊等组成，是目前已发现的距今5000年前，中国乃至世界上同时拥有城墙和水利系统的规模最大的都邑遗址，是人类文明史上早期城市文明的杰出范例。

有专家说，"良渚古城发现的意义不亚于殷墟的发现……良渚古城是目前所发现的同时代中国最大的古城遗址，堪称'中华第一城'"。尽管巍峨的宫殿早已灰飞烟灭，但深埋地下的遗迹仍然告诉我们，这里曾经存在过一个辉煌灿烂的古代王国。

良渚，本意为"美丽的水中之洲"。良渚古城就建于沼泽湿地之上，这里河网密布，水系发达。遗址公园大面积保留和还原了湿地生态系统，同时为反映良渚文化稻作文明的特点，还套种水稻，吸引了大量珍贵鸟类前来栖息。将良渚古城遗址放在整个"良渚古国"当中看，它的中心性才能得到充分体现：

一边同其他良渚文化重要遗址相比，良渚古城规模宏大，功能复杂，遗迹种类最为丰富多样。

一边在与其他良渚文化高等级墓地遗址的对比中可以发现，良渚古城与这些次中心的关系是单方向、往外辐射的。在这些次级中心，可以看到从良渚古城直接获得的高等级玉器等身份标志物，但是在古城中却鲜见来自其他良渚遗址的物质文化影响。这种单中心的政治格局，使良渚古城成为良渚文化唯一也是最高等级的社会政治中心。

一边良渚古城也是整个良渚文化的宗教中心。目前良渚文化分布区所见的各类遗物，特别是玉器、刻纹陶器、漆器等，其纹饰、母题、风格都与良渚古城保持高度一致，并且表现于玉器上的神人兽面以良渚古城遗址所见最为繁复多样。可见，这一物化形式背后所承载的早期宗教、思想内容是由良渚古城遗址的使用者来创造、解释并传播的。

一边良渚古城也应当是良渚文化相当范围内的经济中心。良渚古城外围水利系统是目前良渚文化中唯一所见利用自然地貌对水资源进行大规模管理的实例；水坝、莫角山人工土台、古城城墙等大量公共性建筑和设施的营建需要大量的劳力支出和人员管理；莫角山东坡、池中寺台地发现的大面积炭化稻米堆积亦说明古城内具有相当规模的粮食储存能力。古城内外目前没有发现明确的水田，反而同玉器手工业相关的作坊遗址在古城内多有发现，由此可见，城乡差别早在良渚古国时就已经存在了。

就像世界遗产委员会认为的："良渚古城遗址展现了一个存在于中国新石器时代晚期的以稻作农业为经济支撑，并存在社会分化和统一信仰体系的早期区域性国家形态，印证了长江流域对中国文明起源的杰出贡献。"

没错，良渚古城的故事，说到底就是一个水利设施工程。它是由古城核心区、城外祭祀地以及良渚水利系统组成。其中有绵延5000米的塘山土垣，至2014年共发现水坝10处，与土垣组成了古城外围的治水体系。

这些匪夷所思的水利设施，在古城北部和西北部形成约13平方千米的水面，蓄水量约275万立方米。测年数据还显示，良渚水利体系并不是短时间内完成的，它是在数以百年计的时间内，在湖沼湿地环境中，不断完善、建造而成。治水即治国，良渚古国乃首创首善者也。

正因为良渚有了如此伟大的水利，才有了呼之欲出的良渚农耕文化。没有坚实的农耕为基础，何来制玉，何来神徽，何来琮王？

农耕之初，先是野生稻，后来培育稻。水稻也，与水密切相关。正如《天工开物》云："凡稻旬日失水则死期至。"良渚多水，且有水利系统工程。

随着良渚石犁、石锛、石镰、石刀、千篰、竹箅等农具的先后出土，给出的信息是良渚当时已非刀耕火种，而已进入比较成熟的、生产力大为提高的犁耕农业。在良渚遗址中发现的那件带木座的石犁，连托带底有一米多长，再算上前面拉犁的人、后面掌辕的人，那么这件石犁使用时所占用的前后间距有三四米，因此推测，良渚文化时期每个田块的面积已相当可观。至此，良渚的发现已渐趋丰满，却远未完成。

人们欲问良渚人的祖先是谁？或要问良渚玉琮是怎样远走至南越王墓、三星堆、金沙遗址、殷商妇好墓的？还要问在良渚时代，中国与世界特色各具的满天星斗的文明之星火，是怎样互相碰撞的？

当然，5000年前的世界，是随大江大河而涌现的人类早期文明相映生辉的时代，良渚也一样。它尚玉，它以玉琮为代表的礼器是礼制的开始，它的神徽是良渚人信仰的明证，它的刻画符号及文字，是当时之世文明信息的传递，它代表中国城市。它又怎能不代表中国城市？

"千古江山，英雄无觅。"这座被称作"中华第一城"的良渚古城，内城面积近300万平方米，相当于四个故宫之大。它不仅仅是一座古城，分明还是一个古代王国。在这里，我们见到遥远的良渚时代，有一支训练有素的队伍，正夜以继日地协力建设家园。

良渚文化时期，环太湖地区的600多处良渚文化遗址，面积、规模、遗迹、遗物诸方面有大有小，有高有低，千差万别。学者们认为，这类差别恰好反映了良渚社会可能出现了多个层级的社会结构——普通村落、区域中心和国家都城。这说明杭州5000年前就是国家中心了。

看来，这是过去一座活得小心翼翼的城市。它是大禹治水时造舟以渡的余杭，又经良渚文化的辉煌，伴随着钱塘江水"咽喉吴越，势雄江海"的气魄，耐心地经营起偏安一隅的江南生活。

城墙遗址、水陆城门、莫角山宫殿区、反山王陵，勾画出5000年前文明圣地的轮廓。而历史长河穿过这数千年时光荏苒，带着刀耕火种流淌到我们面前，留下宏大的城池、密布的河网、完善的水利、精美的玉器……这个山水城池交融的古国，物质与精神的文明都留给人无尽的遐想。

也许，风烟远去，日月无语。

以至于有人说，如果说"上有天堂，下有苏杭"的话，那么，良渚古城一定是天堂在人间的模样。

对此，作为曾经的杭州市市长，王国平觉得这话不能说反，应该说没5000年良渚的中华第一城，谈何今天杭州天堂的模样。

曾几何时，杭州是所有中外游客心目中的梦想，是世人一生必游之地，但杭州并未停留在让世人到此一游的满足中，它让留在这儿的人依恋，让离开这儿的人想念，让想念这儿的人没有理由不回来。

为什么要这么说？也许杭州良渚古城会给你一个惊喜或答案，就像老祖宗的古训所言，有根的城市，才会长成参天大树，对吧？

第 二 章

· · ·

<h1>一个天堂里的双城记</h1>

江南，田野，老酒；人间，美女，情歌……

这才有杭州"欲把西湖比西子"。

这时，有人问，杭州的美咋可如此恰到好处？莫不是有湖光山色，有春暖花开，有人间炊烟，有卿云芳菲，有九曲红梅，还有灵隐长安？

就像有人在《喜欢杭州》那首诗中所言，始于颜值，陷于才情，忠于纯真，痴于胴体，迷于娇媚，醉于色戒。

所以，生活于其中，杭州秀丽温馨的桃红柳绿，为什么总能千百次地使人陶醉，甚至还会萌生出无限缱绻眷恋的大地欢歌？

而时下更多的答案，是说杭州的大美，来自杭州就是天堂的模样。这时，不少的人又会打破砂锅问到底，是谁最初发现这一人间天堂的呢？

1

那好吧，容我从坊间流传很广的"上有天堂，下有苏杭"说起。

这里的"苏杭"，我们知道是指苏州和杭州。对这句话的来历，我重新做了一番考证后发现，最早记载应该是在唐朝诗人任华《怀素上人草书歌》的一首诗中："人谓尔从江南来，我谓尔从天上来。"此处的江南，虽说没有明确是苏杭，但江南方位已经勾勒，或者说已有暗示。

而真正将"苏杭"确定为天堂的，是在宋朝，源于北宋初年陶穀《清异录》卷上"地理门"："轻清秀丽，东南为甲；富兼华夷，余杭又为甲。百事繁庶，地上天宫也。"这部笔记体的著作，正式开始将苏杭喻为人间天宫，在语句上也十分肯定。

谁都知道，那时的宋朝，在中原地区战事频繁，民不聊生，而远离中原的苏杭，非兵家必争之地。当大批难民纷纷南下躲避战争，他们首选就是下江南，直奔苏杭，突然发现这里到处莺歌燕舞，人人安居乐业，一片平和与繁荣的景象，恍若来到人间天堂。

我们知道人间天堂不是苏杭的令箭，如何真正能够在当地田野中落地生根？

我觉得这里得感谢两位大人，一位是白居易，一位是苏东坡。没有他们对苏杭的精心耕耘，没有他们对苏杭的不离不弃，就没有今天的人间天堂。

那是822—824年，唐朝的长庆年间，白居易被发配在杭州做刺史时，对杭州反倒是情有独钟，对身为越州刺史的元稹夸口说："官职比君虽校小，封疆与我且为邻。"

凑巧的是，白居易后来又到苏州出任刺史，他对苏州大好河山也是赞赏有加，说苏州"甲郡标天下，环封极海滨"。

能够在苏杭生活的人，一定是幸运的。这一点，至少我能理解当时白居易的处境，因为我出生在杭州，成长在江苏，之后参加工作又因缘巧合地回到杭州，到杭城一家省属单位工作，更可以多为杭州摇旗呐喊。

正因为有了这份双城记的经历，当有一天突然要离别这块土地时，你可知道，作为一城之长的白居易是多么难舍难分。庆幸的是，他能写作，可以把自己对苏杭的爱，用笔跃然笔端。

于是，这才有了白居易那首激情澎湃的旷世之作——《忆江南》：

江南好，风景旧曾谙；日出江花红胜火，春来江水绿如蓝。能不忆江南？

江南忆，最忆是杭州；山寺月中寻桂子，郡亭枕上看潮头。何日更重游？

江南忆，其次忆吴宫；吴酒一杯春竹叶，吴娃双舞醉芙蓉。早晚复相逢！

　　白居易一口气对天堂苏杭用了三个不同的江南，先说江南怎么美妙，再说最忆是杭州，最后说难忘是苏州。此刻，白居易通过一唱三叹的形式，把江南苏杭的绿水青山表现得淋漓尽致。在生命激情与苏杭自然迸发出电光石火的刹那，是这位市长大人或一代诗王的痛苦的呻吟，还是一个快乐的礼赞？

　　也许，这些对我们都已经不重要，重要的是白居易成就了一个经典——"苏杭"的诗与远方！

　　时间又过了250年，到1071—1074年，也就是在熙宁四年至七年，同样是诗人出身的苏东坡，在杭州任通判（知州的助理官）。1089—1091年，元祐四年至六年，苏东坡以龙图阁学士被提拔到杭州任太守。前后两次担任杭州的衣食父母的苏东坡，在这杭州激情燃烧的岁月中，留下了千古绝唱《饮湖上初晴后雨二首·其二》：

　　　　水光潋滟晴方好，
　　　　山色空濛雨亦奇。
　　　　欲把西湖比西子，
　　　　淡妆浓抹总相宜。

　　这是一首赞西湖美景的诗，说是在灿烂的阳光照耀下，西湖水

西湖四季（马立群 摄）

波荡漾，波光闪闪，十分美丽。在雨幕笼罩下，西湖周围的群山，迷迷茫茫，若有若无，非常奇妙。

这时诗人之所以拿西施来比西湖，不仅是因为二者同在越地，同有一个"西"字，同样具有婀娜多姿的阴柔之美，更主要的是她们都具有天然美的资质，不用借助外物，不必依靠人为的修饰，随时都能展现美的风致。西施无论浓施粉黛还是淡描蛾眉，总是风姿绰约的；西湖不管晴姿雨态还是花朝月夕，都美妙无比，令人神往。

正因为有了白居易、苏轼对苏杭的赞不绝口，估计这才有了之后，元朝文人奥敦周卿的一曲高歌："西湖烟水茫茫，百顷风潭，十里荷香。宜雨宜晴，宜西施淡抹浓妆。尾尾相衔画舫，尽欢声无日不笙簧。春暖花香，岁稔时康。真乃'上有天堂，下有苏杭'。"

卿兄呀，你的"真乃"意思是什么？

我明白了，是眼见为实的人间天堂，亦如你的诗中所言：烟水浩渺的西湖波光荡漾，在百顷微风飘拂的水潭上，十里水面飘溢着荷香。雨也适宜，晴也适宜，更像西施那样无论淡抹浓妆都艳丽无双。这时，一只只画船尾尾相接，欢声笑语，笙歌弹唱，没有哪一天不沸沸扬扬。春暖时节百花芬芳，庄稼丰收四季安康，这不正是我们苦苦追寻的"上有天堂，下有苏杭"吗？

如此诗情画意、音韵十足的曲子，真的让人如同身临其境，回味无穷。所以得感谢卿兄这次再也没有像前辈那样躲躲闪闪，而是直指"上有天堂，下有苏杭"。这样，才有了千百年来对苏杭天堂人间的赞叹！

2

说到这里，我们已经明白了天堂的来历。现在的问题是，在苏州与杭州这对双胞胎面前，我们还能遇见英国小说家狄更斯的传世之作《双城记》中的中国故事吗？这里至少有两个故事不得不说——

第一个故事，春秋战国时期发生在苏杭之间的一场权力之争。

有人为吴越争霸写下这样几句诗："东南形胜吴越地，英才辈出山河秀。夫差勾践竞称雄，孙武范蠡美名留。西施貌美羞鱼沉，鱼肠寒光斩敌酋。姑苏台前常凭吊，不负韶华冲斗牛。"

原来，在吴越一次激战中，越王因战败赴吴作人质，吴王夫差强夺越国美女西施，特地为她兴建了规模宏大的宫殿。宫内"铜勾玉槛，饰以珠玉"，楼阁玲珑，金碧辉煌。此宫，唐朝著名诗人刘禹锡有诗叹道："宫馆贮娇娃，当时意大夸。艳倾吴国尽，笑入楚王家。"作为中国历史上一座比较完备的早期园林宫殿，至今，其旧址仍然是苏州当地的一家五星酒店。那西施，何许人也？

西施，名夷光，春秋时期越国人，天生丽质，位列中国古代四大美女之首，是美的化身和代名词。"闭月羞花之貌，沉鱼落雁之容"中的"沉鱼",讲的是西施浣纱的经典传说。

时越国称臣于吴国,越王勾践卧薪尝胆,谋复国。在国难当头之际,西施忍辱负重,以身许国,与郑旦一起由越王勾践献给吴王夫差,成为吴王最宠爱的妃子,把吴王迷惑得众叛亲离,无心于国事,为勾践的东山再起起了掩护作用,表现了一个爱国女子的高尚思想情操。后吴国终被勾践所灭。

这就有了后来震惊中外的"越王勾践卧薪尝胆,三千越甲可吞吴"的故事。当我们走进2500年前的场景——越王城遗址,还能看到当年越王勾践生活的地方。

越王城遗址位于杭州湘湖之边的城山之巅,是越王勾践屯兵抗吴的重要军事城堡,素有"周朝胜迹,越代名山"之称。有趣的是,我小时候就出生这山脚下,老人们常讲起那个激动人心的越王"卧薪尝胆"的不同版本的故事,告诉我们:一个人在面临困境、困难的时候,一定要有坚定的信念、不怕吃苦的精神,要时刻警示自己,不要忘记过去的失败,甚至过去的悲伤,只要能持之以恒,就一定会有好的结果。

第二个故事,在晚清时期,苏杭之间还发生过一场商界血腥搏斗。

时任浙江巡抚左宗棠正攻打浙江境内的太平军,因为苦于粮饷短缺而发愁,杭州商人胡雪岩送上了20万石粮食,解了左宗棠燃眉之急。不久,左宗棠的湘军精锐就打退了太平军,左宗棠也由浙江巡抚升为闽浙总督。而胡雪岩的雪中送炭也让左宗棠赞不绝口。左宗棠多次在奏折中称赞其"急公慕义，勤干有为"，为"商贾中奇男子也"。

当然，胡雪岩也不是白白替左宗棠出力，背靠大树好乘凉，事业更是越做越大。巅峰时期的胡雪岩，将钱庄开遍大江南北，坐拥2000万白银的资产，拥有万亩田地；而且，还被朝廷赐穿黄马褂，戴二品正红顶戴，并"总办四省公库"，在晚清时期的政商两界，可谓风光无限、一时无两。

这时，时任江苏巡抚的李鸿章，见苏州有一座太平天国忠王府，建筑总体呈现出江南小桥流水般的小巧玲珑风格，决定将忠王府作为江苏巡抚的衙门。

李鸿章何许人也？人们当然都知道，他是"晚清中兴四大名臣"之一，被慈禧太后称为"再造玄黄"之人，被日本首相伊藤博文称为"大清帝国中唯一有能耐可和世界列强一争长短之人"，《清史稿》甚至将其评价为"名满全球，中外震仰，近世所未有也"，几乎仅凭一己之力为晚清续命数十年。

清光绪八年，李鸿章在苏州坐镇指挥，让当地一位赫赫有名的官商盛宣怀在商场上发动了著名的"生丝大战"，一举击溃了杭州胡雪岩的商业帝国。从高处迅速跌落的胡雪岩很快便抑郁而终。

一个是朝廷重臣，一个是晚清首富，李鸿章为何与胡雪岩较上劲儿？

这一切都来源于李鸿章的政治谋略——"排左先排胡，倒左先倒胡"。这"左"，即为上面提到的晚清名臣浙江巡抚左宗棠；这"胡"，即为晚清首富杭州商人胡雪岩。

本来经商很单纯，一旦与官场政治纠缠在一起，最后肯定是斗得鱼死网破。这时候的红顶商人胡雪岩，在官场上与占了上风的李鸿章较量，最后必然落得"君要臣死，不得不死"的噩运。

正如狄更斯《双城记》中感叹的："为了你，为了你所亲爱的任何人，我愿意做任何事情。倘若我的生命中有值得牺牲的可能和机会，我甘愿为你和你所爱的人们而牺牲。"

在苏杭双城面前，亦如国王为了西施，是爱的冲动吧？而巡抚为了政绩，是利益的冲突吧？这么一看，你不得不承认这个双城记，真的是一部波澜壮阔的历史，是一个感人肺腑的故事。

那是公元前514年，吴王阖闾令伍子胥建造吴国的新国都——阖闾大城，由此揭开苏州古城的历史序幕。此后吴越争霸，夫差勾践、西施范蠡，如火如荼、卧薪尝胆，留下许多脍炙人口的故事和传说。

我们知道许多历代史书，对阖闾大城的描述已经十分详细，而在苏州出土的诸多春秋时期遗址、遗迹和文物，也都佐证了今天的苏州古城就是当年的阖闾大城。这就是说，越王勾践统一了江东后，把都城搬到了苏州。

从这个角度说，苏州已有2500年城建史，伍子胥顺理成章地成为苏州城建之父。以至于后来，苏州人吃粽子过端午，是为了纪念伍子胥，而不是纪念屈原的，这多少令人震撼。传说中，就在5月5日这天，伍子胥因拼死相谏，惨遭吴王夫差赐死，被投入江涛，吴国百姓感念其为国之心，便设祠堂、立端午节以为纪念，流传至今。

而杭州城的扩建，直到五代十国才开始。杭州因为是吴越国的都城，这才渐渐是"小荷才露尖尖角"。

秦统一六国后，在灵隐山麓设县治，称钱唐，属会稽郡。《史记·秦始皇本纪》中有这样的记载："三十七年十月癸丑，始皇出游……过丹阳，至钱唐，临浙江，水波恶……"这是史书最早记载"钱唐"之名。现在的杭州市区，当时还是随江潮出没的沙地滩涂，甚至西湖连影子都未见。

西汉承秦制，杭州仍称钱唐。新莽时一度改钱唐为皋亭县；到了东汉，复置钱唐县，属吴郡。这时，杭州农田水利兴修初具规模，并从宝石山至万松岭修筑了第一条海塘，西湖开始与海隔断，成为内湖。

三国、两晋、南北朝时期，杭州为吴国的吴兴郡，属扬州。因外族相继入侵，晋室南迁，促进了江南和钱塘江两岸经济文化的发展。这时，西湖已有"明圣湖""金牛湖"之称。

东晋咸和元年（326年），印度佛教徒慧理在飞来峰下建了灵隐寺，这不仅是西湖最古的丛林建筑，也是江南最古老的名刹。随后有方士许迈及葛洪等人在武林山下、韬光、宝石山一带，进行写书、炼丹、传播宗教等活动，西湖名山胜水也渐次开拓。

梁武帝太清三年（549年），升钱唐县为临江郡。陈后主祯明元年（587年），又置钱唐郡，辖钱唐、於潜、富阳、新城四县，属吴州。

隋王朝建立后，于开皇九年（589年）废郡为州，"杭州"之名第一次出现。下辖钱唐、余杭、富阳、盐官、於潜、武康6县。州治初在余杭，次年迁钱唐。开皇十一年，在凤凰山依山筑城，"周三十六里九十步"，这是最早的杭州城。

大业三年（607年），改置为余杭郡。六年，杨广凿通江南运河，从现在的江苏镇江起，经苏州、嘉兴等地而达杭州，全长400多千米，自此，拱宸桥成为大运河的起讫点。

地理位置的重要，促进了杭州经济文化的迅速发展。《隋书·地理志》记述："杭州等郡，川泽沃衍，有海陆之饶，珍异所聚，故商贾并凑。"这时的余杭郡有人家15380户，杭州户口统计由此开始。

唐代，置杭州郡，旋改余杭郡，治所在钱唐。因避国号讳，于武德四年（621年）改"钱唐"为"钱塘"。太宗时属江南道，天宝元年（742年）复名余杭郡，属江南东道。

乾元元年（758年）又改称杭州，归浙江西道节度，州治在钱塘，辖钱塘、盐官、富阳、新城、余杭、临安、於潜、唐山8县。

州城的范围也随之扩大，由原来的城南沿江一带发展到今天的武林门一带。由于运河的沟通，杭州成为货物集散地，社会经济日趋繁荣，人口也逐渐增加，唐贞观（627—649年）中，已有15万余人；到开元（713—741年）中发展到58万人。此时的杭州，已与广州、扬州并列，为我国古代三大通商口岸之一。

长庆二年（822年），诗人白居易任杭州刺史，大规模浚治西湖，并筑堤建闸，以利农田灌溉。又继李泌之后重修六井。从这时起，西湖之名益彰于世。

杭州历史步入巅峰，是成为吴越国的国都、南宋的京城。时至五代十国时期，吴越国偏安东南，建都杭州。当时的杭州称西府或西都，州治在钱塘，辖钱塘、钱江、余杭、安国、於潜、唐山、富阳、新城8县。在吴越三代五帝共85年的统治下，经过劳动人民的辛勤开拓建设，杭州发展成为全国经济繁荣和文化荟萃之地。

欧阳修在《有美堂记》里有这样的描述："独钱塘，自五代时……顿首请命，不烦干戈。今其民幸富完安乐，又其俗习工巧，邑屋华丽，盖十余万家，环以湖山，左右映带，而闽商海贾，风帆浪舶，出入于海涛浩渺、烟云杳霭之间，可谓盛矣！"

吴越王钱镠在杭州凤凰山筑了"子城"，内建宫殿，作为国治，又在外围筑了"罗城"，周围70里，作为防御。据《吴越备史》记载，这个都城，西起秦望山，沿钱塘江至江干，濒钱塘湖（西湖）到宝石山，东北面到现在的艮山门。以形似腰鼓，故有

"腰鼓城"之称。

吴越王重视兴修水利，引西湖水输入城内运河；在钱塘江沿岸，采用"石囤木桩法"修筑百余里的护岸海塘；还在钱塘江沿岸兴建龙山、浙江二闸，阻止咸水倒灌，减轻潮患，扩大平陆。动用民工凿平江中的石滩，使航道畅通，促进了与沿海各地的水上交通。置"撩湖兵"千人，疏浚、保护西湖，使不被葑草淤塞。

吴越三世五王都笃信佛教，现在杭州西湖周围的寺庙、宝塔、经幢和石窟等文物古迹，大都是那个时期的建筑。当时的杭州就有"佛国"之称。

在北宋时，杭州为"两浙路"的路治；1107年，即大观元年，升为帅府，辖钱塘、仁和、余杭、临安、於潜、昌化、富阳、新登、盐官9县。当时人家已达20余万户，为江南人口最多的州郡。经济繁荣，纺织、印刷、酿酒、造纸业都较发达，对外贸易进一步开展，是全国四大商港之一。

杭州历任的地方官，十分重视对西湖的整治。1089年，即元祐四年，著名诗人苏东坡担任杭州知州，再度疏浚西湖，用所挖取的葑泥，堆成横跨南北的苏堤，上有六桥，堤边植桃、柳、芙蓉，使西湖更加美化。又开通茅山、盐桥两河，再疏六井，使"卤不入市，民饮称便"。

经过北宋150多年的发展，到南宋时，开始了杭州的鼎盛时期。1129年，即南宋建炎三年，置行宫于杭州，为行在所，升为临安府，治所在钱塘。辖钱塘、仁和、临安、余杭、於潜、昌化、富阳、新城、盐宫9县，地域与唐代大致相当。

1138年，即绍兴八年，南宋定都于此，杭州城垣因而大事扩展。当时分为内城和外城。内城，即皇城，方圆九里，环绕着凤凰山，北起凤山门，南达江干，西至万松岭，东抵候潮门，在皇城之内，兴建殿、堂、楼、阁，还有多处行宫及御花园。外城南跨吴山，北截武林门，右连西湖，左靠钱塘江，气势宏伟。设城门13座，城外有护城河。许多人北方随朝廷南迁，使临安府人口激增。

1265—1274年，咸淳年间，居民增至124万余人（包括所属几个县）。就杭州府城所在的钱塘、仁和两县而言，人口也达43万余人。人口的增多，为社会生产力的发展和商业的繁荣创造了条件。南宋都市经济的繁荣，不仅超越前代，而且居世界前列。当时临安手工作坊林立，生产各种日用商品，尤其是丝织业的织造技艺精良，能生产出许多精巧名贵的丝织品，在全国享有盛名。

据《武林旧事》等书记载，南宋时的杭州商业有440行业，各种交易甚盛，万物所聚，应有尽有。对外贸易也相当发达，有日本、高丽、波斯、大食等50多个国家和地区与之有使节往来和贸易关系，朝廷专设"市舶司"以主其事。西湖风景区经过修葺，更加妩媚动人，吸引了不少中外游客；酒肆茶楼、艺场教坊、驿站旅舍等服务性行业及夜市也很兴盛。南宋时，杭州是全国的文化中心，设立了最高学府——太学，还有武学、医学、算学、史学等各科学校，临安府学及钱塘、仁和两县学的学生近千人。这里书铺林立，刻印的书籍十分精良。当时的绘画艺术甚盛，"西湖十景"就是由南宋画院题名的。

明朱元璋于元至正二十六年（1366年）攻占杭州，十一月改杭州路为杭州府。同年十二月置浙江等处行中书省，治杭州府。太祖洪武九年（1376年），改浙江行中书省为浙江承宣布政使司。明于省、府之间设道，杭州府隶浙江布政司杭严道。杭州府治钱塘、仁和，辖钱塘、仁和、余杭、富阳、临安、於潜、新城、昌化、海宁（洪武二年降海宁州为县）9县。

清顺治初承明制。顺治二年（1645年），置浙江巡抚，驻杭州。顺治七年，于杭州建旗营，置镇守将军署。康熙元年（1662年），浙江承宣布政使司改为浙江行省。雍正四年（1726年）置杭嘉湖道于嘉兴，杭州府属之。乾隆十九年（1754年）杭嘉湖道移治杭州，杭州府辖县仍为明代时的9个县。乾隆三十八年升海宁县为海宁州。宣统三年（1911年），钱塘、仁和县裁撤，由府直辖，杭州府辖六县一州。

民国元年（1912年）2月，废杭州府，以原钱塘、仁和县地并置杭县，直属浙江省，并为省会所在地。民国三年，省以下设道，以清杭嘉湖道范围置钱塘道，道尹行政公署驻杭县，辖杭县、海宁、富阳、余杭、临安、於潜、新登、昌化等20县。民国十六年，废道为省、县二级制，撤销钱塘道，各县直属于省；同年5月，划杭县所属城区等地设杭州市，杭州置市始此。同年10月，市下设区，辖城区、西湖、江干、会堡、湖墅、皋塘6区。民国十九年，杭州市改为13区（第一区至第十三区）。民国二十三年合并为8区（第一区至第八区）。民国二十四年，浙江省设立行政督察区，杭县属第二行政督察区，专署设嘉兴（后迁德清），杭州市仍为省直辖。

民国二十六年12月24日，日本侵略军占领杭州。沦陷期间，原8区改为7区。民国三十四年，抗日战争胜利后，杭州市政府、杭县县政府迁回杭州。杭州市恢复8区。民国三十六年5月，杭县改省直属。

可见，这时杭州领先的是历史底蕴，通过历史文化名城效应，催生了城市创新活力。苏州取胜是较早出现了资本主义的萌芽，一度成为东半球最繁荣的工商业。

3

在"上有天堂，下有苏杭"中，为何要将苏州、杭州相提并论呢？这里有必要将它们做一比较。

先从区位上看，苏杭兄弟有利于哥俩好。苏杭之间相距二百来千米，中间隔着嘉兴和湖州，以及中国第三大淡水湖太湖，有人觉得苏杭双城经济圈有问题，说是"又不够近，又不够远"。如果再远一点，比如杭州和南京，也就没有双城经济圈的问题了。如果再近一点，比如三五十千米，那就连成一片了。

其实，在长三角一体化的今天，苏杭距离远近已经不是问题，远离为什么不可以做一对孪生好兄弟，近点为什么不可以做一对好邻居？

从长相上看，苏杭兄弟有利于差异化竞争。虽说都是江南的代表，水网密布、景色秀丽，但杭州属于丘陵地形，西北部天目山主峰海拔已经突破1500米，英气十足，却也让西湖变得三面环山一面是城，愈来愈显得"局促而拥挤"；而坐落于太湖平原上的苏州，境内最高的山也未超过300米，温婉可亲，一切看起来"开阔且自如"。

再从性格上看，苏杭兄弟有利于差异化发展。虽说都是江南富家，但苏州早在春秋时期那场著名的"吴越争霸赛"中，就以吴国都城之实，参与了风云激荡的中国历史，而同一时期，杭州还没脱离大海的怀抱，直到隋唐以后，杭州才与大海隔断，抓住京杭大运河通行机遇，杭州迅速成为"东南名郡"。五代十国与南宋时，杭州又过了一把"首都"的瘾。解放后，苏州仍是一副世家模样，气定神闲地过着自己的生活；而杭州，肩负着省会城市的重担，总想着出人头地率先发展。

最后从个头上看，苏杭兄弟可以相互取长补短。确切地说，杭州还一片汪洋时，苏州已经"人稠过扬府，坊闹半长安"。直到20世纪90年代，苏州已经夯实了自己"中国制造业之都"的地位，"苏州堵车，全球缺货"，一时风头无两。时至今日，苏州"全国工业第一城"的地位，依然无人能够撼动。同时，作为吴文化的中心，苏州文化底蕴深厚，是中国历史上出状元最多的城市，更是曹雪芹笔下"红尘中一二等富贵风流之地"。108座异趣横生、遍地风流的园林，是苏州的；风情万种、典雅婉转的昆曲，是苏州的；图案秀丽、绣工细致的苏绣，是苏州的；就连最日常的吃食，苏州人也讲究"不时不食"，从"水八仙"到"湖八鲜"，一年四季不重样。

有家底，有产业，历史上又过惯了富足的日子，苏州看起来，总是从容精致的，款款落落，优雅大气。难怪有人感慨说，"在苏州待久了，感觉其他地方的生活，都是凑合"。

而一汪西湖，为杭州留下足够的风花雪月，也倒逼杭州不断抢抓风口：唐代时，杭城抓住白居易这根救命稻草；五代十国时，杭城又紧抱吴越钱氏这棵大树；北宋时，杭城成了宋仁宗口中的"东南第一州"，睥睨苏州，笑傲江湖；南宋，杭城不甘于皇城根下，实现"东南形胜，三吴都会，钱塘自古繁华"。

步入新世纪，杭州看准时机，追逐着互联网大潮，实现了新飞跃。如，2002年，西湖取消门票，流量涌入，带动杭州旅游业井喷式发展，旅游总收入成几何级数增长，连带着餐饮、交通、住宿、零售等行业获得大量收益。接着高举数字经济第一城大旗，布下新经济产业棋局，各路人才云集杭州创新打拼。有企业家高呼，"杭州，欢迎并愿意给空中楼阁一样的梦想提供切实支持"。承载了年轻人太多期许的杭州，2020年人口净流入157万，继北上广深一线城市之后，杭州繁华又宜居。在2022年杭州市第十三次党代会报告中正式提出"争取跻身国内一线城市、全球城市第一方阵"的目标。

这么看来，苏州的生活是舒逸，但杭州也不是只顾着打拼。要论生活，难道杭州就没有这份闲逸？杭邦菜吃吃，武林调听听，一年四季各有不同去处，春天去植物园踏踏青，夏天去黄龙洞纳纳凉，秋天去满觉陇嗅嗅桂，冬天去西湖边赏赏雪，关键是交通比苏州便利，教育、医疗资源比苏州丰富，还有大把的文创公司，彰显着这座城市的活力。

如果用经济指标来衡量，南宋时，杭州超过苏州；明清时，苏州超过杭州；新中国成立后，杭州成为省会城市，而苏州成了普通地级市；改革开放后，借助"苏州+上海"的模式，苏州又把杭州远远甩在了身后；到了近些年，迅速崛起的杭州虽然生产总值总量不如苏州，但资金总量已经超过苏州。2022年，杭州财政收入达到2451亿，超过近年来长期领先的苏州。

每一次谈到苏杭，上海都在一边发笑。从冒险家的乐园、远东第一大都市到中国经济和文化中心，长三角的老大到目前一直是上海。上海的定位是追求卓越的全球城市：Striving for the Excellent Global City.

当然，苏杭双城是我们一生相系的故土，也是我们一路相伴的寄托，更是我们一个相依的家园，无论日常怎么岁月蹉跎，相信初识不知曲中意，再听已是曲中人。就在我着急要给"上有天堂，下有苏杭"的双城记画上句号时，没想到近两年，杭州竟然高调对外宣布，要与宁波打造"双城记"。人们不免欲问，此事，对苏杭天堂有无冲击？或者，杭甬双城记属于节外生枝吗？

这样，我不得不再啰唆几句。首先申明一下，杭甬双城记这件事的发酵，对苏杭天堂一定是利好。

杭州作为省会城市，2020年生产总值突破1.6万亿，稳坐浙江经济"头把交椅"，正向着"数智杭州·宜居天堂"这一新目标加速奔跑。

宁波，计划单列市，2020年生产总值超过1.2万亿，拥有省内甚至全国数一数二的港口和先进制造业优势。杭甬之间，常常"你追我赶"，竞合关系颇为微妙。

但眼下，杭甬关系，将迎来重大转变。杭州和宁波各有所长，除了一个是省会、一个是港口城市外，甚至在产业上，也是如此：杭州现在处于信息经济、数字经济为代表的创新前沿地带，宁波则侧重于智能制造、智能经济。有专家甚至提出，杭州的优势在于"数字的产业化"，宁波则是"产业的数字化"，发展上的差异恰好互为补充，协同发展成为必然。

据说，中央一直也勉励宁波与杭州错位发展、协同发展，共同唱好"双城记"，主要包括携手推进杭州湾区建设、携手增强产业实力、携手打造创新高地、携手放大开放优势、携手提升治理能力，使两地得到更好的发展。

这也是继2018年浙江省政府工作报告明确要求"聚焦杭州、宁波一体化发展",以及省"十四五"规划纲要提出"唱好杭州、宁波'双城记',大力培育国家中心城市"以后,杭甬一体化发展即将迈出的关键一步。2021年4月初,在我所在的省发展和改革委统筹下,杭州、宁波两市还参加了"共融长三角,唱好'双城记'"工作对接会,重点讨论了2021年工作任务清单、"双城记"工作机制等。

甚至杭甬还提出从"双星争辉"到"双星联动",它们到底在下一盘什么样的棋局?

我经过三番四次的盘问,才知杭甬"双城记"背后的秘密,就是要争取国家中心城市"入场券"。

翻阅杭州、宁波"十四五"规划,我们发现两市不约而同地提到"建设国家中心城市"。而对比北上广深一线城市,无论是城市自身能级、产业发展与科技创新能力,还是辐射带动周边城市、参与国际竞争的能力,都还有可追赶的目标。

区域问题专家指出,两城在发展理念上各有侧重,也存在短板。如杭州数字经济发展势头迅猛,但与同类一线或准一线城市相比,制造业相对较弱。宁波有深厚的工业基础,民营企业中有大批隐形冠军,但互联网、大数据、人工智能等新兴产业发展不足,一定程度上影响了产业迭代升级的速度。

杭州与宁波发展各有侧重,那么,两市协作的"支点"究竟在哪儿？

正由于杭甬经济特色和支柱产业差异较大，所以它们觉得互补性更强，合作空间广阔。"齿轮凹凸有致，才能互相咬合，协同发展的基础，正是错位发展。"在参与编制五年行动计划的有关专家看来，同样是唱响"双城记"的成都、重庆两市，产业结构相似系数高达0.96，重建分工协作结构任务艰巨。而杭甬两市，一方面，可以相互借力数字经济与制造业发展优势，推进产业数字化、数字产业化，进一步把蛋糕做大做强；另一方面，两地还能协同布局高能级产业平台、科创平台，让人才、信息、技术等要素充分流动，赋能智能制造，加速产业二次腾飞。

还有，合作先例"珠玉在前"。我们了解到，2020年以来，杭州正全力争取成为国家营商环境评价样本城市。而在世界银行的评判体系中，海运、空运、陆运等跨境贸易是否便利，是重要指标。鉴于杭州最大的短板，就是缺港口。同属浙江、拥有优良海港资源的宁波，自然而然成了杭州的理想伙伴。如今，一边浙江货浙江走，走得更快，也更顺畅了；一边杭甬双城之间，企业与市场融通，也在加速。

面对杭甬双城记，最后可以给大家简单打一比方：如果说杭州是班级里那个兼具艺术气质和文化创意头脑的文科男，那么，宁波一定就是那个闷声不响、踏实苦学、在方程式和实验室中埋头用功的理工男。是不是？

哈哈，坊间常说的苏杭是天堂的模样，这在未来发展中的杭甬双城记，就是天堂的改良版或升级版吧？

第 三 章

· · · ·

湮没的宋韵辉煌

在我国，大凡建过古都的地方，不是风水宝地，就是政治经济文化的中心，让人天生有一种优越或嫉妒。为何南宋都城却是一个例外？

的确，杭州是历史印记最少的古都，没有西安那样令人仰慕的大雁塔和兵马俑，没有北京那样雄伟的长城和故宫，也没有南京诱人的明长城和夫子庙。

时下的杭州，仅剩下皇城、太庙、御街等几处遗址而已。原来说临安的吴越钱王墓保存得较好，没想到2021年被人从眼皮下盗墓掏空。更可怜的是，地处绍兴的宋六陵，也仅留下一片凄美的茶园与几棵过于苍老的古柏。

有人经我这么说，忙问这是咋回事？我两手一摊说，或许谁也说不清，道不明。

一个美丽江南天堂的杭州，你说绝佳美人也好，你说倾国倾城也罢，不知得罪了谁，把一代南宋王朝打入冷宫，什么皇家的尊严也统统扫地出门，难道历史本就这么残酷？

如果要怪，就怪南宋自己吧！谁让他把都城建得匆匆，使得许多人对他这段历史指手画脚；又是谁让他消逝得也匆匆，一把大火将整个都城烧成灰烬，使得宋韵成了最后湮没的辉煌——

1

说起宋韵光芒，对杭州人来说，必须从吴越王朝说起。没有钱王归宋，杭州会有陷入战乱的危险，至少杭州要比人家落后三五十年。

为了表达感激，为纪念五代时吴越国三代五王，杭州人在西湖边上专门修建了钱王祠。每次走到那里，我一定要跑进去磕几个响头。

自10世纪初，中华大地上开始了一段大分裂的"五代十国"时期。割据势力此起彼伏，其中以吴越国统治时间最长，此下经济也最繁荣。

当时吴越建都杭州，本想与中原有一拼。想不到，吴越国王钱俶到最后，却主动向大宋纳土归服，"善事中国，勿以易姓废事大之礼"。钱王归宋，应该说对中国江南是一个惊天动地之举，既保护吴越百姓免遭灭顶之灾，又进一步夯实了杭州经济向上的基础。

还是要问，钱王归宋到底是怎么回事？

故事还得从头说起，吴越国由钱俶的祖父钱镠创建，建都临安，其疆域包括今天的浙江、上海全境，江苏自镇江以东地区及福建东北地区。自唐末天下大乱以来，战火连天，生灵涂炭，临安人钱镠为保护家乡，便组织义军，占两浙之地，号封吴越王。

当时，窃据四方的割据势力，有的名义上尊奉中原，暗地里却图谋独立；有的则包藏祸心，企图扩张势力、侵扰中原。只有吴越钱王一脉，始终坚持"尊王一统""善事中国"的正统思想。他始终把中原王朝视为至高无上的正统君主，把自己的吴越国看作是中原王朝治下不可分割的一部分，翘首北望，期盼着中原局势一旦稳定，自己便率民回归。

直至临终之际，盼归如渴的钱镠给子孙留下遗愿："凡中国之君，虽易异姓，宜善事之。要度德量力，而识时务，如遇真主，宜速归附。圣人云，顺天者存。又云，民为贵，社稷次之。免动干戈。"

此后吴越四代国王皆尊此祖训，一边向中原称臣纳贡，从经济上支持中原的发展；一边等待中原政局稳定，并默默地做好了纳土回归的准备。

960年，宋太祖赵匡胤建立宋朝，接续正朔，迅速开启了统一天下的步伐。974年，大宋攻灭南唐，南唐北接中原，南邻吴越，在宋唐对战中，吴越国的态度至关重要。为争取吴越国，南唐李煜亲笔致书钱俶："今日无我，明日岂有君？""一旦明天子易地酬勋，王亦大梁一布衣耳。"

李煜想以王权富贵拉拢钱俶，钱俶仍不为所动，以统一大义为重，以个人权位为轻，不仅没有出兵援救南唐，反而遥遵大宋旨令，派出精锐，夹击南唐，为天下一统承担起自己的责任。

随着南唐灭亡，宋太祖邀请钱俶进京。钱俶心里早就抱定了回归中原的主意，欣然率领妻子孙氏、儿子钱惟濬等亲族入宋，并献上厚重的贡品。宋太祖以殊礼相待，剑履上殿，书诏不名，并赐钱俶之妻孙氏为"吴越国王妃"。宋朝官员反对，认为异姓诸侯王之妻不可获得"妃"的封号，宋太祖执意赐号，并说："行自我朝，表异恩也。"

在文武百官的劝阻声中，宋太祖仍深信钱王的一片赤诚真心，毅然决定送钱俶回国。临行之前，太祖回赠吴越国大量重礼，并密赐钱俶一个黄锦匣，令他待离京30里后，屏退左右，开匣密观。钱俶依令开匣一看，密密麻麻，都是宋臣请求扣留钱俶的奏章。他顿时泪流满面，始知太祖信任之坚、情谊之厚，从此归服之心愈切。

太平兴国三年，钱俶第二次入宋朝觐，见大宋文治武功，臻于鼎盛，铁桶江山，固若金汤。他深知天下统一的大势已定、回归中原的良机已来。

陌上花开，或可缓缓而归；然投靠明主，又岂容再待时日？为了天下的太平、为了祖宗的遗愿，他毅然放弃吴越王位，将锦绣山川和兵甲将士，全部进献给宋朝，实现了和平回归。

吴越的和平回归，既是民族的大义，也是历史的必然。吴越与大宋，同文同种，同是一个民族，本就是一家人。从钱镠开始，吴越三代五王，一直奉中原为正统，就是盼望着平稳回归那一天。吴越归宋，不存在民族问题，避免了同室操戈的惨剧，功莫大焉，善莫大焉。

　　由于和平回归，吴越军民无一人死伤，百姓安居乐业，朝野上下一片欢喜，也使得杭州进入了长达千年的历史兴盛期。在隋代以前，当时名为钱唐的杭州只是一个山村小县。至隋代，"杭州"之名第一次出现，至唐代时杭州逐渐发展成东南名城，但其繁华程度始终远逊于金陵。

　　五代时，由于数代钱王的苦心经营，杭州已繁花似锦，别具风神。

　　钱王在政治上坚持"善事中国"，为支持中原水运，推动贸易发展，他将杭州打造成一座花团锦簇的名城。至大宋统一天下之际，金陵由于南唐的负隅顽抗而备遭浩劫，扬州、洛阳等地也因割据势力的争权夺位而残破不堪，只有杭州，不仅免遭战火，而且入宋以后在钱粮赋税、取才录士等方面都始终得到了特殊优待，"市列珠玑，户盈罗绮"，"羌管弄晴，菱歌泛夜"，从此成为名副其实的"东南第一州"。

　　对于钱王归宋，宋太宗也深念其功，因此申誓于山河，发誓永保钱氏子孙富贵。钱俶本人获得空前的礼遇，随钱王入京的3000

余名钱氏亲族，宋太宗让他们自择其官，不少人出任节度使、观察使、尚书、将军，甚至当上宰相，被授予官职者上千人，不愿任职工作的也都获得厚赏。钱俶子孙多人成为"尚公主"的驸马，赵、钱二族通婚不断。

正因为有了钱王归宋，中华儿女避免了一场同室操戈的惨剧，两浙百姓免遭战火之苦。直到今天，当我们翻开形成于宋初的《百家姓》，朗朗上口的依然是"赵钱孙李"，"钱"能位列姓氏之第二，显现的是百姓对钱王大功的感激之情。千百年来，钱氏家族福泽深厚，长盛不衰，辈出英才，如近现代的钱学森、钱三强、钱伟长、钱钟书、钱穆，等等。

以我一孔之见，恐怕钱镠才是百姓心中的英雄，一个保境安民"苟且偷安"的君王，比起秦皇汉武那样雄才大略的雄主，可能百姓还是更喜欢钱王这样的"市井之臣"，对不对？

2

随着钱王归宋，北宋正式终结了五代十国的乱世，统一了全国，老百姓得以休养生息。杭州成为两浙路治所，经济更是发展迅速，成为全国四大对外贸易港口之一，也是江南人口最多的州郡之一。

不过，杭州最辉煌的时刻是在1138年，即绍兴八年，南宋正式定都于此，之前只是作为宋高宗赵构的行宫（1129年）存在。南宋开国皇帝赵构之所以定都杭州，而不是位置更好的南京，是因为他被金兵追怕了。

曾记否，宋金全面开战后，宋徽宗、宋钦宗父子俩都被金兵掳走。赵构作为皇位继承人不敢在开封即位，跑到商丘登基，成为南宋开国皇帝。刚当上皇帝不久，金兵再次南侵，赵构不愿步徽钦二宗后尘，沿着京杭大运河一路南下，直至逃到大河的南端杭州，甚至都不知道未来的命运在何方。

这时的赵构只晓得杭州是人间天堂、菩萨保佑的圣地，一定是可以延续大宋王朝香火的福地。所以，他匆忙决定建都杭州。随着地理位置的变化，这时北宋正式变成了南宋。

说句心里话，谁甘心大宋王朝说没就没了呢？赵构这才痛下决心建都，他就是要在有朝一日，还要杀回他的北方天下。于是，他就把这个天城取名为"临安"，意思是临时安顿。

依山傍水的临安，以前只是一个地方的州治，现在南宋要把这里扩建成都城，确实有点螺蛳壳里做道场。幸好这里有湖光山色，有美女佳人，加之从都城窗口，可以俯瞰整个西湖，周边又多为险峻，三面环山一座城，乃形胜之地。

本已偏安一隅的南宋，想不到仍是有人的眼中钉、肉中刺。不夸张地说，在一个半世纪中，南宋一直不停地与北方的蒙古、金、西夏等政权凶险博弈，好在南宋大旗不倒，到处莺歌燕舞，国富民安，这更加有点遭人眼红。

1268年，已是继承了蒙哥大位的忽必烈，对南宋早已垂涎三尺，经过一年的精心备战，马上就从北宋旧都开封整兵出发，南下汉江流域，矛头直指襄阳和樊城两座双子城。

经过几番浴血奋战，拿下襄阳和樊城之后，忽必烈又立马沿江而下，目标直抵临安都城。此刻南宋已是危在旦夕。

这一打，南宋就打了五年的保卫战。说实话，度日如年的南宋古城，活得真的不容易。最后，1276年，宋军难敌元军的进攻，使得临安失守，意味着南宋皇城彻底走向毁灭。

次年，宋军被元军逼到广东江门一个叫崖门的小镇，那里一边是崖山，一边是汤瓶山，两山之脉向南延伸入大海，就像一扇半掩半开的大门。这种既可打进攻又可打防御的地方，对双方战斗可能都有利。这样一场大规模的海战一触即发，无疑也是事关南宋生死存亡的决战。

几场恶战下来，双方打得难分难解，这时就看实力了。最终，宋军寡不敌众，为了在这一崖门免遭被瓮中捉鳖或是关门打狗的结局，宋军一个叫陆秀夫的将领，背着小皇帝赵昺直接投海。随之，宋军10多万军民先后一个个相继跳海殉国，这是中国历史上最惨烈的一次海战，血染大海。

崖山的最后一跳，无疑成了南宋人的永远之殇，也彻底宣告了一个王朝的落幕。他们"这一跳"，终究是为了一个民族的生存，为了一个国家的尊严，所以他们生得光荣，死得其所。

正因为宋军如此英勇悲壮、如此有节烈之气，在老百姓的心中反倒竖起一座更高的精神丰碑。就像周恩来总理曾经扼腕长叹的："崖山这个地方的历史古迹是有意义的，宋朝虽然灭亡了，但当时许多人继续坚持抗元斗争，保持了民族气节。"

望着南宋都城的人去楼空，人们只能长歌当哭。

或许，祸不单行。1277年，一场民间大火飞越三丈多高的宫墙，焚毁了南宋皇宫大部分建筑。为了防止老百姓反抗，元朝政府禁天下修城以示一统，拆掉了包括杭州城在内的许多城市的城墙。

1284年，元朝江南释教都总统杨琏真伽还通过"建寺镇王气"，在南宋皇宫遗址尚剩的地基、台基上，建造了5座藏传佛教寺院。次年，他又赶赴绍兴，盗发南宋帝后六陵，挖走殉葬的全部珍宝，并将各帝后的残骸运回杭州，与牛羊骨掺杂一起，埋在福宁殿前的馒头山上，上建"镇南塔"（又名白塔），就是要让南宋永世不得翻身。

元末，农民起义领袖张士诚占据了杭州一段时间。1359年，他重筑杭州城时，把原南宋皇城所在地块截在城外，凤山水城门就是当时的城门之一。自从被围到了城外，皇城建筑逐步被废弃，最后倒塌。据史料记载，到明代万历年间，南宋都城的地面建筑已经彻底荒芜，变成了一片废墟。

明代画家徐渭曾以"八百里湖山，知是何年图画，十万家烟火，尽归此处楼台"为对联，对昔日无比繁华的南宋皇宫唱出了阵阵挽歌，并对灰飞烟灭的遗址发出了声声浩叹。

近几年，宋城都城遗址是我去得比较多的地方，谁都知道无法寻找到南宋的真容了，所以，每当走过一次那片废墟，心中总会增添加重一种莫名的伤感。

悲催呀，曾经经营了153年的南宋王朝，曾经那么显赫与辉煌的南宋都城，之后统统化成了一片废墟。莫非南宋的命，本该就是这样，暗合了"临安"本来就有临时的意思？

对此，有人可能会嘲笑，你这不是一种政治寓意吗？我说你这是想多了，现在到了宋韵文化该觉醒的时刻！

3

宋韵呀，你真的能够觉醒吗？

实话实说，宋朝尤其南宋是一个在评价上争议颇多的朝代，有人说他积贫积弱，是历史上最窝囊的时代；有人说他文化发展，至于巅峰，是中国文明最发达、最成熟的阶段。

我还是愿意为宋韵文化唱赞歌的，毕竟宋朝与其他朝代相比，文化发展确实达到了空前繁荣。正如历史学家陈寅恪先生所言："华夏民族之文化，历数千载之演进，造极于赵宋之世。"这就是宋朝文明进步的重要表现之一，也是重要的根基。

每个人、每个地区、每个城市、每个民族、每个国家、每个时代都有自己不同的文化特点，不同文化中都有各自的精华与糟粕，而文明则是人类共同遵守的最高准则，适用于所有人、所有民族、所有国家、所有的社会形态。

有了这一惊人的发现，我们看到时代的指针已经划过千年，这时终于有一批中国文明的传承者和捍卫者，从时间中猛醒。他们没有因为失去南宋而过于纠结或悲伤，而是擦干眼泪，从宫殿城墙的废墟中，寻找到了那些被湮没的文明因子。

当然，历史从来都不相信眼泪的。这不，杭州有个叫宋城的企业，就是顺着大宋王朝的石缝长出来的一棵小棱枝。

有一天，这家企业的负责人黄巧灵夫妇，盛邀我参与《大宋王朝》剧本的讨论会。坦率地说，剧本这东西不是我的专长，但出于对南宋文化的推崇，我还是难却盛情。

开会那天，我独自背着双肩包，像藏传佛教转经一样，先绕着宋城转了一圈，其实我是在找感觉，看能不能尽快步入那个年代。

当然，宋城的建筑全部是宋代风格的，这里有各种各样的商店、小摊、装饰品店、餐厅等。如果想在这里消费，必须先去钱庄兑换硬币。宋朝的硬币叫"交子"。景区的规定也是为了让游客有更好的体验，可谓煞费苦心。

一路逛的是宋朝的街，看的是宋朝的戏，食的是宋朝的味，穿的是宋朝的衣……哈哈，活脱是一幅宋代画家张择端的长卷《清明上河图》的再现，恍若一下穿越到了1000年前。

而大型歌舞《宋城千古情》，是这景区的灵魂，之前我就看过几回。他们是用先进的声光电科技手段和舞台机械，以新颖独特的方式演绎了良渚古人的艰辛、宋皇宫的辉煌、岳家军的惨烈、梁祝和白蛇许仙的千古绝唱，都表现得淋漓尽致，带给观众视觉冲击和心灵震撼。

令人不可思议的是，如今宋城千古情，可以与美国拉斯维加斯的O秀、法国巴黎红磨坊，并称"世界三大名秀"。

走在宋城，你可以感受到深厚的宋代文化气息，像穿越了一样。现在令我们好奇的是，南宋都城的魅力来自何方？

所以，一见到黄巧灵夫妇，我就迫不及待地说，你们是南宋文化的保护神和开拓者，可否先回答一下这个问题？

他们听后，朝我"哈哈"大笑说："因为南宋都城是一个最好的时代，也是一个最坏的时代。"

我既没有赞同，也没有反对，又问道："你们知道这宋城景区的土地是谁的吗？"

估计他们会说，不都是南宋王朝留下来的吗？所以，我抢在他们回答之前，告诉他们说："脚下这片土地是浙江建材总厂的，那时我是这个厂子的厂长。"

"想不到冤家路窄呀。"黄巧灵快言快语，"建议你要写一本关于南宋的书，说你张某人过去是这里的地主，现在我黄某人是这里的主人。"

"哈—哈—"这笑声在宋城景区上空久久地激荡着。

不知道是不是说者无心,听者有意,黄巧灵这句话一直堵在我的心里,今天是不吐不快呀!这究竟又是一个什么样的南宋都城呢?

其实,对南宋的好奇,许多人和我一样,都源自小学课本一首《题林安邸》的诗:"山外青山楼外楼,西湖歌舞几时休。暖风熏得游人醉,直把杭州作汴州。"这是800多年前,有人写在南宋临安城小旅店墙壁上的一首小诗,带给了人们无穷的诗意和遐想。

那天,我们在宋城集团的第一世界大酒店,当黄巧灵用手指着墙壁给人们解说时,我觉得这首诗就写在这里的酒店墙壁上。

1138年,南宋王朝正式迁都杭州后,在凤凰山东麓原吴越王城和北宋州治旧址的基础上,兴建并扩建皇宫大殿。历经高宗、孝宗、光宗至度宗几代皇帝的努力,先后建造了丽正门、和宁门、东华门、东便门、西华门等"皇城五门"。还兴建了大庆、垂拱两座朝议宫殿及延和、选德、辑熙、勤政等24个内殿;并有阁、斋、堂、楼、榭、亭数百处,形成了方圆九里、蔚为壮观的繁华天城。

作为中国唯一依山而建的宫殿,南宋皇城遗址打破了传统中轴线对称格局,是中国历史上独一无二的非坐北朝南的王朝宫殿。且山水园林融入其中,是一处最为园林化、江南化的中国皇宫。

当时的临安城在中国古代城市发展史上,也占有极其重要的地位,是中国封建社会由封闭式的里坊布局,转变为开放式的街巷布局的一座典型城市。

"一色楼台三十里，不知何处觅孤山。"被元军攻破前的一年，难怪意大利的著名旅行家马可·波罗来到临安，一见惊艳，连连惊呼这是世界上最美丽华贵的城市。

登上凤凰山顶，举目四望，钱江在前，征帆点点，远山绰约；西湖在后，波光山影，柳堤烟树；东望城廓，西眺群峰。这样的天然形胜，也难怪宋高宗一见钟情。

如果站在钱塘江边向凤凰山眺望，见到的是更加辉煌的另一幕景象：一带红墙围绕，金顶碧瓦相映，依山而建的殿宇层层上升，飞檐画栋，金碧辉煌。入夜的皇城，更是"珠光宝焰烛山河"，极尽豪华，无比壮丽，望之犹如天宫。

凤凰山西麓的西湖更是千娇百媚。酷爱书画的高宗皇帝，南渡立足未稳，就广揽各地画师，画下一幅幅西湖美景，并取出一个个动听的名字：苏堤春晓、曲院风荷、平湖秋月、双峰插云、断桥残雪、南屏晚钟、雷峰夕照、三潭印月、柳浪闻莺、花港观鱼。君臣昼夜流连于湖光山色，"暖风熏得游人醉，直把杭州作汴州"。

如今，在皇宫后花园的凤凰山上，我们依然能看到当年的遗迹——月岩。它是一株巨石峰，石峰上部有一天然圆洞，洞径约45厘米。每逢圆月之夜，月光透过圆洞，投影于地上。这时天上人间，月成三璧，实在是人间奇景，这是当年皇帝嫔妃赏月的好去处。时下月岩仍在，但那后园皇宫，早已难觅踪影。

曾任宋城总顾问，也是南宋都城研究第一人的林正秋先生告诉我，南宋都城是中国历代最漂亮的皇城："从古人所讲的'形胜''王气'来看，南宋皇城依托凤凰山，围绕馒头山，利用自然地形布置宫殿、园囿和亭阁。宫殿布局因山就势，气势浑成，是中国古代利用地形组织建筑群的优秀例证。"

《西湖志》称馒头山为南宋皇城之案山。案山为朝山之延伸，好像贵人办公的书桌，凭案以处理各类事务。有案山则财富无量，如果无案山，则旷荡无拦，生气涣散。

从现代气象科学来看，古代"风水"就是如何选择能适应自然地理和气候特征的人居环境。南宋皇城西北倚凤凰山脉，冬季阻挡寒风；东南面临钱塘江，夏季清风徐来；身处高地，排水顺畅，不会形成积涝；皇城前城门临江，后城门接市，水陆交通皆便利，兼顾了战备、朝会、走访、出游等需要。

从建筑风格来看，南宋皇城高度园林化。皇宫内因坡地多，"随其上下以为宫殿"，仅各种各样的亭子就有90多个，园林化远高于历代皇宫。当然，这里还需感谢北宋时苏轼等人大兴水利，为杭州博得了"地有湖山美，东南第一州"的美誉。杭州历任的地方官，十分重视对西湖的整治。1089年，诗人苏东坡担任杭州知州，再度疏浚西湖，用所挖取的葑泥，堆成横跨南北的长堤（苏堤），上有六桥，堤边植桃柳芙蓉，使西湖更加美化。

从地理走势来看，它总体上西高东低，依山而建的宫殿层层上升。在三面青山的簇拥之下，皇宫既雄伟瑰丽，又仙气葱郁，恍若天城，美轮美奂。

此时，南宋都城不仅工商业十分发达，而且城市化轮廓的雏形出现。这在古代中国社会，尤其是农耕社会的发展史上，具有划时代的里程碑意义。

4

在浩瀚星河熠熠生辉的四个文明中，中国曾位于世界之巅。对于西方而言，中国历史上最强大的朝代，不是国内说得更多的唐朝，而是宋朝。这又是怎么一回事呢？

后来我有幸到国外做访问学者，见到德国历史学家在《白银资本》一书中的记载："中国的宋代在科学技术、生产力发展和商业的经营方面远超世界各国。"

这好理解，宋朝经济繁荣前所未有，农业、活字印刷和火药均有重大发展，与非洲、中东、欧洲等50多个国家和地区进行通商。宋代的财政收入，在王安石变法之后，已达到1.6亿贯铜钱，民众的生活也更加富裕。

美国学者费正清和赖肖尔在他们合著的《中国：传统与变革》中说："宋朝经济的大发展，特别是商业方面的发展，或许可以恰当地称之为中国的'商业革命'。"日本学者宫崎市定在《东洋近代史》中说："中国宋代实现了社会经济的跃进。都市的发达、知识的普及，与欧洲文艺复兴现象比较，应该理解为并行和等值的发展，因而宋代是十足的'东方的文艺复兴时代'。"最令人感叹的是，法国著名汉学家谢和耐在《南宋社会生活史》中直白地说："13世纪的中国是世界上最为先进的国家，它有权利将世界各个国家当作蛮荒之地。"

听到国内外专家学者们的不断赞叹，我倒觉得，时下，"南宋"不该再沉默下去。我这段时间，沉浸在杭州南宋都城的大街小巷，望着那些令人压抑的废墟或遗址，就像在翻阅着一部部史书，匆忙之中，就想赶紧寻找到南宋都城——那段湮没的辉煌。

有一天，我再一次来到位于杭州凤凰山东麓的南宋皇城遗址收集资料。作为12—13世纪中国都城建设杰出代表的复原，如今的杭州南宋皇城，分为宫城内和宫城外两个部分。宫城内殿、堂、楼阁有130余座，巍峨林立，光彩夺目。凤凰山御苑内保存了大量石刻遗迹，现辟为"南宋故宫遗址公园"。

不是要以史为镜、以史明志，增强历史自觉，把苦难辉煌的过去尽快与日新月异的现在以及光明宏大的未来贯通起来，开创属于我们这一代人的历史伟业嘛，那我们就从南宋政治建设、经济建设、文化建设、科技建设、社会建设"五位一体"，来看看它的核心要义吧。

故事一，南宋的政治建设。我们不但要看到南宋王朝外患深重、苟且偷安的一面，更要看到爱国志士精忠报国、南宋政权注重内治的一面。

我们清楚，匆匆建都的南宋所处的战时状况，一直影响着它社会方方面面，对政治体制的影响更为显著。南宋人说："今天下多事之际，乃人主马上图治之时。"如果说北宋初期最高统治集团的治国方略是力图从"马上得天下"转换为"马下治天下"，从重武轻文转换为崇文抑武，那么，南宋帝王则不得不"马上图治"。这时，我们不难发现，与北宋相比，南宋在政治领域有若干相当明显的变化。而这些变化大都与南宋处于战时状况有关。这就要求南宋实施战时政治。

南宋相权大增。像秦桧、韩侂胄、史弥远、贾似道，一个个权倾朝野，这在北宋只有一个蔡京能比。赵构不得不在政治上采用守内虚外的做法：对外苟且偷安；对内防武将。

宋孝宗之后，则把天下都委托给权相。南宋已回不到北宋那种分权制衡的状态去了，但是，因为血统遗传等原因，南宋政治又迈不过"权臣"这道坎。

从军事上看，南宋是造就爱国志士、民族英雄的时代。南宋王朝长期处于金朝、蒙古等外族入侵的严重威胁之下，为此南宋军民进行了100多年艰苦卓绝的抵抗斗争，涌现了无数气壮山河、可歌可泣的民族英雄，如宗泽、韩世忠、岳飞、文天祥、谢枋得、陆秀夫等。仅《宋史·忠义列传》就收录有爱国志士277人，其中大部分是南宋人。

从政治制度上看，南宋时期是中央集权加强、干强枝弱的时期。南宋继承了北宋"强干弱枝"政策，采取了在中央地方权力、官僚机构、司法、军权等方面加强中央集权的一系列措施，为维护国家内部统一、社会稳定和经济发展提供了良好的国内环境。

从用人制度上看，南宋是所谓"皇帝与士大夫共治天下"的时代。南宋时期，取士更是不受出身门第的限制，只要不是重刑罪犯，即使是工商、杂类、僧道、农民，甚至是杀猪宰牛的屠户，都可以应试授官，南宋的科举登第者多数为平民。

故事二，南宋的经济建设。我们不但要看到南宋连年岁贡不断、赋税沉重的状况，更要看到整个南宋生产发展、经济繁荣的一面。

南宋时期，尽管存在着激烈的民族矛盾和阶级矛盾，社会经济和文化事业还是有了一定的发展。宋金两国的人民凭着自己的聪明才智，改进各种生产方式，推动了整个社会的向前发展。江南地区除在南宋初年遭到南下金兵的侵扰外，社会相对安定，人口迅速增长。

对于南宋经济的时代特征，有学者将其归纳为"头枕东南，面向海洋"，并称其意义在于"由大陆帝国向海洋帝国转型"，系"具有路标性意义的重大转折"。这一概括虽然不无道理，但似乎又缺了点什么。

南宋经济的诸多方面，包括所谓"面向海洋"在内，均深受战时状态的制约。南宋经济以优先保障战争需要为出发点，具有战时经济的某些特点，诸如税收增加、通货膨胀之类。

从农业生产看，南宋出现了古代中国南粮北调的新格局。由于南宋政府采取兴修水利、鼓励垦荒的措施，当时有民谚称"苏湖熟，天下足"，原来较为落后的江南地区，已成为新的粮食生产基地。

加上北方人口的大量南移和广大农民的辛勤劳动，南宋时期，农作物单位面积产量比唐代提高了两三倍，总体发展水平大大超过了唐代。南宋时期农业的发展使江浙地区在元初成了中国农业最为发达的地区，出现了中国南粮北调的新格局。

从手工业生产看，南宋达到了中国古代手工业发展的新高峰。南宋时期，纺织业规模和技术都大大超过了同时代的金朝，苏杭的官营织锦院都备有织机数百台，工匠数千人，南方自此成为中国丝织业最发达的地区。

这时许多官窑，随着一起迁到南方。如著名的修内司官窑设于临安凤凰山下。景德镇已经发展为全国著名的制瓷业中心，产品销售各地，所烧瓷器极其精美，有"饶玉"之称。

南宋地处江南，交通运输多用船只，因而造船业较为发达，沿海等地都是当时的造船中心，南宋时期工匠们已经能制造出载重200吨以上的大船。

从商业发展看，南宋开创了古代中国商品经济发展的新时代。南宋继续"农商并重"的国策，出现了临安、成都等全国性的著名商业大都市，形成了四通八达的商业网络，冲破了长期以来"市""坊"分离的封闭式坊市制度，出现了住宅与店肆混合的"市坊合一"商业格局。不少地方还出现了弃农经商的现象，这反映了江南各地的商品经济较北宋时有了很大的发展。

南宋商品交易规模庞大，商税加专卖收益超过农业税的收入，改变了宋以前历代王朝农业税赋占主要地位的局面。从海外贸易看，南宋开辟了古代中国东西方交流的新纪元。对外贸易港口近20个，还兴起一大批港口城镇，形成了南宋万余里海岸线上全面开放的新格局，这种盛况不仅唐代未见，就是明清亦未能再现。

南宋帝国与印度洋北岸的阿拉伯帝国，构成了当时世界贸易圈的两大轴心。鉴于此，美籍学者马润潮把宋代视为"世界伟大海洋贸易史上的第一个时期"。

据不完全统计，这时，与南宋有外贸关系的国家和地区至少有60个，范围从南洋、西洋直至波斯湾、地中海和东非海岸。进口商品以原材料与初级制品为主，而出口商品则以手工业制成品为主，表明其外向型经济在发展程度上高于其外贸伙伴。

这里我想提醒大家的是，当下杭州之所以能成为"人间天堂"，成为全国历史文化名城，成为中国七大古都之一，很大程度上就是得益于南宋定都临安和南宋经济文化的高度繁荣。

故事三，南宋的文化建设。我们不但要看到南宋封闭保守、颓废安逸的一面，更要看到南宋思想学术和文化艺术发展繁荣的一面。

不同时代有不同的时代背景，不同时代有不同的主流文化。存在决定意识，与长期处于战时状态的时代背景和救亡图存的时代主题相适应，南宋文化具有救亡文化的某些特征。

仅在《宋史·忠义传》里，临危不惧、意气昂扬的悲壮之语不胜枚举，诸如"宁作赵氏鬼，不为他邦臣"；"生为忠义臣，死为忠义鬼"；"头可断，膝不可屈"；"生为宋民，死为宋鬼。赤心报国，一死而已"。"赤心报国"是国难当头的南宋最具凝聚力的响亮口号。文学史研究者许总教授将"扫胡尘""靖国难"称为南宋中期诗坛的"主旋律"。

"靖康之变"以后，生活于北方特别是京城开封一带的大批儒家学者和文化人，纷纷跟随宋高宗南下，他们中有以杨时、尹焞、胡安国、吕本中等人为代表的二程弟子和再传弟子，有以陈与义、苏汉臣、李唐、李迪为代表的著名画家，还有宫廷乐师和各种有技艺之人。

此后，仍有不少北方文化人陆续南下。他们的学术思想和文学、艺术才能，或通过薪火相传，或与南方文化相交流，互相学习，南北精华兼收并蓄，形成了先进的南宋文化。

南宋是古代中国学术思想的巅峰时期。王国维指出："宋代学术，方面最多，进步亦最著。"中国古代学术思想的新巅峰，最明显的一个标志是新儒学——理学思想的诞生。作为程朱理学集大成者的朱熹，是继孔孟以来最杰出的儒家学者。

另外，南宋时期维持了近百年学派间互争雄长和欣欣向荣的景象，形成了继春秋战国之后中国历史上第二次"百家争鸣"的盛况。

南宋是古代中国文学艺术的鼎盛时期。诗词、散文、绘画、书法、雕塑、音乐、歌舞、戏剧等艺术门类都对后世有重大影响。特别是话本小说和戏曲，更是开创了一个新的纪元。

元明以来的古今小说，《三言两拍》等短篇白话小说，明清时期的《水浒传》《三国演义》《西游记》等长篇章回小说，无论是从内容到形式，都是继承和发展了南宋的话本小说而来。

正如王国维在《宋代之金石学》中指出的："天水一朝人智之活动，与文化之多方面，前之汉唐、后之元明，皆所不逮也。"宋词在南宋达到鼎盛，著名词人有辛弃疾、李清照、陆游等。宋诗在唐诗之后另辟蹊径，开拓了新境界，一直影响到清末民初。

南宋话本小说的出现，标志着中国小说的发展已进入了一个新的阶段；南宋戏文的出现标志着中国古代戏曲艺术的成熟，为我国戏剧的发展奠定了雄厚基础。

宋代还是中国绘画史上的鼎盛时期，标志我国中古时期绘画艺术高峰的出现。有研究者认为："吾国画法，至宋而始全。"

南宋是古代中国文化教育的兴盛时期。宋代统治者将"崇经办学"作为立国之本。官学私学皆盛，彻底打破了长期以来士族地主垄断教育的局面。南宋的中央官学、地方官学、书院和私塾村校都获得了蓬勃的发展。当时，杭州的教育事业十分发达，开办的学校有太学、武学和宋学，合称"三学"，其中太学是全国最高学府。

南宋是古代中国史学的繁荣时期。陈寅恪先生指出："中国史学莫盛于宋。"著名作品有史学家袁枢的《通鉴纪事本末》，朱熹的《资治通鉴纲目》《伊洛渊源录》等。南宋在历史上第一次提出了"经世致用"的修史思想，对后代的史学家有很大的启迪和教益。

此外，南宋儒学文化传至东亚各国，与各国的学术思想和民族文化相融合，形成了东亚"儒学文化圈"。在现代东亚社会的政治、经济、思想文化、社会生活、家庭关系等方面仍然发挥着重要影响。日本学者还将宋代称为"东方的文艺复兴时代"。著名华裔学者刘子健认为："此后中国近八百年来的文化，是以南宋文化为模式，以江浙一带为重点，形成了更加富有中国气派、中国风格的文化。"

故事四，南宋的科技建设。我们既要看到整个宋代在中国古代科技史上的地位，又要看到南宋对古代中国科学技术的杰出贡献。

必须承认，南宋的经济促进了各种技术的发展。以前，中国的交易货币大多使用金银，过于庞大的商业交易钱财数额造成了携带不便的困扰。这时候，随着造纸术的发展，中国古代的第一种纸币"交子"在南宋出现。"交子"是中国历史上出现的第一种类型纸币。

英国学者李约瑟说："每当人们在中国的文献中查找一种具体的科技史料时，往往会发现它的焦点在宋代。"南宋的科技成就在很多方面居于世界领先地位。南宋对中国古代"三大发明"的贡献令培根赞叹不已："这三种发明已经在世界范围内把事物的全部面貌和情况都改变了。"南宋的科技成就，在许多方面居于世界领先地位。

南宋时发明的指南针已从指针发展成罗盘针，并应用于航海上，这是一项具有世界意义的重大发明。13世纪，指南针传入阿拉伯和欧洲各国，为欧洲航海家发现美洲和实现环球航行，提供了重要条件。

中国古代火药和火药武器的大规模使用和推广也始自南宋。东京设立了专门机构，制造火药和火器。南宋时期发明的管形火器"突火枪"，更是开创了人类作战史的新阶段。火药和火器在13世纪中期开始传入阿拉伯，后来传入欧洲。

文化事业的发展促进了南宋印刷业和造纸业的兴盛。南宋开始推广使用活字印刷术，出现了世界上第一部活字印本。当时官府、民间都从事书籍印刷。临安等地已成为印刷业的中心。临安国子监出版的图书，称"监本"，印刷技术颇高。造纸方面，在纸的品种和质量都有显著的进步。

南宋在制造技术上也取得了高度的成就。南宋发明了"冶银吹灰法"和"铜合金铁"冶炼法；开始使用焦煤炼铁（欧洲人在18世纪时才发明），是我国冶金史上具有重大意义的里程碑。南宋蚕桑丝绸生产，已形成了一整套从栽桑到成衣的过程，为明清的丝绸生产技术奠定了基础。

南宋在数学领域有巨大贡献。杰出数学家秦九韶撰写的《数学九章》提出的"正负开方术"，比西方早500多年。另一位杰出数学家杨辉，编撰有《详解九章算法》《杨辉算法》等10余种数学著作，收录了不少我国古代的数学著作中的算题和算法。

南宋在医学领域也有重要贡献。宋慈的《洗冤集录》是世界上第一部法医学专著，比西方早350余年。它不仅奠定了我国古代法医学的基础，而且被奉为我国古代"官司检验"的"金科玉律"，并对世界法医学产生了广泛影响。

南宋在农业技术理论上取得了重大突破。如我国现存最早的农学著作《农书》和柑橘专著《橘录》，世界历史上最早的菌类专著《菌谱》、植物学辞典《全芳备祖》和有关梅花的专著《梅谱》。

故事五，南宋社会建设。我们不但看到南宋一些富豪官绅生活奢华、挥霍淫乐的一面，更要看到南宋政府关注民生、注重民生保障的一面。

京城临安，是一座世界级的"华贵之城"。从州府上升为国都，这是杭州城市发展的里程碑。经过当时上百年的精心营建，临安已发展成为百万人口以上的大城市，成为当时亚洲各国经济文化的交流中心，还成为那个年代最为繁华的世界大都会，城市规模在十二三世纪时已名列世界首位，被意大利著名旅行家马可·波罗称赞为"世界上最美丽华贵之天城"。

南下的中原文化全面渗透到临安本土的吴越文化之中，又形成了临安独特的社会生活习俗，表现在语言、饮食、休闲安逸的生活氛围等方面，并影响至今。

临安的社会是本地居民与外来人员和谐相处的社会，临安的文化是南北文化交融、中外文化交流的结晶，临安的生活是中原风俗与江南民俗相互融合的产物。临安更是一座南北荟萃的生活城市。

南宋社会快速发展得益于租佃制普遍发展。地主招募客户耕种土地，客户只向地主交纳地租，不承担其他义务。在大部分地区，客户契约期满后可以退佃起移，人身依附关系大为减弱。客户直接编入宋朝户籍，承担国家某些赋役，不再是地主的"私属"，因而获得了一定的人身自由。随着商品经济的发展，南宋农民可以比较自由地迁徙，转向城市从事手工业或商业的活动。

南宋商人社会地位得到了提高。"士、农、工、商，皆百姓之本业"成为社会共识。在手工业作坊中，工匠主和工匠之间形成了雇佣与被雇佣关系，新的经济关系推动了南宋手工业经济的发展，又促进了资本主义生产关系的萌芽。

南宋市民阶层开始登上历史舞台。"坊郭户"是城市中的非农业人口。"坊郭户"作为法定户名在两宋时期出现，标志着城市"市民阶层"的形成，市民阶层开始作为一个独立的群体正式登上了历史舞台。

不能遗忘的是，南宋社会保障制度更为完善。南宋实行"荒政"制度，就是由政府无偿向灾民提供钱粮和衣物，或将钱粮贷给灾民，或将灾民暂时迁移到丰收区等。南宋政府实行"养恤"制度，针对不同的对象设立了不同的养恤机构，如福田院、居养院、安济院、慈幼局等。此外，还实行"义庄"制度。义庄主要由一些科举入仕的士大夫用其秩禄买田置办，义田一般出租，租金则用于赈养族人。

南宋是中国的一个鼎盛时期，南宋都城率先走在了世界前列。不容置疑的是，南宋的建立最后确立了中国文化重心南移的历史进程，在此后的800多年间从未遭到逆转，对中华文明的传承起到了不可估量的作用。

5

结束本故事前，得知浙江2021年正式提出实施"宋韵文化传世工程"，打造以宋韵文化为代表的浙江历史文化金名片，建设具有中国气派和浙江辨识度的重要文化标识。

这里的"韵"是什么呢?

原本以为是中国古代审美范畴之一,后发现宋韵文化的"韵",则更具有丰富的内涵,包括宋代辉煌的文学艺术之风韵,涵盖宋代人格气象的神韵,还指向宋代时代精神的气韵。

宋韵在外延上又拓展为从宋代传承至今的文化内涵与底蕴,展现为文学、思想、艺术、礼俗、民情等贴近当代民众生活、反映时代精神的文化,集中在诗词文赋、书法绘画、佛道信仰、学术思想、建筑风貌、乡贤名宦、礼俗文化、地域文化等多个领域。

在这里,宋韵文化的精神内核到底又是什么?

我的理解,就是宋代士大夫积极参与政治与社会建设,无论是宋人所谓"与士大夫共治天下""养士三百年"的判断,还是"先天下之忧而忧,后天下之乐而乐"的自我定位,都反映出文人士大夫介入政治革新,以国事、天下事为自己的历史使命的责任感、家国情怀和担当精神。宋人的风骨集中体现在家国情怀、道德实践、哲学思辨、科学思想、爱国精神等方面,共同造就了中国历史文化场合中具有高度的宋代文明,也参与构成中华民族爱国精神的脊梁。

南宋的杭州,至少有五大精神值得继承与发扬——

"经世致用"的务实精神。

南宋"富民"思想、"经世致用"务实精神和"义利并重""工商皆本"的国策,推动了大批农村剩余劳动力不断涌入城市，从事商业、手工业、服务业等经济活动，同时大批北方中原工商业者下江南，则进一步促进了南宋经济的繁荣。发达的南宋经济是多元交融、开放兼容、创新创造的经济，是士、农、工、商多种经济成分相互渗透、本地居民与外来人员多元创业、中原经济与江南经济相互融合、中外交流交换交融的经济。时下我们要打造浙江"共同富裕示范区"，是不是尤要吸取南宋"富民"思想的合理内核？

"精致开放"的人文精神。

"精致和谐、多元开放"，是南宋都城文化的最大特色。南宋时期，临安不但出现了吴越文化与中原文化、南宋文化与海外文化的大交流，形成了多民族的开放融合、多元文化的和谐交融，使南宋经济呈现出高度繁荣繁华，也使杭州呈现出精致精美的特色。农业生产精耕细作，工艺产品精美绝伦，饮食菜肴细腻味美，园林建筑巧夺天工。正是南宋临安"多元开放"的气魄和"精致精美"的特色相互渗透与融合，才使杭州的城市发展达到了极盛时期。

"寒门入仕"的宽宏精神。

南宋采取"崇文优士"的国策和"寒门入仕"、网罗人才的做法，制定保护文士的措施，以宽松、宽容的态度对待文人士大夫，使之与北宋并为封建社会中思想文化环境最为宽松的时期。同时，"寒门入仕"通道的开辟，使一大批中小地主、工商阶层、平民百姓出身的知识分子得以通过科举入仕参政。这种相对自由的政治环境和不拘一格选拔人才的政策，为政权的巩固，为经济、文化、社会的发展提供了人才支撑和知识支撑。当前，我们尤要营造"凭劳动赢得尊重、让知识成为财富、为人才搭建舞台、以创造带来辉煌"的氛围，鼓励成功、宽容失败。

"体恤民生"的人本精神。

南宋继北宋后继续倡导"儒术治国"，信奉儒家的济世精神，在社会领域里初步形成了"农商并重"的格局，"士农工商"的社会地位较以往相对平等；在思想学术领域，"不杀上书言事者"，使士大夫的思想言论较以往相对自由；在人身依附关系上，农民与地主、雇工与手工业主都较宋代以前相对松弛；在社会保障制度上，针对不同人群采取不同的社会福利措施，各种不同人群较宋前有了更多的保障。整个两宋时期长达320年的统治过程中，尽管周边先后有契丹（辽）、西夏、吐蕃、金、蒙古等政权的威胁，百姓负担也比前代沉重得多，但宋代大规模的农民起义却少于前代，这与当时人们社会地位相对平等、社会保障受到重视、家庭问题处理妥当不无关系。如今，我们所有的工作都必须以人为本、以民为先，发扬民主，关注民生。

"绿水青山"的低碳精神。

杭州自然山水环境得天独厚，经过南宋100多年来"固江堤、疏西湖、治内河、凿新井"，"建宫城、造御街、设瓦子、引百戏"

等多方面的措施，生态环境、旅游环境、休闲环境大为改观，极大地丰富了杭州的旅游资源。南宋为我们留下的不但是一面"南宋古都"的"金字招牌"，还留下了"安逸闲适"的休闲环境和休闲氛围。独特的自然山水、休闲的环境氛围，使当年南宋都城临安人注重生活环境、讲究生活质量、追求生活乐趣。这些也是我们为了百姓美好生活需要值得借鉴的。

　　站在南宋定都临安近千年后的今天，有一种重返历史的感觉，仿佛穿行在历史的深处，甚至听到唐风宋韵声音与大自然的怦然心跳，触发我们感知着过去，触摸着今天，又畅想着未来。

第 四 章

····

穿越在历史文化时空

　　这是一个春暖花开、莺飞草长的暮春，我们来到杭州西湖，眼前不知怎么跳出了许多诗意幻境，从陆游"小楼一夜听春雨，深巷明朝卖杏花"，到苏轼"水光潋滟晴方好，山色空濛雨亦奇"；从虞伯生"徘徊龙井上，云气起晴昼"，到白居易"乱花渐欲迷人眼，浅草才能没马蹄"……一连串的江南意象，让杭州成了自古文人墨客的精神家园。杭州是一座有着8000年文明史、5000年建城史的城市，还是历史上吴越国和南宋的都城，历史文化底蕴深厚。

　　杭州自古是经济富庶和文化繁荣之地，良渚古城遗址、京杭大运河、西湖、六和塔、岳王庙、灵隐寺、雷峰塔等历史古迹，家喻户晓，让杭州有了"人间天堂"的美誉。

　　梳理杭州历史文化谱系，我们会发现，杭州是中国历史上最早、最闻名的"千年都会"之一，是代表我国传统人居"地景、城市、建筑"结合最高成就的"人居杰作"，是保存大运河系统格局与运河文化延续的珍贵样本，更是中华文明发源与兴起的实证圣地，历史文化已经名正言顺成了杭城的灵魂。

如今，我们到了要像爱惜自己的生命一样，保护好杭州这座城市的历史文化遗产的时候。

1

历史已经让我们不得不承认，一个城市的历史遗迹、文化古迹、人文底蕴，本来就是城市生命的一部分，历史文化名城无疑更是中华民族的瑰宝。有人就将1982年作为城市历史文化保护的元年。1982年以来，国家先后命名了一些重点保护的国家级历史文化名城。

根据《中华人民共和国文物保护法》，这里历史文化名城是指保存文物特别丰富、具有重大历史文化价值和革命意义的城市。从行政区划看，历史文化名城并非一定是"市"，也可能是"县"或"区"。

有意思的是，我在当地城建档案馆查阅资料时发现，1982年杭州入选全国历史文化名城时，已经率先全国提出点、线、面的保护思路。在杭州市勘测部门留下的案卷，题名为《1980—1981杭州历史名城保护示忘备二份》的资料中，我见有一张草图，上面留有杭州文物保护的一些思考，主要围绕西湖等历史文化遗产的保护，将文物古迹、风景名胜保护点，及江河水系、传统商业街区等保护"线"，列为保护内容。西湖风景名胜还划定了保护范围和影响范围，初步反映了点、线、面的保护思路。

我老老实实地在档案中查找到1982年2月8日国务院的批文，见到杭州列入国家第一批历史文化名城名单时，还有长长的一段描述，可作为对杭州历史文化名城的一种解读：

> 杭州是中国的六大古都之一，已经2200年的悠久历史，古称钱塘、临安，吴越、南宋先后建都于此，是著名的历史文化名城、国际风景旅游城。早在13世纪，便被意大利著名旅行家马可·波罗赞为"世界上最美丽华贵之天城"。
>
> 杭州尤以西湖秀丽迷人的自然风光闻名于世。美丽的西湖三面环山，一面濒城，两堤卧波，三岛浮水；风景秀丽，四季异色，古迹珠连，名人荟萃，历代诗人吟咏不绝。临钱塘江，拥西湖，武林群峰，苍翠欲滴，亭台着意点缀山水间，故有"人间天堂"之称。
>
> 杭州自然景观和人文景观十分丰富，文物、古迹众多，古代庭、园、楼、阁、塔、寺、泉、壑、石窟、摩崖碑刻遍布。全市现有60多个对外开放景点和40多处重点文物保护单位，以灵隐寺、六和塔、飞来峰、岳庙、西泠印社、三潭印

月、花港观鱼、龙井、虎跑等最为著名。近年来，又新建杭州之江国际旅游度假区，新辟景点杭州宋城、中国茶叶及胡庆余堂中药博物馆等。

紧接着，1983年5月，凝聚了无数规划师心血的《杭州市城市总体规划（1978—2000年）》获国务院正式批复。规划将城市性质确定为"浙江省的省会，全国重点风景旅游城市和国家公布的历史文化名城"，同时发展第三产业，限制重工业，并搬迁城市中心区内污染环境的小型工厂。

根据国家批文，对杭州历史文化名城的定性，到底如何把握？这个问题必须搞清楚，这是城市发展的灵魂。

有人对杭州历史文化做了一个较为简洁的诠释——

从历史文化看，杭州历史悠久。早在5000年前就产生了良渚文化，五代吴越国和南宋王朝两代定都于此，是我国七大古都之一。杭州文化积淀深厚，良渚文化、吴越文化、南宋文化和明清文化，形成了一个完整的文化发展系列。

同时，西湖、运河、良渚是杭州历史文化名城建设中三张最闪亮的金名片，是城市别样的精彩、独特的韵味。西湖是"东方文化名湖"，西湖文化景观完美地体现了中国传统文化中的"天人合一"。大运河是杭州"城之命脉"，也见证了杭州的成长与变迁。良渚古城遗址是实证中华5000年文明的圣地，建立了扩大中华文化影响力的重要阵地。杭州，名副其实地成为我国东南部风景名胜优异、人文古迹荟萃的名城。

从艺术文化看，杭州是中国历史文化名城。早在四五千年前的新石器时代，杭州地区就有先民繁衍生息。春秋时，吴越争霸，杭州即已为两国反复争夺之地。秦朝时，以大江而得名"钱唐"。唐朝时，为避国讳，改称"钱塘"。至宋朝时，杭州进入了繁荣发展的鼎盛时期，并在"靖康之变"后成为南宋的国都。其时，城市之富足繁荣，一时无两，被称作"鱼米之乡""丝绸之府""人间天堂"。

解放后几十年的发展中，杭州已经成为浙江省的政治、经济、文化中心，长江三角洲地区除上海以外的第二大中心城市。

杭州在其漫长的发展过程中，逐渐形成了独特的文化特征。春赏苏堤春晓，夏游曲院风荷，秋被满陇桂雨，冬踏断桥残雪，已是每一位杭州游客的雅趣。当然，毕竟做过一国之都，柔柔风情的杭州背后也有铮铮铁骨，"靖康耻，犹未雪，臣子恨，何时灭"的千古绝唱，即表白了岳武穆坚执的信念。

从诗词文化看，因杭州土地肥沃，依江傍海，物产丰富，并且在历史的大多数时期远离战祸，使得自古以来这里就是文人骚客聚集之地。"忆江南，最忆是杭州"，"欲把西湖比西子"等诗句，即是文化杭州的最佳注脚。

大诗人们丰富了杭州的文化气质，也为杭州的美景作出过贡献。唐代白居易、宋朝苏轼，都是中国历史上著名的政治家、文学家，两人在杭州为地方官期间，先后组织修建了西湖上的白堤、苏堤。景中有诗，景中有文化，这是杭州特有的格调。中国历史上还有一位文武双全的天才科学家，《梦溪笔谈》的作者沈括，也是杭州文学史上不得不提的人物。

从民间文化看，《梁山伯与祝英台》是中国四大民间传说之一，经过1600多年的发展，梁祝已经从最初的民间爱情传说逐渐演变出各类文艺形式，形成了国内外闻名的梁祝文化。可以这样说，梁祝传说遍布世界上任何一个有华人的地方。杭州是梁祝传说最重要的发源地，而其中万松书院就是传说中梁山伯与祝英台同窗共读的地方。

《白蛇传》同样是中国四大民间传说之一，成型于南宋时期的杭州，后来流传于全国，并且传扬到日本、朝鲜等多个国家。《白蛇传》有非常重要的思想价值，并具有历史学、民俗学以及艺术学价值，白素贞与法海等人物形象成为中国艺术长廊中重要的典型形象。《白蛇传》与西湖、断桥以及雷峰塔都有着密不可分的关系，这些都使得杭州充满了更为丰厚的文化底蕴。

从居住环境看，生活在杭州，就是生活在了天堂。典型的江南水乡，"沾衣欲湿杏花雨，吹面不寒杨柳风"。被这样的气候滋养千年的杭州人，也以温和的性格、清秀的外表，以及"吴侬软语"给大家留下了深刻的印象。杭州物产丰富，气候温和，加之以青山隐隐、碧水潺潺，成为中国居住幸福指数最高的城市，曾获联合国

"人居奖"，获"国际花园城市"称号。另外，杭州在诸如"最绿化""最卫生""最环保"等诸多评比中皆是名列前茅。对了，杭州还是公安部评出的全国"最具安全感城市"。生活在这里，安心。

杭州的居住环境，还必须要突出美景、美食。以西湖为代表的水乡景色自不必言，前后有西湖十景、西湖新十景享誉世界。其他还有钱塘江、灵隐寺、六和塔，也都是集美丽景色与历史文化于一身的绝佳去处。杭州自古即是鱼米之乡，其本邦菜自成体系，色鲜味淡。西湖醋鱼、龙井虾仁、宋嫂鱼羹等特色菜更是八方游客的首选。

从茶文化看，杭州龙井茶，素以"色绿、香郁、味甘、形美"四绝而名扬天下。自南北朝起为人所知，杭州龙井已有1500年的历史。唐宋时，世人皆以饮茶、品茶、赏茶为荣，杭州龙井茶更是清名远播。苏东坡诗"从来佳茗似佳人"，便是当时茶文化的真实写照。清朝乾隆皇帝六下江南，四次视察龙井茶产区，最喜品茶吟诗。

时至今日，龙井茶已隐隐然成了神州香茗之魁首。虎跑泉水配龙井茶，这是杭州人特有的福气。杭州的茶文化源远流长，就连其茶艺馆也有独到之处。杭州的茶艺馆，讲究人与自然、人与茶的高度和谐，务必要让茶客能够在喧嚣的闹市之中，得到一份如茶般的心灵感受：恬淡、隽永。

从丝绸文化看，杭州素来就有"丝绸之府"的美誉，在杭州，丝绸文化的历史几乎可以和人类的发展史同龄。早在良渚文化时期，杭州地区的先民就已经掌握了种桑、养蚕、织帛的工艺；之后逐步发展，到唐朝盛世时，杭州丝绸已是宫廷贡品，被誉为"天下之冠"。几乎同时，杭州丝绸开始向几乎整个世界出口，从而形成了大名鼎鼎的"丝绸之路"，为中国与世界的交往打开了一扇窗。

丝绸象征着华美而精致，富足而和谐，这与杭州人的气质追求、生活情调高度吻合。可以说，5000年来一直在致力于丝绸文化的发展和传播的杭州人民，也一直在为这种被称为"东方艺术之花"的艺术所感染，从而将丝绸文化深深地融入血液中。

杭州织锦有的富丽堂皇，有的薄如蝉翼，有的轻柔飘逸，有的雍容华贵，非常适合客厅以及卧室的装饰之用；同时又非常实用耐用，因此也被国际上认可为"东方艺术之花"，非常具有收藏及馈赠价值。

从陶瓷文化看，杭州的南宋官窑成于凤凰山的脚下，是专门为皇族烧瓷的窑厂，在我国宋代五大名窑之中位居榜首。现存的成品因其稀少的数量而又精美的工艺水平成为国内外博物馆和陶瓷家们所钟爱的古瓷器，因此是中国古瓷中青瓷的最高水准。南宋官窑青瓷具有薄胎厚釉、紫口铁足、釉面开片的特点，精美的样式同"雨过天青"的釉色，从视觉上给人以无与伦比的享受。

经过漫长的历史时期，喜爱瓷器的人们不希望看到南宋官窑的落寞，并希望能够使之发扬光大，后来仿制的南宋官窑便应运而生了。仿南宋官窑没有因为仿制而有一点逊色之处，通过传统的制作工艺，同时融合了现代人的创意和观念，更别具一格。

从传统戏剧看，因杭州古时被称为武林，所以杭剧的曲调被称作武林调，其戏班称为武林班，这并不是剧种的真实名称。杭剧是在"坐唱曲艺宣卷"的基础上而出现的，正式搬上舞台演出是在1923年，特别是在抗日战争之前兴旺发达。解放以后，杭剧得到了发展，但那时在全国也仅有一个专业剧团，其中剧目以《独占花魁》《银瓶》《李慧娘》最为出名。

正是因为有了上面这些林林总总的文化，杭州才有"文献之邦"的美称，历史文献丰富翔实。曾经有人统计过，光是东汉以来的存世杭州文献就达2000余种，可谓"泱泱两千年，皇皇两千种"，真的不得了啊！

2

面对这么多历史文化，人们愈来愈清醒地认识到，保护和发展城市的历史文化，责任重大，义不容辞。但这个问题，又一度成了杭州人的心病。

杭州市政协原主席沈者寿，曾在萧山任职，那时我在萧山一家省属企业当厂长，我们就已是老朋友。说起历史文化名城，他讲了自己会同全国政协在杭州的一次考察调研，算是一次重量级的为杭州把脉问诊。

那是1994年10月18—21日，秋高气爽的杭州城，迎来了"全国政协历史文化名城保护情况调查团"一行。

这次的调查团规格非常高。团长是博学睿智的钱伟长先生，他时任全国政协副主席，又是蜚声中外的科学家、教育家、社会活动家；调查团成员中，有我国老资格的城市规划设计专家郑孝燮先生，也有考古文物、建筑园林、水利气象、能源环境和教育文化等各个领域的资深专家学者，可谓人才济济，高手云集。

在考察调研基础上，调查团在杭州大华饭店二楼会议厅召开了座谈会，各路专家学者坦诚建言，即便今天听来，也是醍醐灌顶。

中国城市规划设计院研究院高级顾问郑孝燮建议，要把皇城遗址保护下来。可以搞个运河博物馆、钱塘江博物馆。运河、钱塘江的海塘也是历史文物，海塘是钱王的重大贡献。还可以建工程博物馆、戏曲博物馆，以此来反映我们的历史文化。西湖风景区内会有一些建筑出现，但切忌搞高、大、洋。

东南大学建筑学教授郭湖生建议，到旧城以外建新区。杭州历史文化名城的重头戏是吴越国和南宋这两个历史阶段。为了保护名城，需要适当扩大现有市区行政区划，到旧城以外建新区，把城市一部分功能和一部分居民疏散出去，把建设重点放到新区，省里应该考虑。杭州市的规划应增加城市设计，以免造成失误。作为历史文化名城，有些地方需成条街坊地保护和利用。

中国社会科学院考古研究所研究员徐苹方建议，另建新区减轻旧城负担。杭州突出的问题是负荷太重，人口太密，用地紧张，唯一的办法是另建新区，减轻旧城区的负担，以便保护名城。文物保护要能严格按"修旧如旧"的原则来进行，不要轻易改变他们的形状。良渚文化遗址反山、瑶山特别是大观山遗址的重大发现，在世界考古学上也是罕见的。要看好、管好、保护好遗址，不能让人盗挖。把良渚文化申报到联合国，成为世界文化遗产。

全国政协教育文化委员会副主任、九三学社中央副主席陈明绍建议，古城风貌不要局限于山水。既要保护、维护古城风貌，又要与发展现代化相结合，还要注意生态环境。

国家文物局副局长张柏建议，保护历史文化名城，治水是很重要的一环。希望在规划中能很好体现保护好丰富的有中国特色文化内涵和世界闻名的自然景观的措施，以体现历史文化名城的特点。胡庆余堂中药博物馆附近的街道和一些老的民居要坚决保护住，胡宅、茅宅这些要坚决保住，同时要重点保护好文物保护单位。把历史文化名城保护好是杭州的巨大财富，也是全人类的财富。

建设部规划司副司长王景慧建议，西湖要严格控制建筑层高。杭州需要拓展新的发展空间，现在要按"城市群"的概念来进行总体规划，这是城市规划和城市建设的一个重大发展。保护西湖风景区的景观环境，要考虑到整个环湖的景色。西湖东岸、北岸可能还需做很多的工作。没有西湖景色，杭州的地位也就大大降低。西湖环湖的自然特点对一个现代化城市具有特殊意义，要严格控制建筑的层高。

全国政协副主席钱伟长建议，杭州应再搞一个历史博物馆，良渚文化、运河开发、吴越王钱镠、南宋皇都这些都放进去。指导来看的人认识历史文化名城，历史文化名城是可以现代化的。一个水系对保护名城十分重要。杭州要不要建新区？希望省里能支持市里，下决心建新区，要靠建新区来减轻旧城区的负担。不同意在萧山靠江边搞工业区，因为风向会把工业污染吹到风景区来，形成"雾都"现象，污染城市和风景区。那个地方可以搞住宅区、商业区，千万不能搞工业区。我们一定要建设一个清洁的、现代化的，又有生产，又有旅游，又适宜于人民居住的都市。另外，还可考虑恢复、重建雷峰塔，利用钱王祠现址建筑，搞一个吴越国的陈列室。用历史来说明那时建立的海塘，对杭州乃至杭嘉湖平原的发展起到积极作用，是有功的。

可以肯定地说，这次全国政协调查团来杭考察调研意义十分重大。两年后的1996年，杭州把占地面积76平方千米的原属萧山市的西兴、长河、浦沿三镇新建为滨江区，划入杭州市区，迈出了"跨江发展"的坚实一步。2001年，又将总面积2643平方千米的原萧山、余杭两市"撤市建区"，成为杭州市的两个行政区；同一时期又在钱塘江边着手新建15.8平方千米面积的钱江新城。继而，建立西溪湿地自然保护区，着力改善古运河水质，营造古运河文化，有效保护"良渚文化遗址"，成功实现西湖列入世界文化遗产。这些重大举措和所取得的重要成果，都受到全国政协调查团建言献策的积极影响。

把握了正确的方向，杭州历史文化保护也从背街小巷进行了突破。一位德国环境专家，面对杭州一条条特色各具、古韵盎然的街巷，兴奋地说："杭州的古城保护与欧洲做得一样好！"

"与欧洲做得一样好"，却与国内众多城市不一样。建设部专家说是创造了"背街小巷改善的杭州模式"；文史专家认为是"历史文化名城保护的杭州模式"；98%的杭州市民则认为这是一个使他们满意的"民心工程"。

在那四年中，杭州投入几十亿，改善了街巷2172条，192万居民生活得到改善。可以说，背街小巷改善工程是杭州市近年来涉及面最广、参与人数最多的基础设施工程，也是市民最为满意的工程之一。

联合国世界旅游组织的丹麦专家艾瑞克和英国专家罗伯特在考察背街小巷改善工作后分别题词："一个幸福的休闲之地"；"一个非常优秀的社区运行的典范"。

不过，我国的城市建设曾一度留下许多破坏历史文化的遗憾，或者许多城市建设千城一面，文明碎片渐渐湮没，文化遗存慢慢消逝，而这时杭州背街小巷改善工程，恰好为城市建设提供了借鉴的经验。

杭州是一个有着5000年建城史的历史文化名城，它的文明物化在数千条小街小巷中。街巷承载着杭州特有的历史文化，蕴藏着独特的人文内涵。历史文化若消失，"皮之不存"，名城"将焉附"？

也许，保护与发展永远是古城的一对矛盾。对老街巷如何保护，对古城历史文化如何保护，杭州已经无法绕开。

这时，背街小巷改善工程，还被列为杭州市政府10项为民办实事之首。当年年初，一个全市性地毯式的街巷普查随之开始，目的是彻底查清街巷现状；"背街小巷改善工作领导小组及办公室"宣告成立，老街巷被逐条排摸出来。街巷怎么改善修复？时任浙江省委常委、杭州市委书记王国平提出：问需于民、问计于民、问情于民，落实群众的知情权、选择权、参与权、监督权。日后产生重大影响的"三问四权"就这样诞生了。

改善后的背街小巷告别了脏乱差的历史，交通序化、道路洁化、环境美化、景观亮化，环境面貌大为改观，城市品位得到显著提升。这一工程为老百姓办了一件家门口的好事，体现了"改善为人民，改善靠人民，改善成果由人民共享，改善成效让人民检验"。

抢救历史文化，唤醒历史记忆，保护历史遗存，这已成工程追求的目标。在大学路，街巷普查工作人员发现，派出所的旧房竟是郁达夫旧居，搬走！100多年前，林启在这条小巷创办求是书院，这里是浙江大学的前身，恢复！这些湮没在尘封中的历史被挖掘了出来。

几乎每条街巷后面都有着动人的故事。惠兴是一个矢志办学的女子，1903年，她创建了杭州第一所女子学堂。为挽救将倒闭的学校，她以命相搏，留下遗言，毅然赴死，因此震动朝野，清政府决定把学校收归国有，这就是今天的惠兴中学，于是这条路便被命名为惠兴路。

为彰显老街的历史文化，街巷改善工程用雕塑、字画碑刻等形式展示民俗风情和历史典故，一些已被遗忘的典故、传说被重新挖掘出来，立了碑、上了墙，反映老浙麻历史的金华路、于谦祠所在的祠堂巷等一大批富有地域特色和人文韵味的老街巷被发掘出来。

有人做过统计，背街小巷内的文化遗存占杭州全市的三成，仅历史建筑，原来全城500多处，经挖掘整理，现已增至1000余处。

耶稣堂弄，一坛青绿中，黑色大理石基座上耸立着早已"别了"的司徒雷登。这位原美国驻中国大使、曾经的杭州市荣誉市民，他的童年就是在这里度过的。现在这段尘封的历史在司徒雷登纪念馆再现。

著名诗人陆游"听春雨"的小楼蛰居在孩儿巷深处，白墙黑顶的老宅前立着一方石碑——"陆游旧居"。

巷以人名，人以巷传。承载着绝代才女林徽因美好童年的蔡官巷；将历史展现于粉墙黛瓦间的察院前巷；刻满宋词、展现御街繁华的东园街，人们能从这些古街区中读出城市的历史年轮。

街巷是城市历史文脉的微循环，背街小巷的改善使城市历史文化血脉畅通了。为了更好地发挥被挖掘出来的历史文化，杭州市城管办与有关部门合作组织了"小街巷大变化，背街小巷改善工程摄影大奖赛"，编辑出版了《小街巷大变化》画册和反映杭州街巷历史文化的《小巷故事》一书，摄制了42集电视系列片《小巷故事》，绘制了《杭州的小巷》旅游图，开发了"杭州名人名巷一日

西湖全景（马立群 摄）

游"，把整洁带入街巷、将文化带出街巷。

有人这么评价："杭州已进入新中国成立后历史文化保护最好的时期！"背街小巷的改善使杭州市民的生活品质又向前迈出一大步，使得杭州连续14年名副其实地成为中国最具幸福感的城市！

3

历史上的杭州，城市的发展始终围绕着西湖进行。杭州与西湖已经共同营建了一个理想的山水城市，将历史与现代和谐地融于一体，是中国城市发展的典范，也是老百姓最向往的居住生活环境。秀美和舒适，温润和开远，宁静和沉稳，健康和发展所组合起来的一个个杭城品格，使我们清晰地感受到幸福生活的底蕴。

是的，杭州并不是一个年轻的城市，西湖也不是现在才真正美丽。千百年来，杭州人对西湖的营建和保护，恪守着自然与人合二为一的理念，实现着民族情怀和传统美德的不懈追求。杭州的西湖，是历史奉献的人间天堂，也是生活提供给我们学习和思考的一个典范。

西湖的历史，其实就是一部保护与治理的历史，就是城市建设与景观建设相辅相成的历史。其中一脉相承地贯穿了中国传统山水文化，体现了天人合一。

这种天人合一的延续性，可能是其他城市难得多见的事情。为什么这么说呢？中国拥有湖泊的城市很多，但像杭州这样城市发展与景观和谐并存的却鲜少有之。这恐怕在于杭州人早已将传统山水文化的理念，与对西湖的治理融合在一起，并将这种融合一直延续光大。

应该说，无人不知雷峰塔是杭州西湖的一处显著地标，"雷峰夕照"自南宋开始就是西湖十景之一，至今已有逾千年。

雷峰塔是由吴越国王钱弘俶为祈求国泰民安，在北宋太平兴国二年（977年）选择在西湖南岸夕照山上建造的供奉佛螺髻发舍利的佛塔，原拟建13层，后因时事动荡，财力不济，设计建7层，最终竣工时，只造了5层。

钱弘俶为感谢皇室封孙太真为皇妃之恩，将所建的雷峰塔称为"皇妃塔"。有诗云："一枝龙蕊施禅关，法苑珍逾旖旎山。更与真妃留塔记，细书经尾礼华鬟。"

1120年，宋徽宗赵佶宣和二年，方腊起义军攻入杭州，雷峰塔因战乱遭到严重损坏。1138年，宋高宗赵构将都城从应天府迁至杭州。1171年，南宋乾道·七年，佛教智友法师重修雷峰塔，高5层。明嘉靖年间，雷峰塔木结构檐廊毁于兵燹，仅存赭色砖塔塔芯。雷峰塔黄昏时与落日相映生辉的景致，受到南宋著名画家李嵩的赏识，他在《西湖图》中称之为"雷峰夕照"。

1555年，明代嘉靖三十四年，倭寇入侵杭州，疑塔中有伏兵，纵火焚烧雷峰塔，仅剩砖砌塔身，通体赤红，依然屹立，一派苍凉。雷峰塔因此也被称为西关砖塔。明朝末年，著名剧作家冯梦龙在白话短篇小说集中，收录了民间故事《白蛇传》，也为雷峰塔增添了神话传说的色彩。

清代初期，雷峰塔仍为赭色砖塔，康熙帝南巡时题额"雷峰夕照"。到了清末，民间流传说，雷峰塔的塔砖塔土可以熬水驱病健身。因此，雷峰塔底层的砖土不断被民众挖取，渐成危塔。

1924年9月25日下午，雷峰塔身突然倒塌。塔倒那一刻，围观的人群居然一片欢呼雀跃。著名大文豪鲁迅，为此曾连发两篇雄文，论雷峰塔的倒掉。大诗人徐志摩则在《再不见雷峰》诗中，抒写了塔倒后的无限忧伤："再没有雷峰，雷峰从此掩埋在人的记忆中，象曾经的幻梦，曾经的爱宠。"

就这样，轰然倒塌的雷峰塔，不久就沦为废墟。1935年，建筑学家梁思成提出重建雷峰塔构思，并说明宜恢复原状。1983年5月，国务院批准《杭州城市总体规划》中，专门下达了重建雷峰塔工程计划。

不知什么原因，直到1999年7月，杭州才做出了重建雷峰塔、恢复"雷峰夕照"景观的决定。2000年12月26日，雷峰塔重建工程正式奠基。

2001年3月11日，雷峰塔遗址和地宫开始发掘，地宫的洞口就位于塔心部位，距塔首层地面2.6米，地宫口用一块方形石板密封，石板上则压着一块重达750公斤的巨石，地宫体积不大，长约0.5米、宽约0.5米，深度约1米，出土了包括吴越国纯银阿育王塔、鎏金龙莲底座佛像等在内的60件珍贵文物和数千枚"开元通宝"古钱币，轰动海内外。

说到这里，人们又会发问，是什么原因，造成雷峰塔400多年一直未能重修？

我们的回答很简单，就是受《白蛇传》故事影响太深的缘故嘛，使得人们纷纷带着这一朴素情感，期望早日让白娘子获得自由，唯有雷峰塔早日倒掉。

2002年10月25日，重建落成的雷峰塔揭匾，这个历经千年沧桑的雷峰塔再现辉煌。如今，雷峰塔正式成为西湖边上一个重要历史文化地标。

紧接着，杭州又启动西湖综合保护工程，修复重建了180多处人文景点，逐渐恢复明代历史上西湖西部水域。同时，挖掘和恢复了西湖周边许多历史文化景观，将杭州西湖的园、亭、寺、塔与吴越文化、南宋文化、明清文化相结合，丰富了西湖风景区的历史文化内涵。

"天下西湖三十六，就中最好是杭州。"2011年，西湖正式申遗成功。移步皆景、处处文化的西湖，成为全国人民最喜爱的文化旅游地之一。

隔年，杭州市实现旅游业总收入1392.25亿元，国内游客达8236.88万人次，入境游客331.12万人次，这是世界文化遗产留下的文旅爆发式增长。

4

人们知晓，在推进历史文化发展中，随着2019年良渚古城遗址申遗成功，杭州已经成为拥有三处世界遗产的城市，似乎有点功成名就的味道。

但杭州并没有停下脚步，而是着手以建设"独特韵味、别样精彩的世界名城"为目标定位，加快打造"世界文化遗产群落"，发挥西湖文化景观、中国大运河、良渚古城遗址三大世界文化遗产的综合带动效应，推动历史文化遗址、历史文化街区、历史建筑和历史文化村落等串点成线、串珠成链。

2020年，杭州"文化和自然遗产日"活动上，杭州率先全国成立了"世界遗产联盟"，进一步打造杭州世界遗产群落，彰显文化名城魅力。

为了彰显文化名城魅力，杭州究竟要打造一个什么样的世界遗产群落呢？后来我们经过深入了解发现，是推出了几个重量级的项目。

一个是南宋皇城遗址。位于杭州城南凤凰山东麓宋城路一带，面积约50万平方米，东起馒头山东麓，西至凤凰山，南至宋城路一带，北至万松岭路南。大内有城门三座，南称丽正，北为和宁，东曰东华。皇城内，宫殿巍峨林立，光彩夺目。有金銮殿、垂拱殿、选德殿、福宁殿、勤政殿、复古殿等殿、堂、楼阁130余座。此外，还有华美的御苑直至凤凰山巅。

元至元十四年（1277年），因为民间失火延及，皇城焚烧殆尽，至明代成为废墟。现遗址上建有军队用房和杭州卷烟厂等大型建筑以及民房，国家文物部门正在进行考古发掘。凤凰山御苑内石刻、石景颇多，规划辟为"南宋故宫遗址公园"。

一个是天目窑遗址群。位于杭州市临安区西天目山脉，属宋至元代古窑遗址。20世纪80年代，杭州文物考古工作者在进行文物普查时，无意间在临安天目山地区发现了宋代、元代的瓷片标本，证实了天目山区有古窑址的事实。天目窑遗址群主要分布于临安西部山区范围6平方千米内，在原凌口乡、绍鲁乡和西天目乡，现於潜镇境内。具体为市街头、窑厂边、熬干水库等地。

90年代，对古窑址进行了专题勘察研究。"发现各处窑场分布面广，堆积层厚，青白瓷与黑瓷共烧，品种多样，质量好"。天目窑主烧青白瓷，兼烧黑釉瓷，青白釉与黑釉一窑共烧。青白釉，其釉色温润如玉似冰，白中见青，青中透绿。

天目窑址群烧造时间长，分布面广，堆积层厚，产品多样。临安"天目窑"的发现对揭示"天目瓷"之谜，有着重要的学术价值，2013年被国务院核定为第七批全国重点文物保护单位。

一个是钱塘江古海塘遗址。杭州"因湖而名""因河而兴"，也"因塘而存"。"塘"就是钱塘江海塘。考古界对海塘的定位是，与长城、运河相媲美的古代三大伟大工程之一。

千百年来，为抵御洪潮灾害，钱塘江河口两岸修筑了不同类型的海塘。据记载，现在的杭州城在秦汉时为大片水面，东汉开始筑土塘防范江潮，但时常坍塌，至中唐仍有潮水涌入城内。五代时，吴越王钱镠修筑了捍海塘，杭州"潮患频仍"的困境得以缓解。宋元时期，杭州成为全国的经济和文化中心，对海塘的修筑更加重视。明清以来，江南物阜民丰、财富集聚，修筑钱塘江海塘更是上升为国家工程。

杭州境内已经发现的古海塘主要分布在钱塘江沿岸，分为南北两条。南线，贯穿滨江、萧山等多个地方；北线，沿着转塘狮子口村到宋城、九溪复兴路再转到秋涛路、清江路、石塘路，经过杭海路，一直到九堡、乔司，最后再与海宁古海塘相接。南北线加起来，杭州境内古海塘长度有近50千米。由于自然和人为因素，目前大部分海塘都处于地下。

……

虽说，杭州在历史文化名城保护与发展方面取得了突出的成绩，但名镇名村、传统村落存在着自然衰落的问题，部分具有一定价值和代表性但尚未被认定等级的历史文化遗存，面临保护缺位和不当建设的威胁，许多珍贵的历史文化遗产资源有待进一步调查发掘。

尤其，随着旧城改造时期的城市开发建设大规模推进，老城区中的文物古迹、历史建筑和历史街区等呈现片断化的分布状态，缺乏相互联系，缺乏价值挖掘与空间整合。独特的历史空间往往成为城市中的一个个独立的"文化飞地"，难以与城市发展融为一体，历史文脉亟待修复、融合。进入新发展时期，杭州的历史文化名城建设工作，还有不少需要全市域"一盘棋"统筹提高的地方。

面对挑战和机遇，杭州到底如何才能建设独特韵味、别样精彩的世界名城？重中之重就是要做好历史文化遗产的保护和利用。杭州西湖、京杭大运河、良渚遗址已分别于2011年、2014年、2019年成功列入世界文化遗产。南宋皇城大遗址、西溪湿地、钱塘江古海塘与钱江潮、湘湖与跨湖桥文化遗址，国内外专家都认为具备申遗的条件。要树立雄心壮志，通过十五年乃至更长时间的努力，使杭州成为中国第一座拥有五处、六处乃至七处世界文化遗产的城市，从而推动杭州城市的核心竞争力、知名度与美誉度再上新台阶，成为真正的"世界名城"。

在总结文化遗产保护利用的杭州方法时，王国平觉得真的有许多东西值得借鉴：

——保老城、建新城。保持城市个性的关键就是保护好历史文化遗产，保护好城市的"根"和"魂"。杭州按照"两疏散、三集中"的方针，把保护的重点放在老城区，把建设的重点放在新城区，实现保护与建设"双赢"，使杭州这座城市由"西湖时代"迈向了"钱塘江时代"。

——推进城市有机更新。把城市作为一个生命体来对待，大力推进城市形态、街道建筑、自然人文景观、道路设施、城市河道、城市产业、城市管理的有机更新，让杭州这座古老的城市青春永驻、生命长存。

——构建点、线、面相结合的保护。坚持总体规划、分步实施，系统综合、有序推进，形成以"点"为基础、以"线"为纽带、以"面"为突破、以全"城"保护为终极目标的多层次、全方位的历史文化遗产保护体系，对文化遗产实行"应保尽保"。

——破解"四大难题"。历史文化遗产保护是一项复杂的系统工程，既要总揽全局、登高望远、谋篇布局，又要坚持"细节决定成败""抓大不放小"，对具体项目要一抓到底，关键是要有效破解"钱从哪里来和去、地从哪里来和去、人从哪里来和去、手续怎么办"等四大难题。

一座城市的历史应该是一本厚重的"书"，代代相传，通过不断创造和"写作"，使这本"书"更加厚重，而不应该是一本浅薄的"活页本"，发展一页、撕掉一页，最后只剩下苍白的现实一页。正是不同历史时期的建筑，一页页叠加而成了这本大书。

说了这么多，就是想要告诉大家，历史文化是城市的灵魂，要像爱惜自己的生命一样保护好城市历史文化遗产。保护文化遗产、传承城市文脉是一种历史责任。

第 五 章

· · · ·

一条大河里的天城

马可·波罗在闻名于世的《马可·波罗游记》中列举了自己所游历的10多个中国的城市，其中介绍篇幅最多、内容最丰富的是杭州，他赞誉杭州是"世界上最美丽华贵之天城"。

可能受马可·波罗的启发，我沿着他走过的京杭大运河，不过我是从南到北做了一次穿越，前后花了年把多的时间。经过一路探寻，脚上的泥土气让我领悟到了大运河文化的内涵。

在那春有艳桃、夏有清荷、秋有幽桂、冬有傲梅的四季中的大运河，可以寻找到人间天堂；尤为令人感叹的是，即便"已是黄昏独自愁，更著风和雨"，仍能在静谧的长河上，独守孤灯看一夜闲书。

大运河是农耕文明时代的"高铁"和经济大动脉，也是现代工商文明的起点，从这里，人们可以走出家乡，走向海洋，拓展更广阔的天地。

这样的大河情结，终将许多人的梦想与期望连在一起。如果非要说有什么差异，那可能是每个人的体验和记忆有所不同而已。

2019年法国总统希拉克访华时，也不忘记到杭州看看大运河，掀开这个有着"东方莱茵河"美人的面纱。

对于生于斯长于斯的运河儿女，我们更常常是心静如水，雅致如河，所有尘世的庸俗与喧嚣，几乎都与我们无关。在这里，时光就像运河一样流淌，虽不会为谁停下脚步，但总会令人回望——

1

沿着历史的长河向上追溯，涌淌2500多年的中国大运河幻化了多少令人神往的生动景致？催生了多少为后世称道的文化名人？孕育了多少令世人瞩目的历史瞬间？

我的爷爷是运河上的船老大。小时候有一天，爷爷一边用竹篙撑着船，一边告诉我，脚下这条京杭大运河的前世今生。想不到远在2500年前的春秋时代就已开挖，直到700年前的元朝时期，才有了今天这副模样。

就像有人说的："长城与大运河，是中国文化在大地上所刻画的两条有形的线。它们的长和大、存在的恒久、功能的显赫、影响的深远，是世界上任何其他文化遗留所无可比拟的。"

爷爷说得很形象，如果中国是一个人字，大运河应该是贯通南北的一撇，长城就是连接东西的一捺。别小瞧这简单两笔，却写尽了人生哲理，是不是？

大运河体现了中国人改造和利用自然的伟大智慧，对中华民族长期统一和繁盛作出了卓越的贡献。从某种意义上讲，不了解大运河，等于不了解中华民族的历史。

于是，我按照一年四季区分，写了运河的《春，流连的暖风》《夏，张望的波浪》《秋，自己的江湖》《冬，燃烧的热雪》，想不到的是，书一出笼，立刻引发社会的轰动。毕竟，用诗书表现整条大运河，这是破天荒的。正如鲁迅文学奖得主、第6届中国作家协会副主席黄亚洲为我站台，对《一条大河里的中国》诗书是这样评说的：

> 读完这本诗集之后，就让我们当夜静静地睡下，无论是枕着运河，还是没有睡在运河之畔，都让我们悄悄倾听自己血管里，长达一千八百公里的水声。
>
> 这些水声，有一大半，都是张先生组织的。

嘿嘿，被老师这么一捧，我的脸瞬间红得发烫。真的不好意思，在这条大运河面前，我有什么可以骄傲的，汇流到大河最多就是一滴水而已吧？

毕竟，大运河浓缩了中国文明历史，尘封着中国几千年凄美故事。

后来有一天，我又一次站到杭州拱宸桥上，向北眺望京杭大运河，只见那静静流淌的河水，那来来往往的船只，仿佛又把人带到那千年漕运商贸的时光隧道……无疑，一个辉煌不朽的运河文化，正一路穿越海河、穿越黄河、穿越淮河、穿越长江、穿越钱塘江，最后又从杭州滚滚东流大海。

在这里，我要强调的是，这时运河不只是穿越，当它沟通南北漕运的运河水网时，已经成为历朝历代的王朝生存甚至国家统一治理的重要条件。大运河还让东部平原携手同行，极大地推动了我国东部地区的社会发展，从而加速了中国经济重心的东移和南移。

这里有大数据为证，大运河是中国经济的命脉，唐宋两代时，通过运河的漕运粮粟每年高达700万石。明清两代时，东南漕运至少达到400万～600万石。

石又是一个什么计量单位呢？我查了一下，石是古代市制容量单位，宋代一石大米合92.5市斤，宋代一市斤为640克，因此一石大米就有59200克，即59.2公斤。

据说，明政府所设20多个织染局半数设在运河区域；清代所设的北京、江宁、苏州、杭州等织造局，也全部都设在运河线上。而明代在运河上所设钞关的商税收入达八九十万两；清代康熙年间增加到一百四五十万两，占全国关税总额的30%～50%。

坐落于大运河畔杭州拱宸桥西的通益公纱厂，曾是当时浙江规模最大的近代棉纺织工厂之一，后几经盘手更名，于1956年改名杭州第一棉纺厂。如今的扇博物馆，就是那时通益公纱厂的旧址所在。

清代六大产盐区，就有四个分布于运河区域。可见，运河的畅通直接关系到封建王朝的兴衰。

运河的畅通，形成了中国历史上规模巨大的南北物资大交流，密切了全国市场的联系，促进了古代商品经济的繁荣，也加速了内河与海上交通的发展，推动了中外经济和文化的交流。

这时，大运河有力推动了沿河两岸经贸繁荣茂盛，随之又带动了全国经济的大发展，形成了独具特色的商业文化。记得有幅《姑苏繁华图》，全图长1241厘米，将200多年前乾隆时期最为繁盛的苏州城和江南的风物人情，一一呈现在世人的面前。

看到了吗？大运河将杭州、南京、北京等几大文化中心联为一体，极大地促进了运河区域的文化发展，形成一个人才荟萃之地、文风兴盛之区。珠辉玉映，造就了昌盛的运河文化带。

自宋元以来，运河地区书院林立。其中，位于无锡的东林书院创建于北宋政和元年（1111年），当时为北宋理学家程颢、程颐嫡传高弟、知名学者杨时长期讲学的地方。明朝万历三十二年（1604年），有东林学者顾宪成等人重兴修复并在此聚众讲学，东林书院成为江南人文荟萃之区和议论国事的主要舆论中心。

就在这时，运河地区成了造就人才最重要的地区之一。据清代的统计，通过科举而获取功名的，多来自运河沿线的江苏、浙江、安徽、直隶（包括顺天）、山东五省区。清代的会元、状元、榜眼、探花，江苏就有184人，浙江有137人。

大运河吸纳古今中外文化精华，融会中国南北风情民俗、饮食服饰、宗教信仰、官民礼仪，形成了独特的运河风情和民俗文化。运河区域的城乡居民大多有着相同的节日习俗，饮食习俗也因运河而广泛交融。

大运河在开发利用中，又形成了一个有漕官、水手、运丁、船工、搬运工人在内的庞大的漕运船帮，形成了独具风采的运河会馆文化与商帮文化。运河中漕运久居冲要，运河沿岸的商业城市经济活跃，南北货物交易日益频繁。为了互通声气、联络乡谊和进行商业竞争，各地纷纷在这些城市建立起会馆。

费了这么多口舌，我仅想向大家交代清楚运河的过往，以便更好地理解这条大河，把握住这里每一滴水的机会。

2

说到这里，人们可能会问，隋唐大运河和京杭大运河，为何终点都放在杭州？是不是杭州的面子要比别人大？

这个问题，也许只有回到古时场景，才能说得明白。

众所周知，京杭大运河是元朝在隋唐大运河的基础上重新浚通的，原因很简单，首都不在一个城市了。隋唐的国都在关中平原的长安，五代十国之后再没有国都定都于长安，建立大一统王朝的元朝定都于大都（今北京）。

无论是长安还是北京，在当时都不是国内的粮食生产基地，所以国都要吃饭，自然而然地要打江南的主意。鉴于当时人力、畜力运输成本偏高，而水运成本相对较低，大运河无疑吸引了隋唐和元明清当局的眼球。虽说这几个朝代的国都不同，但大运河的终点却没有变化，始终放在浙江杭州。这是为什么呢？

因为我国最早的经济发达区域是黄河流域，但从汉朝以后，有一个经济明显向南迁移的趋势，尤其是六朝时期，长江流域中下游地区的大开发如火如荼。这时在南方地区中，经济发展最快的是两大省级州——荆州和扬州。注意啦，传统意义上的荆州，包括现在的湖北省与湖南省；扬州则包括江苏省南部、安徽省南部、浙江省、江西省和福建省。

荆州位于长江中游，扬州位于长江下游，享尽水利之优。荆州有肥沃的两江平原，扬州有肥沃的长江中下游平原，非常适合农业和手工业的发展。关于隋唐之前江南的发展，南朝著名史学家沈约在《宋书》卷五十四的"史臣曰"中说道："荆城跨南楚之富，扬部有全吴之沃，鱼盐杞梓之利，充仞八方；丝绵布帛之饶，覆衣天下。而田家作苦，役难利薄，亘岁从务，无或一日非农，而经税横赋之资，养生送死之具，莫不咸出于此。"

此处的江南，已经包括了杭州。这时从地图上看，杭州位于太湖以南、杭州湾以西、天目山以东、钱塘江的入海口。杭州以东是位处平原地区的经济发达的绍兴、宁波。如果单纯说农业生产，可能江苏的扬州和苏州比杭州的条件要好一些，毕竟，江苏两州周边全是水网密布的平原地区，而杭州周边是很多山地。

不过，古代的扬州，就是大上海之于现在我国的地位，人称"扬（扬州）一益（成都）二"，经济地位非常高。可有一点不利是扬州位于长江的北岸，江南这个地理概念虽然有时也包括扬州，但更多的是指长江以南地区。

如果将大运河的终点放在扬州，那么江南地区的钱粮运输依然要靠人力和畜力，消耗成本较高。如山的货物，人驮马拉到了长江南岸，再大费周章用船运到江北岸，再经运河送到洛阳，这将非常麻烦。

还有，苏州是江南的核心城市之一，如果把运河的终点放在长三角的中心点苏州，浙江北部的粮食通过人力畜力运到太湖之滨的苏州，成本还是太高。只是，这时苏州也有相当的劣势，最大的问题就是它处于长三角相对地理意义的中心点，向北、向东、向南都是海，向西直接面对浩瀚的太湖，辐射力有限。

在这一点上，杭州反比苏州更具有优势。这里要说清楚的是，浙江的经济发达，不是现在才有的，2000多年前就已经很发达了。隋唐之前的南朝时期，吴兴郡（湖州）、东扬州治所会稽郡（绍兴）、东阳郡（金华）、临海郡（台州地区）、永嘉郡（温州）都是有名的大郡。

以《宋书》举例，国都南京所在的丹阳郡，辖人口约23.7万，东阳郡人口约10.7万，会稽郡更多，约34.8万！这还是南朝初期刘宋时的人口数据。

这时杭州相比于苏州，最大的优势是位于浙江地区的北端与江南地区无缝衔接，浙江各地运送钱粮到杭州，要么走富春江水路，要么走浦阳江，要么走浙北平原，交通相对来说还是比较方便的。将运河终点放在杭州，有利于朝廷征收浙江地区的钱粮。

此外，古代的浙江地区富庶，很容易产生割据势力。把运河的终点放在杭州，朝廷可以在相当程度上控制浙江地区，防止地区割据。隋唐大运河的终点放在杭州有此考虑，京杭大运河的终点放在杭州也有此考虑。

可见，大运河既是一条钱粮运河，也是朝廷伸向江南地区的大触角，一有风吹草动，立马可以进行控制。这么一说，想必大家都能理解大运河的终点放在杭州，既有经济上要求，也有战略上的打算。

这样，人们似乎不难发现，杭州成了大运河上的最大得益者。是的，这个判断非常正确。君不见，有水才有灵气。大运河孕育了杭州这座城市，肯定也滋养了杭州独特的文化形态，更涵养了杭州古老而又现代的气质。

为什么要这么说呢？

事实上，从杭州城市有建置伊始，大运河一直伴随着杭州城市的发展。毫无疑问，运河在杭州城市的兴盛与繁荣过程中发挥了极大的作用。

杭州从来便是典型的江南水乡，它的形成与发展自然也离不开水。在今天看来，钱塘江、西湖、运河这三大水系共同构成了杭州城市的水环境。

从历史的角度来看，钱塘江与西湖是杭州早期城市发展的主导因素。在魏晋南北朝及以后，运河成为城市发展的主要促进因素，并且在后期漫长的历史进程中，运河与城市相伴相生，共同发展。城市兴盛，则运河的功能与地位相应提高；城市衰落，则运河的功能与地位也逐渐湮废。

隋大业六年，"敕穿江南河，自京口至余杭，八百余里，广十余丈"。大运河始贯通，杭城北段沿用上塘河故道，杭城段则疏凿了一条新航道，从宝石山东麓径抵吴山东麓的南北向的清湖河。清湖河筑成的河堤成为西湖的防海潮大堤，加速了西湖的形成过程。也是这一条大堤，促使杭州城市南北分隔的宝石山东麓聚落与吴山东南麓聚落逐渐相连，杭州城区因此逐渐扩大，开始出现向北拓展的趋势。

至宋室南渡，高宗正式定都临安，运河发展到鼎盛，成为南宋都城巩固统治、维护政权的重要生命供给线。这时，杭州城内运河有四条，从西到东依次为清湖河、市河、盐桥河以及茅山河。西湖也与运河连通，成为运河的水源之一，同时还解决了城内居民生活用水的问题。城外也开通了多条运河支线。

城北的新开运河，纳苏、湖、常、秀、润等州的贩米客船于城北码头；杭州也作为"严、婺、衢、徽等船"通商往来要津，所以城南北的繁华程度也丝毫不逊色于城内，相比吴越国时期更甚。

正是交通经济的吸引力，使杭州大运河沿线集聚了众多居民，形成了一个个聚落，此即"城之南西北三处，各数十里，人烟生聚，市井坊陌，数日经行不尽，各可比外路一小小州郡，足见行都繁盛"，也有"府城之外，南北相距三十里，人烟繁盛，名比一邑"。

元明清及以后，运河与城市的发展整体上呈现出衰退的趋势。但是元代一朝又有特殊，南北大运河截弯取直，杭州段也开浚了新航道，使得运河较南宋末又有了一定的发展。

得益于其优越的地理位置，武林门外至卖鱼桥一带，历为杭、嘉、湖水产集散地，素有"百关门外鱼担儿"的盛名，著名的卖鱼桥也因此而得名。

每当夕阳西下，此地樯帆卸泊，百货登市，入夜篝火烛照，如同白昼，熙熙攘攘，人影杂沓，形成热闹的夜市景观。元人增题钱塘十景时，把"北关夜市"列为钱塘十景之一。

明清虽然也整治运河，但是衰退之势已无法阻挡，加之明代的海禁政策和清初的闭关锁国，杭州失去了海港城市的地位，运河也不与江海连通，极大限制了运河航运功能的发挥，城南的商业日渐萧条，然而城北的大码头地区仍旧繁盛，保持着与北方中央政府的联系。

杭州的"三塘五坝"，即上塘河、下塘河、子塘河，以及置于其上的五道坝——猪圈坝、德胜坝、石灰坝、新河坝、会安坝，逐渐完善与成熟，是北关繁荣的标志之一，它们控制着东、北、西三个方向的船货进出。

这就是说，杭州商业的繁华地带逐渐向城北转移，即所谓的南关衰落，北关独盛。这一时期，应该是唐朝，杭州倚借通江达海的大运河，与广州、扬州并列为中国三大通商口岸。

南宋时期的杭州，江南"漕运"达到鼎盛，手工业和商业空前繁荣，杭州城市人口达124万人，跻身世界十大城市行列。到明清、民国时期，运河两岸官办粮仓集聚，被誉为"天下粮仓"。

步入新世纪头十年，我刚好在分管全省投资工作时，副省级城市的宁波曾派人找到我，提出要将京杭大运河东移。

这是什么意思呢？他们掏出谋划已久的方案给我看，就是要新建一条杭甬运河，估计他们看到杭州是大运河的最大受益者而眼热，所以迫切提出："西起杭州三堡，途经萧山、绍兴、上虞、余姚，东至宁波，全长239千米。其中杭州段长66.7千米，连接钱塘江、曹娥江、甬江三大水系，且与京杭大运河相连，沟通了浙东航道网和浙北航道网乃至全国水运主干网。"从水运交通的角度，杭甬运河是京杭大运河的升级版，是一个多赢的好方案。

我这人看准的事情，一定要做，而且一定要做好。当即就张罗，组织专家进行项目论证。目的就是想借专家的嘴，来打动各级领导的心。没想到这事办得很顺，以最快的速度进行了立项，希望将项目中的前期问题在这个阶段很好地加以解决。

2003年9月的一天，江南罕有的蓝天白云，工地上彩旗飘飘，鞭炮齐鸣，杭甬运河杭州段改造工程正式开工，使得京杭大运河一直延伸到宁波，这是一个多么美妙的大好事！关键是，从此之后，京杭大运河再添一个通江达海的出海口。

3

我的一位同事是大领导叫刘枫，我们曾在一个省府大院里工作，后来他从浙江省政协主席位置退下来，赴京出任全国政协文史和学习委员会副主任，他为大运河申遗作了很大的贡献。

2006年3月，刘枫作为第一提案人，与58位政协委员联手，向全国政协十届四次会议提交了一份提案，呼吁从战略高度启动对京杭大运河的抢救性保护工作，并在适当时候申报世界遗产项目。这些委员中有北京、天津、江苏、河北等大运河沿岸6省市的现任政协主席及政协原主席，也有国家文物局的前后两任局长——张文彬和单霁翔。舒乙、王铁城等知名人士也纷纷在提案上签名。

刘枫告诉我说，如果将京杭大运河的历史价值、文化内涵和对

运河钱江通道航拍 （马立群 摄）

中国历史发展的贡献相加，在某种程度上说可以与长城媲美。

刘枫感慨万千地提醒说："大运河和长城在遗产名录上，应该是姊妹篇。"当时呼吁尽快启动大运河申遗工作，主要考虑随着经济社会的发展，如果不注意启动有如"申遗"这样重大的、为各地重视的保护工作，大运河的历史文化、遗迹和自然风光等，将不可避免地退化并迅速消亡，这将是中华民族不可挽回的巨大损失。说到这里，刘枫仍不忘当年的小故事。

那个提案，他是在已经90岁的郑孝燮等几位老先生充分调研的基础上，经过三番五次的总结与提炼，最后联名提出的。应该说，这个提案为启动大运河申遗，立了头功。

那次考察，行程2500千米，有时候走路，有时候坐车，考察了大运河沿线18个城市和30个县，又召开了三次研讨会，最后发表了京杭大运河保护和申遗的《杭州宣言》。

可以说，那次大运河考察是历史上规模最大、层次最高、影响最大的一次考察，引起了中央有关部门的重视，也引起了沿途各省的重视。

全国政协也十分支持沿运河各地的党委、政府，特别是政协，开展了许多保护和"申遗"的活动，从北京、天津到河北、江苏、浙江，沿途都举行了一系列的活动。

2014年6月22日，在卡塔尔举行的联合国教科文组织第38届世界遗产大会上，随着大会执行主席敲下木槌，非常幸运的是，中国大运河申遗成功。这标志着世界对这个独有的大型线性水利遗产、运河流域文化和巨型活态文化景观的认可和肯定，也是对我国古今水利成就以及中华文化的体悟与尊重。

看到没有？此时此刻，如果说长城以其屏障功能保卫着农耕文明的平安，那么运河则以其交通功能为这个文明注入勃勃生机，对不对？

这次，杭州列入大运河世界文化遗产的河道总长约110千米，包括拱宸桥、广济桥、富义仓、凤山水城门遗址、桥西历史文化街区、西兴过塘行码头等6个遗产点，以及江南运河杭州段的杭州塘、上塘河、杭州中河、龙山河和浙东运河杭州段的西兴运河等5段河道。

这些流淌了2500多年的大运河，见证了杭州的成长与变迁。这条大运河，不仅是杭州的宝贵文化遗产和精神财富，也是杭州城市发展的主要空间轴线和城市文脉。

现在话再说回来，随着大运河申遗成功，杭州为加强世界文化遗产的保护管理，设立了专门的管理机构，制定了《杭州市大运河世界文化遗产保护条例》。注意哦，这是大运河沿线27个遗产城市中首个地方性运河遗产保护法规，重点明确了杭州运河110千米11个遗产点段的分类分段分级保护管理，强调实现多规融合，妥善解决遗产保护和经济发展、城市建设的关系。

2019年1月15日，杭州市政府还正式发文批复《杭州市大运河世界文化遗产保护规划》，成为实施杭州市大运河保护工作的重要法律依据。与此同时，杭州在大运河世界文化遗产沿线27个城市中，还率先启动遗产保护与利用标准化试点工作，推进市级地方标准规范试点项目，编写了《杭州大运河世界文化遗产保护标准》。2018年12月，《中国大运河（杭州段）世界文化遗产要素分类、代码与图式》和《中国大运河（杭州段）世界文化遗产监测工作规范》两项市级标准，正式发布实施。近年来，杭州市运河综保工作得到国家文物局及省文物局的高度认可，杭州市被列为浙江省大运河遗产地综合保护试点市。

大运河纵贯南北，是杭州城市的重要生态绿廊，又是主城区水位最低的地表河流，生态治理压力非常大。从运河申遗前开始，通过实施运河综保工程，杭州运河边累计搬迁污染企业500余家。在"五水共治"决策部署下，京杭运河杭州段建立了完善的四级"河长"体系，加强巡查督办，通过市区联动，强化部门协作，实现运河流域水质监测全覆盖，运河水生态环境明显改善，一改申遗前黑臭的景象。京杭运河杭州段干流监测断面优良率（Ⅲ类以上）达82%，运河水质实现重大改善。

除了在保护方面取得了长足进步外，杭州对于运河的利用也有亮眼成绩。坐落在运河最南端的拱墅区，是中国大运河沿线古迹保存最完善、风貌最典型、景观最优美的区域之一，多次获得世遗专家和国家文物局的充分肯定。

2018年，拱墅区启动建设"一址两街两园三馆两中心"十大文化项目——半山历史文化遗址，祥符桥历史文化街区、运河湾历史文化街区，大运河亚运公园、大运河中央公园，民俗博物馆、文化规划馆、匠人馆，大运河时尚发布中心和大运河文化艺术中心。

大运河文化艺术中心雏形已现，与烟囱广场遥相呼应；大运河时尚发布中心也正式启用；大运河中央公园二期上还崛起运河大剧院，百姓可以在这里欣赏歌舞剧、戏曲、话剧、交响乐、音乐剧；半山脚下，千年古刹显宁寺也已修缮一新。这些都已成为拱墅的运河文化地标类建筑，彰显历史和现实交汇的独特韵味。

拱墅还有17处工业遗存，是大运河沿线区县（市）中最完整、最具典型意义的——工业"搬"出来，文化"住"进去——

运河边的博物馆让古老文化活了起来。水田畈新石器时代遗址里，埋藏着文明起源的秘密；通益公纱厂旧址中，记录着中国近现代民族工业发展的历史；北新关的残垣，镌刻着由运河钞关到通商口岸的演变。行走在中国京杭大运河博物馆、中国刀剪剑博物馆、中国扇博物馆、中国伞博物馆、手工艺活态展示馆、运河谷仓博物馆，就可以读懂杭州运河。

坐落在拱墅区的原国家厂丝储备仓库，引进了丝绸主题酒店，将老旧厂房打造成运河天地文创园省级示范园区；中文在线等一批重点企业相继入驻运河畔。大运河凭借深厚的文化底蕴还吸引了一批文化名人、名企落户于此，激发运河文化创新创造活力。

还是在运河畔，连续举办了三届杭州市大运河保护宣传周和中国大运河国际论坛，促进了国际运河城市文化交流；桥西历史街区项目荣获"世界休闲组织国际创新奖"；大运河庙会、大运河文化节、国际诗歌节、元宵灯会、半山立夏节等文化活动让大运河成为一条流动的文化纽带，也为运河沿线城市的保护利用提供了"杭州模式"。

2021年，杭州区划调整，原余杭区分设为临平、余杭两个区，靠运河的临平区也是第一时间拿出了临河整治方案。9月的一天，我跑到临平，先沿千年塘栖古镇转了一圈，得知民间一直流传着这样一句话："船行千年运河，漫游塘栖五街。"京杭运河正好东西向贯穿全镇，作为江南十大古镇之首的塘栖古镇，其独特的水上街市风貌和浓郁的历史文化气息，无可替代。这里有郭璞古井、乾隆御碑、水南娘娘庙，还有横亘古运河的七孔长桥——广济桥。如今的塘栖古镇，只留下了修旧如旧的外衣和慕名而来的游客。

著名文学大师丰子恺先生对塘栖是这样评价的："江南佳丽地，塘栖水乡是代表之一。"为此，临平准备沿运河打造一个大运河文化公园，指挥部总指挥李敏华还向我们介绍了具体规划，我也结合杭州实际，提出了个人的意见和建议。

来过大运河的人，都和我一样，喜欢夜游杭州运河。当夜幕四合，拱宸桥华灯初上，运河十里如同铺展的画卷与城市相辉映。由世界顶尖级灯光设计大师罗杰·纳博尼设计的"江南风韵的水墨丹青"，营造出了运河十里亮灯画卷，也让杭州运河的夜色更加迷人，更加璀璨。

应该说，随着大运河成功列入世界遗产名录，大运河杭州段基本实现了时任浙江省委书记习近平提出的"把运河真正打造成具有时代特征、杭州特色的景观河、生态河、人文河，真正成为'人民的运河''游客的运河'"的目标。杭州运河已成为年接待规模1200万人次的国家4A级景区。

然而，随着运河"吸引力"越来越强，杭州城市发展进程不断加快，也不断加大了大运河遗址保护管理的难度。世界遗产组织对大运河遗产区、缓冲区范围进行了界定，但杭州的城市建设每天都在发生，运河上还有几十座桥梁在建设，如何清晰梳理出保护与发展建设的规则边界，是杭州面临的难题。

这就是说，运河成功申遗后，国家层面的保护规划是有的，但落实到地方，管理起来并没有清晰可参照的依据，所以，如何最大程度衔接好保护与发展的关系，仍在路上。

4

一条大运河，纵贯南北、贯穿古今，见证了沧海桑田、历史兴衰。在陆路物流网络飞速发展的今天，也许它已不再是南北运输的主力通道，从繁华喧嚣日渐回归淡泊宁静，难道我们就这样心甘情愿被人遗忘？

在这个关键一刻，有人提出推进大运河文化带和大运河国家文化公园的建设。为此，北京、浙江、杭州和中国新闻社于2019年共同发起主办"京杭对话"。到2020年，世界运河历史文化城市合作组织（WCCO）也加入"京杭对话"合作机制中，彰显大运河文化遗产保护、传承、利用的合作共识。

几年来，"京杭对话"努力强新时代之基，让大运河故事常讲常新：中国大运河孕育了水利文化、漕运文化、商事文化等文化形态，沿线物质文化遗产超过1200项，国家级非物质文化遗产450余项，是中华优秀传统文化高度富集的地区。

不过在这里，我更看重的是杭州大运河文化带和大运河国家文化公园的建设问题。为此事，我跑到牵头负责的杭州市发改委。作为我的下级单位，他们当然非常客气地向我介绍了杭州市的规划方案——"一轴两翼四区十园多点多线"：

一轴，即跨越钱塘江南北两岸、串联京杭运河（杭州段）与浙东运河（杭州段）的大运河文化发展轴；两翼，即"诗画江南·水乡古镇"为特色的江南运河文化发展翼和"通江达海·数字传承"为特色的浙东运河文化发展翼；四区，即重点建设管控保护区、主题展示区、文旅融合区、传统利用区等四大功能区；十园，即镶嵌在南北两翼上主题明确、内涵清晰、边界明确、功能完善的10个核心展示园；多点，即大运河两岸布局分散但具有特殊文化意义和体验价值的一批主题展示点；多线，即串联打造水上游线、岸上游线、主题游线、跨省游轮线等运河经典文化旅游线路。

人们都说，一个发改委顶半个政府。听了他们的介绍，我们心里是不是更有底了？但我还是不依不饶地问，我们拿什么样的项目来做支撑呢？

人们知道我是老发改，听我说的话，句句戳心，当然不敢忽悠。

对方说，围绕文物和文化资源保护、传承、利用，协调推进目标，聚焦保护传承、研究发掘、环境配套、水利航运、文旅融合、数字再现等6个关键领域，集中实施一批标志性工程。

有京杭大运河博物院，定位为创新型、体验型、文旅融合的文化综合体，旨在打造世界级展现大运河文化内涵的体验式博物馆和文旅目的地。项目建筑方案由赫尔佐格和德默隆建筑事务所设计，其灵感源于大运河水道，依山面水，映照运河，漂浮于空中的博物馆将如同水墨一笔。该项目争取2024年底建成投入试运营。

有大运河杭钢工业旧址综保项目，位于拱墅区杭钢单元内，围绕"珍视杭钢历史、呵护时间痕迹、谦逊衬托遗存、山水之间造园"的人文理念，依托杭钢工业遗存的保护和改造，导入艺术文化中心、简仓酒店、艺术画廊、特色餐厅、潜水馆、度假酒店、文创基地等文旅业态，目标是打造国内工业文化旅游展示和利用新地标。

有大运河滨水公共空间项目，全长约23千米，该项目以大运河及其支流沿岸为载体，建成后可以满足市民和游客的观光、休闲、体验、跑步、骑行等功能。

有小河公园，秉持尊重历史的态度，坚持"小而精""精而美""美而强"的运河文保特色文化基因和价值理念，深耕运河、小河、油库三种文化，以绣花功夫做实保护、传承、利用三篇文章，打造集水陆交通、文化体验、游览休闲于一体的滨水绿色空间和园林式精致、优雅、舒适见长的高品质艺文空间。

还有运河二通道项目，这是迄今为止浙江省最大的水运工程项目，在2023年杭州亚运会前建成试通航。

那天晚上，我还跑到杭州运河段，观看了当地《如梦上塘》沉浸式实景演出。演出展现了上塘河"七运十三景"，重现了上塘古运河昔日繁华，以创新的形式保护与传承世界非物质文化遗产，用光影书写杭州故事。

据了解，《如梦上塘》的创作灵感源于杭州上塘河的前世今生，这条最早由秦始皇开凿的古河作为京杭大运河的重要支流，既是大运河世界文化遗产不可分割的组成部分，也是杭州历史文化长廊和江南水乡风土人情的缩影，承载了无数的江南诗韵与历史典故。

该项目不仅是拱墅按照4A级标准精心打磨的一个夜游IP，更是杭州以扮靓运河明珠为引领，彰显独特人文魅力的新名片。自2021年演出以来，《如梦上塘》场场爆满，累计接待游客好几万人次，平均上座率达85%，成为大运河沿岸名副其实的"网红打卡地"。

这是突破传统舞台演出形式的实景演艺，更是观察大运河杭州段打造成为"人民的运河""游客的运河"的窗口。船在河上行，两岸是民居，将表演嵌入老百姓的生活区域中，在这样的氛围里演绎千年文化，非常难得。尤其该演出集游船、戏剧戏曲、歌舞诗乐表演、科技化秀场于一体，目的便是充分挖掘运河文化、市井文化、民俗文化三大文化内核。

为了让运河文化以一种更时尚、更亲民的方式延续，杭州还按下了大运河文化带建设的加速键。如在大运河杭州段核心段穿城而过的地方，当地大力实施"文化引领"战略，深植运河文化根与魂。

就在这不远处，曾经的杭州热电厂大烟囱旧址，经改造已成为烟囱文化广场，聚集了运河文化艺术中心、运河书房、文化规划馆。运河书房内藏书共约两万册，其中专门陈列了不少运河文献，详细记录了运河历史文化的发展历程。

为了持续统筹保护好、传承好、利用好大运河宝贵文化遗产，杭州还将文化渗透到产业转型发展的方方面面。

面朝大运河的杭钢集团实现"重生"，企业关停了半山钢铁基地，建起了数字经济特色小镇——杭钢智谷，多个数字经济创新项目在这里孕育成长，昔日的"黑金刚"转身变为"绿富美"。如杭州重机厂房被改造成太阳剧场，投资15亿元引进了太阳马戏亚洲唯一驻场秀"X秀"，杭州市民在家门口就可以欣赏到世界顶级的现场演出。

聚焦当下，更放眼未来。"十四五"期间，杭州明确重点围绕大城北地区规划建设、大运河国家文化公园建设中心任务，全面完成大运河文化带和大运河国家文化公园（杭州段）建设。

聚焦杭州亚运会前、2023年底两大时间节点，当地加快了推进大运河国家文化公园标志性项目建设。也就是在亚运会前，大城北中央景观大道、小河公园两大标志性项目全面建成，老城区迎亚运水岸互动文旅融合提升全面完成，大运河滨水公共空间电厂河以南段基本建成，大运河杭钢工业旧址公共区域建成开放。2023年底，大运河滨水公共空间全面建成，大运河杭钢工业旧址综保项目、京杭大运河博物院基本建成，完成大运河国家文化公园杭州样板建设。

好家伙！时至夜色催更，如织行船早已亮起灯火，晚风轻抚的河畔，一片人间烟火，分明最抚凡人心。大运河最南端的天城杭州，正在如此的润物细无声中，诉说着运河文化的独特魅力。

一河水，一脉情。这正是物换星移，沧海桑田。回望千年大运河，流水落花春去也，她既是地标，也是我们民族精神的向度。

第 六 章

· · ·

龙井，从来佳茗似佳人

杭州早春，暖阳之下，天空蔚蓝，茶地春潮涌动，卿云暗香浮动。在满目浓翠中，茶枝新芽如雀舌，活像灵魂在密语。

这时，人们如雀儿走出家门，来到青卿茶地踏春，或者面朝西湖泡杯龙井，顿似江南天堂、春暖花开。

在这个龙井世界，我一直觉得，品茶品的不只是一款茶、一段厚重历史、一种文化，更是一种难得的城市状态。

龙井以翠绿婀娜的身姿，把整座城市的绿水青山装点得分外妖娆。说实话，杭州我去得较多的地方是梅家坞，不是去喝茶，是取那里的山泉回家，就知道那里流水甘洌；去得较多的还有茶叶博物馆，不是去喝茶，是到那里无边无际的茶园散步，就知道那里空气弥漫着茶香；去得较多的山脉是翁家山，不是去喝茶，是在那山冈上登高望远，就知道那里景致充满魔幻。

来到盛产佳茗之地不喝茶，人们以为我不识茶，我笑说，看走眼了。带朋友到茶室喝茶，我喜欢带上自己的好茶，还有心仪的茶具。我的理解，茶是有生命的，品茶本身就得有一种仪式感，不能只是留在唇齿舌之间的美味而已。

自然，喝茶成为江南人的生活日常，并不一定要刻意而为，可以兴之所至，心之所安，尽其在自，不必有太多的讲究。我对茶的喜欢，受家父嗜茶如命的影响。小时我生活在苏北，那里不产茶，父亲每次从杭州回老家探亲，总鼓励我们多喝茶，家中石灰缸从来都是存满他带回的茶。他对家里人说，宁可食无肉，不可饮无茶。

当我知道茶不是可有可无的饮品，它还是对外贸易的重要角色，甚至是解读世界近代文明史的一扇窗口时，这连我自己也吓了一跳——

中国瓷器、丝绸和茶叶出现在丝绸之路上，始于17世纪的中英茶叶贸易，更早在1637年，就有英国人在中国购买茶叶。到18世纪，中英茶叶贸易进入了鸦片战争前的高峰期，造成英国缺少白银来交换茶叶。在这一背景下，英国佬主要采取了两种办法，一种是移植中国茶叶，直至盗取一整套制茶技术；另一种是提高关税。

面对英国的贸易攻势，清廷只能采取"以茶制夷"的反制办法。1839年4月，当林则徐在虎门布置收烟时，就是用茶叶换鸦片，最终让林则徐收缴到21306箱鸦片，这成就了轰轰烈烈的虎门销烟运动。这恐怕连茶叶自己也没有想到，它的命运与一个民族连在一起。

如果只是为了喝好茶，谁都可以理解，现在问题是，有人想到中国盗取茶种和制茶工艺，这就让人害怕了。罗伯特·福琼这家伙，算是中国开埠之后第一个到中国的英国园艺师。他1848年9月抵达香港，之后转到上海。他让雇佣的中国仆人帮他剃光了头发，用马鬃编织出一条假辫子，穿上灰色的丝绸大褂，完全伪装成一个清朝人，经过陆路和水路交替，这家伙跑到杭州。

先是在西湖边上参观绿茶加工厂，接着趁杭州人不备，他顺利地窃取到龙井的制作工艺。于是，1849年1月，福琼把第一批茶苗、茶籽，偷偷地运往国外。或许一次不够，1851年2月，福琼探索到新的方法来储运茶叶、茶籽，又秘密将在浙江等地采集到的茶叶种子，整整装了16个巨大的玻璃柜，使得中国的茶叶就这样彻底流失了。

回到英国之后，福琼还逞能地出版了他到中国的记录——*A Journey to the Tea Countries of China*（《两访中国茶乡》）。他的偷盗行为给英国带来了福利，但也遭到世界的谴责。《茶叶大盗：改变世界史的中国茶》一书的作者萨拉·罗斯，把福琼定位为"一个植物猎人、一个园艺学家、一个窃贼、一个间谍"。

杭州人当然谁都不会忘记茶叶这段可怕的历史，故而比旁人更加珍惜这来之不易的西湖龙井。就像时下最美、最鲜活的春色，一定是在杭州人那杯明前龙井新茶里。他们会把自己的生活与茶融为一体，觉得没有龙井香的日子，一定是枉费了杭州这片大好河山，而没有龙井的生活，又一定是有缺陷的人生，不是吗？

1

可否这么说，山不在高，有茶则灵。一座城市有茶山相伴一定是幸福的，茶能让城市更美丽。

这不，有一天，我与友人来到杭州翁家山顶闲逛，亦算是踏春。翁家山，历来是男女品茗、观湖、赏花的好地方。

相传，旧时翁家山人不事农耕，专以捕猎为生，骁勇强悍。清代著名诗人朱彝尊有《翁家山》诗："岩岩翁家山，松花深满坞。村民高下居，少长齐捕虎。但夸弓弩强，不识耕耧苦。"

村前有一古井，名"龙泉"，俗称外龙井，亦被称作老龙井，是西湖群山中不可多得的高山天然泉源。龙泉与虎跑泉、玉泉并列为西湖三大名泉。相传，葛洪用此井水炼丹。井呈圆形，井水清碧，甘冽澄澈。井圈上刻有精美的花纹，极具古意。

走到井口，发现下面水源充盈，水面如镜。井沿早已被水绳磨出一道道光滑沟壑，顿觉龙泉上年纪了。还发现龙泉有点儿高处不胜寒，毕竟井在山顶，海拔近200米。不知龙泉井一名，是不是来自山高水长，故而得名"龙井"？

井的对面是翁家山小学，我这才知20世纪30年代，陶行知热衷于平民教育，在杭州推行"小先生制"，翁家山小学则是陶行知开展"小先生教育"的杭州实践基地。陶行知有一句名言："捧着

翁家山龙泉古井

一颗心来，不带半根草去。"他们组织成立"儿童自动普及教育团"，担负起村民扫盲的工作，边读书，边教人，"小先生"做得有声有色。陶行知把翁家山"小先生们"的日记修改后编成一书。后来，我到图书馆查阅到，该书取名《西湖八小孩日记》，有陶行知老人家作的序。

离龙井几百米远的落晖坞，还有一座龙井寺，俗称"老龙井"，创建于五代后汉乾祐二年（949年），初名报国看经院。

沿着龙泉井四周望出去，翁家山满山都是绿绿葱葱的茶园。据说，这里是西湖景区海拔最高的茶园，山顶阳光充沛，加上两边受到西湖和钱塘江水汽的影响，差不多每年都是最早采茶的。龙井茶被誉为"中国第一茶"，也实在是得于这山泉雨露之灵气。

路边上，杭州市政府立有"西湖龙井茶基地一级保护区"石碑，可想而知翁家山龙井茶的地位非凡。翁家山村地处龙井茶产区的"狮、龙、云、虎、梅"的"狮""龙"地带的中心。作为西湖龙井茶的主要产地之一，翁家山与相伴的杨梅岭、满觉陇、白鹤峰所产的龙井，一起被称为"石屋四山龙井"，均为西湖龙井中的上品。

翁家山种茶的历史可追溯至明朝正德年间，盛于清雍正年间。翁家山村人世代茶缘深厚，积累了多家老字号，如创始于元末清初的翁隆顺茶庄、清雍正三年（1725年）诞生的翁隆盛茶号，还有光绪元年（1875年）创设的翁隆顺景记。

这里有位叫翁力文的师傅，说是百年翁隆顺景记的第五代传人。他概括说："翁家山的龙井茶叶，外形扁平、绿润、尖削，口感甘醇且层次丰富，简言之，'馥雅如兰'。"制作工艺上遵循传统的采青、摊青、杀青、回潮、揉捻（造型）、辉锅、收辉步骤，结合龙井炒制的"十大手法"——抖、搭、拓、捺、甩、抓、推、扣、压、磨，凭借茶人的匠心和积累，方可得理想之茶。

在翁家山腰上，能见到杨梅岭，这里一路重峦叠嶂，茶园散处，峰回路转，流水潺潺，山鸟嘤嘤，是九溪十八涧源头之一；还可见龙井茶叶博物馆，这里以历史朝代为串线，讲述龙井茶的生产发展历程，展示了龙井人先辈们的智慧和勤劳，也体现了龙井茶悠久的历史文化。半山腰最吸引人的是烟霞岭，四周奇峰壁立，岩石峥嵘，著名的烟霞古洞就位于岭上，这里晴天秀色可餐，阴天烟云缥缈。

翁家山脚，一头连着龙井村——相传，乾隆皇帝下江南时，曾到龙井村狮峰山下的胡公庙品尝西湖龙井茶，饮后赞不绝口，并将庙前18棵茶树封为"御茶"；一头连着满觉陇——这里因桂花而闻名，每年秋天，桂花盛开，香满空山，落英如雨，故有"满觉桂雨"之美誉。

与满觉陇一样，翁家山也是桂花盛产地。《钱塘县志》记载说："群山包络，石径参差。星庐数百，竹木掩映。地宜桂，秋时如入众香国焉。"翁家山一带的桂花树，据说，由于地理位置关系，开花时节要比一般桂花晚十来天。现代著名作家郁达夫的小说名篇《迟桂花》就是描写这里的山野风光、淳朴民情的。《迟桂花》为人们营造了一种对生活、对爱情的恬淡幻想，其中描写翁家山一带奇妙的日出、清新又寂静的淡绿色的月光、绿玻璃似的翠竹和那撩人的迟桂花的芬芳的文字，意境深远，令人印象深刻。

翁家山村内及周边有烟霞洞、龙泉古井、乾隆古道等历史文化景观；历史名人周恩来、陶行知、郁达夫、胡适及蒋介石夫妇等都在翁家山留下足迹和文篇。

令人感动的是胡适的烟霞情缘。有先生日记为证："（1923年）9月14日，同佩卿（声）到山上，坐一亭中讲莫泊桑小说遗产给她听。""9月19日，与佩卿出门，坐树下石上，我讲一个莫泊桑的故事给她听。夜间月色不好，我和佩卿下棋。"两人的恋情是在翁家山迅速升温的。

人们喜欢翁家山，因为这里除了有杭州唯一的"九月秋迟桂始花"，有西湖独有的"从来佳茗似佳人"，还有一个让男人激情燃烧的大山……

2

可否这么说，水不在深，有茶则灵。一座城市有茶文化相伴一定是快乐的，茶能让城市更淳朴。

"杭"者，航也。《诗·卫风·河广》篇中有"谁谓河广，一苇杭之"之说。汉代许慎《说文》也说："杭者，方舟也。"传说，天地洪蒙之始，大禹治水，曾邀各路诸侯到会稽山一聚，一路烟波浩渺，至吴越怀山襄陵，舍"杭"上岸。

莫不是有好山好水的地方，才会有好茶？于是，这块被后人称为人间天堂的地方，左右结构的"杭"字，渐渐变成上下结构的"茶"字，成为一代代人近察远望、细细揣摩与品味的所在。

从5000年前良渚文化的发轫、战国楚文化的勃兴，到历代文人浸润天水一朝的精致文化，最终是晚明如云出岫的无心之美，自然的风景与心灵的境界，将杭州或西湖变成三面环山的紫砂壶，一年四季都散发着清幽龙井茶香。

这些已经记载在中国茶叶博物馆中。它倚山而筑，背倚吉庆山，面对五老峰，东毗新西湖，四周茶园簇拥，举目四望，粉墙、黛瓦、绿树与逶迤连绵、碧绿青翠的茶园相映成趣。博物馆主体由几组错落有致的建筑组成，以花廊、曲径、假山、池沼、水榭等相勾连，营造出富有江南园林独特韵味和淳朴清新、回归自然的田园风光。

这也是我舍近求远，与友人喜欢在它门前屋后的茶地散步的缘由。那里不仅有中国茶叶简史，还有全世界最好的龙井种子种苗。这也使得我们在那里的散步，特别奢侈。这时，与其说是散步，不如说是转经更贴切。

茶是物质的，是"柴米油盐酱醋茶"的茶，是人民群众特别是茶农老乡实现共同富裕所依赖的重要经济作物。茶更是文化的，是"琴棋书画诗花茶"的茶，人们借此实现品茶品味品人生的精神慰藉。

中国是世界茶树的发源地，也是茶文化的故乡。茶祖炎帝神农氏发现茶的价值并以其"心忧天下""情系苍生""厚德载物"精神开启了茶普惠天下之鸿蒙。而杭州作为"中国茶都"自古与茶有着水乳相融的不解之缘。

有人说，杭州茶文化历史源远流长。或者说，杭州城市的繁荣和杭州的茶文化兴盛是相携并进的。隋唐之前，杭州茶文化处于兴起阶段。三国两晋时期，钱塘江两岸经济文化逐渐发展，灵隐寺建成，佛教和道教等宗教活动逐渐盛行，西湖名山胜水也渐次开拓，茶随着寺庙道观的建立而被栽种传播。

隋朝开通京杭大运河后，杭州因水陆交通的地理便利，一时成为东南物产聚散的"巨富名邑"。唐代杭城的繁华初显。此时，茶树在杭州境内广为栽培。其中，睦州鸠坑（淳安）、建德细茶、天目山茶（临安）、钱塘大方茶、余杭径山茶为当时记载的名茶。茶圣陆羽在余杭径山撰写了世界上第一部茶学著作——《茶经》，《茶经》的广泛传播，为中国茶文化繁荣兴盛奠定了基础。陆羽及其《茶经》与杭州的缘分也足以为"杭为茶都"提供无与伦比的历史支持。

南宋建都杭州，中国茶文化的中心也随之南迁至杭州。杭州饮茶之风日盛，大街小巷茶馆林立。中国茶文化和杭州城市发展达到了鼎盛时期。宋时，杭州西湖茶区所产的白云茶、香林茶、宝云茶均已被列为贡品。苏东坡两度在杭州为官，有诗"欲把西湖比西子""从来佳茗似佳人"，恰如其分地描述出了杭城的气息。苏东坡常与高僧辩才法师在龙井狮峰山脚下的寿圣寺品茗吟诗，其手书的"老龙井"匾额至今尚存于狮峰山的岩石上，留下了千古佳话。

元明时期是杭州茶叶继往开来的一个重要阶段。元代龙井茶初具美名，爱茶之人虞集写有《次邓文原游龙井》饮茶诗：

杖藜入南山，却立赏奇秀。

所怀玉局翁，来往绚履旧。

空余松在涧，仍作琴筑奏。

徘徊龙井上，云气起晴昼。

入门避沾洒，脱屐乱苔瓷。

阳冈扣云石，阴房绝遗构。

澄公爱客至，取水挹幽窦。

坐我蘑蔔中，余香不闻嗅。

但见瓢中清，翠影落群岫。

烹煎黄金芽，不取谷雨后。

同来二三子，三咽不忍漱。

讲堂集群彦，千蹬坐吟究。

浪浪杂飞雨，沉沉度清漏。

令我怀幼学，胡为裹章绶。

诗中佳句"烹煎黄金芽，不取谷雨后。同来二三子，三咽不忍漱"广为传唱。

杭州自南宋始已逐渐流行饮用散茶，明初朱元璋废止团茶，改贡散茶，清饮之风日盛。儒家茶人的清饮文化得到了极大的舒张和发展，杭城也有着相当大的引导和推动作用。明代的龙井茶已负盛名，明末清初，杭州已成为浙江最重要的茶产业集散地。

清时，乾隆皇帝六下江南，四上龙井，题写6首龙井茶御诗，亲封"十八棵御茶树"，将西湖龙井茶提升到至尊地位。从古至今，无数文人墨客对龙井茶情有独钟，在杭州这片奇山秀水里涌现出了一大批爱茶、学茶、事茶之人，从唐至清的1200年间，涉及龙井茶的茶书就有120余种，如白居易、苏东坡、陆游、吴昌硕等文化人无不尽情泼墨，挥洒茶意，使龙井茶的文化底蕴也越发醇香。民国时，西湖龙井茶逐渐成为中国名茶之首。

新中国成立后，历届国家领导人都亲临过龙井茶区，对西湖龙井茶的生产予以厚爱。可以说，在杭州数千年的历史文化积淀中，西湖龙井茶文化是不可或缺的重要一脉。在列入世界遗产的杭州西湖文化景观中，龙井茶园是六大要素之一。西湖龙井茶文化已成为杭州历史文化的重要组成部分。

有人说，杭州是世界茶文化的重要交流中心。蜚声世界的西湖龙井茶更是引得历代文人贤士吟唱诵咏。南宋诗人陆游一生写了300多首茶诗，其中有名的"矮纸斜行闲作草，晴窗细乳戏分茶"，正是对宋代杭城饮茶风俗的生动写照，也是杭州西湖作为世界遗产不可或缺的重要文脉。

杭州茶文化的对外交流可追溯到唐宋时期。据史料记载，唐代，日本高僧最澄和空海拜谒杭州，将陆羽《茶经》和杭州的茶籽带回日本。宋代，日本僧人南浦绍明等到径山寺研究佛学，求取禅理，归国时带走径山茶籽和饮茶器皿，并把抹茶制法及茶宴礼仪传入日本，成为日本茶道的雏形，径山也因此被尊为日本茶道之源。

不仅如此，杭州与"一带一路"沿线国家也有广泛商贸往来，晋商跨越南北经恰克图直通圣彼得堡的"万里茶路"和元代海上丝绸之路的丝茶中转站就在杭州，茶及茶文化通过杭州远播世界。

2016年的G20杭州峰会期间，各国领导人更是通过品茶畅和外交，求同与共。而中国国际茶叶博览会、中华茶奥会两大顶级国际茶事永久落户杭州，则让"人间天堂"散发出馥郁茶香，成为世界茶文化交流的"芳草地"。

有人说，丰富的茶文化也催生了杭州人的茶生活。从宋代起，茶馆就成为杭州人生活的一部分，茶楼馆成为"茶魂之驿站"。

如今杭州，全市遍布近8000家茶楼、茶馆，从业人数60000多人，年经营收入近30亿元。人们通过品茶品味品人生，无论是谈工作还是论生活，只要泡上一杯香气四溢的西湖龙井，满满的诗情画意就氤氲而来。茶已经渗透到杭州人的生活习惯里，成为生活的一部分。

杭州西湖三面云山一面城，集天地之精华、人文之璀璨。26000亩西湖龙井茶园分布于国家地理标志产品法定的168平方千米范围内，杭州旅游西进的黄金线上。这里气候氤氲，水源丰沛，山势连绵，植被茂盛，绘就了一幅山川秀美的绝佳风景，也成为杭州市民青睐的休闲运动之地。龙井问茶、虎跑梦泉、云栖竹径、十里银铛，这些杭州老百姓耳熟能详的地方，处处闪耀着休闲运动的身影。

108千米的西山茶园游步道，是目前所知国内最长的一条山体游步道，相当于黄山游步道长度的两倍。茶园饮茶、茶海漫步、茶地马拉松、茶园骑行、茶园毅行等得天独厚的资源，使得人们可以在这里以茶为媒，尽情体验、享受健康时尚、平步青云的"漫"生活，实现人与自然的和谐融合。

是的，无论是"老底子"还是当下生活，杭州人只要一说起茶，内心就有满满的充实感，只要有茶，春天就在，只要有茶，朋友常在，只要有茶，笑口常开。茶成了杭州市民品质生活的一道大餐，龙井虾仁、龙井糕点、龙井问茶、采茶舞曲，这些与茶有关的话题让杭州人的生活充满情趣。

"春风修禊忆江南，酒榼茶垆共一担。"喜茶则欢，爱茶则寿，喝茶则福。人们在工作之余，到杭州的茶山茶园走走看看，茶人交融，人茶与共，想必西湖龙井一定会记录下你的美丽倩影，届时千万别说人家侵犯隐私，对龙井来说是善意的，因为心中只有一个真理：喝好茶才能遇好人！

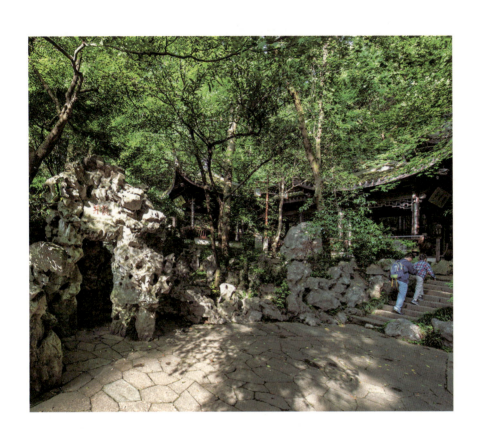

龙井问茶（马立群 摄）

3

可否这么说，龙不在多，有茶则灵。一座城市有宾朋好友一定是热闹的，茶能让城市更美好。

本章开篇说到的梅家坞，地处西湖的西部腹地，沿梅灵路两侧纵深长达10余里，有"十里梅坞"之称。这里是一个融青山绵绵、溪涧潺潺、茶园蓬勃为一体，散发出浓郁朴实民风和茶乡风情的茶乡休闲园区，再现了"十里梅坞蕴茶香"的自然秀丽风貌。

梅家坞是一个有着600多年历史的古村，现有农民500余户，是一个有山有貌、有茶有文、有坞有水的好地方。面对杭州三面云山，两勺虎跑水，一壶龙井茶汤，茶香早已满溢。

传说，乾隆皇帝下江南时，有一天来到杭州龙井狮峰山下，看乡女采茶，以示体察民情。乾隆皇帝看见几个乡女正在10多棵绿茵茵的茶蓬前采茶，心中一乐，也学着采了起来。刚采了一把，忽然太监来报："太后有病，请皇上急速回京。"乾隆皇帝听说太后娘娘有病，随手将一把茶叶向袋内一放，日夜兼程赶回京城。

其实，太后只因山珍海味吃多了，一时肝火上升，双眼红肿，胃里不适，并没有大病。此时见皇儿来到，只觉一股清香传来，便问带来什么好东西。皇帝也觉得奇怪，哪来的清香呢？他随手一摸，啊，原来是杭州狮峰山的一把茶叶，几天过后已经干了，浓郁的香气就是它散发出来的。

太后便想尝尝茶叶的味道。宫女将茶泡好，送到太后面前，果然清香扑鼻。太后喝了一口，双眼顿时舒适多了，喝完了茶，红肿消了，胃也不胀了。

太后高兴地说："杭州龙井的茶叶，真是灵丹妙药。"乾隆皇帝见太后这么高兴，立即传令下去，将杭州龙井狮峰山下胡公庙前那18棵茶树封为御茶，每年采摘新茶，专门进贡太后。

乾隆皇帝下江南，在龙井面前有点儿老子天下第一的味道；周恩来总理下江南，在龙井面前却是一个人民公仆的形象。

20世纪五六十年代，梅家坞就已是对外宾开放的定点观光区，几十年来共接待过上百个国际名人和国家元首。1953年至1962年期间，周恩来总理曾先后5次来到梅家坞村视察、指导农村工作，将此作为指导全国农村工作的联系点。

呵缘起，情倾梅家坞。1957年4月26日，是每个梅家坞人永远铭记的日子。平日里安静的小村庄突然热闹起来，沿途站满了村民，洋溢着一片欢声笑语。上午10时，周总理陪同苏联最高苏维埃主席团主席伏罗希洛夫访问梅家坞。这也是周总理第一次到梅家坞，望着满目青翠的茶园，他赞不绝口。

周总理和伏罗希洛夫在大队接待室听取合作社干部汇报梅家坞自然生产状况、生活现状和新旧社会对比等情况后，在一位9岁小姑娘的示范下，兴致勃勃地体验了采茶。大家发现周总理对采茶很内行，采下的都是两叶一芯的嫩头。周总理对陪同的合作社干部说："龙井茶是茶中珍品，人们都爱喝，要多多发展。"后来，周总理和伏罗希洛夫采摘过的茶树被命名为"中苏友谊茶"。

在离开接待室时，周总理端起茶杯一饮而尽，一边说着"你们不懂喝茶，这么好的茶叶，倒掉多可惜"，一边将茶叶放入口中咀嚼。这一举动，后来被人们称为"啜英咀华"，在当地广为流传。

"梅家坞是个好地方，要发展好，建设好。"初到梅家坞，周总理就对这里有了极好的印象。在这一天，梅家坞的历史，也随着周总理的到访翻开了崭新的篇章。

呵情牵，踏遍茶山路。脚下沾了多少泥土，在群众心上就会留下多少痕迹。在梅家坞一幢白墙灰瓦朱门的周恩来总理纪念室一楼展厅的正面，有一幅大型的油画，重现了1958年1月3日、1月4日，周总理与村民座谈的场景。

1958年1月3日，谁也没有想到周总理只带了一名警卫，专程来梅家坞了解人民生活情况。他先后走访了村卫生站、供销社、托儿所和梅家坞小学，参观了茶叶综合实验室，与农技员交谈怎样提高茶叶产量等问题，并提出路边的冬青树可以改种茶树，"茶树常年碧绿，种茶本身就是绿化，既美观，又是经济作物，再好没有了"。

周总理第三次来到梅家坞，组织合作社干部、群众代表一起座谈。座谈会现场，他一点儿也不摆架子，把会议室的重要位置让给村民和村干部。会议整整开了四个小时，会后，他还来到村里的炒茶工场,指示说:"茶园要向电气化、机械化发展。"后来,梅家坞村根据这次座谈的会议纪要,把周总理的谈话整理为12条,并制订了梅家坞村经济发展五年计划和十年规划。

1960年12月23日上午,周总理第四次来到梅家坞,此次他是陪同柬埔寨西哈努克亲王前来参观。其间,他又一次深入茶农家中,与茶农交谈,了解生产和生活的情况。

1963年1月6日上午,这是周总理第五次也是最后一次来到梅家坞。他陪同锡兰(今斯里兰卡)总理班达拉奈克夫人参观梅家坞。在大队接待室,周总理特意把采茶能手、全国"三八红旗手"沈顺招介绍给班达拉奈克夫人:"龙井茶这样美好,就是由这灵巧的双手采制出来的。"随后,他们一起访问了梅家坞小学。周总理每次到梅家坞,总是要到这所学校去走一趟,了解学校的教育和学生们的学习情况,并与邓颖超一起为学校捐钱。周总理对梅家坞这个小山村倾注了感情,对山村建设和发展都规划得非常详细,也为梅家坞日后的发展奠定了良好的基础。

呵缘续,时时寄思念。"一片叶子",演绎出周总理关怀群众、深入群众的动人故事。每每回忆这段岁月,梅家坞儿女们难以言表的感情都会涌上心头。

为更好地缅怀周总理,1991年,村民自筹资金将当年的生产大队接待室改建成周恩来总理纪念室。室内分8个部分陈列着周总理视察梅家坞的资料,串联起周总理在梅家坞的乡村足迹。

梅家坞周总理纪念室

青山不老，绿水长流。1998年3月，在周恩来同志100周年诞辰前夕，一尊高100厘米、宽80厘米，用青铜制作的周总理铜像被安放在纪念室，以表达梅家坞人民对周总理的永久怀念。听村里人说，每年清明节，梅家坞的茶农们总会在纪念室的总理像前泡上一杯茶，以表达对周总理的深切怀念。

一枝一叶，改变着梅家坞。村民们在周总理多次来访和亲自指导下，不断开拓进取，艰苦创业，大力发展生产，他们的不懈努力，是这段情谊最好的续章。

今天的梅家坞，已成为一个以茶文化为主题的休闲村落，融青山绵绵、溪涧潺潺、茶园蓬勃为一体，不断书写着新的篇章。

4

可否这么说，杭不在渡，有茶则灵。一座城市有西湖龙井一定是幸运的，茶能让城市更温馨。

西湖龙井之于杭州，是城市历史文化的重要一脉，是世界遗产"杭州西湖文化景观"的重要组成部分，是杭州绿色经济的必要元素，是市民美好生活的生动写照，也是当下杭州在争当浙江高质量发展建设共同富裕示范区的城市范例中不可或缺的物质力量。

2020年5月21日是首个国际茶日。在杭州，茶人们也举行了一场意义深远的庆祝活动。接着，杭州还召开了2021年世界绿茶大会，提出向建设独特韵味、别样精彩的世界名城目标迈进。杭州是当之无愧的世界绿茶之乡，世界茶乡理应成为世界茶文化的高地。

在这绿茶世界里，西湖龙井无可争辩地处在"龙头"地位：西湖龙井茶园是世界遗产"杭州西湖文化景观"之一；"西湖龙井"品牌8次荣膺中国茶叶区域公用品牌价值评估榜首，价值74.03亿；西湖龙井以"色绿、香郁、味甘、形美"四绝被誉为"绿茶皇后"；西湖龙井茶蕴涵丰富的领袖文化、名人文化、生态文化、康养文化，文化价值至尊；以龙井群体种为亲本材料选育的"龙井43号"及龙井扁茶手工和机械炒制技艺，在茶产业助推脱贫攻坚和乡村振兴中贡献卓越；以"西湖龙井"为塔尖、延伸引领"杭州龙井""浙江龙井"乃至今后"中国龙井"发展，促成"龙行天下"大格局的共识正在形成。

这时有人说，要大牌引领，带动绿茶产区的"共同富裕"。在茶产业的发展格局中，品牌就是生产力，有影响就有市场。因此，实行"名茶战略"极其重要。西湖龙井得天独厚，名贵至尊，更要倍加珍惜。要从"国家礼品茶"的品质保证入手，强化数智管理、依法保护，实现生产经营环节的全程可追溯，做精做优西湖龙井。从"杭州龙井"商标获得国家地理标志证明商标注册着眼，做大做强龙井品牌的延伸。

近年来，杭州还培育命名了"径山茶""安顶云雾""雪水云绿""天目青顶""天尊贡芽""千岛玉叶""三清茶"等名茶。

实施"名牌战略"，各地有了自己的当家品牌，随着市场美誉度的提高，像"建德苞茶""九曲红梅"等还被列为国家地理标志保护产品，在成为一个名牌产品的同时也成就了一个文化故事。

杭州还要采取更加开放态度，在东西部合作、对口帮扶中，以茶为媒，产业跟进，既输出龙井茶品种的培育，又扩大龙井茶制作工艺的普及，践行"一片叶子带动一个产业，富裕一方百姓"的要求。茶区是景区，茶园是公园，茶企是庄园，茶品是精品，品鉴是物质和精神的享受，成为杭州茶产业链、价值链、茶文化的美好愿景。

近年来，杭州先后提出了要打造"西湖龙井印象金三角"概念，就是以中国茶叶博物馆为核心，以龙井路为主轴，北起灵溪隧道南，南至理安寺，西接狮峰山、上天竺，东临杨公堤，方圆约14.35平方千米的"龙井茶历史文化荟萃区"；以中国农业科学院茶叶研究所和周恩来总理纪念室为核心，以梅岭路为主线，北起梅灵隧道南，南至九溪十八涧钱塘江畔，方圆约14.27平方千米的"梅家坞茶香生活体验区"；以中国国际茶叶博览会永久会址为核心，辐射周边外桐坞、大清、上城埭等10个村庄，方圆约24.7平方千米的"龙坞六茶共舞综合示范区"。

杭州正在建设打造中国径山禅茶文化园，并争取到了中日韩禅茶文化中心、中华抹茶之源等金字招牌。不久的将来，这块陆羽著经之地、中华抹茶之源将是茶文旅融合的样板示范。

与此同时，杭州"龙井三江行"的设想也正在积极推动。这条从钱塘江、富春江到新安江及至千岛湖的黄金旅游线，涉及杭州的萧山、富阳、桐庐、建德、淳安5个绿茶产区，沿途风光秀丽、文化深厚、史迹众多、茶园广袤，充满了诗情画意，是体验美好生活的好去处。

如今的杭州，作为中国国际茶叶博览会和中华茶奥会两大盛事的永久举办地，有着天时地利人和之优势。近年来，杭州把举办好两大赛会作为茶文化、茶产业、茶科技统筹发展的良好契机，倾心服务，守正创新，以此促进"杭为茶都"建设。

杭州还率全国之先，法定了"全民饮茶日"，在每年谷雨前后全市联动举办以"每天一杯茶，健康进万家"为主题的各种品茶活动，普及茶文化，推广茶科技，助力茶产业。市辖各地也因地制宜开展有特色的茶事活动，经年累月塑造了茶文化活动的相关品牌，如径山寺径山茶宴、灵隐寺云林茶会、中国茶圣节、运河茶会、钱塘茶诗会、南宋斗茶大会、西湖龙井开茶节、径山茶祖祭典、千岛湖茶博会、安顶云雾茶文化节、湘湖龙井茶艺节，精彩纷呈，千姿百态，民众喜悦，茶企高兴，茶友受益。

杭州已明确，进机关、进学校、进企业、进社区、进家庭的茶文化"五进"路径，是倡导"茶为国饮"、普及中华茶文化的有效途径。近年来，杭州组建了学校茶文化与健康联盟，创立有氧机关茶空间，开设社区茶文化讲座，开展家庭茶艺比赛，让茶的香韵沁入每个人的心田。

第 七 章

· · ·

风物长宜放眼量

万物有所生，而独知守其根。说起风物，可能每个城市都有自己拿手的，但也许唯有杭州有特色独具又显得弥足珍贵的风物。

我的理解，这可能与杭州禀赋有关。经过万年钱塘文化的潮涌、5000年良渚文化的激荡、2500年大运河文化的浸淫、2000多年西湖文化的熏陶，一路上都与水相依相伴的杭州风物都是水灵灵的。

这也使得后来人，一旦说起风物，总喜欢拿杭州说事。譬如，人们习惯将"不畏浮云遮望眼，风物长宜放眼量"放在一起说话。

这是为什么呢？

早在1050年之夏，诗人王安石在浙江鄞县知县任满回江西故里，途经杭州时，写下《登飞来峰》一诗。当时他才30岁，又是初涉宦海，抱负不凡，正好借登飞来峰一抒胸臆，写下"不畏浮云遮望眼，自缘身在此山中"。

时至1949年春，毛泽东写下《七律·和柳亚子先生》，用严子陵隐居垂钓富春江畔这个典故，写下"风物长宜放眼量"，劝说柳亚子不要归隐。在相隔九百来年的时光隧道对话，两位伟人为杭州这座底蕴深厚的城市又添新的文化注脚。

时下，我们拂去时光之尘，顿时发现历史一下子鲜活起来，风物亦随之生动——

1

这里的西湖是水灵灵的，一座城市有它相伴一定是幸福的，它能让城市更美好。这昭示着杭州风物是美丽的，带有湖光柔情与山色阳刚，方才"淡妆浓抹总相宜"。

接着开头的话题，我们就从毛泽东与杭州的感情说起。他曾到过杭州50多次，在西子湖畔住了700多个日日夜夜。

早在1921年7月23日中共一大在上海召开时，因遭法租界巡捕干扰，8月2日移至嘉兴南湖继续召开。毛泽东作为湖南党组织代表继续参加了在嘉兴南湖召开的中共一大后，从嘉兴转道杭州返湘。从1953年开始，毛泽东几乎每年都来杭州，长时住上两三个月，短时住上几天。在杭州工作之余，毛泽东总喜欢登上西湖周围的山，喜欢散步于西子湖畔。他亲切地对身边工作人员说："我喜欢上了西湖。""杭州是我的第二故乡。""刘庄、汪庄是'我的第二个家。'"

有一次，刚到杭州，他就乘兴登上一座小山，并对工作人员说，他要每天坚持爬山。从这以后，果然是风雨无阻，天天爬山。天气好，起得早，就爬大一点的山；遇到下雨，或是起得迟了，就爬小山。这样坚持不懈，毛泽东几乎登遍了西湖附近的大小山峰。他攀登过杭州的宝石山、桃源岭、葛岭、五云山、紫阳山、栖霞岭、炮台山、天竺山等。他不走回头路，上山是一条道，下山又是另一条道；有时没有路，就坚持新辟一条路来。毛泽东不仅游览了西湖名胜，还锻炼了身体，陶冶了情操。

忆杭州，忆西湖，忆的不仅仅是山光水色，更是凄迷、惆怅、委婉、柔软的意境和心情。西湖，美的不仅仅是景，魅的是最具中国美学气质的生活方式、态度和情感。西湖，总有一种特殊的味道，历来惹得文人墨客流连忘返。伟人们脍炙人口的诗句，不仅道出了西湖之美，更是言出了西湖之魅。毛泽东在这里创作或酝酿了许多脍炙人口的诗作，赞美钱塘胜景的诗作就有四首——《五律·看山》《七绝·莫干山》《七绝·五云山》和《七绝·观潮》，还有10余首赞美西湖的诗篇。

1975年2月8日，毛泽东乘专列又一次来到杭州。这次的一个主要"任务"就是继续检查、诊断眼疾。他抵达杭州的第四天，正好是农历正月初一。这天，全体工作人员和警卫战士，特意制作了一个大蛋糕，送给他们敬爱的共和国领袖。这是毛泽东在杭州过的最后一个春节，这年他82岁。毛泽东这次在杭州一共住了65天。4月13日，专列缓缓驶离杭州，毛泽东也从此离开了他所钟爱的西湖。遗憾万分的是，第二年毛泽东因病与世长辞。

说到这里，人们一定欲问毛泽东为何对杭州情有独钟？

正如《论语》所言："智者乐水，仁者乐山。智者动，仁者静。智者乐，仁者寿。"毛泽东喜爱杭州，表明他对这里具有强烈而深沉的山水情怀。父亲给他起名"泽东"，意为润泽东方，他自己进而取字"润之"，这与开头说的杭州风物是水灵灵的，不是恰好相匹配吗？

当然，作为一个外地人，特别是首次抵达杭州的人，有两个地方应该先去：一个是湖光山色的西湖，这是杭州最柔美的地方，千古名胜；一个是湖畔英灵的岳王庙，这是杭州最阳刚的地方，精忠报国。

到杭州，西湖是必游之地。苏堤春晓、曲院风荷、平湖秋月、断桥残雪、花港观鱼、柳浪闻莺、三潭印月、双峰插云、雷峰夕照、南屏晚钟，西湖十景开我国风景景观中"题名景观"的先河，在中国文化发展史上具有重要的意义。

西湖十景形成于南宋时期，基本围绕西湖分布，有的就位于湖上。杭州西湖不仅是一个自然湖，也是一个人文湖，是人类与自然和谐相处的产物，这种基因是无法复制的。西湖被誉为"自然与人类共同的作品"，故春来"花满苏堤柳满烟"，夏有"红衣绿扇映清波"，秋是"一色湖光万顷秋"，冬则"白堤一痕青花墨"。

据考证，清代康乾时期，十景就不是现在的一碑一亭，而是一个完整的小型建筑群落。既和外面的山水风光呼吸相通，又让人置身于一个独立成局、可以安心静思的建筑环境之中。西湖十景，可以说是东方文化体系一种独特的审美体验，是人、环境、自然的相互结合和相互运动。名自景始，景以名传；名中有诗，名中有画，以命名艺术之美点化自然山水。

不仅西湖十景如此，西湖边其他许多景点景观都是按照这个原则来设计的。这正是西湖园林的格局和品位高于苏州私家园林和现代公共园林的一个最具魅力的特点。不过，西湖十景还会随着季节变化而景色不同，春天的柳树桃花，夏天的艳艳荷花，秋天的夕阳西下，冬天的断桥残雪，每一季都值得观看，每一季都让人心驰神往。

西湖更多的是与秀美、柔美和婉约融合在一起。殊不知，西湖北部的栖霞岭，一个彩云栖息的地方，民族英雄岳飞就静静地躺在岭之南麓，给整个西湖带来一种罕有的阳刚。

早在1954年清明节前的一个上午，刚入住西湖刘庄的毛泽东，就叫来身边的工作人员。你们知道"以身许国，何事不敢为"是谁的话吗？毛泽东一边轻声问，一边若有所思地望着湖对岸的岳飞墓，"这是宋朝民族英雄岳飞的名言。"

他马上交办，"快到清明节了。按中华民族的习惯，清明节是祭先人的日子，请代我给岳王坟献个花圈"。

同时，毛泽东又转身向当地官员提出一个问题：岳飞墓在西湖边矗立近千年，人人敬仰。但是，你知道西湖边上有多少座坟墓吗?

地方上还没有来得及统计，反正那时西湖边上到处是坟墓。

毛泽东把短得不能再短的烟头掐灭，缓缓站起来，看着不远处的美丽西湖若有所思。过了一会儿，他缓缓地说，是呀，数不清。我们这是与鬼为邻啊。那些个达官贵人活着的时候游船如楼，花天酒地；死了，还不肯罢休，非得在这美丽的西湖边上占一块宝地，这可怎么行？这时，毛泽东直截了当地说道："除了岳飞墓等少数有代表性人物的坟墓外，其他的应该迁走，真正把西湖还给人民。"

于是，岳飞遇害后的第812个清明节，他的墓前摆上了一位开国领袖送的花圈。很多人不知道，这是毛主席第一次也是唯一一次为历史名人敬献花圈祭奠。

800多年前，北方的金兵大举南下，岳母为了鼓励儿子报效国家，在其背上刺了"精忠报国"，这四个字成为岳飞终生遵奉的信条。每次作战时，岳飞都会想起母亲刺的这几个字。他勇猛善战，取得了很多战役的胜利，立了不少功劳，名声也传遍了大江南北。

岳飞还建立起一支让金军闻风丧胆的"岳家军"。他率领部队北伐，收复了被敌人侵占的大片国土。眼看就要大功告成，收复江山时，皇帝赵构怕岳飞打败金兵后接回原先的皇帝，那自己的王位就保不了，因此和奸臣秦桧连发十二道金牌，命令岳飞退兵，岳飞壮志难酬，只好挥泪班师。这时岳飞写下了千古绝唱《满江红》：

怒发冲冠，凭栏处、潇潇雨歇。抬望眼、仰天长啸，壮怀激烈。三十功名尘与土，八千里路云和月。莫等闲、白了少年头，空悲切！　靖康耻，犹未雪。臣子恨，何时灭。驾长车，踏破贺兰山缺。壮志饥餐胡虏肉，笑谈渴饮匈奴血。待从头、收拾旧山河，朝天阙。

后来，秦桧以"莫须有"的罪名将岳飞毒死。一代抗金名将岳飞就这样惨遭杀害，时年仅39岁。岳飞被害以后，狱卒隗顺背负其遗体逃出临安城，至九曲丛祠，葬于北山。绍兴三十二年（1162年），孝宗即位，以礼改葬岳飞遗体于栖霞岭的南麓。

如今杭州岳王庙里，岳飞墓左侧是岳云墓，墓的周围有石栏围护，石栏正面望柱上刻有"正邪自古同冰炭，毁誉于今判伪真"一联。墓门的下边有四个铁铸的人像，反剪双手，向墓而跪，他们是陷害岳飞的秦桧、王氏、张俊、万俟卨四人。他们在铁栅栏内赤身长跪于岳坟前，千秋万代受世人唾骂。跪像的背后墓门上有联曰："青山有幸埋忠骨，白铁无辜铸佞臣。"前有照壁，上嵌有明人洪珠书写的"尽忠报国"四个字。

中华民族素来崇拜英雄，学习英雄人物身上的精神，并以之激励一代代人为国家的解放、强盛而奋斗。"江山代有才人出，各领风骚数百年"，崇尚英雄的民族才最有未来。与岳飞齐称为"西湖三雄"的，还有于谦、张苍水。

于谦（1398—1457年），是明代名臣，与岳飞一样以"莫须有"的罪名被杀，葬于西湖三台山。人们不会忘记，正是这个人力挽狂澜，保卫了京城和大明的半壁江山，拯救了无数平民百姓的生命。

于谦从小满怀以身许国的志向，经历数十年的磨砺和考验，从一个孤灯下苦读的学子成长为国家的栋梁。他身居高位，却清廉正直，在几十年的官场生涯中没有贪过污、受过贿，虽然生活并不宽裕，却从未滥用手中的权力，在贫寒中始终坚持着自己的操守。他不畏惧困难和风险，在国家最为危难之时挺身而出，承担天下兴亡。他是光明磊落地走完自己一生的。在这个污浊的世界上，能够干干净净度过自己一生的人，是值得钦佩的。于谦一生就如同他的那首诗一样，坦坦荡荡，堪与日月同辉。"千锤百炼出深山，烈火焚烧若等闲。粉身碎骨浑不怕，要留清白在人间！"正是他一生的写照。

张苍水（1620—1664年），本名煌言，明末民族危亡之际，他在东南沿海及长江下游地区奉明鲁王监国，并联合江南义兵和郑成功部队英勇抗击清兵，终因势孤兵败隐居海岛，后又遭叛徒出卖而落入敌手。面对清廷高官厚禄的利诱，这位铮铮铁汉宁死不降，1664年九月初七，在杭州弼教坊慷慨就义，葬在杭州西湖景区南屏山下。

也许，西湖是幸运的，三位民族英雄在这里鼎足而眠。正如清代诗人袁枚说："赖有岳于双少保，人间才觉重西湖。"岳飞、于谦、张苍水，他们的命运有许多相似之处，都是抗击外来的侵略，然而在腐败的封建社会，个人似同草芥，即便他们奋不顾身，义无反顾地力挽狂澜，却无力扭转个人的悲剧，抵挡不住名、利、势、欲的暗算。

沧海横流，方显英雄本色！张苍水曾写下这样的诗句："国亡家破欲何之，西子湖头有我师：日月双悬于氏墓，乾坤半壁岳家祠……"结果，他求仁得仁，西湖上多了一个民族英雄之墓。西湖畔三位英雄之墓，不仅使西湖山水生色，也为民族崛起增光。

不过，优美与崇高是西方美学的范畴，在中国则表述为阴柔之美和阳刚之美。如今西湖柔美之灵气，与"西湖三杰"的英雄之豪气，如此刚柔相济，终于使得杭州成为一个美丽之城，也是一个英雄之城。

2

这里的龙井是水灵灵的，一座城市有茶山相伴一定是快乐的，它能让城市更美好。这说明杭州风物是鲜美的，带有色翠香郁味甘形美，方才"从来佳茗似佳人"。

950年前，苏东坡任杭州通判时写下的一首脍炙人口的诗"水光潋滟晴方好，山色空濛雨亦奇。欲把西湖比西子，淡妆浓抹总相宜"，真的让杭州火了近1000年。

翻过西湖山的那边，1000年前的杭州，不仅有水光潋滟的西湖，还有山色空濛的茶园，在三面环抱的群山中，造就温暖湿润的气候，再加上独有的白沙土壤，孕育了杭州最鲜美的一种风物——龙井。

龙井多在明前和雨前之间采撷。采自清明前的明前茶，芽嫩味香，有"明前茶，贵如金"之说；采自谷雨前的雨前茶，芽叶肥硕，更具性价比。而春茶，正是一种与春日时序最为应和的风物。

不错，龙井是西湖山水与钱塘江共同孕育出的天下绝品。平均海拔150～250米的龙井茶区，位于北纬30°茶叶黄金线上，西湖群山环绕的小气候生态环境也滋润了龙井。

如果说中国是茶的故乡，杭州就应是中国茶历史的重要见证者。杭州的茶史最早可上溯至8000年前，跨湖桥遗址发掘的陶壶中就留有"原始茶"的遗存，这里紧挨着我在萧山城厢的出生地，那一带遍地都是茶树，我坚信自己是茶人投胎的。

唐代茶圣陆羽著的《茶经》就有杭州天竺、灵隐二寺产茶的记载。白居易任杭州刺史时，曾与在灵隐修行的韬光禅师结为诗伴茶友，并留有"烹茗井"遗迹。大文豪苏东坡常与北宋高僧辩才法师在龙井狮峰山下品茗吟诗，并手书"老龙井"匾额，今尚存于狮峰山的悬岩上。元人虞集曾赋诗曰："徘徊龙井上，云气起晴昼。"明代朱元璋推行"贡茶改制"，以西湖龙井茶为代表的清饮绿茶成为中国茶的主流。

在西湖我还听到一个美丽动人的故事。传说，宋代有一个叫"龙井"的小村，住着一个靠卖茶度日的老太太。有一年，茶叶质量差，卖不出去，老太太几乎断了炊。正当她愁没有银子度日时，有一天，一个老叟过来，说用五两银子买下地墙旮旯的破石臼。老太太喜出望外，便爽快地答应了。

于是，赶快把石臼上的陈茶腐叶扫掉，直接倒在门外的18棵茶树根下。过了一会儿，老叟来抬石臼，发现石臼里的陈茶腐叶不见了，便问老太太。老太太如实相告，哪知老叟懊恼地一跺脚："我花银子就是要买那些陈茶腐叶呀！"说完便扬长而去。

老太太很纳闷，可没有几天奇迹出现了，那18棵茶树新枝嫩芽一齐涌出，茶叶又细又润，沏出的茶清香怡人。18棵茶树返老还童的消息不胫而走，很快传遍西子湖畔，前来买茶籽的人络绎不绝。

从此，龙井茶便在西子湖畔种植开来，"西湖龙井茶"也因此而扬名。后来，乾隆皇帝四上龙井，亲封"十八棵御茶树"，无疑奠定了西湖龙井的至尊地位。

随着龙井的名声远扬，我们到底如何把握龙井产地呢？

不瞒大家说，沿着钱塘江而上，有许多龙井产区。如绍兴一带，越州龙井产区，就有大佛龙井（新昌县产）、越乡龙井（嵊州市产）、鹳山龙井（桐庐县产）……这么多龙井，到底哪一种才有西湖味道呢？

其实，最为传统的西湖龙井产区并不大，大约东至南山村，西至灵隐、梅家坞，南至梵村，北至新玉泉，这就是所谓的西湖龙井一级保护区。也只有在这块西湖畔的产区所产的龙井，才有资格被称为西湖龙井。

从集中产地来看，有狮峰山、梅家坞、翁家山、云栖、虎跑、灵隐等。历史上因这些产地生态条件和炒制技术的差异，又被分为"狮""龙""云""虎"四个字号。新中国成立后新兴的梅家坞，则从"云"字号中独树一帜，分出一支"十里梅坞蕴茶香"的"梅"字号来。这五个字号的历代绿茶往事，可谓数不胜数：最名贵的"狮"字号狮峰山产区，海拔较高，算是"高山云雾出好茶"的典范；"虎"字号产区，因一座最与上好龙井适配的虎跑泉，令人念念不忘；而新兴的"云"字号梅家坞，背后是西汉末期江西南昌官员梅福隐退之后，以种茶制茶为生的后辈们，在垂溜山、东天目山、天竺山下各地不断追寻好茶的千年迁徙匠人史。

龙井的产地固然重要，其实产区里的每一峰、一山、一园，因各自的"小气候"不同，在这种特有的生长环境和地道的制作工艺中，才能造就龙井茶馥郁清新的真味。在这里，西湖龙井茶的采制技术相当讲究。采摘通常有三大特点，"一早二嫩三勤"。

一早。历来龙井茶采摘以早为贵。"早采三天是个宝，迟采三天变成草。""烹煎黄金芽，不取谷雨后。"可见，龙井茶早采的重要性。

二嫩。只采一个嫩芽的，称"莲心"；采一芽一叶，叶似旗、芽似枪的，称"旗枪"；采一芽二叶初展、叶形卷如雀舌的，称"雀舌"。

三勤。一般春茶前期天天或隔天采，中后期隔几天必采一次，全年茶叶生产季节要采摘30批左右，采摘次数最多的是龙井茶。

当然，十大绿茶之首的龙井茶不是浪得虚名。西湖龙井茶以色绿、香郁、味醇、形美"四绝"而闻名于世。成茶扁平挺秀，光滑匀称，翠绿略黄；泡在杯中，嫩芽成朵，一旗一枪，交相生辉，芽芽直立，栩栩如生；馥若兰，清高持久；汤色明亮，滋味甘鲜。人们夸它为"黄金芽""无双品"。西湖龙井已成为国家高级礼品茶，所以杭州又称"茶叶之都"。

想不到吧？如今茶还成了杭州市民品质生活的一道大餐。最简单的是把清洗干净的鸡蛋和茶叶一起煮，叫茶叶蛋；虾仁与茶叶一起炒，变成色泽白嫩翠绿，味道清新可口，这一道杭邦菜，叫龙井虾仁；炖牛肉放入茶叶，肉更软烂鲜香，还带有茶香，叫茶香牛肉；清蒸大黄鱼，加绿茶，叫龙井大黄鱼；把龙井泡开，和清水混合在一起煮蛤蜊，叫龙井蛤蜊汤；还有绿茶拌豆腐，豆腐嫩弹爽口，茶香四溢。

用茶打造的时令特色美食也不断涌现。春暖花开时，用春茶叶做的春卷、春饼等，令人垂涎；炎炎夏日时，把夏茶末撒在西湖藕粉、荷花酥、冰糖莲子汤、绿豆糕上，味道更爽；丹桂飘香时，桂花糕、糖炒栗子加点秋茶，别具一格；寒风刮起时，在羊肉烧卖、牛肉粉丝上撒点绿茶叶，可去膻味。此外，还有龙井糕点、龙井问茶、采茶舞曲。西湖龙井让杭州人的生活充满情趣。

这里必须要说的是杭州虎跑泉，清澈明净，晶莹甘冽，居西湖诸泉之首，更被誉为"天下第三泉"。虎跑泉水与西湖龙井是绝配，自古以来得到帝王将相、文人墨客的钟爱。时下，有不少嘴刁的杭州人跑百十里路，来背虎跑泉水回去喝，只是苦于排队接水时间太长。前些年，我就改到梅家坞取山泉，感觉水质不错，最大好处是免掉之前排队之苦。或许，对有些人来说，取水并不一定回家去泡龙井茶，但已经习惯了这一份劳作。

正因为西湖龙井成为杭州品质生活的重要元素，1996年，我的作家朋友沈宇清，与另一位叫毛晓宇的女子，出于对茶的热爱，相约辞去一份令人羡慕的工作，在毗邻西湖的一间小阁楼中开出了一家名叫"青藤"的茶馆，这是杭州西湖边出现的第一家茶馆。26年来，去"青藤"喝茶已经物化成杭州市民的一种生活方式："青藤茶馆如青藤，缠住西湖缠茶人。哪怕不是嗜茶者，亦愿此地洗风尘。"

泡上一杯龙井，杭州小笼包是必吃的美食。小巧玲珑的包子看着都不忍下口，吃到嘴里之后香香的油顺着嘴角流下来。或要几个新鲜美味的生煎，真是美不胜收，吃完一个就忍不住马上再吃一个，感觉就像永远都吃不饱似的。甚至杭州的粥也是美味无穷的。桂花栗子羹里桂花的香气巧妙地混合在栗子里，喝上一碗，感觉通体舒泰，仿佛舌头都要融化似的，哇，真是天堂般的享受。

而用龙井炸的虾仁外焦里嫩，香气四溢，吃到嘴里入口即化，香味一直钻到自己的胃里，让人为此一阵销魂。还有酸甜可口的西湖醋鱼、香而不腻的东坡红烧肉……都带有西湖的烂漫味道，果然名不虚传啊。

明代高濂在《四时幽赏录》中如此赞叹西湖双绝："西湖之泉，以虎跑为最；两山之茶，以龙井为佳。"鲁迅先生说："有好茶喝，会喝好茶，是一种清福。"要喝就喝西湖龙井茶，方能品出茶中仙。确实，在花前月下，品一杯龙井，听滴滴春雨，人茶与共，无疑别有一番滋味让人欲说还休。

这让我想起六七年前，国家发改委邀请韩国常务副总理来京参加一个论坛，接着他以个人名义到阿里巴巴访问，全程由我负责接待。吃饭之前征求意见，韩国人也希望安排到西湖边上的楼外楼。所以，我们安排了一桌杭邦菜，他说好吃极啦！饭吃好后，这位总理要求从楼外楼走回凯悦大酒店，我们担心他的安全问题，他拍着胸脯说："杭州是龙井的故乡，会让人更健康安全。"拗不过他，我们只好陪伴沿着西湖白堤往前走。走过断桥这边，见有茶室，他自告奋勇，点了一杯西湖龙井，我们仍考虑安全问题，他又幽默一句："喝了龙井更安全！"

哈哈，说到这里，人们会发现，龙井茶的故事，也是好茶与一代代爱茶之人相传的故事。

3

这里的桑蚕是水灵灵的,一座城市有丝绸相伴一定是光艳的,它能让城市更美好。这表明杭州风物是撩人的,带着云水飘逸与西子柔情,方才"裁剪繁花锦缎香"。

小时候在家,常听父母在我们面前说:"千里迢迢来杭州,半为西湖半为绸。"所以,那时的伴手礼,给人送上一块丝绸被面,就算是奢侈品。不过,我对杭州丝绸的真正理解,是遇到三件事之后。

第一件事,发生在1984年。在参加企业厂长国家统考杭州班上,我遇见当时杭城丝绸最大企业——杭州红雷丝织厂女厂长。她知道我是浙江建材最大企业厂长后,就告诉我,他们企业是生产丝绸的。

我说,纺织工人很辛苦吧!她告诉我,人靠衣装,佛靠金装。丝绸是人类最美的风物,我们是制造女神的。

经她这么一说,我至今都还为之感叹,原来丝绸工人是这么伟大的职业。正好我所在的厂子男工多,她的厂子女工多,我们两个厂在培训班上就结成了"亲家"。

杭州红雷丝织厂,是新中国诞生的这年,在杭州运河边上新建的一家丝厂。此后,在50余年的时光中,一代代纺丝姑娘在大运河边,用她们的青春织就岁月如练。该厂创造过许多辉煌的业绩。1972年,以补偿贸易的形式引进价值956万美元的设备,开创了杭州首例。而在技术提升、新品研发方面，红雷厂也一直走在全国前列。1989年的下半年，红雷丝织厂从小河路西南的旧厂区搬到了新厂区，并且在新厂区的门口树立起了一座象征丝织姑娘的雕塑，也树起了女神范儿。

斗转星移。2000年以后，随着产业结构调整，红雷丝织厂成为历史。但运河畔的丝话却没有停止述说。2011年，红雷丝织厂惊艳变身。还是那座高大帅气的苏式建筑，还是那特色鲜明的三角山花墙，但已焕发新的生机：杭州工艺美术博物馆在此诞生了！

这个时候我才知道，杭州为什么是一个盛产女神的地方，也是一个盛产丝绸的地方。

杭州的丝织业可以追溯到距今5000年的良渚文化时期。到唐代，杭州生产的"白编绫"已经被列为贡品。白居易在担任杭州刺史时写过一首《杭州春望》："望海楼明照曙霞，护江堤白踏晴沙。涛声夜入伍员庙，柳色春藏苏小家。红袖织绫夸柿蒂，青旗沽酒趁梨花。谁开湖寺西南路，草绿裙腰一道斜。"他还特意为"柿蒂绫"加注："杭州出，柿蒂花者尤佳。"

南宋定都以后，临安府的街市上罗绮如云。大批手工业者集聚于此，除了有大量的民间作坊外，还有绫锦院等规模较大的官营工场，使丝绸织染技艺一路向上。《咸淳临安志·卷五十八》记载了11种丝织品：绫、罗、锦、缂丝、杜缂、鹿胎、纻丝、纱、绢、绵、紬。其中，"掌柜推荐"的，有"光严可爱"、专供内司的

"狗蹄绫"；有先染丝后编织的很贵的"熟线罗"；有以锦线绩成的"锦线䌷"；有画家爱用的细密丝绢。丝绸"天下为冠"就是这样立起来的，人称杭州为"丝绸之府"。

明清时期，"杭绸有一等最最轻织者，用湖水漂净，宜于染色，大红尤佳，以杭丝多锤练故也。如帽缨一种，亦较胜于他处，绒丝等线亦然，是皆杭之专产"。"杭缎以杭青及浅色称"，"以轻巧见赏"，"华丽夺目"。清光绪后期，杭州城内领有牙贴（执照）的丝行达76家，另外还有丝号和丝贩，总数有110多家。

丝绸的确是一门好生意。据民国时期的工业史料记载，杭州丝绸向来非常畅销，在本市销售仅30%，其他全部运往外地售出。而在杭州城北的大运河边，早在1896年就建起了一家颇具规模的机械化丝厂。

1896年，杭州士绅丁丙与湖州南浔富商庞元济合资30万两，在拱宸桥西如意里建起了"世经缫丝厂"。这座丝厂创造了两个之最：首先，它是当时国人自办的缫丝厂里面规模最大的；其次，它是浙江省最早应用电力的场所。不差钱的股东之一丁丙为工厂购买了自备发电机——那是一道光，如此美妙，1896年遂成为浙江的有电元年。世经缫丝厂虽近拱宸桥，但产品商标却叫"西泠桥"，不免有点小小遗憾。

然而更遗憾的是，由于世经厂在原料配给和硬件设施方面投入太大，迟迟未能收回成本。于是在1900年被日商收购。直到全国解放，才有了杭州丝绸的春天，才有"竹里缫丝挑网车，青蝉独噪日光斜"。所以，丝绸是光鲜亮丽的，织丝的女子也是眉目温婉的。

第二件事，发生在2001年。在上海举行的第9次亚太经合组织（APEC）领导人非正式会议上，所有国家领导人都穿着丝绸"唐装"出场，那个场景确实让全球惊艳。这时，杭州江南丝绸城的诸春发老总，第一时间打电话告诉我说，杭州丝绸这次真的火了！

我还着急骂了一句，兄弟，火什么？丝绸遇上半点火星就完了。他忙解释说，我不是说着火的火，是这次APEC领导人穿的"唐装"面料，全是从我的市场配送出去的。

呵，差点儿闹误会！那天，丝绸城老总的揭秘，还是让我激动了许久。于是，杭州临平厂家为上海APEC会议领导人提供服装面料的新闻，也一下成了那几年的热门话题。

想不到无论时尚怎么变迁，总有一种面料如诗似梦地萦绕在霓裳裙摆当中，以其婉约、灵动的质地制造着灿烂和神秘，那就是丝绸。而在众多的丝绸产地，被称为"丝绸之府"的，一定就是杭州了。谁都知道，杭州是历史文化名城，有着丰富的文化底蕴，而杭州丝绸闻名中外，差不多可以说，丝绸织成了杭州乃至浙江省的一部分历史。

早在5000年前的良渚文化时期，那里的杭州先民就已能种桑、养蚕、织帛和制造原始的缫丝工具。春秋时代，越王勾践还以"奖励农桑"为富国政策。唐代时，杭州盛产的绫类已有"天下为冠"

的盛誉，成为宫廷贡品。南宋时，杭州市内呈现"机杼之声，比户相闻"和"都民女士，罗绮如云"的盛况，由此而称"丝绸之府"。1000多年前，杭州产丝绸就已经远销东南亚和阿拉伯诸国，从陆上和海上铺设了"丝绸之路"。

杭州的丝绸织锦是精致、和谐之美的集大成之象征，拥有"东方艺术之花"的美誉，它们不只是单纯的生活消费品，还承载了杭州人的生活情趣和艺术感悟。就像马可·波罗在元初游历杭州时所说："杭州生产大量的丝绸，当地居民中大多数的人，总是浑身绫绢，遍体锦绣。"那时，杭州城里的商贾一半以上是从事丝绸贸易，装载绸缎的船只总是川流不息，远及欧美。

当地称"罗"的就是中国丝绸代表品种"绫罗绸缎"之一。杭罗、苏缎、云锦，已列为中国东南地区的三大丝绸名产。杭罗，因原产杭州故名，由纯桑蚕丝以平纹和纱罗组织联合构成，绸摇纡面具等距规律的直条纹或横条纹菱形纱孔，孔眼清晰，质地刚柔滑爽，穿着舒适凉快，耐穿耐洗，十分适合闷热多蚊虫天气，既挺括透气，又可防止蚊虫叮咬，这也是杭罗在古代作为宫廷御用衬衣面料的原因。

杭罗织造技艺，也于2009年9月30日经联合国教科文组织批准，列入"世界级非物质文化遗产"名录。杭罗根据提花与否，又分为横罗与花罗，我曾见到一块黑色的杭罗是1868年用手拉机织造的。

还有都锦生的织锦作品。经过近百年的沧桑变迁，都锦生已发展成为中国最大的丝织工艺品生产出口企业。都锦生是当时国家内贸部授予的"中华老字号"知名企业，特色产品都锦生织锦，花团锦簇，淡雅浓烈相得益彰，是杭州丝绸的代表作。

正因为杭州丝绸丰富的品种和响当当的品牌，才使"丝绸之府"的称号延续至今。杭州丝绸已形成了从蚕茧供应、缫丝、丝织、印染、丝绸服装到丝织机械等配套的生产能力，常年生产绸、缎、绵、纺、绫、纱、绒、绢等14大类200多个品种，2000多个花色。丝绸的品牌也很多，都锦生、万事利、凯喜雅、喜得宝等，那可都是响彻世界的丝绸名品。

与杭州丝绸交相辉映、分割不开的还有同样作为工艺饰品的杭扇和杭伞。杭扇装饰优美，制作技艺精湛，千百年来，已淬炼成展示杭州精美文化的工艺瑰宝。伞，一件普通的雨具，但在杭州，它则寄予和演绎了万千情思，西湖绸伞轻舞倩影，摇曳出了多少杭州的人文风情。

第三件事，发生在2020年。出版部门与晓风书屋在中国丝绸博物馆为我搞了一个新书发布会，我顿悟杭州丝绸生产的不只是一个产品，还应该是一种文化。

随着多数丝绸企业悄然退出杭州老城区，如果你还想在杭城寻找丝绸的踪迹，恐怕最繁荣的市场，就是杭州丝绸城或江南丝绸城。恐怕最大的丝绸企业，就是艮山门外的"万事利"。恐怕最富有历史感的企业，就是一辈子生产杭罗的"杭罗厂"。恐怕最完美的丝绸遗迹，就是茅家埠的都锦生故居。而杭州丝绸最值得看的地方，想必就是玉皇山下的中国丝绸博物馆了。

G20杭州峰会期间，是中国丝绸博物馆最高光的时刻。江南秀美的园林馆所，融合古今中外的陈列展览，女红传习馆里缫丝、扎染、手绘、织造等中国传统女红技艺的现场展示，门类多样的丝绸精品，以及雍容大器的中国和国际时尚，让来宾们不仅领略了丝绸文化的无穷魅力，也留下了美好的记忆。

出席G20杭州峰会各方代表团团长的夫人们，还参观了中国美术学院。作为"美学江南——中国人的生活艺术"展的压轴戏，没有想到，竟然是中国丝绸博物馆为主策划并举办的"丝路霓裳——中国丝绸艺术"展，通过近60件/组展品，系统展示中国丝绸从新石器时期钱山漾遗址出土的绢片到唐代丝绸之路上的狮子纹锦，从宋高宗时期的《蚕织图》到浙江黄岩南宋赵伯沄墓最新出土的交领莲花纹亮地纱袍，从织造宋锦的提花织机到当下高科技和时尚化的丝绸面料与时装，充分演绎了中国丝绸艺术的辉煌历程。

参观时，各方代表团长的夫人们观看了来自中国丝绸博物馆的宋锦织机现场操作演示，还欣然接受了中国丝绸博物馆馆长赠送的小礼物：一黄一白两枚杭州蚕茧。

没错，"世界丝绸看中国，中国丝绸看杭州"。作为国家"六大绸都"之一，杭州在浙江丝绸业中占有特殊地位。有人曾统计，近十年中国真丝绸商品进出口贸易已占世界丝绸贸易的80%，而浙江占比约40%，杭州占比25%以上；历年来，杭州的丝绸企业都名列真丝绸商品出口、真丝胚绸出口、真丝绸服装出口全国第一名；杭州丝绸企业上千家，中国丝绸企业竞争力十强杭州最多，中国丝绸商品品牌杭州最多。杭州的真丝绸商品国内贸易占比30%以上。

"真丝彩缎文明史，灿烂辉煌世界知。"杭州作为中国丝绸的重点产区和出口基地，是名副其实的"丝绸之府"。笔者觉得杭州丝绸至少有许多优势：杭州有得到国际认可的深厚的丝绸文化。杭州形成了完整的丝绸产业链，从淳安的优质桑蚕基地、余杭的"中国丝绸织造基地"，到桐庐的"丝针织区域经济"、萧山和下沙的印染基地，以及杭州强大的设计队伍与服装制作、营销能力，组成了既独立又合作的地区产业链；杭州市场竞争主体多元化，国资、民资、外资共舞，市场活力强。

对于杭州丝绸的未来，是不是更需拉高站位？一边要从中国历史上的丝绸，寻找5000年的丝绸艺术和文化；一边要从"丝绸之路"上的丝绸出发，展示东西方丝绸文化交流、丝绸生产传统技艺和各种技艺的产品，以及我们最新的丝绸保护项目和修复成果。

到那时，也许杭州才会渐渐成为民谣中传说的"半城西湖半城绸"，而丝绸真正在时尚的空间中找到属于自己的高雅，构建半个杭州城市的丝绸记忆中的圣地。

还有，到了杭州应该看看杭绣。杭绣作为非物质文化遗产，也已上升到文化的高度，是它对纺织工艺技术和物质文明的又一贡献。有时一件刺绣便是一幅作品，或者是一处风景，正所谓"诗心入画绣，巧手夺天工"。

实际上，在古汉语中，用青、红两色线绣称为"文"，用红、白两色线绣称为"章"，"文章"二字的古意为锦绣，后转义喻文。杭绣的图案设计，多取材于龙、凤、麒麟、孔雀、牡丹、西湖风景之类。当地人说，杭绣最有特色的是夸张和变形，工笔少而写意多。

到了杭州还应买把西湖绸伞。西湖绸伞也已列入第二批国家级非物质文化遗产名录，它是以竹作骨，以绸张面，轻巧悦目，式样美观，携带方便，素有"西湖之花"的美称。伞，在我国历史非常悠久，据说，黄帝时代就已制作。特别是明清时代，我国制伞业尤为发达，从这时起，不少小说和戏曲都写到了伞。众所周知，《白蛇传》中许仙借伞的故事，就发生在杭州西湖断桥边。

"张开一把伞，收拢一节竹。"西湖绸伞创制于20世纪30年代初，据说是由都锦生丝织厂工人竹振斐创作的，由于选料得当，制作精细，别出心裁，一上市就受到人们欢迎。到了1935年春天，杭州出现了第一家专门制造绸伞的作坊，这就是著名的"竹氏伞作"。新中国成立以后，办起了国营杭州西湖伞厂，又成立了杭州工艺美术研究所西湖绸伞组，有400多名职工，10多名研究人员，年产绸伞60万把上下，其中出口的占三分之二。随着制伞人技艺的提高，绸伞越做越精，国际市场上虽然出现了各式各样的撑收自如的自动伞，但西湖绸伞仍以其独特风格，博得人们喜爱。

近年来，西湖绸伞的制伞工艺不断精益求精，伞骨取材于浙江特产的淡竹，粗细适度，色泽光亮，竹身挺拔修长，烈日暴晒也不弯曲变形。由一节淡竹筒劈成32根或36根细条，另配骨撑，组成伞骨，张开是圆形的伞，收拢像是一段淡雅的圆竹。伞面用薄如云翼、色彩瑰丽的丝织品绷成。伞面花色多种多样，仅染色就有20余种，有的绯红如晨曦，有的蔚蓝加净空，有的翠绿如碧水；或单色，或套色，五彩缤纷。在秀丽的伞面上，又经刷、喷、画多种工艺，描绘上西湖风景、花鸟、山水等图案，为西湖绸伞锦上添花，更显美观大方。

4

这里的青瓷是水灵灵的，一座城市有官窑相伴一定是光耀的，它能让城市更美好。这说明杭州风物是润雅的。传说，瓷的天青色来自西湖烟雨中的烧制，方才"千峰碧波翠色来"。

说到"丝绸之路"，人们都知道我国主要是通过陆上丝绸之路，将中国的丝绸、茶叶、陶瓷出口，而杭州主要通过海上丝绸之路，将杭州的丝绸、茶叶、陶瓷等海运出去。丝绸、茶叶前面我们已经讲过，但说到杭州官窑瓷器可能许多人知之甚少。

"雨过天青云破处，这般颜色作将来。"这种天青色，是杭州官窑瓷器的代表色，广为流传的歌曲《青花瓷》中"天青色等烟雨，而我在等你"也是由此演化而来。这句歌词让许多人先入为主地以为天青色说的是青花瓷，其实不然，这句话真正描述的应为官窑青瓷器。在制瓷业空前繁荣、名窑涌现的宋代，朝廷虽然纳用一些其他釉色的瓷器，但仍设立了"官窑"烧造青瓷器。

20世纪80年代，有外商跑到我任职的浙江建材厂考察时，向我打听杭州陶瓷。我说，作为建材同行，我就知道一家生产日用瓷的杭州瓷厂。他们又问，可有生产南宋官窑的？我向他们摇头。

后来，又有一个日本商人找到我，也问这事，我就觉得蹊跷。问了许多人，谁也说不清。为这事，我就悄悄跑到图书馆找资料，这才发现官窑有两个地方：一处为北宋的汴京官窑；一处为南宋高宗在杭州所另立的新窑杭州修内司官窑，亦称内窑。这在南宋人所写《负暄杂录》《垣斋笔衡》，以及明初曹昭《格古要论》等几本古籍中都有记载。

南宋官窑是宋朝迁都临安后，按照北宋旧制度在凤凰山下设立官窑，即内窑；后来又在郊坛建立新官窑。修内司郊坛官窑瓷釉有月白、粉青、米黄三色，有冰裂纹，隐纹如鹰爪。明初曹昭《格古要论》言："官窑器宋修内司烧者，土脉细润，色青带粉红，浓淡不一，有蟹爪纹，紫口铁足，色好者与汝窑相类，有黑土者谓之乌泥窑。伪者皆龙泉，所烧者无纹路。"而在20世纪20年代，南宋官窑郊坛下遗址就成为最早被发现的古窑址之一。郊坛下官窑遗址包括作坊和龙窑两部分，出土了30000余件瓷器碎片及大量窑具、工具等遗物。

"袭故京遗制"移地于南方继续生产，开始于绍兴十三年，却连续生产了一百三四十年的优质瓷，前后辉映，为中国奠下了制瓷王国的美名，千百年来举世公认宋瓷是艺术性最高的瓷器。它通过细致纯熟的工艺，将流畅简练的造型和精光内蕴的釉色和谐统一在一起，代表着800年前中国瓷器生产的最高水平，也是南宋时期发达的科技文化真实的写照。

得到这些资料，我格外兴奋，第一时间找到全国厂长统考同学，杭州瓷厂的蒋介权厂长，得知他们正将南宋官窑作为一个课题，在开始研制中。那段时间我也着了迷，几乎每周要去一趟瓷厂探听消息。

1986年，杭州还正式成立了南宋官窑研究所。同年，研制成功南宋官窑粉青金丝纹片瓷。这就是说，杭州瓷厂的南宋官窑研究所仿制的南宋官窑，不但继承了原有的以釉色取胜、以纹片著称、以造型见长之三大优点，而且又发展了刻、画、浮雕、堆塑与釉色结合等多种装饰工艺，丰富了造型，增添了艺术感染力。

不久，南宋官窑陆续在杭州凤凰山老虎洞、乌龟山被发现。1996年，因为受暴雨冲刷，在杭州市凤凰山麓、万松岭南面被当地人称为老虎洞的地方，又发现了大量的青瓷残片和窑具，老虎洞窑址也被偶然发现。1998—2001年间，杭州市文物考古所还对该窑址先后进行了三次考古调查和发掘，揭开了宋、元时期不同的陶瓷生产遗迹。其中的南宋层作坊营建考究，出土了大量可拼对成型的瓷片，造型优美，制作精良，被多数陶瓷专家确认为历史记载的"修内司窑址"。

2006年5月，郊坛下窑址与老虎洞窑址，又被国务院合并公布为第6批全国重点文物保护单位。这就是说，有了官窑遗存风物，极大地推进了南宋官窑研制。

瓷器上的天青色，传说得在烟雨天气中烧制才可实现。古代每到下雨或梅雨季节，各大窑口都开始烧制瓷器，因为这时候的天气湿度特别适合釉色呈现出最佳水平，而这种阴雨天烧制出来的天青色宁静纯粹，包含着雨水的润雅。以天青色而闻名的汝窑亦如雨将过、天初晴的天色一般，这一抹浪漫纯净的颜色正和雨水时节的美不谋而合。

清代唐秉钧在《文房肆考图说》中明确记载："陶器以青为贵，五彩次之……。"民国许之衡《钦流斋说瓷》中有记："古瓷尚青。凡绿也、蓝也，皆以青括之。陆羽品茶，青碗为上。东坡吟诗，青碗浮香。"千峰翠色、雨过天青，使得许多名人雅士对青瓷赞不绝口。

2010年，我在省发改委外资处任处长，又承担了落实温家宝总理在政府工作报告中提出的杭州与台湾《富春山居图》合璧的前期相关工作。那次到台湾，连战先生接待了我们。他说，台湾与浙江有着深厚的因缘，如杭州玛瑙寺是他祖父连横避难地，杭州灵隐寺与台湾中台禅寺同源，杭州黄公望《富春山居图》一半在台湾，一半在杭州。最后，连战先生又自豪地说："杭州还赐我一个美人。"他的夫人祖籍在杭州郊外的海宁。

我们随带了杭州青瓷——龙瓶，作为伴手礼馈赠给连战先生。我告诉他："这是来自杭州的青瓷。"连战忙呼："青瓷，这是非常珍贵的东西！"我又说："这件作品出自大陆顶级青瓷工艺美术大师之手，造型端庄古雅、精透传统南宋官窑青瓷之韵味，最值得称道之处是将'哥窑'技艺与'弟窑'技艺完美结合，作品浑然一体。"

听我这么一说，连战特别开心，连连称赞："太珍贵了，太珍贵了！"我说："您看哥窑的开片，如雪似玉。弟窑的那条龙，梅子粉青，温润可亲。"

我又幽默说道："这'哥弟'手足情深，表达了每个炎黄子孙'呼唤团结、维护祖国统一'的美好心愿；瓶身刻以龙纹为装饰，代表祥瑞。龙是华夏民族的图腾，我们海峡两岸都是龙的传人！"连战赞不绝口："寓意深情啊！"

我这里说到的梅子青，应该说把中国青瓷的釉色之美发挥到了极致，同时也体现了宋代美学的极高境界：无须浓妆艳抹，无须华丽粉饰，于清淡中见高雅，不着一字，却尽显风流。这梅，是梅妈妈赋予孩子最引以为傲的青雅如玉的肤色；这青，是大自然的生命之色，是青春之色，是江南美人之色。

古书说："象物生，时色也。"在自然的混沌中，一缕青翠常使人赏心悦目，古人在不自觉中把颜色上升为艺术的表现手段，瓷器已不再仅仅是使用的，其艺术的魅力和文化内涵也就绽放出来，这种觉醒也许就是人性的律动。

青者，卿也。这时的梅子青，渐渐成为情人眼中的梅子卿。带着她"晶莹清澈、温润敦厚"的高尚品质，去陶冶人们的心境，去征服这个世界，最终不只是艺术的潜移默化，还有催人泪下的情爱。或许，正是因为这种内在精神需求的驱动，数千年，烧造官窑青瓷的窑火才不灭，学术上冠名为中国的母亲瓷，其实就是女人花吧！

如此青色，正如陆龟蒙《进越器》诗云："九秋风露越窑开，夺得千峰翠色来。"更像五代人徐夤在《贡余秘色茶盏》诗中进一步咏赞的："捩翠融青瑞色新，陶成先得贡吾君。功剜明月染春水，轻旋薄冰盛绿云。"

不得了啊，难怪自古以来杭州官瓷大量进入帝王的日常。于是，梅子青变成了真正的卿云。你说，我们要不要谢谢梅妈妈？她不只是赠了青，还赐了卿，这是世界上多么伟大的情爱与美好。

有了这样的认知，我说杭城都是梅子青的粉丝，可能就好理解了。

谁都知道，杭州属于一座移民城市，2019年，杭州一举夺得国内人口净流入第一城。这也验证了以色列学者裴德·马特拉斯说的话："都市化在很大程度上是一种移民现象。"

正因为这种移民现象，才创造了杭州城市的商业文明，以及独特的人文风貌，也形成了杭城特有的文明形态。正是杭州文化这种较强的包容性，无论谁来到这里都会有杭州人的认可感，成就你成为新的杭州人。

这么说来，人们可能要问，现在的杭州人主要来自哪里？

根据笔者手上掌握的资料，现在的杭州人主要来源有三部分：一部分是古代吴越人的后代，一部分是南宋时期衣冠南渡的中原汉族，还有一部分是太平天国后，省内其他地区（以绍兴为主）的移民。

第一批杭州人是越人。有文字记载以来，杭州地区最早的居民是越人。杭州最初的名字叫禹杭，也是越人起的。前文说过，大禹治水期间，曾经过这里，并在此造舟以渡（"杭"是方舟的意思），越人开始称此地为"禹杭"，其后，口口相传，讹"禹"为"余"，乃名"余杭"。春秋战国时期先后被越国、吴国、楚国统治过。

今天意义上的杭州地域，是在秦汉时期才逐渐成形的。《史记》中记载秦始皇东游，第一次出现了"钱唐"这个名字。秦设立钱唐县，属于会稽郡。唐朝时避讳国号改为钱塘，其名一直沿用至清末民初。隋朝开通大运河以后，杭州才开始成为繁华之地。五代十国时期，吴越国建都于此，杭州开始了古代历史上的第一次大规模城建。北宋时期，杭州成为东南第一州。

纵观历史，其实从大禹时期到北宋时期，整个杭州地区居住的都是（吴）越人。北宋时期，杭州城加上周边县区人口已经达到30万人，这部分人的后代也是一直延续至今，说的吴语，只是后来根据地域的不同演化为临绍片、苕溪片等。杭州话具有全浊音，四声齐全，清浊对立，这是隶属吴语的典型标志。

第二批杭州人是北方中原汉族人南迁。靖康之耻，北宋灭亡，赵构建立南宋，绍兴八年定杭州（临安）为行在，也就是临时首都（可见当时还是想着向北收复失地的）。这是杭州历史上的第一波移民高峰。由于北方许多人随朝廷南迁，临安府人口激增。到咸淳年间，居民增至124万余人（包括所属县）——这个数字相当惊人，一直到新中国成立前夕杭州的总人口都还没有重新达到这个数字，其中北方移民占杭州居民的70%左右。

这也是现在杭州话与周边的吴语有较大差别的重要原因。直到今天，杭州的方言也是南方方言中少见的没有文白异读且保留儿化音的方言，非常具有地方特色。杭州人喜欢吃的汤包、片儿川等美食，也是带有鲜明中原（河南）风味的面食。像于谦、夏衍等杭州名人祖籍都是河南地区。

还有一部分是三国时期、永嘉之乱、安史之乱以及黄巢起义时期就迁移到杭州的，只是当时南迁的中原汉族主要集中在建康（南京）、会稽（绍兴）等地，杭州相对较少而已！

第三批杭州人是省内其他地区的移民。1861年12月29日，太平天国李秀成部攻克杭州，清朝浙江巡抚王有龄自缢身亡。复旦大学出版的《中国人口史》记载：浙江杭州府，一次受屠14万人，围城三个月，粮尽，民饿死者六七十万人。城破后又遇屠杀和瘟疫；杭州府战前有人口372万人，战后仅余72万，人口损失80.6%。太平天国灭亡以后，省内其他地区的人口开始填杭州。

有一句谚语叫"杭州萝卜绍兴种"，其实说的就是很多杭州人来自绍兴，因为来杭的绍兴人非常多，所以今天的杭州话受到绍兴话的影响也是最大的。其中有很大一部分是萧山人，因为萧山以前是也属于绍兴的，像阿里巴巴的马云祖籍就是绍兴嵊州。

杭州市区里人口祖籍除了绍兴以外，祖籍衢州、金华的也都不在少数，像娃哈哈创始人宗庆后就是南宋抗金名将宗泽的后代，祖籍是金华义乌。杭州作为浙江省会，自然还有省内其他地方的移民，像杭州明星汤唯祖籍就是温州乐清。

此外，建国初期还有很多南下干部定居杭州，他们及其后代也基本上都会讲杭州话，演变为杭州土著，像杭州市委原书记王国平祖籍山东。杭州的淳安、建德地区历史上属于严州，主要是讲徽语，历史上大多是来自徽杭古道上的安徽人，和吴语区还是有一定的差别。

根据杭州市统计局2012年发布的外来人口状况分析，近年杭州的省外外来人口主要来自安徽省（43.95万人）、江西省（22.77万人）、河南省（22.49万人），占全部省外外来人口的51.2%。另外，贵州、四川、湖南、湖北等地也是杭州外来人口比较集中的来源地。

再看2020年积分落户的外来人口情况，浙江省内依然是大头，占比达到32.39%，达到三分之一。其次是安徽（16.44%）、江西（10.2%）、河南（8.67%），三省合计占人口来源35.31%，占了新杭州人的三分之一；湖北、江苏、黑龙江等其余25个省份一起占32.3%，占了剩余三分之一。从2012年到2020年两种不同外来人口比较，其集中度基本一致。

说了这么多的数字，可能容易令人厌烦。这里有一个最简单的个人之见，为什么安徽、江西来到杭州的人多？因为与浙江接壤，是邻居，在家门口什么交往都很方便。邻居好，赛金宝。河南人来杭州落户的人多，或许源于南宋，随着北宋都城东京开封的大量居民迁入临安，杭州立刻变为移民城市，并迅速成为当时世界上顶级的繁华大都会。所以，河南人从骨子里认同了杭州，800多年里"直把杭州作汴州"，由此也能够联想到为什么杭州人善于经商，多巨富，不是吗？

还有"忆江南，最忆是杭州"，使得许多人有一种错觉，江南就等于是杭州。事实上，江南仅仅是杭州的一面。江南在这里，并没有清晰的地理边界，地图上曾经有过一个"江南省"，但它更是人文市井里生长出来的想象符号。在地理学家看来，江南应该是苏杭，加上太湖流域周边一带。

杭州人中，三分之二来自北方。过去一千年，江北多战争，为躲避战乱，北方人多次南迁，为杭州源源不断地注入北方基因。所以杭州人的性格，融合了南方人的润泽与北方人的温厚。

加上混血，杭州人颜值高，是中国的"白、富、美"。杭州女生水灵，皮肤白皙，杭州男生细腻、温和精明。林徽因、汤唯、俞飞鸿、周韵……都是集才华与美貌一身的杭州温润美人。

也因长期混血，杭州人已看不出鲜明的相貌特征，走在杭州街头，很难一眼分辨谁是沪宁杭，除非张口说话。嗲嗲的吴侬软语，暗藏88种方言变化，堪称宇宙最复杂方言。

身材上，杭州人也很平均。这里有个统计数据，杭州男生平均身高170.9厘米，女生平均身高160.88厘米，排名全国中游，处于不高也不矮之列。但浓缩就是精华，杭州人非常长寿，人均寿命78.77岁，是全国最长寿的地方。

也许过去的移民，给了杭州北方基因；现代融合，给了杭州新的活力。全国最优秀的城市年轻人们，逃离北上广，首奔是杭州。杭州连续5年跻身全国中高端人才净流入率最高城市。高学历、年轻化让杭州在新一线城市竞赛中频频出圈。

新移民带来更多元文化，勾勒了新一代杭州人画像。他们的面孔常常是文理兼修的学霸、高效率的公务员、高科技的企业家、纺织业的老板、制造业的工程师、创意行业设计师、道法自然建筑师、阿里巴巴程序员、MCN机构网红，或者衣食住行生活达人。

在杭州人眼里，均衡是美德。说话、做人、办事低调，不爱干出格的事，不抢C位，待人谦和，不给人压迫感，富不外露。吃穿也清淡，喝清茶、吃河鲜、穿棉麻，江南布衣就产自杭州。

有人说，秋季杭州人幸福指数最高，因为整座城市的空气里都飘散着桂花香，时浓时淡，沁人心脾。这个时候，许多人结伴来杭闻香。

说起来，全国不少城市都种着桂花，为什么杭州的桂花最有名？可能就在于杭州桂花树的数量实在是多。有人统计，2003年，杭州桂花树就有500多万棵。20年过去了，又种下去了多少？可能根本统计不过来，可以说，整个杭州就是一个桂花公园。

为外地朋友推荐赏桂，可能很多杭州人都会说，去满觉陇吧。其实，杭州最早种下的桂花，不在满觉陇，而在灵隐寺。早在春秋战国时，文献里就有了桂花的记载。唐代诗人宋之问，秋天去灵隐寺拜佛，回家就写了一首《灵隐寺》，说"桂子月中落，天香云外飘"，真正是诗以桂名，寺因诗传。白居易在杭州当刺史，也常跑到天竺去闻桂花，说"山寺月中寻桂子"，不但喜欢闻，去苏州当刺史了，还要带着桂花树种到苏州去。

民间种桂，始于唐，盛于宋，历代文人对杭州桂花的吟诵，数不胜数。根据杭州园林部门的记录，20世纪80年代初时，杭州的桂花树大约有40万棵。1983年，桂花迎来了它的"人生转折"，7月23日，经杭州市民投票，杭州正式命名香樟为"市树"，桂花为"市花"。

桂花作为市花主要赢在三点：一是历史悠久，杭州人唐代时就开始赏桂；二是种植数量太多；三是杭州人对桂花是真爱，一票票投下去，都是对甜甜的香气没有抵抗力。

而桂花喜欢杭州，应该来自江南气候，这里不会太冷，也没有太热，湿度够，土壤也是桂花最喜欢的微酸土壤，一切都刚刚好。所以，几千年了，桂花才能在杭州越长越好。杭州人还在这里建立了世界上第一个桂花基因库。

常言说，十年树木，百年树人。我们再来看杭州为什么会将香樟树选为市树？

主要是民间把香樟看成村庄的景观树、风水树、祖宗树，寓意长寿、吉祥如意，人们十分敬仰。香樟树姿优美，形态苍劲洒脱，枝叶繁茂，浓荫遍地，是长江以南城市绿化的优良树种之一。在公园内、庭院中、道路旁，由香樟构成的美景随处可见，如杭州的"吴山天风""云栖竹径"，均是以满目的古香樟而形成独具特色的优美景观。

还有，香樟生长较快，寿命也较长，在古树中占有相当的比例，杭州最多的古树就是香樟。树龄超千年的"法香寺香樟"、树龄800年的"灵隐寺香樟"和"黄龙洞香樟"等都名扬四海。

如此看来，移民各自不同的出身背景、风俗传统、生活习惯、伦理观念和教育经历等，表现出来的喜好甚至价值判断都不尽相同，人们来到同一座城市求生存、求发展，并且能和谐相处，共同发展，证明了移民普遍具有较强的宽容美德和包容心态，也正是这些品质，成就了移民杭城文化的包容性特征。

移民从四面八方涌向一个新的城市，或聚集到一个新的地方形成城市，对他们来说，这就意味着一切要从零开始。从文化方面来说，就是移民秉持一种精神，到杭州城市经受打磨，伴随着淘汰、转换、更新、发展，从而培育出新的文化。因而，杭州城市的文化也是因其开放性而充满活力、吐故纳新的文化，具有极强的生命力。

还可以肯定的是，移民前往新的城市，是为了获得更大的发展和成就，从而实现自己创造财富、贡献和改造社会的理想和抱负，而迫于无奈的情况较少。在当代中国，移民城市往往是改革的急先锋。移民城市的文化也充满了革新色彩，表现出强大的创造性特征。从某种意义上说，杭州是被"设计"出来的。

时间就像杭州的春天，万物在这个季节都会疯狂生长和变化。而在这个美景如画的季节，你只要用心去聆听风物的声音，那里既有动听的回响，也有动听的旋律，还有为我们谱写下的文明乐章。

这是发生在"美丽浙江"抖音号上的故事，是聚焦杭州街头"斑马线"的慢直播。与其他直播相比，这类直播似乎特别"无聊"：一个固定摄像机位，长时间对准"斑马线"，以及来来往往的车辆和行人。

但令人惊奇的是，每场直播，都有几十万甚至上百万人次围观。"浙江有礼礼让斑马线"是"美丽浙江"抖音号于2021年4月推出的常态化慢直播，一年的总围观数已经超5亿人次。

为啥这样的慢直播会引发这么多人观看？分析一下，难免有一种心理，就是想"找漏""挑刺"，看看杭州等地的"斑马线"前，司机到底是不是真的"礼让"了？必须承认，细心的网友还是发现了个别"漏网之鱼"。但评论区里，绝大部分还是大家的点赞和"表白"："我去浙江过马路的时候车子远远地就停下来，给我安全感，确实不错。""行人跑着还比了个心。""看到车子为你停下，透过车窗看到司机大手一挥特别帅"……

如今，实施了10多年的"礼让斑马线"，早已被认为是杭州的一块金字招牌。外地游客纷纷留言：一到杭州，最深的印象，不是湖光山色和丰富美食，而是"礼让斑马线"，这是最好的文明印象。

开辟这样的慢直播，也是想让全国网友看看，杭州的文明招牌到底硬不硬？杭州文明之风到底能不能经得起检验？这样的监督，也在不断提升人们的自觉性。2021年6月至11月测评数据显示，杭州斑马线礼让率从87.3%上升至93.5%，其中也有网友监督的"功劳"。什么是文明？文明就是慢慢刻进骨子里，让你不知不觉就会去遵守规则的东西。

我曾为杭州写过这样一首诗：

杭州，你不只是故乡/不只是龙井/不只是丝绸/也不只是乡愁/你的手心还攒着我的魂/没错，我是五千年的良渚/留下的一粒种子/当我长成这里一棵樟树/就想为你做一艘最原始独木舟/喊出惊天的船工号子/奔向西湖、大运河甚至钱塘江/也许，我的命就是这个时代/最后的一个纤夫……

看到了吗？杭州的风物，在形，也在色；有骨，更有韵。

第 八 章

····

西溪且留下

清代《钱塘县志》中说道："宋建炎三年七月，高宗南渡，幸西溪，初欲建都于此，后得凤凰山，乃云：'西溪且留下。'"

确切地说，北宋靖康二年（1127年），徽宗、钦宗二帝被金人俘虏，押往北方。赵构在南京应天府（今河南商丘）即位，改元建炎，史称南宋。同年十月，金人大举入侵，南宋王朝朝不保夕，高宗赵构踏上了南逃之路，一路逃到杭州。在那个冬日的江南，湖水清冷，大片的芦苇在湖面上铺展开来，蒹葭弥望，随风摇曳，又有大雪飘落，整个天地、湖面一片白茫茫的醉人景色。

在这芦花飞雪的美景中，赵构暂时忘却了数月来逃亡路上的狼狈不堪，不由得感叹道："西溪且留下。"

而此时的他恐怕并未想到，这一留变成永远——

1

或许，有了这个西溪，南宋王朝这才把"留下"赐予杭州，使得杭城至此迎来快速发展，而地处杭州西部的西溪湿地，千百年来又一直保留着自然风情原始韵味。

那段时间我疯了似的跑档案馆、图书馆，寻找与西溪湿地相关的资料，就想早日弄清西溪的前世今生。原来"西溪"作为一个地名，在古书中早就出现过，距今约有1000年的历史。

据史料记载，西溪作为溪水的名字约始于唐朝，本身与西湖存在着关联。这就是说，在唐代以前，今日西湖称钱塘湖。到了唐代，白居易为杭州刺史前后，钱塘湖因地处城西而被民间称为"西湖"，而这条溪水呢，则因地处西湖之西而得名。

后来有一天，杭州西湖区的一把手问我，西溪湿地也就十几个平方千米，怎么从古至今能养活杭州这么多人的呢？

我就给他讲起了我的研究发现，其实这十几个平方千米，只是西溪现今的面积。"西溪"的名称与范围，古今有所不同。通过史料能认定，西溪湿地是杭州地理文明最早的发祥地。按此时间，可以追溯到5000年前的良渚文化时期。良渚文化遗址，如老河山遗址、杭州水田畈遗址、余杭瑶山遗址、余杭安溪等区域，在古代历史上属于西溪两岸的范围之内。西溪湿地较早时期面积至少达到600平方千米，后来因为人类活动的不断介入而逐渐缩小。

汉唐时期，西溪逐渐被人们开发利用，得到了初步发展，面积有300平方千米以上。在唐代的西溪湿地区域内已有了比较完整的行政建制，所以有"唐有西溪市"之说。五代时，西溪有了驻军。

宋元时期，西溪湿地有了很大发展，但是面积有所减少，约有100平方千米。北宋时期，西溪曾是盐税的主要征集地，三位名相吕夷简、晏殊和范仲淹早期都曾在这里做过盐税官员。

相传，范仲淹初到西溪上任之际，有人曾劝他不要在这个小地方做税官。范公不以为然，笑而答道："谁道西溪小，西溪出大才。参知两丞相，曾向此间来。"

此外，宋代以来，每年士子赴杭州赶考时，通常也是居住在西溪的。而宋室正式定都临安后，西溪的经济发展得非常快，而且这也是西溪扬名的起始。

宋室南渡，升杭州为临安府。宋高宗赵构和大臣们一起来到西溪一带勘察，筹建行宫之事。宋高宗看到这里风水很好，本来要在这里建都，后又因别的原因就在原州府治所在地建都。当时，西溪交通发达，军事地位重要。宋高宗曾在那一带养马，皇帝的马儿叫龙驹，于是传下了龙驹坞这个地名。还有一条西溪御道，皇帝去郊外进香，西溪为必经之路。现在，这条御道大部分已湮没，原址在留下还有一段。如此，西溪就这样"留下"了1000多年，而"留下"之名也逐渐成为西溪的代名词。

明清时期，西溪最为昌盛。地方官很重视治理水利，水灾少了，陆地渐渐露出来，老百姓在岸上养蚕、水塘里养鱼。这里没有船进不来，很幽静，又有野趣，很多文人骚客喜欢到这里来。特别是明末清初时，很多文人不愿到朝廷做官，就到这里隐居起来，教书作画，养活自己，西溪文教事业也发达起来。

这个时期，规模不大的庵在西溪普遍发展，有100多个。这里的庵很有意思，多是文人庵。所谓文人庵，就是文人经常到庵里去吟诗作画、会友，而庵里的诗僧也常与文人应和。

明清以来，西溪还成为杭州的"三大赏梅胜地"。但是由于大规模的人为干预，湿地面积大大缩小，到了清代，西溪湿地的范围缩到大约50平方千米。

民国时，西溪湿地变化很大。20世纪二三十年代以来，由于战乱和人为破坏，特别是80年代后，城市化和工业化的压力进一步增大，加之湿地保护的理念淡薄，西溪湿地不断地受到蚕食，范围逐渐缩小。大面积毁坏的自然环境，大量增加的工业设施，影响环境的低水平建筑，密集的村庄，稠密的人口……使西溪湿地的环境风貌遭到了极大破坏。

而西溪湿地这一区块，从钱塘县划归杭县，成为郊区，现在又划给西湖区，发展成了蒋村、五常、留下、古荡、良渚等街道。

简言之，在唐宋之前，西溪湿地的范围最大，随着时间后移，范围逐渐减少。如果把唐宋的西溪成为"大西溪"，那么明清、民国时期的西溪为"中西溪"，现今西溪湿地保护范围只能称为"小西溪"了。

庆幸在西溪湿地，还留有海春轩塔、凤凰泉及北宋丞相范仲淹的读书堂。《天仙配》中董永的家乡传说也在这里，现仍保存有董永墓、董永祠、老槐树、土地庙、辞郎河、送子头等遗迹。

西溪湿地一期建成开园的那年，我在浙江省发改委经贸处当处长，正好国家发改委经贸司王宝伟司长带队到杭州调研，我们就在行程中挤出一个小时，想让司长感受一下西溪湿地保护工程。

不瞒大家说，他走了不到15分钟，就提出不看了。问他为什么？他实话实说，西溪保护的人工痕迹太重。

这事让我很尴尬，好在他没有马上调头，望着湿地中成千上万棵古柿树，他震撼了。

他说，这些古柿树，诱惑出了他童年爬树的乐趣。我这人嘴快，就喊他爬爬看。其实，我就想拖住他，想不到他竟然乐此不疲。

一会儿，王宝伟又见到清澈的溪水，窥见岸边芦柴根上爬满螺蛳，他又惊呼，这不正是中午下饭的好菜嘛！边说边赤脚下水摸起螺蛳……

王司长的故事，之后还真的引发许多杭州人，对我国首个国家湿地公园——西溪湿地的下一步开发方向的争议：是建自然保护为主的湿地生态保护区，还是打造一个适度利用的湿地公园？

从西湖区领导口中也得知，自20世纪90年代以来，西溪湿地的保护和开发已经引起社会各界的关注。但是一开始的思路，没有从生态上去保护，使得原生态的湿地更多是人工化改造或"翻新"，河道被重新挖开，河岸被人为剪切，整个景观风貌逐步向西湖靠近，而西溪原有的野趣逐渐丧失，湿地的生物链也被彻底打乱。

一时拿不定主意，杭州市书记王国平建议马上召开一个专家咨询会。他在会上坦言，现在的生态并不是西溪湿地历史上最佳的原生态，要利用生物资源调查及生态研究成果，在生态优化上下功夫，恢复蒋村地区历史上最佳的生态原貌。他还坦承，目前西溪湿地保护与开发还欠火候，处于一种半生不熟的状态。那么，下一步西溪湿地怎么办？

王国平集中专家的智慧，最后一音定鼓：

——坚持最小干预原则。制定合理、科学、可操作的控制规划，保护好西溪湿地景观的完整性和与周边环境的和谐性。

——坚持修旧如旧原则。对真正有价值的老建筑要修旧如旧，异地迁建的老房子要与周边环境和谐，新建筑要充分吸收西溪湿地老建筑的元素和符号，努力做到似曾相识。

——坚持注重文化原则。西溪是自然、文化遗产的宝库，根据申遗要求，在高度重视物质文化遗产的同时，要高度关注非物质文化遗产挖掘与保护，充分体现北宋文化特别是水浒文化。

——坚持可持续发展原则。既有绿水青山，也要金山银山。还有，虽说当时国家林业局已经将西溪湿地列入国家湿地公园试点，但打造湿地天堂的一次具有标本示范意义的科学探索还需要更多努力。

杭州最终为西溪湿地选择走了一条城市湿地公园的探索之路。这条路，是实施西溪湿地综合保护工程，开展西溪国家湿地公园试点，目的就是以改善湿地水质、修复湿地功能为根本立足点，保护并修复西溪湿地的生态系统，保护和培育特有的网格状河网、水乡河泽资源，保护和培育柿树、樟树、柳树、笋竹、芦苇等构成的水生、陆生植物资源和鸟类、鱼类等野生动物资源，恢复和增强湿地的生态功能，改善湿地生态环境。

还不忘积极调整当地产业结构，促进杭州生态质量和城市品位的提升。主要考虑这是一项保护环境的生态工程、传承历史的文脉工程、造福于民的民心工程、提升城市品位的竞争力工程。

鉴于西溪湿地至少涉及西湖、余杭两个区，为了减少跨区域的麻烦，我建议西湖区可先在自己区块内，启动保护与开发工作。应该说西湖区反应很快，先以提案的方式向杭州两会反映。谁都知道，通过人大代表来呼吁西溪湿地保护与开发，恐怕是时下中国办大事的一条最快的捷径。

2

为了尽快恢复西溪原貌，2002年底，西溪正式开始"禁养"生猪，首先解决西溪水域生猪排泄污染的问题。

不过，想要恢复西溪湿地原有生态，单单解决猪粪污染还远远不够。保护湿地，说说容易，但要落实具体的保护措施，可不是件简单的事情。

2003年8月，西湖区西溪湿地综合保护工程指挥部正式挂牌成立，西溪湿地综合保护首期工程也正式启动，采取了外迁农居、恢复湿地生态、挖掘历史遗留等一系列举措。第二年，又对西溪湿地的周家村部分进行了拆迁。

　　需要强调的，为了更好地保护"杭州之肾"，西溪湿地综合保护工程，一开始就严格遵循"生态优先、最小干预、修旧如旧、注重文化、以人为本、可持续发展"的原则，通过农居搬迁、河道清淤、植物复种、生态驳坎、房屋整修等各种措施，对西溪湿地的水体、地貌、动植物资源、民俗风物、历史文化等进行科学的保护和恢复，从而打造杭州特有的湿地生态品牌，全面提升杭州的生态、环境质量和国际旅游名城品位。

　　西溪国家湿地公园，地形以鱼塘为主，呈现着河汊纵横、鱼塘栉比的平原水网湿地景观。这里的鱼塘星罗棋布，从附近山上向下望，阳光下鱼塘闪闪发光，如同片片鱼鳞，景色煞是壮观，因而被当地人称为"鳞塘"，也是杭州城西的一个特色景观。

　　这种地貌的产生，据说，还与"齐天大圣"孙悟空有关。大家都知道孙悟空大闹王母娘娘的蟠桃盛会的故事吧？而孙大圣在蟠桃宴上随手扔掉的大大小小的仙果掉落凡间，恰巧落入西溪这片土地上，砸出了这些大小不一、成千上万的鳞塘。而勤劳的西溪人家，就利用这些地形优势，将西溪变成了杭州的"活鱼库"，在20世纪70年代，杭州市面上七成的鱼都产自西溪。

这时，虽说西溪湿地保护与开发已经启动，地方财政也是逐年在增加保护费，但很多人算来算去，都觉得这是一笔吃亏的买卖。时任浙江省委常委、杭州市委书记王国平拿着两会代表的提案，仍是春江水暖鸭先知，他马上出面解释说，不要纠缠眼前花了百把亿的钱，要从全局算大账，这恰恰做了笔一本万利的买卖，而且西溪湿地的保护绝不会成为纳税人的负担。

王国平这本账到底是怎么算的呢？他发现当时很多人，都觉得只有城市基础设施建设才能创造经济效益，但在现在这样的时代中，何为城市基础设施，需要重新反思。

因为"积极保护的理念，就是要把生态工程视为城市基础设施建设工程"，而生态工程的重要性并不亚于修路、架桥。所以近几年，杭州做了很多这样的生态工程，除了西溪湿地综保工程，还有西湖综保工程、运河综保工程、良渚遗址保护工程等。实践证明，这样的生态工程带来的直接收益绝不低于投资成本，为社会创造的是数千亿元的价值，而且还带动了整个城市的增值。

杭州在西溪湿地的保护和利用中，将总面积的80%以上作为生态保护区和生态恢复区，其余是可供游人观赏的湿地公园。又建设了西溪旅游服务中心——西溪天堂，将西溪国家湿地公园打造成一个特殊的旅游综合体。这样，西溪湿地自身的经营性收入就足以维持西溪湿地的保护经费，从而实现了西溪湿地的可持续保护和发展。

也就是说，为了降低人口和建筑的密度，最大限度减少人类活动对西溪湿地生态环境的影响，在西溪湿地综保工程中，总计拆迁农户4000多户，搬迁企事业单位160多家，拆除建筑100多万平方米。尽管牵扯面很大，但西溪湿地综保工程始终得到了广大农户的拥护。因为杭州非常以人为本，明确西溪湿地综保工程，必须让原住居民成为最大受益者。

王国平说，安置西溪拆迁户，杭州还有一系列优惠政策，如将搬迁户全部纳入城镇居民社保体系；主动吸收拆迁户在西溪湿地国家公园内再就业；拆迁安置房的住房面积人均50平方米，独生子女还可奖励50平方米，并且将安置房纳入商品房管理体系等，让他们有社保、有工作、有房住。此外，各村集体均享受10%留用地政策，即征100亩土地，留10亩土地给村集体，可用于第三产业的发展。通过留用地政策，让湿地农民安居乐业。王国平认为，千万别小看这10%留用地政策，它是让湿地农民有社保、有工作、有房住的撒手锏。

如此大的拆迁力度，让西溪湿地很快露出了"渔舟向晚泊，隔岸荻花齐"的真容。有人曾在我面前这样评价说："西溪湿地是王国平在任内力排众议、再兴西溪的力作。"经过多年打造，西溪很快成了国内唯一集城市湿地、农耕湿地和文化湿地为一体的罕见湿地，也是全国首个国家湿地公园，极大地提升了杭州的城市品质和品位。这个西溪湿地定位很高，杭州更是朝着这个方向去努力的。

的确，现实比故事更精彩。我的家就住在西溪，所以每天都能亲眼看到西溪湿地的变迁。这里是我在日记上为西溪湿地成长留下

西溪湿地博物馆

的片记，不妨看看：

如果说杭州"西湖西进"，那么，2003年，杭州市委、市政府开始对西溪湿地进行综合保护，算是正式破题。

如果说杭州是摸着石头过河，那么，2005年5月，西溪湿地一期建成并正式开园，并被国家林业局批准为首个国家湿地公园，这是惊险的一跳。

如果说杭州追求规模效益，那么，2006年西溪湿地启动二期综合保护工程，2007年西溪湿地二期有限开园，同时西溪三期工程开工建设，2008年9月西溪湿地综合保护工程三期有限开园，这是步步为"赢"。

如果说杭州做法是一种示范，那么，2009年，西溪湿地被列入国际重要湿地名录，开启了我国城市湿地保护与利用的"西溪模式"，这是真正的劈波斩浪的"弄潮儿"精神。

如果说杭州为了锦上添花，那么，2012年1月，又被评为国家5A级旅游景区，这是"美丽经济"的硕果。

如果说杭州步入规范化管理，那么，2011年6月30日，杭州市人大常委会议审议通过《西溪国家湿地公园保护管理条例》，并从同年12月1日起施行，是用"法"的稳定、持久来保护西溪湿地。比如，禁止新建与保护无关的建筑、严格控制捕捞水生动物、不能在西溪湿地游泳洗澡等。

如果说杭州加大治理能力，那么，2020年6月24日，在首个"杭州西湖日"启动仪式上，杭州作出了推进"西湖西溪一体化保护提升"的重大决策，标志着西湖西溪正式迈入了"双溪合璧"的新时代。

这是一片湿润的土地，一片被河汊分割的土地，这块土地经过1000多年的自然演化，才形成今天这个模样——"西溪且留下"。

3

还好，南宋的宫殿没有留在此处，而如今，这里曲折低缓的地势，却把溪水留下了，也留下了美景，还留下了时间。

我之所以喜欢西溪湿地，是因为这里清新的空气，令人感觉特别舒服，微风轻轻地吹过，拂过脸颊，惬意之喜，洋溢于脸上。

据说，这里还是施耐庵《水浒传》中水泊的原型！在这里，乘上一条船游于水上，泛舟的感觉非常惬意。

再环顾四周呢，茂盛苍翠的柿树林，遮挡着阳光，强烈的阳光透过斑驳的绿枝，投影在清澈的水面上，那是无比好看。身处此地，恍如走进了一个世外桃源，让人忘了尘世的忧愁。

当然，西溪湿地令人难忘的或者说不能错过的要数那"三堤十景"。

福堤。这是一条南北向的长堤，全长2300米，宽7米，位于蒋村港的西面、深潭口港的东面，自南向北贯穿了整个西溪国家湿地公园，中间串起6座"福"字桥，分别名为元福桥、永福桥、庆福桥、向福桥、广福桥、全福桥。6个"福"字，寄托了西溪百姓美好的心愿，散发着无限浓郁的乡情。"河是自然，桥是文化"，福堤"六福桥"先后串接起了御临古镇、高庄、交芦田庄、交芦庵、曲水庵、洪园、河渚街、蒋村集市等众多景点，是西溪的一条文化堤，寓意杭州是"最具幸福感的城市"。

绿堤。这是一条东西向的长堤，全长1600米，宽7米，两侧多接鱼塘，鱼塘基上植被丰富，生态环境良好，景观优美。在绿堤的东部和城市相接的区域就坐落着西溪湿地植物园"一带四区"——绿堤湿地植物群落展示带，以及包家埭水生植物群落展示区、西侧水生花园展示区、东侧水生花园展示区、湿地经济植物展示区。绿堤穿越了西溪的核心保护区，自西向东串起了湿地生态植物园和湿地生态主要科研科普项目等，是西溪的一条生态堤，与杭州市打造生态城市相呼应。

寿堤。位于西溪湿地三期内，与五常港并行，南北走向，全长约3600米，宽4.5米，是西溪湿地中最长的一条堤。南起五常大道湿地三期入口处，北至文二西路南侧的水上巴士码头，两岸纵横交错的水域，百年的树木码头，形成自然天成的生态景色，将龙舌环绿、慈航送子、龙舟胜会、洪园隐秀、幔港寻幽、桥亭思母、柿林秋色、村埭田园等西溪美景串珠成链。漫步堤上，如在画中游，举目远眺，可见群山叠翠，山影与河港交相呼应，景宇肃澄，令人心旷神怡。当然，你也可以选择乘坐电瓶车，沿途用心去捕捉西溪美景的细节，去细细体味，感受自然、野趣、返璞归真的意境。旖旎的自然风景、深厚的历史、浓郁的田园水乡风情、完美的自然生态与厚重的历史文化融为一体，使风景呈现在举目望去的每一处地方。寿堤的取意与杭州市打造健康城市的目标相一致。

秋芦飞雪。初名大圣庵，始建于宋。"庵水周四隅，蒹葭弥望，花时如雪。"陈继儒取唐人"秋雪蒙钓船"诗意，题名"秋雪"。自宋而元、明，屡有兴废。清代南浔商贾周庆云从住持明圆手中购得庵址，重建大殿三楹及弹指楼，复以旧制，并增三楹，置为"两浙词人祠堂"，奉祀唐代张志和以下词人1044人，后毁。2005年重建，是西溪景区内唯一需舟楫才能到达的景点，也是西溪湿地的精华景点之一。

火柿映波。柿子树，被誉为长寿树、七绝果。前人称赞："柿有七绝：一寿，二多阴，三无鸟巢，四无蠹，五霜叶可玩，六嘉实，七落叶肥大。"每当金风送爽之时，一树树饱满次第呈现眼前。蓝天白云下，苍苍翠翠、一望无际的柿林，一粒粒橘黄的果点染了这幅美极的柿林秋色。有的柿树叶子已几乎落尽，只剩下一树丰硕的果实，伸向蓝天里，仿佛一盏盏红灯笼，高高挂在枝头，点亮了这片柿林的秋天，远眺好像一个个红灯笼挂在枝头。西溪水岸，红柿万株，红果累累，缀满枝头，乡村田园景色展现眼前，显露出别样风情。

龙舟胜会。自古以来，每年农历端午节，西溪四邻八乡之龙舟胜会于此，这一传统民俗活动至今长盛不衰。相传，清乾隆帝南巡江南，曾在深潭口观赏蒋村龙舟，欣而口敕"龙舟胜会"，自此西溪龙舟声名远播。在每年端午龙舟胜会，深潭口和五常河道两岸人声鼎沸，热闹非常，古戏台上戏曲、武术、舞龙舞狮精彩纷呈，水中几百条龙舟来往穿梭，试比高低。这是一项象征西溪人勇猛顽强、百折不挠、追求美好生活的民俗活动。

莲滩鹭影。西溪综保工程极大地恢复并改善了生态环境，西溪已成了鸟类和各种湿地生物的天堂。莲花滩生态保护区位于西溪腹地，是西溪主要的观鸟区。这里植被丰茂，绿水环绕，鹭鸟飞翔天际，鸣禽宛转丛林，生意盎然，野趣纷呈。

洪园余韵。洪氏家族是宋、明、清时期著名的"钱塘望族"。明尚书洪钟晚年归隐于西溪五常，建洪园，为休憩吟咏之所，槿篱茅舍，小桥横溪，此后洪氏家族在五常繁衍生息数百年，涌现出了洪楩、洪昇等一批历史名人。当年，洪钟承先世遗业，青缃盈积，构书楼，课子弟，闲与老农村翁究晴雨、话桑麻，怡然自乐。此次复建，尽现园内峰石崩云，花木扶疏胜景，体现宁静淡泊、远离喧嚣的归隐文化。

蒹葭泛月。位于五常港东御田里。西溪环回五常，四周沙汀水濑，蒹葭弥望。土风淳厚，有黄橙、红柿、紫菱、香茶之美，四时皆宜。秋深蒹葭吐絮，遇风吹，漫天秋雪。月夜泛舟芦港，四望茫无边际，晶光摇曳，皎洁炫目，月明溪动，光漾天际。明代僧人释大善诗《蒹葭里》云："千顷蒹葭十里洲，溪居宜月更宜秋。鸥凫栖谁高僧舍，鹳鸠巢云名士楼。瞻葡叶分飞鹭羽，荻芦花散钓鱼舟。

黄橙红柿紫菱角，不羡人间万户侯。"厉鹗诗云："一曲溪流一曲烟。"非亲临其境，不知其美也。明人施万于月夜泛舟西溪，有诗写道："白露带蒹葭，月光翻在水。恍若御天风，高歌云汉里。"

渔村烟雨。地处西溪腹地，原为西溪自然村落，2005年，西溪一期综保工程中予以修缮。有西溪酿酒、婚嫁、桑蚕、渔耕等民俗农事展示及餐饮设施。其周水塘交错，环境幽静，树木繁荫。尤适雨至，凸显"一曲溪流一曲烟"的迷人景色。

曲水寻梅。西溪梅墅位于西溪湿地公园的东南片，毗邻河渚精华"秋雪庵"景点，与附近的梅竹山庄、西溪草堂、西溪水阁等，共同构成西溪梅竹休闲区。其周梅花成林，浑然朴野，是西溪主要赏梅区之一，重现"过客探幽休问径，雪香深处是西溪"的意境。

高庄宸迹。高庄，又名西溪山庄，俗称西庄。始建于清顺治十四年（1657年）至康熙三年（1664年）之间，是高士奇在西溪的别墅。高士奇，杭州人，学识渊博，能诗文，擅书法，精考证，善鉴赏，被清人比作李白、宋濂一流人物，所藏书画甚富。康熙二十八年（1689年），康熙帝南巡时，曾临幸西溪山庄，并赐"竹窗"二字和诗一首。现恢复的高庄由高宅、竹窗、捻花书屋、桐荫堂、蕉园诗社等建筑组成，再现了当年康熙帝临幸高庄的历史场景。

河渚听曲。河渚是西溪湿地的一处古地名，在西溪东北。恢复的河渚街是游客休闲、购物的场所，展示西溪特有的民俗文化和西溪物产等。现可在茶馆品茗，在商铺购买西溪小花篮、蓝印花布、西溪米酒、糕团、古荡盘柿、竹笋、西溪鱼制品等土特产，在蒋相公祠堂瞻仰赈济贫困、乐善好施的蒋氏三兄弟，在古戏台欣赏越剧表演，在龙舟展示馆参观西溪龙舟发展史，欣赏工匠的龙舟雕刻和模型制作。

这里为什么要一一把西溪做个推介？主要是因为它是一个新开发的湿地。看到了没有？西溪风光如此美好，真的令人惊叹不已。在寸土寸金的杭州西湖区能留下这么一大块风水宝地，是何等的眼光呀！

喜看如今西溪，遍地草木沁香，到处群芳吐艳。自然绿色是人类生存的条件，文化绿色则是民族精神的家园。西溪湿地凝聚着数千年来杭州人民在创造物质文明和精神文明过程中传承下来的文化精髓。可以说，杭州西溪国家湿地公园作为全国首个国家湿地公园，已经成为"美丽中国"和中国生态文明建设的重要实践基地。

西溪之美，除了自然，还在文化。当前，以西溪湿地为中心的大西溪经济圈、文化圈和生活圈正在形成。而徜徉在西溪湿地的春天里，人们又欣喜地发现可以套用朱自清的名句来形容眼下的西溪：

　　　　西溪的山，朗润起来了；

　　　　西溪的水，涨起来了；

　　　　照耀着西溪湿地的太阳，脸蛋红起来了。

第 九 章

· · ·

浸透着江南韵味

城市有山的很多，城市有水的也很多，城市既有山也有水的真的不多，杭州在这里是一个例外，尤其是在遥望杭州的青瓦白墙、杨柳桃花、野渡长亭、乌篷短桨、桂花秋雨、芳草斜阳时，给人不一样的感觉。

杭州的这些内在情韵，好似无声的诗行，又如跳动的音符。身处江南的天堂杭州，人人都说杭州美，而我更觉得杭州的美是一种大美，美在自然，美在山水，美在人文。

大家知道，杭州位于中国东南沿海、长江三角洲南翼，独特的地理位置造就了杭州独特的生态资源禀赋。千岛湖不仅是城市山水魅力的金名片，更是长江三角洲地区重要的水源地。苕溪流域位于太湖水源地上游，在太湖流域污染防治和水源保护中具有重要意义。杭州西部浙西中低山丘陵地区，分布着天目山、白际山、千里岗、龙门山等山脉，构成了浙北地区重要的生态屏障。

在区域生物多样性保护和人居环境保障上，杭州的地位尤为突出。拥有天目山、清凉峰两处国家级自然保护区，其中天目山国家级自然保护区被列入国际生物圈保护区网络；钱塘区江海湿地所在的"长江口—杭州湾湿地群"，则是全球最重要八大鸟类迁徙路线之一的重要节点；西湖、西溪湿地更是人与自然和谐共生的生态空间典范。

在城市化快速推进时期，杭州经历了由"西湖时代"迈向"钱塘江时代"的嬗变，城市规模的急剧扩张或多或少造成了对生态空间的挤压和对生态环境的破坏，生态保护和人居环境质量的改善日益成为公众关注的焦点。

在上一轮城市总体规划中，杭州提出了"六条生态带"的生态空间格局，在"一主三副六组团"城市结构中形成六大生态开敞空间，发挥水源涵养、森林生态保育、湿地生态保育、生态旅游和污染控制等功能，避免城市连片发展和无序扩张。

杭州是生态文明之都，山明水秀，晴好雨奇，浸透着江南韵味，凝结着世代匠心。时下，我们可以不必去最负盛名的西湖，哪怕随意在杭城走一走，这里青山碧水"养眼"，蓝天清风"养肺"，净水美食"养胃"，诗意栖居"养心"，仿佛整座城市都在向外释放着一种"生态磁力"。

1

"三面云山一面城，半城秋色半城湖。"在这里，生态美是美丽杭州的底色。

西湖之美，美在山、美在水，美在淡妆浓抹总相宜的自然环境。杭州市率先提出了生态立市的目标和发展战略。生态立市首先要在西湖的保护上体现出来。

"当时的西湖生态环境，其实已经亮起了'红灯'。水域面积只有5.6平方千米，处于历史上水域面积最小时期。同时，它的整体水质一般，2001年前后西湖水透明度只有40多厘米，平均水深1.65米。再加上环湖没有打通，湖东面与城市接壤一带被很多单位和民居占据，不少违法建筑使得西湖景观较差。"我的战友、西湖景区管理局负责人邓兴顺告诉我。

为了让西湖这颗明珠再次闪耀光芒，一开始还是延续以往对西湖清淤疏浚的方法。我当时在浙江省发改委投资办任负责人，在办理疏浚西湖项目审批时，我们首次采用挖泥船工作，将船停在湖心，管道直接插入湖中，湖泥不知不觉地被吸上来，运往郊外的场地，湖水风平浪静，甚至大多数市民和游人完全不曾察觉。

但是历史上的西湖疏浚可是一件兴师动众的大事，不仅史书上要大书一笔，而且主持疏浚的官员一般都会青史留名，百姓对他们也会深怀崇敬之情。毕竟，杭州是一个濒江带湖的城市，西湖在众多江河中可谓是一个年轻的湖泊。

据《史记·秦始皇本纪》载，公元前210年，始皇"过丹阳，至钱唐，临浙江，水恶波，乃西百二十里从狭中渡"。今天，宝石山尚存有"秦皇系缆石"胜迹为证。据说，秦始皇想渡江东去会稽，在钱唐山上向东眺望，因而此山得名"秦望山"。

据考证，当时西湖只不过是一个潮水出没的浅海湾，与烟波浩渺的钱塘江连成一片，并未形成后来的潟湖。专家们推定，西湖由海湾变成潟湖大约是在秦后期或者汉初，距今已有两千来年。西湖脱离江海成为潟湖，继而由于周围群山的泉水溪流注入，逐渐演化为淡水湖。其后历经泥沙沉淀、生物积累的填充，屡次淤塞。今天看到青山秀水的西湖，其实是历代疏浚和治理的结果。

历代以来，西湖的湖水就灌溉着附近的上千顷土地。822年，白居易写的《钱塘湖石记》说："凡放水溉田，每减一寸，可溉十五余顷，每一复时，可溉五十余顷。"西湖近郊农田，因此得免旱年。其实，现在的"白公堤"，在白居易到杭州前已经有了，当时就叫"白沙堤"。白居易所筑的堤是从钱塘门开始的，把西湖一分为二，堤内称上湖，堤外称下湖，平时蓄水，旱时灌田。他在《钱塘湖石记》中记载了堤的功用、放水、蓄水和保护堤坝的方法。

据《西湖游览志》载："白乐天守杭州，政平讼简。贫民有犯法者，于西湖种树数株。富民有赎罪者，令于西湖开葑田数亩。历任多年，湖葑尽拓，树木成荫”，"倚窗南望，沙际水明，常见浴凫数百出没波心，此景幽绝。"此话说白了，就是白居易在杭州做官，政务清平，打官司的人不多。凡有穷人犯法者，罚他在湖边种树；富人要求赎罪的话，令他在湖上开垦几亩葑田。白居易在任几年，西湖边田茂林荫。如倚窗南望，沙滩外湖波粼粼，野鸭戏水，景色极为幽雅。白居易三年知府，给杭州留下一湖碧水、一道长堤、六眼清井和200多首诗词。他离任时，杭州百姓扶老携幼，洒泪饯别。他的诗句"历官二十政，宦游三十秋，江山风与月，最忆是杭州"和"江南忆，最忆是杭州"，早就脍炙人口。

杭州从生态保护、环境美化、文脉延续、景观修复等多方面进行全方位保护和整治。城市建设由以西湖为中心的"西湖时代"，迈入以钱塘江为轴线的"钱塘江时代"，为西湖的综合保护整治创造了大机遇。通过多年持续治理，西湖水生态系统的稳定性、生物多样性明显提高，西湖水透明度已经从当年的40多厘米上升至80多厘米，水质达到Ⅲ类水标准，景观美不胜收。

说到这里，我们觉得必须再说一说西溪。为什么？因为西溪湿地作为西湖文化绕不开的一部分，正为越来越多的人所熟悉。郁达夫曾在《西溪的晴雨》中拿西溪来与西湖比对过：西湖"太齐整，太小巧，不够味儿"，而西溪充满了"野趣"。西溪又同西湖、西泠印社并称"杭州三西"。有道是，"西湖游罢西溪去"。

历史上，西溪湿地与西湖曾经仅一堤之隔，面积达到600平方千米。随着城市化推进，21世纪初，西溪湿地的面积仅存11平方千米，并因严重破坏，成了无人问津的"边缘地带"。为了切实地保护"杭州之肾"，2003年8月，西溪湿地综合保护工程正式启动，使得西溪湿地迎来了脱胎换骨的变化。

西溪湿地成为杭州生态旅游一张"金名片"，成功吸引了阿里巴巴总部、未来科技城、梦想小镇、之江实验室等科技创新平台再次落户，已成为浙江乃至中国最吸引人的科技高地。随后周边依托湿地衍生业态逐渐增多，如不同规模的购物广场、写字楼、酒店、民宿等。不仅有品牌产品、明星产品、网红产品加入，还形成了以其为中心的大西溪经济圈、文化圈和生活圈，成为杭州的一个新增长极。

为了进一步统筹西湖西溪生态保护，在建设人与自然和谐相处、共生共荣的宜居城市方面创造更多经验，杭州于2020年10月29日召开西湖西溪一体化保护提升推进大会，全面打造"一个湿地公园"，探索构建人与自然和谐相处的城市生命共同体。

西湖西溪是杭州之美的一张名片，杭州之美的名片还有许多。从全市的"五水共治""五气共治""五废共治"行动效果看，美丽杭州建设给整个杭州带来了翻天覆地的变化。

杭州围绕水出台了"治污水、排涝水、防洪水、保供水、抓节水"的一系列行动计划，全方位破解制约城市发展的水问题，探索出"一楼一策、一户一方案"等有效办法，实现"雨污彻底分流、污水规范纳管"；"河长制"作为一项基本制度，覆盖市、县、

杭州中东河改造前后（马立群　摄）

乡、村四级，河长们从原先的门外汉逐步成长为治水、管水、护水的行家里手……百姓惊喜地发现，原本要掩鼻而过的黑臭河消失了，随处可见水清、岸绿、河畅、景美。

治理大气污染，杭州从燃煤烟气、工业废气、汽车尾气、城市扬尘、油烟废气5个方面发力，逐渐实现了多种大气污染物融合管制、区域间联防联控治理的新局面。从2013年至2020年间，市区PM2.5指数持续下降，从70微克/立方米下降到39.8微克/立方米；霾日数逐年减少，从185天减少到40天。

治理"垃圾围城"，杭州打响了以垃圾分类处置为重点的"五废共治"硬仗，生活固废、污泥固废、建筑固废、有害固废、再生固废一起整治。实施垃圾分类"双随机"检查制度，建立垃圾分类示范小区摘牌机制，深化低价值物品回收利用、生鲜垃圾就近就地处置、园林垃圾和建筑垃圾资源化利用等举措。由此，杭州不仅有效治理了垃圾污染，而且让垃圾变废为宝。

生态，已经成为杭州发展最动人的色彩，更融入了杭州经济、政治、文化、社会建设的方方面面和全过程。

2020年6月5日，杭州召开新时代美丽杭州建设推进会，再度吹响了向美丽进发的号角。杭州提出，大力实施新时代美丽杭州建设规划纲要及三年行动计划，全面提升生态环境治理体系和治理能力现代化水平，不断厚植生态文明之都特色优势，深入推进美丽中国样本建设，奋力打造闻名世界、引领时代、最忆江南的"湿地水城"，努力成为全国宜居城市建设的"重要窗口"。

啊，西湖繁星、钱塘碧水、江南净土，城市镶嵌在绿水青山之中，杭州作为美丽中国建设的先行者，成为新时代令人向往的人间天堂。

2

在经济转型过程中，杭州还一路摸索、一路前行，有过曲折、有过坎坷，但走美丽之路的脚步从未踟蹰、决心从未动摇。在这里，生态美是美丽杭州的突破口。

破旧而后能立新，隐藏在经济新旧动能转换背后的，是"腾笼换鸟"的转型智慧和"凤凰涅槃"的改革气概。杭州钢铁集团位于杭州半山的钢铁基地，是杭州家喻户晓的"十里钢城"。在"蓝天保卫战"向纵深推进的迫切要求下，半山钢铁基地与周边环境愈发格格不入。

关还是不关？关，涉及大量员工分流安置；不关，污染物排放无法避免。没有绿水青山，何来金山银山？关！2015年，浙江省和杭州市两级党委、政府协同推进，实现了半山钢铁基地的安全有序关停。

"空笼"飞进"新鸟"。半山钢铁基地所在的杭州市拱墅区，正是杭州城北的老工业区，曾经集聚了主城区三分之二的燃煤用量、近七成的废气排放和扬尘污染。2007年以来，拱墅区坚定不移推进产业转型升级，先后关停转迁了低散乱和污染企业2000余家，实现燃煤量和工业废水、生活污水直排"归零"，完成了从老工业区到现代商业商务区的涅槃重生。

在这里，拱墅区重点打造了智慧网谷小镇，国内众多高新技术、互联网龙头企业相继入驻。智慧网谷小镇建成后预计年产值500亿元，拥有数字传媒、数字生活、数字健康、人工智能四大产业板块，成为杭州的"中关村"。

在原半山钢铁基地地块上，一座崭新的杭钢云计算数据中心拔地而起。项目保留了钢结构、烟囱、水塔、铁轨等一系列工业元素，在原厂房里再造数据机房，引进具有国内领先技术的存储计算设备，建设约11000个5千瓦标准机柜，目标是打造成为杭钢"智谷数字经济特色小镇"的核心数据中心。

不过，最让我感慨的是西湖区艺创小镇的建设。那时，我在省发改委服务业处长岗位，艺创小镇项目负责人韩滨找到我，商量如何开展"退二进三"的工作。

那里原先是双流水泥厂，之前我曾在那里的中村兵营当兵，部队有些家属在那里工作，几乎每天都能听到那里开山放炮，仍记得那段激情燃烧的岁月。20世纪70年代，因为背靠石龙山，西湖区转塘街道一带成了杭州近郊的建材工业区和水泥生产的重要基地，平时总能听到那里"轰隆隆"开山放炮声。

不少部队家属之所以在该厂工作，因为杭州双流水泥厂是一家规模相对较大的区属集体企业。该厂建有三条水泥生产流水线，采用机械立窑生产工序，年产水泥达25万吨。生产的"杭力"牌水泥在当时市场上非常畅销。杭州的许多大型工程，像1985年建设的虎跑路及杭州市府大楼、新侨饭店、钱塘江南北堤坝等，选用的都是这个牌子的水泥。

红火一时的工业生产，终究敌不过时代的洪流。因生态环境保护的需要，从2000年起，石龙山沿线的水泥厂相继关停，其中也包括双流水泥厂。

2006年，杭州市提出要打造全国文创中心，西湖区作为主战场提出要打造全国文创强区。2008年前后，北京798园区的成功，促使全国各地掀起了一股工业遗产改造的热潮。在这样的背景下，原双流水泥厂在停产近十年之后，开始了凤凰涅槃。

2008年4月7日，艺创小镇1.0版——"凤凰·创意国际"有限开园。当时的经办人韩滨告诉我，"厂区里6个外形高大类似烟囱的熟料房和生料房，变成可供创意企业入驻的工作室，原来的成品车间则成了接待厅，两个机修车间今后用来举办时装、美术艺术展等小型会展"。

其实，当时围绕这些老厂房的改造充满了争议，我曾到现场调研过几次。据参与园区改造设计的中国美术学院教授俞坚说，一开始，大部分人建议园区建筑造型风格上要夸张一点，颜色鲜艳一点，才符合创意园区的风格。但在一些入驻园区的创意人士和建筑专家的坚持下，园区原有风貌得以保留。"厂区内的大片彩钢棚拆除之后，腾出来中间的大空地又出现了争议，有人建议建一个美术馆或建一个其他的功能建筑，但最后经过多次方案讨论，大家还是觉得应该在水泥厂中间留一块大草坪，既可以体现这里的优美环境，同时也能反映创意园区的一种人文气息。"

2008年，水泥厂改造时，西湖区与中国美院开启了区校合作，整合"凤凰·创意国际"周边资源，组成杭州市"之江文化创意园"。2010年，园区被教育部和科技部认定为国家大学科技园。韩滨说："这个认定使得小镇从1.0版本的单点园区发展，向组团发展的2.0升级版。"这里说这个故事，就是想说明杭州的环境美、产业美、生活美、乡风美、秩序美的"五美与共"，是如何突破的。

要知道，20年前的杭州乡镇，则是另一番景象：杭城几乎是被粉尘围困的一家建筑材料厂，"老百姓有新房无新村"，"室内现代化、室外脏乱差"，"垃圾无处去、污水到处流"，虽然经济发展领先多年，但也"领先"经受了环境污染带来的阵痛，见证了农村环境建设滞后导致的种种弊端。

杭州在"绿水青山就是金山银山"理念指引下阔步前行，产业结构持续优化、新旧动能加快转换、发展质效明显提升。2020年，面对新冠肺炎疫情严重冲击，杭州经济依然保持稳定向好态势，三次产业增加值比例为2.0∶29.9∶68.1。其中，数字经济核心产业增长13.3%，高新技术产业增长8.6%，装备制造业增长11.8%，新兴动能和活力加速释放。

看到了吗？当时光的洪流"轰隆"一声，涌入疾驰的21世纪，要找到高速运转的经济齿轮，与宜业宜人的生态底色中相承相契的咬合点，还真的要好好听一听杭州的故事。

3

筑起金山银山的，不只是有新"城"，更有新"村"。说到这里，人们或许已经发现，建设美丽杭州，农村是重点，是难点，也是主战场。

2003年6月，在时任浙江省委书记习近平的部署和推动下，浙江启动了以改善农村生产、生活、生态环境为重点的"千村示范、万村整治"工程。这一工程，成为浙江全省生态文明建设的关键工程，杭州在推进过程中奋勇争先。

正如下围棋一样，只有美丽城市和美丽乡村"两个眼"同时活起来，美丽杭州建设才能名副其实。解决城乡区域发展不平衡问题，正是生态文明建设的题中之义。

在这方面，杭州探索出一系列城乡融合的新举措、新办法。2010年，杭州全面实施城乡区域统筹发展战略，推出"区县（市）协作机制"，城乡区域统筹实现了历史性跨越。7个城区和5个县（市）结对成5个协作组，在产业、资源、人才等方面开展全方位协作。杭州市专门设立统筹基金，每年拿出10亿元支持5个县（市）；同时，各城区安排专项资金，每年不低于3000万元用于区县（市）协作。这个机制一干就是11年，至今未曾间断过。

由此，"父亲帮儿子、兄弟帮兄弟"的局面不断形成，城乡协调发展势头全面提升，为打造全域景区化的美丽乡村升级版奠定了良好基础。绿野成顷、新舍俨然的美丽乡村，成为之江大地的寻常风景，美丽杭州建设补上了城乡发展不平衡的短板。

这里是萧山的千年古镇楼塔，地处杭州"南大门"。那些明清年间的老房子曾经破败，曾经装的是纱艺产业，自其退出历史舞台后，差一点被拆除掉，但又在"绿水青山就是金山银山"理念的指导下迎来"新生"。通过不断寻找思想解放的短板，依托生态环境优势，它与中国美术学院、浙江艺术职业学院等强强合作，修旧如旧，利用美学对楼塔进行文化艺术挖掘，被精心打造成古朴典雅的艺术空间，成为美术学院艺术家的天堂；道路修整拓宽，不经意间，随处可见独具匠心的景观小品，这种充满艺术气息的想象，确实带给楼塔古镇非同一般的推动力。

其实在楼塔，引发人们巨大想象的，就两条"大道"的建设。一条是杭州"二绕"，又称杭州都市经济圈环线。它在萧山区境内只设置楼塔一个出入口。还有一条是时代大道，它从滨江区一路高架到戴村，并与杭州"中环"相连，再通过03省道新线延伸到楼塔。这两项重大交通基础设施的建设，等于把楼塔与杭州主城区的时空距离，压缩到了半小时之内，更让楼塔站上了杭绍一体化的前沿。

2018年11月，李可染画院楼塔艺术中心在楼塔镇挂牌成立，这也是该画院成立以来设立的首个乡镇一级艺术中心。而画院与楼塔的"艺术之恋"也在不断升温。之后，在李可染铜像揭幕前夕，李可染画院又组织李宝林、姜宝林、李庚、李仕明、楼有刚等老、中、青三代艺术家走进楼塔，在楼塔古镇、仙岩山、雪环桥头、东纪坞水库等多地写生。这是李可染画院践行"为祖国河山立传"艺术精神的首站，也是李可染画院楼塔艺术中心成立后首次全国写生活动。在楼塔，三代艺术家用他们的画笔，画出中国乡村未来的样子。

艺术与人的回归，更让楼塔这个艺术之乡找到了发展的初心。中国美术学院教授从楼塔的典籍中，找寻到了一只"欢燕"，让它成为楼塔古镇改造的灵魂元素。也恰恰是对艺术的这份执着与追求，造就了楼塔发展最大的一个特色，就是把文化保留了下来。已有2500多名学生在楼塔多个画室求学，而整个楼塔镇常住人口仅两万，这一群新来的年轻人，对整个楼塔的冲击力可想有多大。而一只回家的"欢燕"，背后更具寓意味道的，是人的回归，这真正切中了乡村振兴战略要点。

在楼塔镇一个山坳里，还有一个山清水秀的小山村——大黄岭村斜爿坞自然村，是我的同事俞和良的老家，他几次邀我去看看。我生在萧山，对老家山山水水当然有感情。斜爿坞村是三面环山，茂林修竹，春山可望，村子非常干净，也非常清静，让人身心放松。当地所称的"十里溪风"，灌满青林翠竹之间，顺应山坡细涧落到谷底，让那每立方厘米带有6000个负氧离子的空气在村中自由地飘荡，清新、纯洁、自然。虽说时节已近初夏，可山上山下却依然带有一丝春的寒意。据说，这里的夏季平均温度在摄氏18℃～23℃，比起杭城足足要低6℃～7℃。

140余户人家拥挤在狭窄的山坳中，一条小道贯穿全村，一条清溪缓缓而下，一个俞姓包罗了斜爿坞。在看似单一的村庄，乡村振兴做出了不简单：

一边是池塘水榭平台，一边是民宿时尚洋气；一面是山坡上竹林掩映着草棚，一面是溪坑边新建的徽派民居；山路弯弯，绿荫冉冉，主题小公园，花卉果树林。村道旁，五六个村民坐在小店门口，安闲自得地在谈天说地；路的对过，有棵400多岁的苍老遒劲的大樟树，用它的枝叶守护着同样上了岁数的相公小庙。万安桥头洗衣坊、千年黄岭井、杨家岭萧富古道、五间两弄老宅（抗战时萧山县政府临时驻地）、俞家宗祠、后溪坑、双子观音泉，这些古迹景点有不少我头一次见到。村里人将现代与古老、传统与新潮有机地揉捏在这一方山水之间。蓝天、森林、古村，这就是浙江省2A级景区的村庄——斜爿坞。

斜爿坞已有900多年的建村历史，村里流传着许多逸闻趣事。观音泉位于村子的最上端，需要走上一长段上坡山路方可抵达。俞和良带着我们来到泉水边，热情地讲述了一个神奇的故事。相传，在北宋景祐年间，俞氏先祖俞国亮，时任福建节度使，在返乡时从福建南普陀寺请来一尊观世音菩萨像，并在斜爿坞城隍山脚下建起了一座观音庙，供奉观世音菩萨，一度香火非常兴旺，后在"破四旧"时被毁。观音庙下方有一眼涌泉，泉水清澈甘甜，数百年来恩泽周遭乡民。观音泉附近的村民，日常生活的饮用水全取自这一眼泉水。久而久之，人们发现，这里的许多家庭都生育有双胞胎，他们把这一结果归功于观音泉，所以在泉名前加上了"双子"两字。

说到观音泉，它还有一个令人称奇的怪异现象。俗话说："隔路隔风水。"这句话在这里得到了印证。观音泉的前面有一条弯弯的小路，住在路南面的几家农户，不知何故，至今没有一家生育过双胞胎，而路北靠近泉眼的十来户人家，几乎每家每户都有双胞胎。据村民不完全统计，这些年来已经诞生了14对双胞胎，一对三胞胎，且全部是自然怀孕。当我问及是何种原因造成路南和路北完全不同的两种格局，边上几位老乡众说纷纭，有说是风水的问题，有说是泉眼四周经过环境检测存在着丰富的微量元素硒，也有说是与遗传基因相关，但这一说法马上又被另一村民给否定了，还有一位老太太笑着说是观世音菩萨保佑。

离开"双子观音泉"后，我们沿着山路继续前往高处。卵石铺路，隐隐泉鸣，草木蔓发，过了"竹庐山房"，便是萧山到富阳去的古道。古道悠悠，小村渐渐远去，山顶风光无限。我突然想到，作为一个省级景区的斜爿坞，可否要加强"三造"工作，一要造庙，二要造景，三要造势（宣传）。我的幽默说法，引得大家笑了起来。不过，对一个乡村的未来，确实需要全新的建设理念，更要注重乡村治理，让农村更像农村。

这里还有一个故事不得不说，是杭州城市研究中心的专家推荐的。那天，我们从杭州市中心的武林广场出发，沿杭长高速向西北行进，约莫一个小时，抵达余杭区黄湖镇青山村。

青山村的出名，最初源自龙坞水库和融设计图书馆。前者是"杭州50千米范围内水质最好的水库"；后者不同于常规的图书馆，背后是中国最大的传统手工艺保护组织。馆中聚集了上百位设计师的作品，因而成为杭城文艺青年的打卡胜地。

在此之前，青山村和许多山村一样，靠山吃山，村民经济收入主要依赖毛竹等产业，却也因为大量使用农药、化肥，污染了村里的保护水源——龙坞水库。

转机发生于2015年。当时还在美国印第安纳大学攻读环境科学和公共政策硕士的张海江接到大自然保护协会中国部首席保护官赵鹏的电话，邀其参与以龙坞水库为试点，探索保护乡村小水源地的项目。因为有过之前在四川平武老河沟的愉快合作，所以一毕业，张海江就直飞杭州，拖着大箱子，坐上中巴车，一路颠簸来到青山村，成为闯进这个山村的第一位"外人"。

龙坞水库一汪清泉却是Ⅲ类水质的状况让他沮丧，而水库周边并无住户，不存在生活污水，只要竹林不被滥施农药化肥，水质自然会恢复。在村干部的协助下，张海江利用公益基金资助的10万块钱，从43位农户手里承包下汇水处的500多亩毛竹林，静候大自然的自我疗愈。

治水的同时，张海江也没闲着。除了帮村民销售农产品，还通过自己的人脉，拉来了张雷、Christoph John等设计师，指导村民提升传统竹编手工艺水平。当时，张雷团队正在为融设计图书馆的选址发愁。此前，图书馆一直位于五常，但那里狂飙突进的城建浪潮，让需要亲近自然以获取灵感的设计师们很是苦恼。于是在收到邀请后，30多名团队成员毅然决定迁居青山村，张雷更是和房东签了20+20年的房租合同，成为一个名副其实的在地建设者。

这群年轻设计师的到来，犹如一滴催化液，令青山村发生了奇妙的化学反应：废弃小学成了自然学校、老皮鞋厂变身户外基地，倾颓的东坞礼堂被改造为全国首家传统材料图书馆，为当代设计师搭建了一个小型"乌托邦"……在张海江、张雷等人的努力下，青山村的名气如涟漪般持续向外扩散，各行各业各色人等开始纷纷涌进村子，有些索性选择留下来，工作、创业、生活，成为青山村的新村民。

前后共花了三年时间，这里的水质提升至国家I级。水变清了，治水之人也留了下来，青山村已有52户"自然好邻居"。按照规定，其收益的10%将反馈给善水基金，用于保护村里的水源地。随着自然学校等相关产业的运营，以及"自然好邻居"受益者付费机制的实施，这个由大自然保护协会借鉴国际水基金的成功经验，联合万向信托、阿里巴巴等合作伙伴共同设立的公益基金，如今已能做到财务独立、自主运转，不再需要外部资金输血。

事实上，无论城市还是农村，要想发展经济，就必须有产业，而且最好能形成完整的产业链。有了产业，才能有人气，这些人可能是单纯来游玩的，也有的是被吸引过来的。如今这里有一个手艺人团队，有做竹编的，有搞设计的，有干木工雕刻的，有带访客观鸟的……这些人汇聚在小小的青山村，形成了一个工匠群落和手工艺产业圈，促进了本地新经济的蓬勃发展。

不过，相比这些网红打卡点，青山村真正引起公共媒体、上级政府，甚至是研究机构广泛关注的点，在于其所展现出的一个江南村庄自下而上和自上而下洽合的生长现象，以及背后小乡村、大志愿的独特情怀。

4

守得绿水青山在，金山银山自然来。在这里，生态美是美丽杭州的根本，还应建立补偿机制等配套方式推进。

这主要是杭州提出从"西湖时代"走向"钱塘江时代"，事关钱塘江流域治理，也成了一个棘手的问题。

大家知道，钱塘江流域涉及省内杭州、衢州、金华、绍兴、丽水5个设区市，共20多个县（市、区）。现状人口约1607万，钱塘江河口独特的水沙条件，孕育了两岸的杭嘉湖平原、宁绍平原，使之成为一方不断成长的沃土，成为富庶的江南鱼米之乡、丝绸之府、文化之邦。

钱塘江有南、北两源，均发源于安徽省休宁县，南源兰江与北源新安江流至建德梅城汇合后称富春江。确定说，千岛湖60%的汇水区在安徽省境内，保护千岛湖水质取决于浙皖两省的共同努力。

2010年，时任全国政协副主席张梅颖带队赴千岛湖调研，形成《关于千岛湖水资源保护情况的调研报告》，主要反映千岛湖水资源与生态环境发展趋势不容乐观：受上游来水影响，湖体水质呈下降和富营养化趋势；千岛湖生态环境和生态系统比较脆弱；千岛湖现有功能已不能适应流域经济社会发展的新需求。千岛湖及新安江流域是浙皖两省重要的天然生态屏障和黄金旅游地，已经成为两省人口和城镇相对密集、生态和人居环境最好的区域之一；千岛湖及新安江流域共保机制尚未建立。

时任浙江省委书记习近平，对调研报告马上做出重要的批示："千岛湖是我国极为难得的优质水资源，加强千岛湖水资源保护意义重大，在这个问题上要避免重蹈先污染后治理的辙；浙江、安徽两省要着眼大局，从源头控制污染，走互利共赢之路。"

在各方推动下，为保护好千岛湖及新安江上游地区的优质水资源，促进区域经济社会发展与生态环境保护相协调，国家发展和改革委员会会同有关方面编制了《千岛湖及新安江上游流域水资源与生态环境保护综合规划》。2014年，国务院正式批准了这个规划。

这时，我在省发改委外资处当处长，得知钱塘江流域小城镇综合治理缺少资金，我马上会同有关部门，积极争取世界银行贷款资金，这钱使用期限25年，利息基本可以忽略不计。

2011年，世行一看我们上报的项目，前期工作非常到位，项目包装也很有创意，立马同意给钱塘江流域的桐庐县、建德市、诸暨市、婺城区、兰溪市、磐安县、衢江区、龙游县等8个县区项目总投资15.74亿元，其中世界银行贷款一亿美元。明眼人一看，这个项目主要解决涉浙流域的资金缺口。

对涉及外省流域的千岛湖"严防死守"不是一件容易的事。1959年新安江水电站建成蓄水后，形成了这片全国最大的人工淡水湖，它集发电、防洪、饮用水源地及旅游等多功能于一身，战略地位很重要。为了保护千岛湖不受污染，浙皖两省都付出了巨大努力。但全国政协调研组认为，保护千岛湖并非一省之力所能做到，而应从国家层面进行协调管理。

我又牵头积极争取安徽省发改委支持，准备两省一起向国家发改委申报千岛湖水资源保护项目。坦率地说，这个项目最大得益者是浙江，最终受益者是杭州，千岛湖上源的安徽保护全都为浙江做牺牲。所以，在申请世行贷款，涉及跨省的地方政府财政担保时，安徽岂能"赔了夫人又折兵"？

无奈之下，2018年浙江千岛湖及新安江流域水资源与生态环境保护项目，无法跨省，主要是一个省只能对自己贷款部分进行担保，两个省同时担保还无先例。这样，我只能苦口婆心地说服国家发改委、财政部，以及世界银行，最后同意给予钱塘江流域中的浙江淳安县、建德市项目总投资17.66亿元，利用世行贷款1.5亿美元。

说到这里，可能有人担心了，钱塘江流域跨省部分水治理怎么办？我告诉大家，办法还是有的。就是说，在国务院没有批准《千岛湖及新安江上游流域水资源与生态环境保护综合规划》之前，其实浙江早已悄然开展了中国首个跨省水环境补偿试点工作。

那天，安徽、浙江两省交界处的新安江上，安徽黄山市和浙江淳安县的环保人员开始首次联手共测水质。以后，皖浙两省每年根据这一断面的平均水质监测数据，决定由谁来支付给对方一亿元生态补偿金。

全长359千米的钱塘江流域的新安江段，发源于黄山，流入浙江后汇成著名的千岛湖——长三角地区重要的战略水源储备地。皖浙两省此项跨省合作闯过重重关卡，也为探索建立全国流域生态补偿机制提供了示范。

人说千岛湖水好，但这颗明珠其实已受"富营养化"困扰多年。1998年以来，千岛湖库区多次出现大面积蓝藻暴发。2010年，刘鸿亮等5位院士调研后指出："近年来，由于上游来水污染等原因，千岛湖局部水域污染严重，氮磷浓度有上升趋势，生态系统逐步退化。"

而千岛湖水68%以上来自新安江，新安江在黄山市歙县街口镇进入浙江境内。监测表明：2001年到2008年，街口江段总氮污染指标攀升34.5%，总磷污染指标攀升44%，江水透明度则下降了18.5%。

为维护整个长三角地区的生态安全，浙江方面愿意给予上游一定补偿，以换取新安江一江好水。

当时新安江是全国为数不多的比较健康的河流之一。新安江黄山市段8个例行监测断面水质均长年达到或优于Ⅲ类标准，达标率为100%。上游安徽省黄山市等地经济原本较为落后，多年来为了保护流域生态环境，又以牺牲自身发展为代价，延缓了工业化、城镇化进程。

据统计，为了保护新安江，黄山市舍弃了40多个投资额达40多亿元的污染企业入驻，彻底关闭了造纸、印刷、纤维板、水泥等污染严重的企业，建立了循环工业园区。黄山市就生态治理，已先后投入资金达50亿元，森林覆盖率从1970年的30%上升到现在的77.4%。基于此，安徽和浙江两省达成了"利益共享，责任共担"的共识。

2011年9月底，财政部、环保部会同皖浙两省历时两年多研究制定的《关于开展新安江流域水环境补偿试点的实施方案》正式印发。这一由财政部、环保部牵头制订的跨省水环境补偿试点实施方案，确定了"明确责任、各负其责，地方为主、中央监管，监测为据、以补促治"三原则，由中央财政和安徽、浙江两省共同设立新安江流域水环境补偿基金。

根据补偿试点方案，新安江流域水环境补偿资金为每年5亿元，其中，中央财政出3亿元，皖浙两省各出1亿元。中央财政3亿元每年无条件划拨安徽，用于新安江治理；若两省交界处的新安江水质变好了，浙江地方财政每年再划拨安徽1亿元；若水质变差，安徽每年划拨浙江1亿元；若水质没有变化，则双方互不补偿。

根据奖优罚劣的渐进式补偿机制，由环境保护部每年负责组织皖浙两省对跨界水质开展监测，明确以两省省界断面全年稳定达到考核的标准水质为基本标准。安徽提供水质优于基本标准的，由浙江对安徽给予补偿；劣于基本标准的，由安徽对浙江给予补偿；达到基本标准的，双方都不补偿。

游戏规则有了，但两省还需跨越分歧。评判交界处新安江的水质变好或是变差，以哪个水质数值作为基准？安徽觉得河流水质Ⅲ类水就能做饮用水源地，可用此作为评判基准。浙江方则认为，千岛湖是一个湖泊，应该以湖泊Ⅱ类水水质为基准。河流Ⅲ类水和湖泊Ⅱ类水两个标准间有个难以妥协的差异：河流Ⅲ类水质不监测水的富营养化指标，而湖泊Ⅱ类水却把富营养化指标看得很重，富营养化是湖泊污染的大敌。

双方的分歧源于对新安江的地理认知：安徽方面认为在境内新

安江是一条河流，该采用河流水质标准；浙江方面认为，新安江流到浙江境内已形成湖泊型水库，自然该用湖泊水质标准衡量。

最终双方都能接受的方案是，把新安江最近三年的平均水质作为评判基准，往后每年的监测数据与之相比；新安江水质变好或是变坏，以此为参照。

然而，还是因为湖泊和河流之争，双方又出现了第二个分歧。评判未来每年交界处的新安江水质，是依照浙江的监测结果还是安徽的？若依浙江，是评判湖泊水质的一套指标；若依安徽，则是评判河流水质的指标。双方妥协的结果是，以街口江段水质自动监测站数据为依据，并参考两省联合监测数据。

浙皖两省虽然已就补偿协议达成基本共识，但在个别细节上还存在分歧。浙江认为水质改善，浙江补偿安徽，如水质恶化，安徽则补偿浙江。建议对方案的补偿指数测算公式进行修改，删除水质稳定系数，使方案的实施真正有利于千岛湖水质的改善和生态环境的保护。目前补偿协议尚未签订，但双方正在积极协商。就算安徽的钱补给浙江之后，浙江也会把这笔钱通过其他方式返还给安徽，用于当地的环保基础设施建设。

为全面推进新安江流域生态补偿试点工作，后来，黄山市还专门成立了新安江流域生态补偿机制试点工作领导小组和新安江流域生态建设保护局，通过国际招标开始编制新安江流域生态保护和发展规划。利用国家下拨的启动资金，已成立7支专业化江面打捞队，开始在沿河10个重点乡镇建设垃圾中转站或焚烧炉、100个行政村组建418人的专业保洁队伍，加快推进农村垃圾"组保洁、村收集、镇中转、区县处理"的集中处理模式，全面加强新安江面源污染综合治理。后来，黄山市由于有了资金补偿，还在加快清理境内的污染产业，就连新安江内养鱼的网箱，也正在全部撤除。

这是长三角人的期待，新安江一条好江，千岛湖一湖好水。但最大的受益者仍是杭州，如今市民喝的水，均是通过千岛湖引水工程输送过来的。

还有，钱塘江本就是一条"有文化的江"。杭州借机奋力打造钱塘江诗路文化带，目前已收集到的吟咏钱塘江的诗词作品有2300多首。"钱塘自古繁华"是北宋词人柳永给杭州的答案，我也借机赋诗几句：

"摇动一江钱塘春水

就像摇动的江南纺机

喷薄织出的万丈光芒……"

5

杭州百姓感恩的是，美丽杭州建设走上了更加实在光明的大道。

2013年，习近平总书记听取杭州工作汇报时，要求杭州更加扎实地推进生态文明建设，使杭州成为美丽中国建设的样本。2016年，在G20杭州峰会期间，习近平总书记再次对杭州提出了建设生态文明之都的期望。为此，杭州及时出台了《"美丽杭州"建设实施纲要》，经济社会全面协调发展，成功的经验和做法不断实现制度化、规范化，城市治理体系和治理能力不断提升。

这告诉我们，杭州城市的"美丽"由渐变到巨变，归根结底是让人民生活得更美好。

对此，杭州转塘街道外桐坞村党支部书记张秀龙深有感触。2005年，他当选为村支书。彼时，在享有"万担茶乡"美誉的龙坞茶镇一带，外桐坞村只是一个不起眼的小村子，经济以传统茶产业为主，村民人均年收入不到一万元。

与经济增长瓶颈相对照的，是外桐坞村毗邻中国美术学院的区位优势、山峦叠翠的自然风光和源远流长的茶文化。张秀龙由此动起了脑筋：能不能因地制宜，通过改造老旧农居、整治村庄环境，为中国美术学院老师、艺术家提供创作基地，打造一个艺术村落？为此，他挨家挨户串门走访，收集意见建议，凝聚发展共识。这一设想，很快得到了其他村干部和160位村民代表的赞同。

如今，向往照进现实，外桐坞村已然成了飘着茶香的艺术村落。张秀龙如数家珍地报出一组数字："现在村里85%农户的房子都租出去了，总共有100多位美院老师和艺术家在村里开设了工作室。租金收入加上茶叶产销收入，村民的人均年收入达到了6.1万元。"

在外桐坞村年糕坊的一面墙上，用毛笔字写着一首童谣："摇啊摇，摇到外婆桥。外婆请我们吃年糕。糖蘸蘸多吃块，盐蘸蘸少吃块。弟弟吃了快长高，舅舅吃了事业高，舅妈吃了工资高。我么吃了成绩高。新年到，吃年糕。祝愿大家年年高！"朴素民谣，乡音乡愁，伴随的是日新月异的美丽故乡。

富起来的不只是"口袋"，还有村民的"脑袋"。张秀龙满脸自豪地说，他收到了小孙子送给他的一幅画，这让他开心得不得了。这幅画的指导老师正是他们家房子的租客——一位美院老师。

同样，外桐坞村不远处的艺创小镇一路走来，始终踏准了时代发展的脉搏，续写着一段段文化传奇。过去，依靠中国美院的人才资源，艺创小镇一直致力于引进文创设计类企业，汇集了宋建明、何见平、袁由敏等一批色彩、平面、视觉设计的领军人物，已成为省内最具实力的设计产业集聚中心。

这几年，杭州提出打造数字经济第一城。艺创小镇顺势提出要打造"全国最强的数字文创基地"。就在2019年5月，喜马拉雅浙江公司正式落户艺创小镇，构建面向全省的有声图书馆全面阅读基础体系。小镇还陆续引进了估值30亿元的数字内容制作商"闻视频"、浙江省百强成长型企业和"文化+互联网"十佳创新企业好童星、国内领先的文化产业大数据平台浙朵云等一批优质企业。

《之江文化产业带建设规划》在艺创小镇发布，这是杭州打造"国际文化创意中心"的主引擎。艺创小镇再次抓住契机，于2018

年底，向全球发布象山艺术公社，打响了全市之江文化产业带建设的第一枪。象山艺术公社以宋代的《溪山清远图》为蓝本设计，一轴两岸、山水互构、依山傍水，由西向东连接浙江音乐学院和中国美术学院，成为浙江省首个城中村改造的文化创意艺术街区。

对于艺创小镇，他有着勃勃雄心：谋划围绕之江文化产业带核心区建设和文化兴盛行动的产业链发展规划，全面启动4.0版本建设；大力实施"腾笼换鸟"，扎实推动结构优化和产业升级；完成游客中心、景区标识标牌等A级景区创建工作，打造独具特色的艺创形象。一座智慧科技、宜居宜业、产城融合的"艺术+"小镇正款款而来，这颗镶嵌在之江文化产业带上的"璀璨明珠"将更加熠熠生辉。

类似的故事在当地比比皆是。和艺术家们同在一个屋檐下，天天接受艺术的熏陶和濡染，不少村民闲来无事也挥毫泼墨，俨然一个个业余艺术家，村民们的精神文化世界被艺术深深浸润。

还有，大运河畔，一栋古朴民居改建成的昆曲博物馆内，浙江昆剧团专业演员一段温婉的唱腔，展现的是杭州的人文之美。潺潺河水，承载丰饶物产，孕育璀璨文化；袅袅余音，穿越千年文脉，尽诉钱塘繁华。大运河本身，恰如一座"没有围墙的博物馆"。

如今，在大运河南端终点地标拱宸桥的附近，已然形成一个"国字号"博物馆群落。中国京杭大运河博物馆、中国刀剪剑博物馆、中国伞博物馆、中国扇博物馆、杭州工艺美术博物馆……杭州市民徜徉其间，如同品味一场中华文化的饕餮盛宴。

武林商圈

把无处不在的文化底蕴转化为群众有感、公平普惠的民生福祉，已经升华为一种基于文化自信的行动自觉。桥西历史街区、小河直街、大兜路历史街区的运河古居，重现运河人家依水而居的生活习态；富义仓、老开心茶馆、剑瓷视界、拱宸书院等文化体验点，展示文化活态传承的无限可能；"新年走大运"活动、运河元宵灯会、大运河庙会、运河龙舟赛等深受市民喜爱的品牌活动，唱响精彩的文化"四季歌"。

美好生活，美在古风遗韵，更美在时代风华。

与西湖景致咫尺之遥，有一条步行街——湖滨步行街。漫步其中，一面是淡妆浓抹总相宜的西湖胜景，一面是现代科技赋能的新零售场景，历史与现实交汇，时尚、智慧、人文元素交织，市民、游客在其中流连忘返。

湖滨步行街区锚定"首店经济""直播经济""夜间经济"等发力点，持续推进业态提升和形象升级，老字号焕发新生，新店铺夺人眼球，杭州书房、知味观线下体验店、联华鲸选主题超市等成为网红打卡点。街区统一接入智慧综合管理平台，涵盖街区治理、智能出行、智慧商业等功能板块，聚合到后台监控大屏上，人流、车流等大数据动态更新，一目了然。

走在杭州市区道路的斑马线上，你不用担心汽车横冲直撞，杭州司机会主动停车礼让；骑自行车，你不用害怕机动车会来抢道，杭州有专门的骑行道路；在十字路口，头顶上有遮阳遮雨棚，你可以有几分钟安心整理一下被雨淋湿的头发；在繁华的道路旁，杭州建设了200多个24小时开放的"城管驿站"，让环卫工人、交警、拾荒者可以在此休憩。

杭州的美蕴涵的文明精神，看得到、摸得着，有高度、有温度。在富阳区众缘村，村民黄小荣在河边发现一个小女孩溺水后，毫不犹豫地从5米高的堤坝上跳下去施救，被称为"最美爸爸"……杭州的"最美现象"已从"风景"变为"风尚"，从杭州走向全国。据统计，近年来杭州先后涌现了7名全国道德模范、17名省级道德模范和160多名市级道德模范，共评选出各行各业"最美杭州人"25000余人。

人与自然的和谐、人与人的和谐同样重要。从晴好雨奇的西子湖到流水悠悠的大运河，与美景相伴的不仅有"潮街"，更有"善治"。"有事好商量，众人的事情由众人商量"，写进党的十九大报告里的这句话，在拱墅区有着生动的实践。2017年8月，该区创新设立了党委领导下的住宅小区居委会、业委会、物业三方协同治理工作领导小组办公室，专门集合各方力量协调解决小区治理中的难点问题，避免"踢皮球"。在区"三方办"的指导下，小河街道首创"红茶议事会"，生动鲜活地演绎了众人事众人商量办的场景。

与一般社区议事会不同，"红茶议事会"引入了新角色——"促动师"。在居民代表商议过程中，促动师会引导每一位居民代表把意见清晰表达出来，寻求"最大公约数"、画出"最大同心圆",将"百条心"更快拧成"一股绳"。"促动师"最大的作用是保证讨论围绕问题本身,促进成员以更具效能的方式思考和对话,推动居民就讨论事项达成共识。

哈哈,一杯红茶暖人心,围炉共话百姓事。共建共治共享的基层社会治理创新,让民生实事真正为了人民、依靠人民。

如今,行走在美丽中国建设征程上的杭州,生态环境美,生产生活美,2011年成为"全国文明城市",2015年成为中国第10个进入"万亿元生产总值俱乐部"的城市,2016年成为省会城市中首个"国家生态市",2017年成为副省级城市中首个"国家生态园林城市",并连续14年蝉联"中国最具幸福感城市"。

故事说到这里,大家也许渐渐明白,人因自然而生,人与自然是一种和谐共生关系,这是杭州美景背后的意境,也是把人们美好生活与自然环境联系起来的生动例证,表明杭州是一种有灵性的美丽,是有灵魂的美丽。

就像此刻,我们走在江南杭州的春天里,常常会忘记时空与尘嚣,很自然地沉浸在江南韵味中,静静地享受着生态文明之都杭州的美好,是不是?

第 十 章

· · ·

厉害，38岁的活力城市

　　一座千年古城，不只是震古烁今地活着，而且愈活愈充满极具传奇色彩的创新活力，如今的杭州更加风华正茂，更加朝气蓬勃，更加奋发有为，这就十分令人敬佩或赞叹了。

　　如果从杭州建德的乌龟洞遗址算起，杭州至少有五到十万年的人类史；如果从秦朝设郡县算起，杭州至少有2200多年的历史；如果从南宋定都算起，杭州有800多年的历史。

　　人们或许会问，杭州这座有着悠久历史的城市，为何总能迸发出无尽的创新活力？

　　带着这个问题，我找到了一组杭州市2020年第7次人口普查的数据，开始我还有点恍惚，后来突然发现杭州常住人口达到11936010人，平均年龄仅为38.77岁，一下让我兴奋不已，甚至是感慨万千。

这恐怕是谁都没有想到的，一个古老千年的杭城怎可这么年轻呢？

年轻，就像塞缪尔·厄尔曼说的，意味着每个人都会被未来所吸引，都会对人生竞争中的欢乐怀着孩子般无穷无尽的渴望。

想不到，杭州就是这样一座充满着年轻人、未来无限可期的城市，创新活力从来都没有像今天这样深刻影响着杭州的经济社会，或者人们的日常——

1

提起城市人口年龄，人们不免要问，果真年轻的城市就一定能迸发出更多创新活力？

回答这个问题之前，不妨请大家先跟着我到杭州年轻人扎堆的云栖小镇，看一看这里的年轻人，会给我们留下什么样的精彩甚至答案。

云栖小镇，位于西湖区之江国家旅游度假区，东至杭千高速公路，南至周五路，北至云河路，西至灵龙路，核心区域面积3.5平方千米。小镇核心区范围内有43个园区产业空间、158幢楼宇，产业楼宇空间近200万平方米，目前在册企业有2060家，企业日常员工1.5万人。

这里不愧是浙江省特色小镇的发源地，也是城市大脑的策源地。走进小镇，创新活力之风迎面扑来。"年轻人因科技而团聚"，无数心怀梦想的年轻人，带着源源不断的奇思妙想，在这里碰撞火花、共探未来。

对年轻人的定义，这里有点让人耳目一新，年龄仅作参考，关键能以敢想、敢做、敢创为核心，用自己的方式探索创新，用自己的方式面对挑战，用自己的方式思考未来。所以，这里非常重视对年轻人的招引，不仅世界顶尖人才、国家和省市的高端人才，甚至"偏才""专才"都能享受到这里的各种优惠政策。

像对待年轻人创业的补贴补助，只要你能想到的，杭州都有！杭州拾焰科技梁总更是直言不讳，公司账号上每过不了多久就会多出三四万元杭州市政府给予的补助。舍得舍得，有"舍"才有"得"。正是因为杭州市有如此"舍得"的引才政策，才有了"每年新引进35岁以下大学生"几十万人的净流入。

云栖小镇的前身，是西湖区转塘科技经济园区，2011年小镇以壮士断腕的勇气，摆脱对粗放型增长的依赖，大力提高自主创新能力，瞄准了以云计算、大数据为科技核心的产业方向，积极实施腾笼换鸟、促进转型发展，探索出一条以产业为先导的新型城镇化之路，成为浙江省数字经济发展的缩影和高质量发展的代表。

从最早布局云计算产业，成功研发"飞天5K"云操作系统，到成功孕育城市大脑，再到打造全国领先的空天信息产业集群，云栖小镇的发展，是一次无中生有、从小到大的创新实践。

在这里，还成立了全省第一个特色小镇的行政管理机构——杭州云栖小镇管理委员会，颁发了全省第一张特色小镇的名誉镇长聘书，创新了平台引才、情怀引才等人才聚集做法，首创了无杆泊车等城市大脑创新场景，探索了特色小镇治理的数字化方案。

有趣的是，杭州还为这里的年轻人，量身定制了多款创新创业平台。其中，有支持年轻人创新创业的"希望田野"——梦想小镇，让"有梦想、有激情、有知识、有创意"的大学生"无中生有"，变梦想为财富；有基于文创设计的杭州经纬国际创意产业园，大面积、超层高的办公房给了年轻创业者遐想的空间；有依托周边500米以内聚集的多个科技园，面向文创、电子信息等产业打造的杭州云狐科技园等。

这就是说，从高端到低端，从链头到链尾，不同类型的产业平台，杭州市给了无数年轻人无限的选择、留下的可能，因为在"浙"里至少有一款是适合你的。

统计数据告诉我们，2021年云栖小镇特色产业产值已达469亿元，实现财政总收入高达14亿。小镇还先后获得了浙江省特色小镇、海峡两岸青年创业基地、AAA国家级旅游景区、浙江省"四好"商会、创新人才培养示范基地（科技部）、浙江省5G创新应用示范基地、浙江省创建和谐劳动关系暨双爱活动先进园区、浙江省中小学生研学实践教育基地等称号。

这一连串的荣誉，都是这里年轻人坚实的印记。杭州"2050大会"发起人之一的王坚说得好，"追逐年轻人就是追逐未来，这是我最伟大的梦想"。令人兴奋的是，小镇上的一个个美丽的"梦想"，在杭州正在变成一个令人荣耀的现实。

2

也许，小城本就故事多吧，莫非云栖小镇仅是杭州的一个个案而已？

因为我们很清楚，杭州一边是几千年历史文化名城，属于标准的"老人"，一边又要不断加强人才培养和引进，让杭州渐渐地年轻起来。到底拿什么才能老少皆宜，让城市充满着青春活力？

坦率地说，这个问题很棘手，即便我在杭州待了几十年，也不敢贸然来回答。

有一天，正好遇见浙江省委原常委、杭州市委原书记王国平，我想从产业角度向他请教：改革开放以来，杭州做得较为成功的是一件什么事？

乐哈哈的王国平，几乎没有多想就脱口而出："最成功的应该是，率先在全国推进文化创意产业！"

何以见得？他又解释说：杭州主要通过年轻人的创意智慧、技能和天赋，借助于高科技，对杭州传统产业进行不断创造与提升，再生产出更高附加值产品，从而比较好地解决了让人头痛的"一老一小"问题。

经他这么一点拨，可谓猛醒。回望百年杭州，就连近代科技基本无从谈起。当时整个杭州，科研人员和机构严重短缺，工厂设备原始简陋，只有机器零部件加工和修配业，没有机器制造业。从新中国成立至社会主义改造期间，杭州农技站、农业科普小组才陆续成立，工业开展以技术革新为中心的增产节约竞赛，慢慢为科技打下一定基础。1956年，我国科技史上首个中长期规划制定，杭州马上掀起"向科学文化进军"高潮，科学普及大范围推进，但科学技术水平仍然较低。改革开放以来，杭州审时度势，加快改变科学技术落后状况。1988年，杭州首次提出"科技兴市"战略；进入新世纪后，大力实施创业创新、引才引智计划，不断集聚人才、技术、资本等科创高端要素，持续把"双创"引向深入。

应该说是历史选择杭州，杭州书写历史。2015年，全国首个跨境电商综合试验区落子杭州；随后，国家自主创新示范区也花落杭州；2016年，G20杭州峰会在杭州成功举行；2019年，"全国双创活动周"在杭州举办；2023年，第19届亚洲运动会将在杭州举办。

说到这里，人们必然会问，为什么好事总是一次次花落杭州呢？

这是对杭州的又一个"城市之问"。实事求是地说，"创新"与"活力"就像是一花双叶，衬托杭城底色的同时，也为城市坚实的发展保驾护航，对不对？

举一个最简单的例子。曾经土得掉渣的杭州威坪镇，长期生产一款名不见经传、卖不上价也卖不动的土辣椒酱。近年来，威坪人通过产品改良、文化挖掘、价值重塑、符号创意等，打出了"威酱坊"品牌，创作出了酱小哥IP形象，"土酱"一下成了"香饽饽"。如今，一个酱人带着三个人，在没花一分钱营销推广的情况下，一个月销售额50000元，好评度100%、回头客70%以上！单瓶39元的售价，实现了高溢价。当地人告诉我们，创意不是"花架子"，要上懂"天气"、下接"地气"，盘活特色产业才有意义。

杭州博物文化传播，是借助创意思维对产业赛道"吃干榨尽"的一家企业，瞄准"文旅绿码"，做起了给景区、博物馆"预约"的买卖，服务全球1240多个城市。

杭州麻薯文化，一家高大上的企业，取了一个很土的名字，近年来把注意力集中在动画、漫画、游戏、小说构建出的虚拟世界，也就是二次元，设计出各类不同风格的创意视频产品。

还有家杭州时空影视公司，更是将动漫印上了箱包，打造动漫产业链上"另类"产品，一举成为国家级文化出口重点企业、浙江省文化产品出口前十强企业。

在你想不到的细小领域，其实也能开辟出一片空间。这些看似不起眼的杭州创意，也勾起国外媒体的关注。那一次，我到美国旧金山的硅谷得到一本书，书名叫*The Geography of Genius*，可译为《天才地理学——从古雅典到硅谷，探索世界最具创造性的地方》。书的作者是纽约时报记者埃里克·维纳，他走遍世界，从雅典到硅谷，就想寻找创造性天才是怎样在特定的时间、地点脱颖而出的。没有想到，这书的第二章，题目叫《天才并不罕见》，专门说了中国杭州的创新故事，令我们这些身居杭州的人，惊叹不已。

书的开篇就问："有没有可能通过一杯茶就能达到天才的水平？"谁都知道，杭州人喜欢喝龙井茶，第一句话就把人心抓住。接着，维纳又在书上写下一句富有诗意的话："咖啡使我思考得快，但茶则令我思考得更深。"

这是一个非常有趣的比较。据说，维纳跑到杭州采访，下榻在南山路的橘子水晶酒店。酒店，一侧是法拉利的跑车旗舰队，一侧是阿斯顿·马丁的跑车旗舰队；紧挨中国美术学院，百步不到是西湖边的柳浪闻莺公园。

住在杭州，维纳更在乎的是一个叫太古的咖啡馆，可以喝茶，也可以喝咖啡。维纳解释，太古就是"陈旧的地方"。他以太古为圆心，游走在西湖，通过事先结识的一个叫达娜的中国女子，还有其他一些不知名的路人谈天说地，不断丰富他心仪的宋代和当下的杭州。

在维纳的眼中，"宋朝是中国的文艺复兴时期，杭州就是她的佛罗伦萨"。杭州作为当时最为重要城市之一，在这样的舞台上，天才大家才得以登台亮相。维纳在书中向我们首推了两位：苏东坡和沈括。

维纳在三面环山、清波荡漾的西湖边见到了苏东坡的雕塑。他说，苏轼不仅是一位大诗人、画家、旅行作家，还是一位深受爱戴的政治家和技术高超的工程师。因为他主持完成的最出名的项目——西湖苏堤，至今依然生机盎然。

沈括则是地地道道的杭州人，但长期在外任职。维纳在书中用很长篇幅描写他眼里的这位"世纪天才"。他说，沈括是中国的达·芬奇，甚至与达·芬奇一样，把想法和创意记录在自己的笔记本上。他知道，这本笔记本消失了几个世纪，不久前才被发现、修复，并被翻译成英文。维纳庆幸自己通过朋友帮忙，搞到了沈括《梦溪笔谈》上下册，而且版本很不错，于是他急忙翻开。他深有感触地说："我不知道那个时代有没有名片这种东西，如果有的话，沈括会是惊人的。"

沈括是数学家、天文学家、气象学家、地质学家、动物学家、植物学家、药理学家、农学家、考古学家、人种学家、制图学家、博物学家、外交家、水利工程师、发明家，大学校长兼财务总监。这还只是沈括的正职，在业余时间，沈括还写诗、作曲。沈括是第一个发现石头和化石的海洋渊源的人，他绘制出世界上第一幅地形图，也是第一个观察了地质沉淀全过程的人。沈括理论概括了气候变化与时间的关系。沈括最大的贡献是，观察到指南针的针虽然指向地极，但并不直接指向正南正北。指针指向与南北极之间存在一个角度，越往南北极走，这个角度越大。沈括还发现了磁偏角，这是再给哥伦布400年也可能无法完成的发现，却是当今准确导航的重要基础。怪不得李约瑟认定沈括是"中国整部科学史上最卓越的人物"。

在寻找杭州历史上的天才时，维纳在饭店还看到了CCTV讨论"李约瑟之问"的节目。这也是他认为当今中国应当解决的"创新缺口"，"所有的东西都在中国制造，却没有东西在中国创造"。这样的说法未必公允，但的确是一个不争的现实。

作者开始思考一个问题：宋朝之后的中国创造性遭遇了什么？或者更直接一点，当代中国真的抑制创新发展吗？他试图从传统文化、科举制、思维习惯，甚至中国文字、缺乏幽默，以及登不上Facebook，"关系"等方面去找根源。那必然是瞎子摸象、劳而无功的。

还好，维纳找到了杭州的马云，希望从他那里找到一点答案。他在饭店大堂与马云喝茶聊天。他说："我告诉了马云一个自己的'堂吉诃德式'计划，即在全球范围内描绘出一幅天才地理位置图"，希望分享马云的故事和观点。马云用自己和阿里的创业经历，坚持说自己是百分百的中国制造。维纳却认为，马云多少有点西化的成分，有着中国人对传统的继承，也有美国人的经济头脑。对此不知马云是怎么回答的。

在书中，马云却坦然地回答了他的一个主要问题——中国人是不是太过缺少冒险精神？马云说，不，在赌场上可以看出，中国有许多优秀的冒险者，是教育体系尤其是那些填鸭式的考试压抑了中国人的创造力。这些考试在中国的黄金时代扮演过重要角色，现在则是"创新缺口"的罪魁祸首。填鸭式的考试是中国学生无尽痛苦的根源，也无疑是中国创新的杀手。

遗憾的是，维纳在书中混淆了南北宋之别。他一讲到杭州的事与人，都是北宋时期，但却说杭州是首都，而这是后来南宋的事情。当然，这也不能怪作者，客观上中国历史太过悠久、中国文化太过厚重、中国智慧太过独特。

不过，值得一提的是，维纳的洞察力和联想力还是有点过人的。他把北宋发明的活字印刷术和工具比作当今的互联网技术，而把鼎盛的宋词艺术比作当代的推特。这一比喻非常精准精辟，既定位了宋代杭州在世界的独特地位，同时也暗喻着，互联网和社交平台的发展使杭州又将迎来一个在世界大放异彩的重大机遇期。所以，杭州抢抓机遇，不断加大创新投入。

为什么我要在这里不厌其烦地推介维纳的故事？就是想从另一个视角证明杭州创新有着源远流长的基础和生长条件。

就像后来中国科学院院士、高分子科学家杨玉良所赞叹的，杭州"是科技创新高地，不仅有建设中的三大科创高地，有一批高水平重点实验室，有一批与名校共建的创新载体，也有关键领域核心技术的攻关成果、连续5年居全国第三位的企业创新能力，以及'揭榜挂帅''赛马制'等体制机制的改革成果"。

可否说，无论从产业的变革还是产业链深度的探索，杭州都拥有一片可以实践创新活力的肥沃土壤。

3

听着这些零星或者小众的创意故事，人们似乎总觉得糖少不甜心。毕竟，杭州这些年人口都在净流入，一年多时上百万，少时也有几十万。没有一定的大手笔，这些如钱塘潮水般涌来的年轻人，杭州一座城市怎么消化与接纳得了呢？

没错，一开始，杭州主要通过下沙开发区等平台进行安置，后来又通过扩大城区面积，如设立滨江高新技术园区，实行自我消化。再后来，杭州还能拿出什么样的魔力来开展"创新创业"？记得最早时，如余杭区的领导坐不住了，找到发改局局长龙飞，说你们是制定规划的部门，是不是赶紧拿个东西出来？

有一段时间，杭州人望着文一路、文二路往西到古翠路就断头了。再西行，一条狭狭的农耕泥路，夹着桑林。继续往西，湿地成片，河港横流，无桥无路，无舟难行。近在眼前的村子，却只能隔"洋"兴叹。想西去，只能绕路，往北走三墩镇，往南走留下、闲林镇。

龙飞望着这片荒野，更多是一声叹息。是的，你能让一个小局长有多大的能耐呢？老实说，这时的龙飞，真的一时想不出这里到底能做什么产业。

没几天，刚好省发改委要组团到美国学习考察，龙飞赶忙报了一个名。飞机在旧金山机场降落时，龙飞这才恍然一梦醒来。他突然想到，可否借鉴美国硅谷的做法，打造一个杭州硅谷呢？

于是，一路上龙飞都在酝酿着这个问题，当然这还仅是他个人一孔之见，所以他暂时还没敢把这一想法抛出来。只是在美国的每一个考察点，他都静静地看人家是怎么做的，或者问一些稀奇古怪的问题。

想不到回杭一周，他就拿出了杭州城西未来科技城的最初规划稿。区领导说，龙飞想搞杭州硅谷的点子非常好，问题是在这块连条路都没有的地方，这个金点子就几乎成了一种哗众取宠的空想。最苦恼的是，当时余杭财力非常脆弱，一条连杭州市财力都不敢修的文一、文二路，余杭凭什么能够修建得出来？

急得像热锅上蚂蚁的龙飞，正好得知国家在试点国债项目，他仿佛抓到了一根救命水草，但仅仅修路肯定是拿不到国债的。毕竟是发改部门做项目的高手，龙飞马上决定将这条路作为未来科技城基础设施来包装，再通过省里向国家争取。无疑，思路决定出路。想不到，文二路延伸工程的国债项目，竟然让龙飞拿下了，接着后面科技城的事，一切就顺理成章。

这时，为了加快推进未来科技城，龙飞紧盯杭州"城西腾飞""东部崛起""中部兴盛""西部富美"的区域发展目标，建立健全区域协同创新机制，整合区域创新资源，推动创新要素合理流动，着力构建布局优化、协同有序、优势互补、科学高效的区域创新体系。为了真正成为吸引人才的洼地，杭州未来科技城在名字后面，主动加了一个括号，加上"海创园"三个字，又千方百计争取到省委组织部门的参与，这下事情越搞越大，也越搞越顺。

2011年12月31日，杭州未来科技城（海创园）党工委、管委会正式挂牌。浙江大学医学中心、浙江浙能节能环保技术研发基地等首期6个项目当日也跟着破土动工。同时，杭州未来科技城（海创园）还被列为中组部、国资委确定的全国四个未来科技城之一，也是第三批国家级海外高层次人才创新创业基地。

海创园整个规划面积为113平方千米，位于杭州市中心西侧，毗邻杭州西溪国家湿地公园和浙江大学，区位优越、环境优美、资源丰富、空间广阔，是浙江省"十二五"期间重点打造的杭州城西科创产业集聚区的创新极核。为了该项目，省委组织部还专门举行了新闻通报会，介绍未来科技城（海创园）建设进展情况。

次年，未来科技城又在引进高端人才、海外研究机构和央企项目方面有了新突破。在全国央企集中建设的四个人才基地中，浙江的做法尚属首例。此前在2011年4月，国家已将杭州未来科技城与北京未来科技城、天津滨海科技城、武汉东湖科技城，并列为央企集中建设的四大人才基地。此举意在借鉴改革开放初期建经济特区的经验，将其建设成为具有世界一流水准、引领战略性新兴产业发展方向、代表我国自主创新技术最高水平的"人才特区"。

但杭州未来科技城引进人才的支持力度是当时全国最大的，

专门制定了《关于在浙江杭州未来科技城（浙江海外人才创新园）建设人才特区打造人才高地的意见》，凡国际一流的创业创新领军人才及其团队一旦落户该科技城，将得到总额不低于1000万元的支持；国内一流的创业创新领军人才及其团队，将得到总额不低于500万元的支持。

同时，支持海内外高层次人才以技术入股或者投资等方式创办企业，允许以商标、著作权（版权）、专利等知识产权（须在国内注册或登记并受保护）出资创办企业，非货币出资金额最高可占注册资本的70%。在此创办高新技术产业企业冠"浙江"省名的，注册资本放宽到200万元。创办的中介服务企业和拥有自主知识产权的科技型企业组建企业集团的，母公司和子公司合并注册资本放宽到3000万元。

此外，未来科技城在科技项目布局和科研投入、创业投融资、税收优惠、建设用地、外汇账户管理与结汇、人才培养、人才生活保障等方面也享有浙江"最优"保障。

人才引进最为壮观的是，2013年8月，阿里巴巴集团启动浩浩荡荡的万人大迁徙，进驻位于未来科技城的淘宝城。

同年9月，杭州师范大学8000多名学生和教职工在新校区报到，一时间，未来科技城从原来的人烟稀少，一下子迎来近两万人口的入驻。与此同时，海创园、恒生科技园、中国移动以及浙江理工大学等一批科研教育单位的入驻，使得未来科技城的发展进入了快车道。

一个连路都不通的农田，这时仿佛一座火山爆发，成为全国最热门的板块。这么多高新企业入驻，这里的配套设置能跟得上来吗？

记得阿里巴巴万人大军入驻不到一周，马云开始叫苦了，员工几千辆汽车都无处停放。我此时是省发改委外资处、服务业双料处长，立马邀请有关省市领导参加，带队到阿里巴巴厂区协调员工车辆停放问题。

其实，未来科技城中许多企业，都存在着生产、生活、生态"三生"配套问题，杭州"一厂一策"，努力做好相关配套。

没几天，未来科技城已经聚集了阿里巴巴、字节跳动、菜鸟全球总部、OPPO全球移动终端研发总部、VIVO全球AI研发中心、同花顺、中电海康、中国移动研发中心、中国电信浙江创新园、湖畔创研中心、人工智能小镇、梦想小镇；有之江实验室、良渚实验室、湖畔实验室等三大省级实验室，还进一步加强与中科院、清华大学、浙江大学、同济大学、南京大学、上海交通大学、北京航空航天大学等国内一流院校合作并落地相关创新机构，进一步提升区域基础创新能力。

这些企业中，我最熟悉的是阿里巴巴，它是杭州最大的外资企业。时值1999年，有人说这是中国电商的元年，也正是这一年，王峻涛在北京创办了8848，邵亦波在上海创办了首家C2C电子商务平台"易趣网"，而马云坚守在杭州创办了阿里巴巴。

两年后的一天，杭州姑娘叶枫在《杭州日报》头版上看到一条广告："If not now,when? If not me,who?"

那种"天下舍我其谁"超牛、超震撼的气场，震撼了叶枫，她毫不犹豫将就职简历投给了这家公司。第二天一早，叶枫去湖畔花园风荷园16幢1单元202报到。后来她才知道，她面试的这家公司叫阿里巴巴，面试官叫张瑛，是马云的夫人，工号2号。这场面试，改变了叶枫的一生，她并不知道，接下来的许多年里，自己命名的"淘宝"，在大浪淘金的电商角逐战中，打败了易趣，重新缔造了中国电商新纪元。

阿里巴巴的奇迹，固然有其天时地利人和，但杭州"电商之都"的名头却并非只归功于阿里巴巴一家独有。经济学中有一个名词叫作集聚效应。打个比方，最典型的美国硅谷，集聚了几十家IT巨头，吸引了全世界数以万计的中小型科技公司漂洋过海，扎根于此。

阿里巴巴这颗"小宇宙"，集聚效应一直不容小觑。那些被誉为"小行星"的中小型电商企业蘑菇街、有赞、贝贝网、格格家，站在巨人的肩膀，汲取能量，繁衍生息。就连网易名义上总部在广州，但公司的"智囊团"研发中心则放在杭州，从门户到游戏再到电商，每一次升级转型，牵动着杭州的电商格局。而阿里巴巴以"哺育者"的身份，使杭州变身为前沿技术的"孵化之城"，全世界电商从业者的"朝圣之地"。

"江浙沪包邮"的调侃，很好地诠释了杭州的地缘优势；淘宝网商园、腾讯创业基地、梦想小镇、浙大科技园，一众园区拔地而起，成为创业者的摇篮；而相距杭州城区百余里的桐庐，从另一个侧面证实了杭州电商"仓储大布局"，中通、圆通、韵达、汇通、天天快递等"桐庐帮"几乎占领了中国快递行业的半壁江山。

一个快递，就能让女朋友破涕为笑，或许不是传说。早在20世纪80年代，中国人还不知"电商"为何物，杭州市民的"衣食住行"大多来自较为原始的"面对面交易"。在市中心的武林广场，第一批"淘金者"在"八少女雕塑"周围，扎下地摊，从早到晚吆喝着叫卖，大到衣服裤子，小到五金电器，好一派五湖四海的繁荣商业景象。在杭州做服装生意的郑婷婷说，那时的武林夜市其实就是环北小商品市场的雏形，很多人在这里淘到了自己的"第一桶金"。

想不到吧？一个阿里巴巴，改变了一个时代的记忆。72岁的老杭州人单家才回忆："我那时候早上4点就起床去武林门长途客运站排队买票了，你看现在一部手机就能搞定，不敢想。"

从2008年，杭州每年约有5000万元的专项资金用于支持电子商务的发展，让杭州在电商领域实现了"弯道超车"。千万普通居民以网店供货商、淘宝店主、网红模特、物流小哥这样的平凡身份，融入了杭州互联网经济新生代。

改变是巨大的，便利是直观的。如果你走在杭州街头，便会发现，100%的超市、便利店能使用支付宝付款，100%的出租车支持移动支付，甚至菜市场卖菜的大叔大妈都100%接受线上支付。

是的，就在杭州电子商务干得热火朝天时，2014年11月19日，国务院总理李克强来到浙江杭州考察调研。这次他特别关心网络经济等新兴业态发展，一下飞机就走进几家网店，了解经营情况。他说，经济发展很重要的是扩大就业，有就业就会有收入。要着力支持大众创业，使新业态、新模式加速成长，培育经济新动力，打造经济新的"发动机"。

走进国际商贸城，李克强勉励商户们开拓多元化国际市场，要发展跨境电子商务，可探索建立跨境电子商务试验区，既能增加就业提高收入，又能引领消费，拉动出口。

在吉利集团，他说，中国装备要走出去，唱响中国品牌，就要敢于到国际市场一较高下，做精"中国制造"，用潜力无限的万众创新推出更多"中国创造"。

他还考察了杭州高新区智慧e谷，希望他们努力打造创新高地。

来到百年名校浙江大学，李克强希望同学们秉承"求是创新"的校训精神，树立创新理念，形成创新文化，把知识的力量和文化的底蕴相结合，用创业创新成果为社会创造物质财富，提供精神滋养。

大家注意到没有？这次李克强总理一路上就是围绕"创新活力"这一主题深度调研。令人欣慰的是，通过这次考察调研，他决定给杭州两个大礼包，算是支持给杭州创新活力的魔杖——

一个是2015年3月12日，正好是植树节，国家在杭州种下"一棵树"：国务院批复同意杭州建设中国（杭州）跨境电子商务综合试验区，允许杭州在跨境电子商务交易、支付、物流、通关、退税、结汇等环节的技术标准、业务流程、监管模式和信息化建设等方面先行先试。

一个是2015年8月25日，国务院正式批复同意杭州国家级高新区建设国家自主创新示范区，允许杭州高新区和萧山临江两个国家高新区享有国家自主创新示范区相关政策，并要求结合自身特点，积极在跨境电子商务、科技金融结合、知识产权运用和保护、人才集聚、信息化与工业化融合、互联网创新创业等方面先行先试。

2019年3月12日，第三届"万物生长大会"在杭州召开。这是展示杭州这座造梦之城的平台。借"大众创业、万众创新"之势及数字经济发展机遇，深耕环境营造的杭州也逐渐打造起大企业引领、万千创客活跃的双创格局，杭州成为中国知名的创新活力之城。会上，杭州市创业投资协会借机发布了《2019杭州独角兽 & 准独角兽企业榜单》。这年，杭州一下子新增独角兽企业30家，准独角兽企业有138家。

同年9月9日，杭州发生了一件惊天动地的并购：阿里巴巴正式收购了中国当时最大的跨境电商平台考拉，并将其整合到天猫旗下，使得阿里巴巴占据中国跨境电商市场半壁江山。阿里巴巴对考拉的收购，主要是通过阿里巴巴整个生态系统的协同效应，进一步提升该公司为中国消费者提供的进口服务和体验。

阿里人就是这样一下拉高了自己的站位，是不是很牛啊？

短短几年工夫，当年李克强总理在杭州种下的两棵树苗，现在早已长成参天大树。这时，国家自主创新示范区的"溢出效应"，也早已延伸至杭州全域。

4

曾因西湖风景闻名天下的杭州，在互联网生态的浸润下，到底能否跑出创新活力的加速度？

文二西路打通没几年，有钱的余杭又及时将文一西路打通，一路向西建成了延绵30多千米的杭州城西科创大走廊。2019年，由我所在的省发改委牵头承办的"全国大众创业、万众创新活动周"主会场——梦想小镇，就坐落在这片青山绿水相映衬的科创廊道里。

早在五年前，梦想小镇在杭州城西仓前古镇阿里巴巴旁边，种下创新创业梦想的种子，发芽、茁壮成长，结出了丰硕的果实。梦想小镇成为浙江人才、资本、项目集聚的"创业良仓"。引进了深圳紫金港创客、良仓孵化器等知名孵化器，以及500 Startups，Plug and Play两家美国硅谷平台落户，集聚浙商成长基金、物产基金等各类资本管理机构1423家，管理资本3059亿元。在梦想小镇，12个由旧时粮仓改建而来的众创"种子仓"，已成为孕育未来的载体。

想不到几年前的田野，如今已蝶变成了杭州创业创新的沃土。无数怀揣着梦想的创客前赴后继，每天演绎着拼搏的故事，"大众创业、万众创新"在这里蔚然成风。

"接天莲叶无穷碧，映日荷花别样红。"在2019年全国双创周期间，国家领导人引用杨万里的诗句盛赞梦想小镇浓厚的创业创新氛围。

在大力"引进来"的同时，梦想小镇也迈开了"走出去"的步伐。2019年11月4日，梦想小镇沪杭创新中心在上海揭牌运营；12月26日，梦想小镇在合肥开"分号"，主动融入长三角一体化发展大潮。

时到2021年，杭州遇见区划重大调整，像原余杭区，一下分成余杭、临平两个区，人们又要问杭州城市创新活力之城还有空间，创新发展还能赓续吗？

就在人们拭目以待，甚至捏了一把汗时，也就在杭州分区后两三个月的时间，那天是9月8日，省里让我担任《浙江省现代服务业创新发展区》评审专家组的组长。出乎意料的是，这天一早，余杭区区长带队，第一个向专家组陈述了他们的《未来科技城创新发展区建设规划》方案："这个创新发展区，位于杭州市城西科创大走廊核心区域，总规划面积7.16平方千米，主导产业为信息技术和生命健康。2020年，服务业总营收6468.3亿元，实现税收283亿元，亩均营收6022.72万元，亩均税收263.48万元。"

听到这里，我疑惑地问：你们真的还有创新发展空间？与杭州城西科创走廊产业集聚区又是什么关系？

余杭区委常委、副区长顾国煜作为刚刚接手分管创新区的领导，马上告诉我：实话实说，创新发展区是杭州未来科技城中的一个板块。但杭州城西科创走廊产业集聚区规划面积302平方千米，下辖紫金港科技城、浙江杭州未来科技城（海创园）和浙江杭州青山湖科技城，已形成"一区三城"的发展格局，致力于打造全球领先的信息经济科创中心，建设成为国际水准的创新共同体、国家级科技创新策源地和浙江创新发展的主引擎。

我朝他一笑说："听明白了。你现在这个创新发展区，仍在杭州未来科技城之中。"

可能我的话让顾区长有压力，他忙解释，"我们这次创新发展区与未来科技城不是重合的，而是要进一步扩展科创发展空间。"跟着他又匆匆补充说："如今，每平方千米创造的生产总值，台湾是0.8亿美元，韩国是0.7亿美元，江苏是0.4亿美元，浙江仅为0.27亿美元。这就是说，余杭还有很大的容纳度，有足够的发展空间——"

不待余杭创新发展区介绍完毕，滨江区又接踵而至，提出了他们的《互联网创新发展区建设规划》方案："这个服务创新区，规划面积6.78平方千米，主导产业为信息技术、数字贸易、生命健康。2020年服务业营业收入1657.26亿元，实现税收127.40亿元。"

一看与余杭创新发展区营收有着较大差距，我特别牵挂着他们的建设思路。这时滨江人更是滴水不漏地解释说："这个互联网创新发展区，将依托网易、阿里巴巴、华为、新华三、北航杭州创新研究院、华为杭州研究所等，打造全球领先的互联网经济发展高地；依托创业慧康、丁香园等龙头企业，积极培育互联网医疗与健康管理，建成全国知名的生命健康创新发展高地；依托中国（浙江）自由贸易试验区杭州片区的优势，融入长三角，服务'一带一路'，成为引领全省一流的新型数字贸易中心。"

听话要听音，分明他们是真做的。让人倍感欣慰的是，这次各地一口气上报了59个创新发展区，经过两天的紧张评审，我这才长长舒了一口气，感叹道："当年李克强总理送给杭州的'两个大礼包'，经过近七年时间的先行先试，杭州已在跨境电商、大数据、云计算、物联网、人工智能、数字经济等诸多领域取得了一定领先优势，杭州全域创新已不再是一句空话。"

在杭州滨江，中控创始人褚健的办公室摆着一张临窗的小方桌。这是他在中控最为舒适的一方小天地，他日常都喜欢在小方桌前办公。作为工业大脑的自动化控制系统领域的佼佼者，中控的一系列创新的点子在这里悄然萌芽，伴随着窗外远处的一阵阵钱塘江风，吹拂到了企业的各个领域。

在中控之前，国内工业自动化领域尤其是功能安全技术、现场总线技术等关键技术领域，一直被国外领先厂商占据，国内工业控制系统基本全依靠进口。而2020年，中控技术核心产品集散控制系统（DCS）在国内的市场占有率达到了28.5%，连续10年蝉联国内DCS市场占有率第一名，其中在化工领域的市场占有率达到44.2%，在石化领域的市场占有率达到34%，在可靠性、稳定性、可用性等方面均已达到国际先进水平。

还是在滨江，我们见到歌礼制药创始人、董事长兼首席执行官吴劲梓。他是国家级领军人才，拥有超过20年在跨国企业和生物科技企业的新药研发、GMP生产和商业化的经验。2013年，他创立歌礼公司，仅仅两年就获得5500万美元的融资，2018年，其第一个创新药——丙肝药戈诺卫上市。吴劲梓说，创新药研发已进入"无人区"，"在新药领域，一个重大疾病，患者人数多，但全球没有一个药批准上市，这就是我们的无人区"。近年来，歌礼制药也一直在努力"穿越"无人区。根据公司2020年的年报，歌礼制药在乙肝、非酒精性脂肪肝以及肿瘤脂质代谢领域，均有产品已进入临床阶段，而这些领域在医药生物行业尚处于蓝海。

从滨江制造创新的故事，我们是不是嗅到杭州创新成果是怎么来的？

在钱塘两岸、西子湖畔、运河之滨，楼友会、贝壳社、123茶楼、第七空间等一批众创空间，俨然创客们的"梦工厂"；在梦想小镇、云栖小镇、艺尚小镇、微纳制造小镇等一批特色小镇正在苗壮成长；阿里巴巴、网易、吉利汽车、海康威视等一批龙头企业早已声名远扬；城东智造大走廊、城西科创大走廊、钱塘江金融港以及之江实验室、阿里达摩院等一批重大创业创新载体，都正在快速崛起。是的，杭州创新的发展通道已经被打开，这才使得"万物生长"有了最激情澎湃的动能。

不过，面向未来，相比国内外其他科技先进城市，制约杭州在新时期打造更高水平"创新活力之城"的短板仍然突出。比如，科技创新基础"先天不足"，一流高等院校、科研院所、新型实验室等相对缺乏；位于产业链顶端、大而强、有持续竞争力的创新型头部企业还不够多；引进国内外高端科技人才、建设世界人才蓄水池的创新生态面临激烈竞争；科技创新政策供给的协同性、精准性不高，全面打通创新链、产业链、资金链、生态链融合发展还有待突破。

在补短板强弱项，强化"硬核"支撑上，一个城市创新活力，也许是"十年不鸣"，又应该怎么办？只能"而今迈步从头越"。杭州《关于全面加快科技创新推进新时代创新活力之城建设的若干意见》已经出台，一个涵盖培育创新主体、建设创新平台、构建产业体系、打造人才发展环境、打造科技金融体系、形成开放生态体系、优化创新治理体系等多个维度的政策，力图构建全要素保障、全场景服务、全功能支撑的政策体系。用杭州人的话来说："我们要全力打造一个数字孪生的'创新活力之城'，与现实中的'创新活力之城'交相辉映、相得益彰。"

活力带来生机，创新引领未来。也许，均龄38岁的杭州才会具备这种了不起的能力，我称之为："扛得住大事，抓得起创新，迸得出活力。"

第 十 一 章

· · ·

撑起"爱情之都"天空

有人告诉我，因为一个人，去爱一座城，只因这座城有太多为爱奔跑的痴情男女，使得每一段浪漫爱情的背后总有一座温柔的城市相伴，而每一座多情的城市都不断演绎着唯美的爱情故事。

这些爱情故事赋予了城市别样的气息，又会让为爱奔赴那些城市的人爱上一座座城市。不过，西湖的温情，又常常是从湖畔的一张张长椅开始。恋人相依而坐，面前莲叶田田、清风徐徐，却不知这背后有着一段鲜为人知的故事。

《干在实处 勇立潮头——习近平浙江足迹》一书中提到，当年，西湖景区免费开放后，增设了不少椅子供市民、游客休息，但椅子多了，间距也就近了。时任浙江省委书记习近平向景区管理部门转达了他的建议：西湖边恋人很多，如果椅子间距离太近，恋人们会感到不自在。他建议长椅间应该保持一定的间距。

后来，长椅的间距就拉开了。一张张长椅，甚至成了恋人们打卡的"网红背景"。正是习近平同志的"特别关照"，让西湖这个爱情圣地见证了更多的守候。

有人说，小小的"爱情间距"体现的是城市风度。还有人说，小小的"爱情间距"彰显的是为民情怀。西湖长椅为情侣二人世界留足了空间，最大限度地体现了对"人"的尊重。

不知是不是得益于这样的背景，杭州竟然斗胆提出要打造"爱情之都"，一开始争议还真不小。

或许，每一座城市都有自己的爱情标签，对于杭州而言，这座城市的爱情标签是浪漫唯美，是古朴美丽，还是温柔多情呢？

1

听说，杭州"爱情之都"的起因，是受"爱情至上"的熏陶。

"水光潋滟晴方好，山色空濛雨亦奇。欲把西湖比西子，淡妆浓抹总相宜"。宋代大文豪苏东坡的诗《饮湖上初晴后雨二首·其二》一经推出，立即轰动世间。这诗写出了西湖的天生丽质和动人神韵，可谓前无古人、后无来者的西湖千古绝唱。

一个是风光旖旎的西湖，一位是令人牵肠挂肚的美女，把他们两个放在一块儿，此时此刻，你说哪位青年男子不钟情，哪位妙龄女人不怀春呢？在这种情爱欲滴的氛围里，即便是一棵小草，估计也会感激涕零，不是爱情的俘虏，便是"爱"劫难逃。

所以，当我的同事崔凤军任杭州旅游局负责人时，按照王国平打造"爱情之都，品质之城"的思路，写了一本叫《爱情之都的杭州》的书，立刻登上热搜。

当时令人惊讶的是，不少人受固有思维模式的约束，总觉得爱情两字挂在西湖面孔上，极易引发歧义。不知是不是这个缘故，不久"爱情之都"一事，又在杭州销声匿迹。

事实上，在"人间天堂"杭州不仅有着充分展示古都文化风采和神韵的良渚文化、吴越文化、南宋文化、佛都文化，而且有着令人神往、使人留恋甚至让人扼腕叹息的浓厚爱情文化。

毕竟，爱情需要有滋生的土壤，更要好山好水的安抚。地处江南、气候宜人的杭州，山清水秀。一汪波光粼粼的西湖水，不知为杭州增添了多少的灵气。就像苏东坡的诗，让人顿时觉得杭州的山水是如此的妩媚动人，禁不住心生爱意。而生活在天天充盈着爱意的环境，杭州自然少不了爱情的故事。

爱情得有自己的故事或文化，这是杭州爱情之都的灵魂所在。为何这么说呢？是因为风景优美的地方，不止杭州有，但爱情故事积累得这么密集的，估计杭州是独一无二的。

千百年来，在杭州这片多情的土地上，已经催生了"梁祝"千古绝唱，使万松书院增加了一段才子佳人同窗共读的情节；也演

宝石山下的西湖

绎了惊天地、泣鬼神的"许仙和白蛇"美妙传奇，使雷峰塔倍添神奇的色彩；更留下了苏小小情魂伴烟柳的痕迹，使西泠桥又有一个"情人之桥"的迷人别称……

在我国传统的四大民间爱情故事中，就有两大传奇发生在杭州。这就是说，杭城一地，就占据了爱情传奇的半壁江山，这是很了不起的一份爱情文化沉淀。这两个爱情故事就是《白蛇传》和《梁祝传说》。如今，与这两个传统爱情故事相关的地方，如断桥、雷峰塔、万松书院等，已是非常热门的旅游景点。

本来杭州就是一座国内著名的旅游城市，这时，爱情文化必定是旅游发展不可或缺的重要内容。杭州长袖善舞，努力利用自身资源上的优势，不断挖掘沉淀在历史深处的爱情文化，并运用现代化的推广理念，最终肯定能打造出"爱情之都"的金名片。

2

谁都知道，中国历史悠悠千年之长，5000年封建专制社会压抑人性的沉重枷锁，早已束缚住人的思想和躯体，但遮不住人的眼睛。因为爱情是一种在自由交流的条件下，精神和情欲相结合的产物。创作于3000多年前的《诗经》，开篇的"关雎"打头的话就明确告诉我们："关关雎鸠，在河之洲。窈窕淑女，君子好逑。"这是描写一个青年小伙子偷偷地爱上了一位姑娘那种单相思的动人情景。

《诗经》已经给了我们最好的回答：爱情是不分时间和空间的，不是因为社会有了制度才分出不同的爱情，爱情本身就存在，制度只制约了人们的表达方式。纯真的爱情自古就一直在被人们追寻，一种理想的境界一直被世人所向往。诚挚交流，坦诚相对，没有欺瞒，不势力，没有阶级，没有占有，没有分离，没有悲伤……那是人们渴望的爱情最理想的境界，我称之为"陶渊明式"的理想爱情。

当我们有了这样的认知，就会发现杭州提出打造"爱情之都"，不只是一种形式，更多是一种文化自信。就像王蒙赞叹的："真正的文化自信拒绝大言空洞、夸大其词、巧言令色、形式主义；真正的文化自信具备抵制低俗化、浅薄化、哄闹化、片面化、狭隘化的能力和定力。"这也许是杭州"爱情之都"出自中国文化的辩证思维，出于君子之道。

那好吧，就让我们一起去破译杭州这一爱情文化的密码吧。

故事之一：许仙与白素贞相会在断桥，一个凄凉美丽的西湖爱情故事。

最早成型的许仙与白素贞爱情故事，记载于冯梦龙的《警世通言》第二十八卷《白娘子永镇雷峰塔》。据记载，南宋绍兴年间，有一条在西湖里修炼了500年的白蛇，因为抢吃了许仙口中吐出来的、仙人吕洞宾卖的小汤团，又增加了500年的仙力。得仙的白蛇十分羡慕尘世生活，就变成一位年轻美貌的女子来到人间，取名叫白娘子。跟随她的女婢叫小青，是一条青蛇变的。

雷峰夕照（马立群 摄）

白娘子爱慕许仙，就利用西湖游春之日，呼风唤雨，找到与许仙共舟而行的机会。交谈之间，许仙也爱上了美丽、多情而又善良的白娘子，于是两人成了亲。

　　婚后，许仙和白娘子在镇江开了一爿药店。由于白娘子医术高明，又热心帮助穷人，药店名声大振，生意越来越兴隆。夫妻俩相亲相爱，日子过得十分美满。

　　再说，当年没有抢到那颗汤团的癞蛤蟆与白蛇结了仇，它变成了一个和尚，取名法海，来到人间处处与白娘子作对。为拆散白娘子的美满家庭，他唆使许仙让白娘子在端午那日饮雄黄酒。白娘子为表达自己对丈夫的真挚爱情，仗着自己有千年仙力，饮了雄黄酒，但还是显露了原形，把许仙吓得昏死过去。为救丈夫，白娘子不顾怀有身孕，飞往昆仑山，经过奋力争斗，盗来仙草，救活了许仙。

　　之后，许仙去金山寺还愿，法海又强将许仙软禁起来，逼他削发出家。白娘子为维护自己的爱情，和小青一起上金山寺，水漫金山，与法海进行了一场恶战。白娘子因有孕在身，没能取胜，只得与小青一起回到西湖，准备继续修炼，等待时机再与法海交战。

　　许仙被关在寺内，死活不肯出家，找个机会逃了出来。回家不见妻子和小青，又怕和尚再来寻事，他就回到杭州。在西湖断桥处，遇见了即将分娩的妻子和小青，便一起寄住到许仙姐姐的家中。不久，白娘子生下一个白白胖胖的儿子，正在大家高兴地准备庆贺之时，法海和尚闯了进来，用金钵收走了白娘子，并将她压在雷峰塔下。

小青为救出白娘子，再度进山修炼，几年后赶回杭州，寻法海和尚报仇。他们交战三天三夜，小青毁掉雷峰塔，救出白娘子，又和白娘子一起将法海和尚打下西湖。法海无处躲藏，钻进了螃蟹的肚脐，小青念咒语将它定在里面，使它永远不能出来。

想不到，700年后杭州的雷峰塔真的轰然倒塌，明眼人知道这下白素贞彻底有救了！后来人们干脆把这叫作《白蛇传》的故事。民间白蛇传故事说法很多，我特别喜欢这个"西湖"版本的，回味无穷。

故事之二：梁山伯与祝英台相送在长桥，一曲至死不渝的西湖爱情故事。

绍兴上虞祝家村是祝英台的故乡。传说，祝氏祖先原籍山西太原，南迁到会稽郡（今绍兴）上虞县定居，原在上虞县城教书为业，子孙散居上虞各地。中国第一部彩色戏曲片《梁山伯与祝英台》的唱词就写上了"上虞县，祝家庄，玉水河边，有一个祝英台，才貌双全……"

关于梁山伯与祝英台的爱情故事，各种版本早已让人眼花缭乱。这里我向大家推荐一个梁山伯与祝英台的"西湖"简版。

故事发生在东晋时期。传说，当年浙江上虞祝家庄有个姓祝的地主，人称祝员外，他的女儿祝英台不仅美丽大方，而且非常聪明好学。但由于那时候女子不能进学堂读书，祝英台只好日日倚在窗栏上，望着大街上身背着书箱来来往往的读书人，心里羡慕极了。

难道女子只能待在家里绣花吗？为什么我不能去上学？她突然反问自己：对啊！我为什么就不能上学呢？

想到这儿，祝英台赶紧回到房间，鼓起勇气向父母要求："爹，娘，我要到杭州去读书。我可以穿男人的衣服，扮成男人的样子，一定不让别人认出来，你们就答应我吧！"祝员外夫妇开始不同意，但经不住英台撒娇哀求，只好答应了。

第二天一清早，天刚蒙蒙亮，祝英台就和丫鬟扮成男装，辞别父母，带着书箱，兴高采烈地出发去了杭州。来到杭州草桥门（今望江门）外学堂的第一天，祝英台邂逅来杭求学的会稽青年书生梁山伯。梁山伯学问出众，人品也十分优秀。她想，这么好的人，要是能天天在一起，一定会学到很多东西，也一定会很开心的。而梁山伯也觉得与她很投缘，有一见如故的感觉。于是，他们常常一起诗呀文呀谈得情投意合，冷呀热呀，相互关心体贴，促膝并肩，两小无猜。梁祝两人谈得投机，当场结拜为兄弟，这就是草桥结拜。

两人来杭州就读于万松岭的万松书院。春去秋来，一晃三年过去了，学年期满，该是打点行装、拜别老师、返回家乡的时候了。同窗共烛整三载，祝英台已经深深爱上了她的梁兄，而梁山伯虽不知祝英台是女生，但也对她十分倾慕。后来，英台接到家信促其速归。英台钟情于山伯，但又不便明言，只好请师母将白玉扇坠转交山伯，作为爱情信物。临别时，山伯送行，一路上英台有18次向山伯暗示自己的情意，但忠厚老实的梁山伯始终未悟。两人行经凤凰山时，祝英台表示家有小九妹，愿为山伯做媒，望他早来祝家，这就是"十八相送"。

他俩恋恋不舍地分了手，回到家后，都日夜思念着对方。后来，山伯从师母处得到玉扇坠并获悉真情，急忙赶去祝家庄。但他见到的祝英台，已不再是那个清秀的小书生，而是一位年轻美貌的大姑娘，这时的英台已被其父许配给太守之子马文才。英台据理抗婚，至死不从，并与山伯在绣楼中相会。再相见的那一刻，他们都明白了彼此之间的感情，早已是心心相印，这就是楼台相会。

此后，为了挽回英台被其父许配出去的突发情况，梁山伯请人到祝家去求亲。可祝员外哪会看得上这穷书生呢？梁山伯顿觉万念俱灰，一病不起，没多久就去世了。惊闻噩耗，一直在与父母抗争、反对包办婚姻的祝英台反而突然变得异常镇静，坚持到梁家吊孝，这就是吊孝哭灵。

不久，马家前来娶亲，英台红装素服，走进了迎亲的花轿，要求途经山伯之坟一祭，祝父无奈只好应允。迎亲的队伍一路敲锣打鼓，好不热闹！路过梁山伯坟前时，忽然间飞沙走石，花轿不得不停了下来。只见祝英台走出轿来，脱去红装，一身素服，缓缓地走到坟前，跪下来放声大哭，霎时间风雨飘摇，雷声大作，"轰"的一声，坟墓裂开了。祝英台似乎又见到了她的梁兄那温柔的面庞，她微笑着纵身跳了进去。接着又是一声巨响，坟墓合上了。霎时，天空出现了一道彩虹，梁祝已化作了一对蝴蝶，翩翩起舞，这曲超越时空的生死恋情的赞歌，为世代传颂。

彩蝶蹁跹，演绎出人间悲欢离合。千百年来，梁祝至死不渝的爱情深深打动着人们的心灵，如"蝴蝶效应"般在各地流传，经漫长岁月的沉积、提炼与萃取，不断丰富发展，成为中国民间文学艺术之林中的一朵奇葩。

梁山伯与祝英台的故事是我国最具辐射力的口头传承艺术，也是唯一在世界上产生广泛影响的中国民间传说，他们被称为东方的"罗密欧与朱丽叶"。梁祝的传说主要表现了古代人民对美好自由生活的向往、对婚姻自主的追求。它是民间文化的积淀，代表了民间文学积极向上的思想，更代表了人民大众的心声。

其实，梁山伯死得好冤啊！如果是在当今，我想，梁山伯不至于就这样抱冤而死，可以带着英台私奔呀。可是，在那个封建礼教社会，就是山伯敢想也不敢言。透过祝英台女扮男装所表现的反抗封建礼教的表层现象，能更深一步听到社会在进步、男女要平等的呼唤声，呼唤女权回归这一深层的民族潜意识。如果没有梁祝的悲剧，人们就不会认识到传统的包办婚姻制度的悲剧性，就无法看到男女平等、婚姻自由那片蔚蓝的天空，也许传统的婚姻制度还将继续束缚着人们的头脑。

故事之三：苏小小与阮郁相思在西泠桥，一个风花雪月的西湖爱情故事。

南齐时，杭州钱塘西泠桥畔一户姓苏的人家生下一女，取名小小。这女孩长得眉清目秀，聪慧过人。父亲吟诗诵文，她一听就会，亲戚朋友都夸她长大后必成为才女。

小小6岁时，父亲不幸病故。为了生计，小小的母亲忍辱为妓，几年的精神折磨，使她身心交瘁。小小10岁时，母亲竟一病不起，临终时把小小托付给贾姨妈："我的心是干净的，但愿小小莫负我！"几年过去了，小小已长成一个美丽的少女。小小从小喜爱读书，虽不曾从师受学，却知书识礼，尤精诗词，信口吐辞，皆成佳句。小小还酷爱西湖山水，她将自己的住屋布置得幽雅别致，迎湖开一圆窗，题名"镜阁"，两旁对联写道："闭阁藏新月，开窗放野云。"

每天小小总在西泠桥畔散步，眺望涟涟碧波，点点水鸟，她会情不自禁地吟诗放歌，倾吐心中的情愫。那时的西湖，虽然秀美，但还未经人工开发，山路曲折迂回，游览辛劳，她便请人制作了一辆小巧灵便的油壁香车。坐着这车，可以去远处。车子灵巧，人儿娇美，穿行于烟云之间，恍如神女下凡。沿路行人议论纷纷，啧啧称奇，猜不出她是何等人物。苏小小旁若无人，一路行一路朗声吟道："燕引莺招柳夹途，章台直接到西湖。春花秋月如相访，家住西泠妾姓苏。"

苏小小名声渐渐传开，豪家公子、科甲乡绅慕名而来。僻静的西泠桥畔顿时热闹起来。小小原想以诗会友，交几个酷爱山水的知己，不想来访者多是些绣花枕头、烂稻草——衣冠楚楚的蠢材，十有八九被她奚落出门。钱塘城内巨富钱万才数次登门，愿以千金娶小小为侍妾，也被小小拒绝。钱万才失了面子，发狠道："你有才貌，我有财势，惹恼了我可要小心！"

贾姨妈劝她："不妨寻个富贵人家，终身也有了依靠。"小小道："人之相知，贵在知心。岂在财貌？更何况我爱的是西湖山水，假如身入金屋，岂不从此坐井观天！"贾姨妈担心小小母亲留下的积蓄用尽，将来生计无着。小小说："宁以歌伎谋生，身自由，心干净，也不愿闷死在侯门内。"贾姨妈叹息道："姑娘以青楼为净土，把人情世故倒也看得透彻！"如此又过了几年，母亲的积蓄终于用完。小小二话不说，操琴谋生，顿时成了钱塘有名的歌伎。

冬去春来，莺飞草长。一日，苏小小乘油壁车去游春，断桥弯角处迎面遇着一人骑马过来，那青骢马受惊，颠下一位少年郎君。小小也吃了一惊，正待下车探视，那少年郎君已起身施礼。小小过意不去，报以歉然一笑。这郎君名叫阮郁，是当朝宰相阮道之子，奉命到浙东办事，顺路来游西湖。他见小小端坐香车之中，宛如仙子，一时竟看呆了。直到小小驱车而去，阮郁才回过神来，赶紧向路人打听小小的来历住处。当他得知小小出身于妓家时，不禁叹一声"可惜"。阮郁回到住处，小小的身影总是浮现在眼前，他茶食无味，辗转难眠。他想，既是歌伎，与她相识一番，也是人生乐事！

第二天一早，阮郁骑着青骢马，叫人挑着厚礼，径直来到西泠桥畔。恰好贾姨妈出来，阮郁道："晚辈昨日惊了小小姑娘，容我当面谢罪。"贾姨妈见他不似一般王孙公子气盛无理,便进去通报。小小因游湖劳累,今日一概谢客。她倚在床边,不知怎的总想起昨日遇见的那少年郎君。忽听说此人到来,心中一喜,说:"请!"

阮郁斜穿竹径,曲绕松柳,转入堂内。小小从绣帘中婷婷走出,四目相视,双方都暗含情意。阮郁英俊潇洒,举止文雅,言谈中对西湖山水赞不绝口。小小道:"你既爱湖山,请到楼上镜阁眺望。"镜阁墙壁上贴着小小书写的诗,阮郁念到"水痕不动秋容净,花影斜垂春色拖"时,不禁叫好,对小小更添了几分爱慕之心。阮郁沉吟片刻,依韵和了一首。小小知他是有才之士,便叫侍女摆开酒肴,两人对饮起来。阮郁本是风流才子,此刻面对美景,趁着酒意,随口吟出不少佳句。小小更是喜欢,停杯抚琴,曲调悠扬缠绵,传递着眷恋之情。此后一连几天,小小和阮郁都在断桥相会。一个驱车前往,一个骑马相随,沿湖堤、傍山路缓缓而游,好不快活。贾姨妈见小小和阮郁一见钟情,很是高兴,夸他们是天造地设的一对。小小说:"他是相国公子,我是青楼歌伎,知人知面难知心啊!"

等阮郁又来时,心直口快的贾姨妈当着小小的面,问阮郁会不会变心。阮郁紧执小小的手,指着门前的松柏道:"青松作证,阮郁愿与小小同生死。"小小与阮郁来到西泠桥头,正当夕阳西下、飞鸟归巢之时,周围一片静谧。小小激动地轻声吟道:"妾乘油壁车,郎骑青骢马,何处结同心?西泠松柏下。"

当夜，由贾姨妈作主，两人定下终身。之后，选了个黄道吉日，张灯结彩，备宴设席，办了婚事。阮郁成婚的书信送到家中，阮道气得差点昏倒：堂堂宰相之子娶了歌伎，岂不被天下人耻笑？但山高水远，一时又奈何不得。阮道老谋深算，强按怒火，写了封信，连同一份厚礼，派人送至钱塘，交给阮郁。信中写道：小小既是品貌双全的才女，他并不反对这门婚事，还提醒阮郁不可贪欢于夫妻之情而荒了学业。阮郁、小小见阮道说得通情达理，才放下心来。

过了些日子，阮郁又接到家书，说阮道因受风寒卧床不起。小小急忙打点行装，催阮郁回去探亲。阮郁赶回家中，见父亲安然无恙，不由得奇怪。阮道怒骂道："你被贱女迷住心窍，我不略施小计，你如何能回来？"不由阮郁分说，命家人将他关进书房。阮道又作主，为阮郁另择名门闺秀。

阮母道："等你完了婚事，取了功名，再娶几个侍妾，也非难事，想那姑娘也不会怪你失信薄情吧？"阮郁低头不语。小小自阮郁去后，整日足不出户，左等右等总不见阮郁的信息。"夜夜常留明月照，朝朝消受白云磨。"她只能吟诗以解愁闷！

春去夏至，小小才接到阮郁的信。只见她脸色苍白，双手微颤，眼里噙着两滴泪花，良久，才吐出一句："原来如此！"入夜，小小独自关在房中，饮一阵酒，抚一阵琴，间或抽泣几声，直到深夜才没了声响。贾姨妈放心不下，破门而入，看到小小已醉倒在床上，泪水湿透了枕巾。

清晨，小小摇摇晃晃跨出家门，来到西泠桥上，望着湖上娇艳的荷花独自出神。贾姨妈跟了出来，扶住小小："男女之情往往薄似烟云，短似朝露。你千万要想得开，身体要紧。"小小似答非答道："我的心是干净的！"从此以后，小小脸上少有笑容，性情变得更为冷峻孤傲，接待客人，言语之间更多调侃的冷笑。不想，倒反而传出个"冷美人"的名声。

　　小小对山水的痴恋未变，只不过，她不再到热闹的景区，而专去人迹稀少之处。这一日，时值深秋，她来到红叶满山的烟霞岩畔。忽然，前面传来"叮当"凿石之声，她正要避开，那边有人喊骂，争闹起来。小小循声寻去，迎面是一个形如石屋的大石洞，一群凶神恶煞的家丁挥着皮鞭，正在殴打几个石匠。

　　小小心中不忍，喊道："光天化日之下，为何打人？"家丁见小小仪态非凡，弄不清她是何等人物，停手道："小人奉我家老爷之命，在此督促石匠完工！"原来，富豪钱万才为了讨他老娘欢心，在这五屋洞壁上凿刻石罗汉365尊，以示他老娘天天敬佛、求取保佑之意。老娘70寿辰将临，而石罗汉尚未完工，所以家丁赶来催促。小小见石匠们衣衫褴褛，疲惫不堪，便向家丁求情，宽容期限。

　　钱万才正巧赶到，他冷言道："苏小小，你过去不卖我的面子，今天倒要我赏脸！"小小道："敬佛，心诚则灵，何苦难为这些匠人呢？"钱万才好笑道："你便是我的佛，你若肯跟着我，我便依你，如何？"说着，来搂小小。小小怒极，顺手给他一个巴掌："人面兽心的无耻之徒！"钱万才暴跳如雷，一边喝令家丁动手鞭打匠人，一边抓过一条皮鞭扑向小小："身为妓女，才是无耻。今天我非要叫你尝尝我的厉害！""住手！"突然山坡上跳下一个人来："以势欺人，你眼中还有王法吗？"钱万才定睛一看，来者是一贫寒书生。他便手一挥说："我的鞭子就是王法，给我打！"家丁们一拥而上，鞭子劈头盖脸地向那书生飞去，却不料家丁们手臂一阵酸麻，落下的鞭子纷纷向四周甩出。家丁们还没弄清是怎么回事，脚底被什么一绊，一个个都跌倒在地，他们翻身爬起，又向书生扑去。那书生身形一矮，双拳齐出，一阵风似的又把一群家丁打得瘫倒在地。家丁们这才领教，那书生的武功好生了得！鼻青脸肿的家丁们哼哼着，再也不敢动弹。钱万才的气焰顿时减了大半，但他还扬着鞭子，哇哇乱嚷。书生一纵身，跃到钱万才身边，伸手捉住他的手臂，钱万才痛叫一声，撒鞭软倒，连喊："英雄饶命！"

书生微微一笑："命，你只管向你的佛去要，我只要你不难为匠人，让他们安心凿完，如数付给工钱！""遵命！遵命！"钱万才连连点头应允。"还有，你也不许难为那姑娘！"书生的手握了一下，钱万才杀猪般叫了起来："一定！一定！"书生这才放手。钱万才带着家丁，抱头鼠窜而去。石匠们向书生拜谢，书生道："你们雕刻出如此精细的石罗汉，为湖山增色，我能饱此眼福，倒该谢你们呢！"

小小从没有见过如此豪爽仗义之人，不由得大为敬慕，忍不住上前道："钱塘苏小小，拜谢先生相助。"书生回礼道："学生鲍仁，久闻姑娘芳名，今日相识，果然名不虚传。"小小道："如无不便，请到寒舍一叙。"鲍仁爽快地答应了。小小家门前已等候着许多富家子弟，香车一到，便你请我邀，争闹不休。小小道："我今日已自请贵客，诸位请各自便。"小小请鲍仁直入镜阁，亲自斟酒道："先生文武双全，心胸磊落，为何不去报效国家呢？"鲍仁道："动乱之际，有力难效，何况我是将功名视作草芥的！"小小道："有为民作主之心，则英雄有用武之地。倘不能如愿，再复归山林，浪迹江湖，为时未晚！"鲍仁道："我恃才反愚，经姑娘轻轻点拨，茅塞顿开。只是我饥寒尚且不能自主，功名二字从何说起？""先生如不嫌弃，我愿助你赴京都应试。"小小取出百两银钱交给鲍仁，鲍仁慨然收下，深深一揖告辞："姑娘之情，深于潭水，我鲍仁永生不忘。""小小在此静候佳音！"说罢，小小亲自送鲍仁出门。

　　鲍仁去后，钱万才放出流言蜚语，百般诋毁小小。小小对贾姨妈说："任他倒尽污水，不能伤我一根毫毛！"贾姨妈道："总要防着点才好。"转眼到了雪花纷飞之时。上江观察使孟浪途经钱塘，他久闻苏小小盛名，便叫了一只楼船，派人去唤小小来陪饮助兴。过了一会儿，差人禀报，小小被人请去西溪赏梅了。孟浪十分扫兴。第二天，差人早在苏家候着，一直等到深夜，小小喝得酩酊大醉被侍女扶了进来。差人又去回复，孟浪很是恼火："如明日再推三推四，决不饶恕！"第三日，差人再去，侍女说姑娘醉卧未起。差人发急道："再不去，孟老爷要给她颜色看了！"小小在里间听见，理也不理。

孟浪闻讯，勃然大怒。他少年得志，本不把个妓女放在眼里，如今连连碰壁，便摆出威风，要让小小吃点苦头。孟浪便与县官商量。这县官老爷是钱万才的舅舅，对苏小小早已怀恨在心，现在上面有人出头问罪，自然照办。县官派差人传唤小小，速到孟观察使船上赔罪，而且必须是青衣蓬首，不准梳妆打扮。贾姨妈怕小小惹祸吃亏，劝她屈就应付。小小道："这班狗官老爷，我与他们毫不相干，有什么罪可赔！"正说时，差人呼呼地打上门来，贾姨妈和侍女们吓得发抖，小小坦然道："也罢，我去走一趟，省得家中不安宁。"临行前，她从容地梳妆打扮了一番。孟浪邀了府县宾客在船上饮酒赏梅，忽听苏小小来了，赶忙正襟危坐，盘算着给小小来个下马威。随着一阵麝兰香味，小小如仙女船飘进船来，满船人都被小小美丽的容貌、冷峻的神态震慑住了。静寂了好久，孟浪才干咳一声道："苏小小，你知罪吗？""我是烟花中人，哪里知道老爷们会对我如此厚爱，三请而不敢来，竟成大罪？"只一句话，孟浪便无言以对，只得威吓道："你要求生，还是求死？"

小小调侃道："爱之则欲其生，恶之则欲其死。权在老爷手中，我怎能自定？"孟浪不禁得意起来："利嘴巧舌，并非实学，我倒要看看你的真才如何。"他要小小以梅为题赋诗。小小不假思索，信口吟道："梅花虽傲骨，怎敢敌春寒？若要分红白，还须青眼看。"

诗意隐含眼前之事，且又不卑不亢，孟浪不由暗暗折服小小的才智。孟浪性子虽烈，倒还有几分惜才之心，他见小小楚楚动人，便息了怒气，搀过小小，邀她入席。县官在一旁冷笑，他受钱万才之托，早就想加害于小小。酒宴直到天明才散，孟浪启程。县官立即派人在归途中将小小截住，并以借诗讽喻、藐视朝官罪判小小入狱。贾姨妈用银钱周旋，使小小免受狱内之苦。但她体质本弱，加上气愤，关了数月，便生起病来。这一日，牢房内进来一人。小小抬头一看竟是阮郁。阮郁途经钱塘，闻讯赶来营救，小小转身不睬。当阮郁说到愿娶她为妾时，小小再也忍受不了，鄙视地说："这里可没有青松为你作证。"阮郁脸色涨得通红，长叹一声，怏怏地走了。

半年后，小小出狱回家。她无力乘车游湖，只能靠在床上，眺望窗外景色。转眼又到了夏荷盛开的季节。夜幕垂窗，娇艳的荷花在月光下显得格外纯净可爱，小小不禁轻轻吟道："满身月露清凉气，并作映日一喷香。"贾姨妈见小小病情垂危，问她："你交广甚多，不知可有什么未了的事？"小小感慨道："交际似浮云，欢情如流水。我的心迹又有谁知？小小别无所求，只愿埋骨于西泠，不负我对山水的一片痴情。"小小说罢，含恨逝去。

安葬时日将到。这天，几个差人飞马来到小小家，问道："苏姑娘在家吗？滑州刺史前来面拜。"贾姨妈哭道："苏姑娘在家，只可惜睡在棺木之中。"差人大惊失色，飞马而去。不多时，只见一人穿白衣，戴白冠，骑着白马而来，到西泠桥边下马，步行至小小家门前，一路哭将进来。他奔到灵堂，抚棺痛哭："苏姑娘，为何不等我鲍仁来谢知己，就辞世而去？老天不公，为何容不得你这个有才有德有情的奇女子！"直哭得声息全无。

贾姨妈含泪相劝。鲍仁道："人之相知，贵在知心。知我心者，唯有小小。"贾姨妈道："有鲍相公这番话，小小在九泉之下，也当瞑目了。"贾姨妈又说了小小的临终遗愿。鲍仁这才强压悲哀，请人在西泠桥侧选地筑墓修亭。出殡下葬之日，夹道观看者不计其数。鲍仁一身丧服，亲送小小灵柩，葬于西泠桥畔。鲍仁亲撰碑文，写出苏小小一生为人，以表明她的高洁人格。临行前，鲍刺史又来哭祭道："倘不能为民作主，我鲍仁定来墓前厮守。"

如今苏小小墓倚立西泠桥边，墓上有"慕才亭"，悬挂着一副对联："湖山此地曾埋玉，风月其人可铸金。"从此以后，苏小小的芳名与西湖并传，天下游人每到西泠桥畔，都会发出多少感慨！不过，在我国古代的时候，女性的社会地位是非常低的，歌伎社会地位就更加低了，她们生活在社会最底层，虽然卖艺不卖身，但依然被人们看得轻如草芥。想不到苏小小的故事是一个例外，我想，除了苏小小的美丽外表，加上她多才多艺，最重要的是在1500年前，有一个小女子可以向命运抗争，敢爱敢恨。所以，自古至今许多文人墨客都为她写过诗文，包括白居易、李贺、余秋雨等，不是称赞就是惋叹。

故事之四：陶师儿和王宣教吻别在长桥，一个魂断梦萦的西湖爱情故事。

在南宋淳熙三年，另一段凄美的爱情故事就在长桥上演了。那是1176年六月的一个午后，初夏的西湖风景如画，但见"毕竟西湖六月中，风光不与四时同；接天莲叶无穷碧，映日荷花别样红"。

这时，一位白面书生，身长七尺八寸，风姿俊秀，正从荷花池边缓步走来。一群蝴蝶围绕着他上下飞舞。只见他羽扇轻摇，头戴造型方正的巾帽，身穿高雅宽博的衣衫，时而抬头远眺湖光山色，时而低头吟唱。无心的书生在尽情地游玩，有心的人却在关注着书生的举动。"你站在桥上看风景，看风景的人在楼上看你。"就在一路之隔的南山路对面，尽是一排青楼楚馆，靓妆迎门，争妍卖笑，朝歌暮弦，摇荡心目，笑声、琴声、歌声、诗词歌赋声，不绝于耳，只要你有银子，这里是追蜂逐蝶登徒浪子的绝佳去处。这些众多的青楼中，数八仙坊的生意最好，这里的女子不仅娇艳，也能精通琴棋书画、诗词歌赋，不似其他那般青楼女子。八仙坊里有一红衣女子，正遥遥望着这少年书生，出神地看着他的一举一动。

这时，一个七八岁顽皮孩童跳入荷花丛中，一炷香的功夫也没有出来。这书生看看也没有别人下去搭救，就跳入荷花池中去救这个孩子。可是，湖水实在太浅了，只没到他的腰际。一会儿，那个小男孩却游了过来，说，大哥，你也来摘荷花呢？八仙坊的红衣女子，此时已赶到岸边："先生，请你赶紧上岸。"书生站在淤泥里，抬头看这位红衣姑娘面孔玲珑，粉黛略施，柳叶弯眉，上身穿红花领的红罗短裙，腰系红霞玉坠子，下身穿白纱裤。红衣女一边抱歉地说："我家小鱼儿调皮，惹到先生了。"

书生急忙爬上岸，作着揖对红衣姑娘说道："无妨，无妨。我是钱塘郊县人王宣教，请问姑娘尊姓芳名？""我是陶师儿，有幸见到先生。""想必先生住所距此遥远，请到我家换洗一下衣裳吧！""这个不妥吧？""先生莫要推辞，随我和弟弟回家吧？"王宣教只好随陶师儿回去了。

走过南山路，走过那片青楼楚馆，进入一片拥挤、低矮和嘈杂的小院子，这院子里住的是西湖边的贩夫走卒、渔民店员各色人等。

陶师儿将王宣教领进院子里的一个小房间，房间用粗布分割成四个等份。书生王宣教换了衣服，虽然这些衣服是粗布衣，但也挺合身。只听陶师儿在叹息："这是我父亲生前的衣服，前几日因劳累过度，刚刚去世。"睹物思人，陶师儿不觉落起泪来。真是同是天涯沦落人，相逢何必曾相识。王宣教一边安慰，一边悲伤地说道："我也是自幼父母双亡，由叔父把我养大。我寒窗苦读十二载，准备明年秋季考取功名。"

王宣教在西湖边的万松书院读书，若是有闲余时间，就来帮衬陶师儿，与她谈论诗词歌赋，教小鱼儿文化知识。不知不觉，一年过去了，王宣教与陶师儿暗结情愫，小鱼儿也离不开这个书生老师。天有不测风云。本来陶师儿在八仙坊只负责琴棋书画表演，不陪同客人。可是这年秋天，来了一位姓秦的员外，一人包下了整座青楼，占有了陶师儿。王宣教听说后，前往八仙坊讨个说法，没想到这一去反被秦员外暴打一顿。后来陶师儿找到机会，托青楼姐妹给王宣教写了一封信，约定在月圆之夜寅时，坐船逃跑。

可是，他们刚上船，后边的人就追来了。王宣教将船摇到湖水最深处时，已经被追来的船只团团围住了。王宣教对着陶师儿说："我堂堂七尺男儿，连最喜欢的人都保护不了。唉，这次若是被他们捉去，再经过一番折腾，怕是命也没有了。"陶师儿哭诉说："我已经是不洁之躯，你可以选择重新生活，忘记我吧。""不，我此生只爱陶师儿你一人。这万恶的世道，即使博取了功名，又能如何？"

陶师儿紧紧抱着王宣教："既然如此，我们不谈来世夫妻，就跳入这西湖，与这里的鱼虾为伴，不受这人世间羁绊。"在西湖的月光之下，两人紧紧抱着，一起跳入湖中。"问世间情是何物，直教生死相许！"

荡漾的香魂化作了长桥边并蒂而开的莲花。为此，钱塘人吴礼之赋《霜天晓角》吊之云："连环易缺。难解同心结。痴骏佳人才子，情缘重、怕离别。意切。人路绝。共沉烟水阔。荡漾香魂何处？长桥月，断桥月。"

其实，西湖的长桥并不长，无疑，没有爱情地久天长。正如诗人洛夫所言，"千百年后的那座长桥，在西湖上等你"。

3

现代杭州的爱情故事也有很多。比如，一处秋水山庄，是《申报》巨头史量才与沪上名妓沈秋水的爱巢；著名诗人戴望舒的《雨巷》写的就是杭州的大塔儿巷；1936年春天，郁达夫携妻子王映霞在现在的杭州大学路场官弄63号建起寓所——风雨茅庐，夫妇俩在这里过了半年神仙眷侣的日子，后郁达夫远赴福建谋职；蔡官巷是一代才女林徽因出生的地方，她与梁思成、徐志摩和金岳霖三位名人的情感姻缘至今是人们茶余饭后的谈资……

这里先给大家讲一个史量才和沈秋水相拥在湖边，一段刻骨铭心的西湖爱情故事。

史量才，原名史家修，祖籍江苏江宁。早年随父亲迁居上海松江府娄县泗泾镇，开设泰和堂中药店。1901年秋考入杭州蚕学馆，毕业后赴上海，于1904年创办女子蚕桑学校，同时在育才学堂、南洋中学等任教。1905年发起成立江苏教育总会。后来，狄楚青在上海创办《时报》，史量才应邀担任编辑，1908年后任主笔。1912年得到实业家张謇支持，出资12万元购得《申报》产权，自任总经理。三年后合伙人悉数退出，《申报》归其一人所有。史量才不仅以报业巨子而闻名，他与沈秋水的爱情故事亦为人津津乐道。

沈秋水，原名沈慧芝，秋水是史量才给她取的名字，意为"望穿秋水"。沈慧芝原是上海四马路迎春坊花翠琴的养女。花翠琴有三个养女，老大名灵芝，老二名采芝，慧芝排行老三。三姐妹中论相貌秀丽、心思机巧，老三慧芝可称魁首。当时慧芝已与上海松江泗泾第一富户钱友石订有嫁娶之约。钱友石很喜欢慧芝，花费了巨额钱款准备迎娶她。三姐妹中只有老大灵芝名花无主，养母就想撮合她和史量才。但几次接触下来，史量才对灵芝并无意，只倾心于才华过人的慧芝。史公仪表堂堂、办事干练，慧芝对他亦是仰慕已久。

那钱友石正打算迎娶慧芝之时，才恍然发现她的心思早不在自己身上，顿时大为恼火，想去找史量才"一决雌雄"。这时，他的好友张竹平拉住了他，劝他说："天涯何处无芳草，大丈夫何患无妾？"还向他打包票，一定为他另外物色一位绝色佳人。不久，张竹平果真为钱友石找到一官门千金，这才平息了风波。其实，那张竹平并不是向着自己朋友钱友石，而是为了成全史沈二人。他之前与史量才也有往来，言谈颇为投机，认为他是个大丈夫。张竹平是个机敏细致之人，他早就看出史沈二人心意互通、才智相当，是十分相称的一对，那么顺水推舟、成人之美又有何妨？

当然，史量才和沈慧芝要想好事玉成根本没那么简单。在钱友石之前，还有个名叫陶晋葆的镇江武人，是慧芝的第一位客人，对她也一往情深。他北上革命成功后，官封镇江都督，身携巨款直奔迎春坊而来，决意兑现当初的婚娶承诺。这天，陶晋葆得知慧芝在史量才那里，便乘着双马车，带着武装的卫士，上门索要慧芝。史量才识时务，不让不争，沈慧芝惊恐万状，低头落泪，无奈被陶挟上双马车，一去音信全无……可谁料刹那风云突变，政要间矛盾激化，陶晋葆在一次赴宴时被政敌枪杀。

也许是冥冥中自有天意。历经种种曲折后，史量才终于和沈秋水走到了一起。而且幸运的是，这段姻缘还使史量才"人财两得"——沈秋水嫁给史量才，就如传奇故事中的杜十娘一样，陪嫁过来一笔巨大的财产。传说，她带去的钱财值80多万，首饰也值20多万。从此，史量才财力陡增，宏图得以施展。史量才靠这笔钱在短时间内开了两家钱庄、一家金铺、一家米行，不过他深谙"隐藏之道"，进出还是坐他的一辆黄包车。

沈秋水并非史量才的原配夫人。史量才在家乡时，就由父亲做主，与表妹庞明德成了婚，并生有一子史咏赓。但在史公馆里，沈秋水俨然是史府大太太，一切迎来送往都由她出面，家中经济大权也由她执掌。沈秋水对史量才也是万般属意，全力辅佐。她带来的这笔巨款对1912年史量才盘下《申报》功不可没。后来，史量才又先后吃进《时事新报》《新闻报》等报馆，一时跃升为上海报业巨擘。正是因为这段故事，资深报人胡慧殊才说："谈《申报》必谈史量才，谈史量才必谈秋水夫人。"

可是，几年以后，史量才还是娶了外室，三姨太还为史家添了一女。沈秋水自然非常伤心，终日郁郁寡欢，以泪洗面。史量才当然知道二太太苦闷的缘由，为了补偿秋水，他特地在杭州西湖北山路上建造了一幢别墅，还亲书匾额"秋水山庄"。这是一幢三间二层小楼，飞檐翘角、木格花窗，古色古香。穿出小楼，为一小巧的花园，曲径通幽、池水清泂，九曲长廊傍依假山，奇花异卉开在玲珑剔透的太湖石边，更有擎天古树与满园花枝，高低错落、相映成趣。

秋水山庄背靠葛岭，面临西湖，放眼望去，正对面就是孤山"梅妻鹤子"林逋的放鹤亭。每逢节假日，史量才就来到山庄，与沈秋水切磋琴技、棋道。沈秋水坐在琴桌前，焚上一炷香，信手弹奏自己喜爱的曲子，从《广陵散》《平沙落雁》《梅花三弄》到《阳关三叠》，或淡泊宁静如荷塘月色，或如诉如泣似发思古之幽情，或云水奔腾如飞瀑急流……夫妇俩"倚楼无语理瑶琴"。琴兴尽后诗兴起，史量才在飘着深秋桂香的书房里挥毫写下他生平最后一首诗："晴光旷渺绝尘埃，丽日封窗晓梦回。禽语泉声通性命，湖光岚翠绕楼台。山中岁月无今古，世外风烟空往来。案上横琴温旧课，卷帘人对牡丹开。"后来史量才因工作繁重，患了胃病，索性搬到秋水山庄静养，每天焚香礼佛，过着宁静如水的生活。

在秋水山庄休养了些日子，史量才屈指一算，自己离沪已月余，年终将临，有许多事等着他去处理，于是决定回沪。1934年11月13日，史量才与沈秋水和她的内侄女沈丽娟、儿子史咏赓及其同学邓祖询，乘车从杭州返回上海。下午三时许，车行至海宁翁家埠大闸口时，一辆"京字72"牌照别克轿车横在路中，史量才被几名杀手追杀，一代报业巨子就这样殒命荒野。

上海的黄炎培得到消息，于当晚与史量才的外甥、《申报》总经理马荫良等人乘坐汽车赶往杭州，协助料理史量才的丧事。在秋水山庄，沈秋水布置灵堂祭奠夫君。那一天，她强打精神，白衣素服，形容憔悴，怀抱一把和夫君共奏过乐曲的七弦琴，一声"家修，让我为你送行……"，止不住泪如雨下。灵柩前，她拨弹了一曲《广陵散》，无限愤恨和悲痛都随着催人泪下的琴声流淌而出。乐曲将终时，琴声突然激昂难抑，声如裂帛，嘣的一声，琴弦断了。只见沈秋水脸色惨白，缓缓站起，抱起断弦古琴走向燃烧着锡箔纸钱的火钵，双手颤抖着，将琴缓缓投入火中。

沈秋水在龙井路吉庆山麓为夫君选择了一处墓地。安葬完史量才后，沈秋水毅然将秋水山庄捐作杭州的慈善事业，用"尚贤妇孺医院"的招牌换下了"秋水山庄"的匾额；又将史量才在上海的公馆捐给了育婴堂。而她自己从此以后，吃斋念佛，了此一生。

浙江话剧团把这个故事改编成了话剧《秋水山庄》，2017年1月首演。后来到北京和台湾演出过，好评连连。话剧没有刻意美化史量才和沈秋水，而是真实、生动地刻画了他们的性格。看到了史量才的正直、能干、温存、善良，也看到了沈秋水的美丽、刚烈、才气。他们的爱情悲剧令人唏嘘不已。

最后再给大家说一个李清照流落杭州后与赵明诚的爱情故事，具体就不展开了。

　　赵明诚是在一次元宵赏花灯时与李清照相识的。他早就读过李清照的诗词，本已赞赏不已，此时一见，便产生了爱慕之意。李清照18岁那年与赵明诚结婚。夫妻感情和谐，以收集金石字画作趣，有着说不尽的喜悦。

　　"卖花担上，买得一枝春欲放。泪染轻匀，犹带彤霞晓露痕。怕郎猜道，奴面不如花面好。云鬓斜簪，徒要教郎比并看。"这妩媚娇柔的姿态，透出李清照爱情生活的甜蜜。

　　一次，赵明诚出外未归，李清照作了一首《醉花阴》寄给丈夫，告知自己的思念之情。赵明诚读后，赞叹不已，却又想在诗词上胜过李清照，便闭门谢客、废寝忘食三天，最后得词50首。于是，他中间夹杂着李清照的那首词，拿给友人评鉴。

　　友人陆德夫品味后说："只三句绝佳。"

　　赵明诚忙问："是哪三句？"

　　陆德夫回答后，赵明诚不禁哑然。原来正是李清照的"莫道不销魂，帘卷西风，人比黄花瘦"。

　　赵明诚由此更加钦佩妻子的才情。

　　以上这些故事和传说，给杭州留下了宝贵的精神资源，也反映了人们对杭州温馨、优雅的景观价值的认同，说明自古以来杭州就被认为是爱情故事的理想发源地。

当然，来杭州谈情说爱，还有一些其他非常好的地方，如杭州植物园、云栖竹径、龙井村、翁家山、梅家坞、九溪十八涧、南高峰、北高峰、吴山、玉皇山、宝石山、十里琅珰、运河两岸、中河与东河、湖中三道、清河坊、南宋御街·中山路、古街小巷……你来杭州，一不小心，一转身，就会邂逅爱情。

我非常欣赏这句话——今天的重逢就是为了明天的相遇，不是吗？大家要有这个信心，这就是杭州爱情"圣地"给我们带来的魅力。

以秀美的江南山水为特色的自然景观，以绵长而深厚的历史文化为底蕴的人文景观，两者完美结合，就是杭州爱情之都的独特魅力。作为一座国际风景旅游城市和历史文化名城，杭州不仅有着令人神往、让人叹息、使人留恋的浓厚爱情文化，这里的拱桥、群山、高塔、楼宇、泉瀑、阁亭、洞院确实也是培育爱情故事的浪漫之地，演绎的一场场风花雪月的故事，为西湖平添了凄美而浪漫的动人色彩。

应该说，杭州有幸，西湖有爱。2022年，杭州市政府工作报告中再次明确提出，要加快西湖世界爱情文化公园建设，持续活化世界遗产综合带动效应。同时，还要感谢杭州人大代表陈相瑜在杭州市十四届人大一次会议上提出的《关于杭州建设为新时代"爱情之都"》的议案。

全力把杭州打造成世界"爱情之都"，可将杭州原有的旅游资源加以合理利用，并深度开发与"爱情之都"主题高度契合的景观资源，打造与西湖有关的"一湖二山三堤四园"的爱情胜地。一湖，西湖，体验碧波万顷的缠绵柔情；二山，宝石山和飞来峰，体验旷世幽情；三堤，苏堤、白堤、杨公堤，体验古典柔情；四园，花港观鱼、万松书院、太子湾、植物园，体验清新浪漫的情怀。这可以全面提高杭州市民的生活品质、推动杭州"国际旅游休闲中心"建设，增加人们的"幸福感"，提高城市的"幸福指数"。

　　率先觉醒的杭州，在美丽西湖打造一个"爱情之都"，仿佛就是给那些信男善女们开了一门爱情公开课，就是告诉大家，爱是一种至高无上的感情，是责任与付出，是宽容、善良、忠诚的结晶。只有明白了这些，最后我们才会不后悔地说："亲爱的，你是我这辈子做得最值最美的事！"

第 十 二 章

· · ·

城 市 的 企 业 家 精 神

对于一个城市而言，检验它的活力，靠人，靠杭州38岁年龄的蓬勃生机。如果再细想一下，还得靠什么呢？

为此我苦思冥想，直到现在我才想明白，觉得这个城市还离不开一批创新发展的探索者、组织者、引领者。他们是勇于推动生产组织创新、技术创新、市场创新，重视技术研发和人力资本投入，有效调动百姓创造力，努力把实业打造成为强大的创新主体。

这是什么？简洁地说，城市不能空心化，需要实业家，需要实业家的精神。

他们伴随着各类市场主体成长和勃兴，有胆识、勇于创新，形成了具有鲜明时代特征、民族特色，甚至是世界水准的实业家队伍。

他们怀揣着对国家、对民族和对城市的崇高使命感和强烈责任感，把企业发展同国家繁荣、民族兴盛、城市发展、百姓幸福紧密结合在一起，主动为国担当、为城分忧，顺应时代发展，勇于拼搏进取，为积累社会财富、创造就业岗位、促进城市经济社会发展、增强综合国力作出了重要贡献。

这么说话，可能有人怀疑我，是不是站着说话不怕腰痛？实话实说，20世纪80年代，我出任一家省属国有企业的厂长，正因为我有过六七年企业家的历练，可能我说这话更有底气。

如非要说有什么不同的话，那就是我当厂长时，除了具备厂长任职资格，还得参加全国厂（矿）长统考，合格者才能上岗。当时，有许多厂长就因考试未过关，根据国家《厂长条例》丢掉了乌纱帽。哪像现在扔出一块砖头，能砸10个人的话，9个都有可能是董事长，还有一个也是总经理。

当时，我还拿到全国不多的几个优秀产品的牌子，加上我才24岁就是杭州最年轻的厂长，必须为杭州争足面子。记得那时杭州重点工程就有规定，所有的建材都得使用浙江建材总厂的产品。这不是鼓励企业搞垄断，而是因为我们的产品过得硬。城建部门可以放心大胆使用，市长搞建设也不惧怕豆腐渣工程。

就像一个实业家拿到土地，不是就简单地盖一个房子，而是房子的品位、设计要和这个城市的发展相匹配。

对杭州来说，无论是西湖时代，还是如今从西湖时代走向钱塘江时代，城市发展核心要义没有变，仍为"国家级旅游城市"，梦想就是打造出一座世界级的文化旅游城市。按照这个主线打造城市，杭州给外人的第一印象，就是"美""文明"，还得有股"江南韵味"。有了这几个要素，与邻居上海"金融之都""商业之都""摩天大楼"的质感，形成了错位发展，而不是同质竞争。

前些年，许多人到了杭州就问我，杭州除了互联网，除了一个阿里巴巴，还有什么？我说，这么说话对杭州真的挺冤的。以前杭州旅游有名，很多人都以为杭州经济就靠旅游，好像如今上千万的市民都是西湖边摆摊卖旅游纪念品或者开旅馆的。说实话，自20世纪90年代，没有阿里巴巴的时候，杭州生产总值一直全国前八；阿里巴巴还没有发达的时候，全国民营企业500强总数第一的宝座，杭州坐了10多年；娃哈哈的宗庆后还做过全国首富。现在杭州互联网发达了，很多人就以为杭州没有实体经济了，这真的太搞笑了。

经我这么一分析，人家觉得在理，马上又问我，为何杭州经济一直处于快车道上？我想了想，恐怕除了历史的缘故，关键还是靠实业家精神的支撑，我给了这样几点理由：

经济上，唐朝之后，中国经济中心开始南移到长江流域，以水稻为主的粮食大面积种植，产量不断提高，使长江中下游变成粮仓。明朝后期，玉米、红薯、土豆等高产量、易种植的农作物传入我国，增加了粮食产量，促进了经济发展。

文化上，随着宋朝定都临安，苏杭成为文化中心，大量江南优秀知识分子涌现，可以与北方相抗衡，并且一度起领导作用，像明清的思想家、诗人大部分是南方人。

区域上，地处长江流域，土地肥沃，面积广阔，水系发达，水运廉价，有很大的经济腹地，有利于经济发展。

人口上，经济的发展、人口的增多，也为成为大城市提供了有利的条件。

明清时期，杭州与苏州并称为江南二大都会，以杭州为中心，把太湖南段的杭嘉湖平原以及附近地区的经济联系起来，浙江各地的商品流向杭州。清朝中叶以后，杭商迎来了发展的黄金时代。胡庆余堂创办人胡雪岩纵横官商两道，富甲天下，成为商界财神。民国时期，随着民族企业的兴起，涌现出了像都锦生等一批著名企业家。

解放后，尤其改革开放后的杭商，更是给点阳光就灿烂，给点雨露就发芽，在庆祝新中国成立70周年之际，中央授予鲁冠球"最美奋斗者"称号。

人无精神不立，城无精神不强。那好吧，下面不妨让我们听听这些实业家的故事，也许问题就会迎刃而解。

1

一个胡庆余，可以改变一座城。

我们知道，"苟利国家生死以，岂因祸福避趋之"。优秀的实业家，必然把企业发展同国家繁荣、城市兴盛、人民幸福紧密结合在一起，主动为国担当、为民分忧。

清河坊一带曾是古代都城杭州的"皇城根儿"，沿街向东是大井巷95号，从正门穿过长廊，可见一扇木门上挂着"胡庆余堂中药博物馆"金匾。

这时我先是一愣，接着就想，当初张静江的西湖博览会为何没有整出一个中药馆？

应该说，杭州众多博物馆中，真的还没有哪一个馆能够如此密切地与一位红顶商人的命运连在一起。

民间早已流传着"北有同仁堂，南有胡庆余"。提起胡庆余堂，可能杭州老幼皆知。但要问谁是胡庆余堂的创办人，可能知者甚少。其实，同仁堂的创建者是医学世家出身，可胡庆余堂的创建者胡雪岩却是商人出身。

胡雪岩，原名胡光墉，清道光三年（1823年）出生在安徽省绩溪县湖里村（现属临溪乡）的一个贫苦农民家庭。胡雪岩少年时就离开家乡，在杭州一个小钱庄"学生意"。徽州人自诩"徽骆驼"，绩溪人自诩"绩溪牛"。胡雪岩学徒期间，很有一股骆驼的韧劲和黄牛的倔劲，殷勤卖力，倍受老板青睐，得到逐步擢升。

成年后的胡雪岩，熟谙世故，善于酬应，胆略过人，老板更为器重。咸丰十年（1860年），老板病危，因其后继无人，故临终前以小钱庄相赠，嘱胡为其料理后事，胡雪岩厚葬了老板。获此资财后，胡雪岩自设阜康钱庄，借此起步，逐渐发迹。

坊间传说，胡庆余堂的创建，是胡雪岩"一怒而建"的结果，这里有两个版本的故事。

一个版本是说，有一年，胡雪岩的母亲病重，他于是差用人去杭州城最大的药店"叶种德堂"抓药，回来一看，有两味药质量很次，胡雪岩于是让用人去调换。谁也没想到，用人去换药时，和叶种德堂的老板起了冲突。老板还奚落道："我们叶种德堂只有此等的货色，要更好的货色，请你们胡大官人自己去开一家药铺。"

胡雪岩听了这话后大怒，当即喊道："好，你让我开，我这就开，还要比你的大，比你的好！"随即，他将城中最好的医师全部请来，筹备两年后，创建了胡庆余堂。

还有一版本说，是胡雪岩的小妾病重，打发用人抓药不便，于是他一怒之下修建胡庆余堂。前几年，陈道明版的电视剧《胡雪岩》就是采用的这个版本。

我是宁可信其有，不可信其无，但心里要明白，一个延续了上百年长盛不衰的医药品牌，怎么可能是一怒而建呢？

联系这几年新冠病毒疫情冲击，我们更相信胡庆余堂的创建，真的与当时疫情有关。那是1862年，江苏布政使蒋益澧率军攻破杭州城，收复了失地。深受左宗棠赏识且正在杭州的胡雪岩，被派去帮忙处理善后事宜。

"大灾之后必有大疫。"长期的战乱和纷争下，杭州城百姓死伤不计其数。蒋益澧和胡雪岩都觉得，如不采取措施，极易引发疫情。心急如焚的胡雪岩，找来杭城中老中医，商议阻止疫情发生的办法，最终确定研制预防和对付疫情的汤药，在杭城各处设点，免费供人们取用。为了确保万无一失，胡雪岩还将一些药材亲自放到杭城各处，让人们自己熬制，以防治或缓解病症。

胡雪岩的善举，得到了左宗棠的赏识，也得到了城中百姓的赞叹，纷纷称赞他是"胡大善人"，其美名一下在杭城流传开来。正是这次防治疫情，使得本是纯粹商人的胡雪岩与中药有了联系。也从这时起，"药材"两个字像一颗种子落到胡雪岩的心里。

时至1873年，已到知天命的胡雪岩，为发兵新疆的陕甘总督左宗棠担保借了外债1870万两白银，从而解决了西征军的经费问题。为此，左宗棠又夸赞他："雪岩之功，实一时无两。"

左宗棠西征时，除了经费问题，还面临药材紧缺。原来，西征时，将士们出现了水土不服和疫情等现实问题。行军打仗，最要紧的是将士的士气，这可如何是好？在这个关键时刻，胡雪岩再次出手，为西征将士送了"诸葛行军散""胡氏避瘟丹"等大批药材。

这是胡雪岩第二次与中药打上交道，这次送药后，胡雪岩的"胡大善人"的美名，一下子传遍全国。从百姓热望和感激的眼神中，种在他心中的药材种子，这时终于发芽了，他毅然决然要为百姓开药房。

不怕想不到，就怕做不到。第二年，即1874年，胡雪岩就正式开始筹建胡庆余堂。胡雪岩将胡庆余堂的地址定在了杭州历史文化街区清河坊，它是我国目前保存最完好的晚清古建筑群。

在取名时，胡雪岩特地将药房名字定为"胡庆余堂"。"庆余"出自《易传·文言传》："积善之家，必有余庆，积不善之家，必有余殃。""庆余"的引申意思，就是多行善积德，以为后世子孙留福荫。

为了名正言顺，胡雪岩从药方着手，开始钻研宋代皇家药典，并且所有的药方都是选用历朝历代的验方。他还邀集众多名医和国药业商人研讨经营方针，并设置了制丹丸大料部、制丹丸细料部、切药片子部、炼拣药部、胶厂等部门。

在胡庆余堂里，除了牌匾上写的店铺名称，下面还写着两个大字"药局"，这一看就是一个非常官方的叫法。的确，这是宋朝的官方医疗机构的叫法，胡雪岩这样一挂，让老百姓觉得这店很靠谱。胡雪岩趁机还收集了很多宋朝的秘方，并且做成了丸子方便病人服用，比如辟瘟丹、诸葛行军散、夺命丹等治疫中药，而且大发善心，免费送给很多百姓服用。

送药的方单上都写有"胡庆余堂雪记"，这也是利用秘方宣传。

在药店的大堂内部，挂着一副对联，上书"益寿延年长生集庆，兼收并蓄待用有余"，对联中巧妙地把"庆余"二字藏了进去。同时，在对联中间，有一块大牌匾，上面写着四个大字"真不二价"。

为何要写这四个字？话说胡雪岩的药店开业以后，很多百姓都被吸引过来，导致杭州城内其他药店生意一落千丈。于是，其他药店联手对抗胡雪岩，办法就是降价。伙计们建议胡雪岩也跟着降价。这时胡雪岩没有随大流，他让人打造了写着"真不二价"的牌匾，挂到了大堂中间。这匾顺着读是真不二价，倒过来读是价二不真，意思都很明确了。

这"真"，指的是入药的药材一定要"真"，力求"道地"。创建之初，胡雪岩派人去产地收购各种道地药材。如去山东濮县采购驴皮；去淮河流域采购淮山药、生地、黄芪；去川贵采购当归、党参；去江西采购贝母、银耳；去汉阳采购龟板；去关外采购人参、鹿茸等，从源头上就着手抓好药品的质量。

还有，现在的企业都喜欢请代言人，那胡雪岩也早就用上了，而且他用的还不是人。胡庆余堂至今都还有的一种药叫"全鹿丸"，是一种补药，里面有一味药是全鹿干。每到要制作这个药丸的时候，胡雪岩就让店内伙计穿上广告服，抬上一头活鹿，扛着广告牌，敲锣打鼓地游街示众绕城一圈，然后当众宰杀这头鹿，以示货真价实。

这就让人知道，这么贵重的药材，都是真材实料地来，其他普通药材就更加不会偷工减料了。你说胡庆余堂这么真的药材，岂能随意降价卖随意降价销售？

为了让胡庆余堂秉持诚信原则，胡雪岩亲手写下了"戒欺"二字，并派人拓在牌匾上，挂在药堂的正堂。这块牌匾上还有一段题跋："凡百贸易均着不得欺字，药业关系性命，尤为万不可欺。余存心济世，誓不以劣品弋取厚利，惟愿诸君心余之心，采办务真，修制务精，不至欺予以欺世人。是则造福冥冥，谓诸君之善为余谋也可，谓诸君之善自为谋亦可。"

这段话，是对"戒欺"二字的进一步阐释，本质就是"诚信"。为了贯彻"诚信"二字，胡雪岩制定了很多的规章制度以管理胡庆余堂。他想让"诚信"成为胡庆余堂的一种文化、一种信念，长存胡庆余堂，融进胡家后人骨血。

胡庆余堂开业那天，胡雪岩穿戴整齐，亲自到店站台。那日的他，脸上一直堆着笑，他确信，胡庆余堂会在他的引导下，真正利国利民。或许，这家药店，还能间接给子孙留下福德。

为了更好贯彻"诚信"，胡雪岩后来还在店堂放了一个大香炉，他叮嘱药店的伙计说："咱们讲的是诚信，一旦有顾客买到的药不满意，来店里求更换，切不要和顾客争吵。在检视确定这药确实是胡庆余堂的药并且真的存在问题后，一定要将这些药材投入这个大香炉中全部焚烧，并给顾客换成令其满意的药。"

在这里，我们尤为欣赏胡雪岩的"修制务精"，这个"修"是中药制作的行业术语。"精"就是精益求精。其意是员工要敬业，制药求精细。在胡庆余堂百年历史中，流传着许多精心制药的故事。

如，"局方紫雪丹"是一味镇惊通窍的急救药，按古方制作要求最后一道工序不宜用铜铁锅熬药。为了确保药效，胡雪岩不惜血本请来能工巧匠，铸成一套金铲银锅，专门制作紫雪丹。胡庆余堂的金铲银锅现已被列为国家一级文物，并被誉为"中华药业第一国宝"。

1883年，左宗棠与李鸿章争斗失利后，60岁的胡雪岩也遭牵连，他的产业因受各地官僚竞相提款、敲诈勒索而引发资金周转失灵，受外商排挤，而被迫贱卖，资产去半。最终，胡雪岩被革职查抄家产，并于两年后，在贫病交加中辞世。

极其耐人寻味的是，胡雪岩死时，他的所有财富全部烟消云散，唯独他当时因善念而建的"胡庆余堂"留下了来。

故事到这里并未结束，后来胡庆余堂命运如何？

1986年，杭州一批国营企业老总，集中在杭州工人业余大学，通过三个月脱产培训后，直接参加全国厂长统考。这期培训班，我正好与杭州第二中药厂冯根生厂长一起，这个时候我才知道胡庆余堂还活着。

1949年1月19日，小学毕业的冯根生，穿上祖母新缝的长衫去胡庆余堂当学徒。那时，胡庆余堂每年只招一名学徒，他成了解放前最后一个关门子弟。

冯根生说，他们家祖孙三代都是胡庆余堂出身，国药不兴，他人生不畅。90年代初，一个外国老板出几百万美元的年薪叫他去搞中药，他断然拒绝。他觉得这是出卖祖宗。

冯根生有着使命感，敢于改革创新。1978年，青春宝抗衰老片虽通过了药理检验，但由于相关部门从中作梗，始终未能获得生产批文。冯根生怕错过药品推出最佳时间，毅然决定先投产。这在当时无疑是个大不敬的决定，冯根生和青春宝都是命悬一线，他的"先斩后奏"救了产品，救了企业。

1982年，一位清纯少女走进了电视广告，"青春宝"成为第一个投入大手笔广告的保健品，也是第一个采用片剂型的保健品。

1984年，在全国还没有实施厂长负责制之前，他率先在全国试行干部聘任制，全厂员工实行劳动合同制，第一个打破"铁饭碗""铁交椅""铁工资"。

1996年，冯根生的青春宝集团兼并胡庆余堂，史称"儿子吃了老子"，其实是儿子救了老子。成为这个"江南药王"百年老店的新掌门人后，他让奄奄一息的胡庆余堂起死回生，重新擦亮了牌子，从亏损大户扭转成纳税大户。

2002年，他与鲁冠球、宗庆后首获杭州市政府重奖，各获300万元奖金。那年他已经70岁。

冯根生说："我最推崇的一种精神是'小车不倒只管推'。100多年前，胡雪岩制定的堂规是'戒欺'。'戒欺'就是诚信，如今整个浙商的精神就是将戒欺、诚信、拼搏、苦干加在一起。"

尤其在今天，胡庆余堂成了经久不衰的国药老店，恰好应了胡雪岩为"胡庆余堂"定名时的那句"积善之家，必有余庆"。

2

一个都锦生，可以温暖一座城。

我们知道，"富有之谓大业，日新之谓盛德"。创新是引领发展的第一动力，实业家创新活动是推动城市创新发展的关键。

西湖湖畔的下茅家埠23号，是都锦生故居。都锦生，号鲁滨，1898年生于茅家埠，这里原是外乡人经水路去灵隐进香停船的埠头。

都锦生就读于浙江甲种工业学校机织科，1919年毕业留校，他选择了美术这一教职，并在工作之余萌发了把西湖美景织成一幅幅风景织锦的念头。

一天，他走到杭州著名风景胜地九溪十八涧，正值夏秋之交，九溪山景水景交叠，层次分明，真乃一幅天然的山水写意。都锦生忙按下快门，九溪美景收于方寸。他拿定主意，要照着这张九溪风景照片，织就第一幅风景织锦。不久，都锦生终于亲手织出了世上第一幅风景织锦画"九溪十八涧"。这就是风景织锦，为中国近代丝绸技术史添上了一笔浓墨重彩。

谁都知道，在丝绸行里，织锦应该是最难的事，也是最美妙的事。织锦新奇，远看像照片，近看像画片。波光粼粼的湖，远近层叠的山，就是它们原来的样子。织锦本土，里里外外原汁原味。江南的桑，江南的蚕，江南的水，江南的丝，江南的景。织锦雅致，散发着几千年丝绸古国的气息，是细腻，是润泽，是迷思，是历代文人墨客的细腻笔触。

1922年，都锦生25岁，出于对丝绸业的喜爱和对家乡的热爱，他在茅家埠建立了第一个都锦生丝织作坊，那时仅一台手拉织机、两位工人。这种前店后厂，与20世纪八九十年代千家万户的小作坊，如出一辙。

织锦的主要原料为蚕丝。农家采桑养蚕，每条蚕在吐丝后成为一只茧子，每只茧子从头至尾可抽出一根长800～1000米的蚕丝。在原料准备阶段，首先要对蚕茧进行缫丝，然后进行精练、染色、翻丝、并丝、捻丝、定型、整经、摇纡等一系列复杂的加工工序，蚕丝才能最后成为符合织锦要求的经线和纬线。

都锦生庆幸自家门口是一条上香古道，往来香客络绎不绝，都锦生便在院墙上挂上丝织风景画的样品，节省了一笔广告费。都锦生通过这种自产自销、产销并重的经营方式，也迈出了他"丝织救国"的第一步。

从杭州的风景，到历代山水、仕女、花鸟，都锦生所制作的织锦纹样在当时可谓丰富多彩，匠心独运。织锦作品《宫妃夜游图》更是在后来美国费城国际博览会上荣获金奖，并被誉为"东方艺术之花"，向世界展现了中国织锦独特的文化魅力。

随着生意越来越红火，都锦生迁至杭州艮山门以进一步扩大规模，此时已拥有手拉机近百台，轧花机5台，意匠8人，职工一百三四十人。还先后在全国各地开设营业所，20年间，都锦生营业所已遍及上海、南京、汉口、北平、广州、香港等13个城市，产品远销东南亚和欧美等地。

1929年，都锦生织锦参加了第一届西湖博览会，其中五彩锦绣织锦荣获特等奖，织锦领带荣获优等奖。1931年，都锦生又试着制作了第一把竹骨西湖绸伞，大获成功。都锦生编织的"锦绣中华"的梦想画面正逐步变得清晰可见。

1931年，日军发动事变，以武力占领东北。这次事变向全国敲起了警钟，广大民众和各界人士以各种形式积极投身抗日救亡运动。消息传到杭州，都锦生先生表现出了一个爱国实业家的铮铮铁骨。他带领着工人们走上街头，声讨日寇侵占东三省的罪行。为抵制日货，都锦生停用了日产人造丝。

1937年12月，杭州沦陷。日本人企图借助都锦生的名望和他曾东渡日本的经历，为伪政府效力，被都锦生坚决回绝。1938年春，都锦生怀着国破家亡的悲愤情绪，举家迁往上海，寄居法租界。在战火纷飞的年月，都锦生仍旧想着重整企业，无奈时局混乱，内困外扰，陷入困境。1939年，日本侵略者竟一把火，烧光了都锦生位于杭州艮山门外的厂房和新式机器。

大火熊熊燃烧了一天一夜，那烧的不光是厂房和机器，更是都锦生半生的心血。有人劝他，你就别想着做丝绸了，还不如倒卖生丝，肯定能发大财。但都锦生严词拒绝："再怎么困难，我也绝不发国难财！"

1941年底，太平洋战争爆发，上海沦陷，企业被迫与职工谈判停产，面对这样的绝境，都锦生郁郁寡欢。1943年3月的一天，都锦生起床后竟突发脑出血，5月26日与世长辞。

都锦生在最后的日子里，念念不忘的仍是抗战的胜利。他还以为自己能重新站起来，看到抗战胜利的那一天。他计划着，到了那一天，要把他的丝织厂重新开起来。他相信，只要他尚存一丝气息，就一定能凭借艰苦创业和开拓创新的精神，让都锦生丝织厂重新站起来。

新中国成立后，百废待兴，都锦生丝织厂在经历战争的重创之后需要重新振作。经过整修再建，都锦生丝织厂以新的面貌出现在人们眼前。1949年，都锦生丝织厂承接了第一项重大国礼任务：为毛泽东同志赴苏访问设计生产国礼《斯大林元帅》织锦伟人像。作品一经问世，便引来了全社会的惊叹与赞赏。此后，都锦生织锦以精妙绝伦的织锦工艺和浓郁的东方民族特色被列为国家礼品之一，受到国内外友人的强烈喜爱。作为杭州织锦的代表，都锦生丝织厂更是从1953年开始就被列为重点外事接待单位，几十年来接待了大批来自世界各地的国家元首和政府首脑。

然而，时代发展瞬息万变，当历史跨入了90年代，都锦生丝织厂逐渐感到在市场经济下"不变"所带来的压力。首先是招工，丝织厂工作岗位不再是众人眼中的"香饽饽"。接着政府又提出了

"资源优化"的口号，面临着被兼并的命运，都锦生企业的发展遇到了难题。

面对重重困难和压力，王中华骨子里军人的拼搏精神在此时显露无遗。"败军之将不言勇。那几年大家都跌进河塘里，能在水面上昂起头算是不错了。我们要比的是，看谁的头昂得时间最长，不被淹死，还要搏击。"他和企业干部职工们遵循经济规律，创造性地提出了"退二进三"的发展理念，"二"就是"二产"，工厂的主业；"三"指的是"三产"，商业服务。根据杭州市政府的整体规划，同时为了节省企业建设成本，王中华决定把丝织厂迁移到外地，在凤起路原厂址发展商业或者旅游业。都锦生企业通过旅游业和商业的所得，来升级改造丝织厂。之后这个理念又一再发展，成为"优二兴三"。

王中华形象地比喻道："我是七只盖儿八只瓶，捂了这里顾不了那里。但我们坚信，不久我们一定要叫盖儿多出来，要笑到最后。"因此都锦生丝织厂把生产车间转移到外地，建成了三墩分厂、桐庐分厂等。把原厂房建成了杭州鞋城、武林服饰城等一批商业项目。这种创新取得了成功，收到了很好的经济效益。都锦生企业的"盖儿"越来越多，增强了都锦生企业的竞争力和抗风险能力，也形成了其自身独特的发展模式。

从都锦生故居"前店"的大门出来，旁边有一块石刻"都锦生丝织厂旧址"，提醒人们这里是都锦生当初创业的地方。杭州萧山区的邱逸林、李水荣或许是受都锦生"实业救国"思想的启蒙，他们较早就在丝绸纺织中摸爬滚打，但一直难以走出"低小散差"的发展之路。

1998年，我援藏三年回杭州，安排在省发改委投资办工作，分管工业投资。我结合当时浙江情形，提出了建立浙江区域特色工业园区的思路，即形成同类或关联产业的众多中小企业在一个特定区域的集群。

记得那天我先到衙前镇，踏勘了恒逸纺织特色园区，感觉条件基本成熟。到益农乡的荣盛纺织特色园区，因刚下过雨，是穿着高帮胶鞋走进厂区的，这里作为特色园区明显欠缺。

后来企业针对问题，及时做了整改。我作为萧山出生的人，也是胳膊肘向里弯，为他们争得特色园区牌子，为他们之后要土地、拿贷款等打开了快速发展通道。

喜人的是，在《财富》杂志发布的最新一期世界500强榜单上，荣盛集团和恒逸集团两家萧山企业，均是第一次上榜，年营业收入分别为3086亿元和2661亿元，排名255位和309位。在2021年中国民营企业500强上，分别排第13位和18位。

一个县（或县级市）同时走出两家世界500强，在全国找不了几个。已知的两个，一个是广东佛山的顺德，分别走出了美的集团和碧桂园；另一个是江苏苏州的吴江，分别是恒力集团和盛虹控股。如今，顺德和吴江都已经撤县（县级市）改区了。

萧山是2001年才撤销县级市、成立杭州市一个城区的。民营经济发达，喜奔竞、善商贾，一直都是萧山人骨子里的烙印。

所以，我们有理由为都锦生庆幸，那美锦还在，情丝还连。西湖之畔，还保留着都锦生的老屋，他的心血。在杭城之内，他的继承人们继续着新的创造。

2011年5月，以都锦生织锦技艺为主要内容的"杭州织锦技艺"列入了第三批国家级非物质文化遗产目录。

如今的西湖湖畔，矗立着数家都锦生丝绸专卖店。这家驰名中外的民族企业，将古朴、儒雅、秀丽融合于织锦工艺之中，产品底蕴深厚、精巧灵动，以行云流水之姿诉说着绵长而神秘的东方故事，仿佛正是杭州这座古色古香的温婉名城的最佳写照。

3

一瓶娃哈哈，可以滋润一座城。

我们知道，任何实业存在于城市之中，都是城市的实业。无论是推动实现共同富裕，还是在构建和谐劳动关系、促进就业、关爱员工、依法纳税、保护环境等多个方面，弘扬实业家精神，就是要增强实业家履行社会责任的荣誉感和使命感。

那天，全国创新创业大会在成都召开，国务院常务副总理韩正到会，没有想到杭州娃哈哈宗庆后老总也跟着来了。因为我是代表浙江来的，就问他："宗总是从杭州过来的？""是的！""来了几个人？"宗总一愣，说："就一个！"这时他让我也一愣，顺口问道："今年高寿？"他说："不大，73岁。"

我马上赞叹道："古来稀了，还冲在实体一线。"他听我有江苏口音，问我老家哪里？我说苏北南通，宗总说他是苏北宿迁。我忙惊呼："正宗老乡！"这天，他与我这个既是老乡，又都是曾当过企业老总的人，做了一番刻骨铭心的交流。

宗庆后，1945年在江苏省宿迁市出生，曾祖父辈均为杭州府钱塘江县籍，祖父曾是张作霖手下的财政部部长。解放时，宗庆后随父亲举家从苏北迁回祖籍地杭州。

1963年，宗庆后初中毕业，为了减轻家庭负担，他去了舟山一个农场，几年后辗转于绍兴的一个茶厂。在海滩上挖盐、晒盐、挑盐，在茶厂种茶、割稻、烧窑。在被命运之神遗忘的农村，他一待就是15年。

1979年，宗庆后顶替母亲回到杭州，做了一所小学的校工。改革开放之初，商品经济的发展以前所未有的速度冲击着人们对物质生活的想象，但宗庆后的努力并没有给生活带来多大的改善。

1987年，他借了14万元，与两名老师一起承包了连年亏损的杭州上城区校办企业经销部。宗庆后每天戴着草帽、脚蹬着三轮车走街串巷，叫卖棒冰、文具，风雨无阻。这是一段异常艰辛的岁月，那时候，企业又穷又小，中午十来个人挤在一起蒸饭吃，还受人家的气。渐渐地，宗庆后意识到做代销是难以长久的，要另寻出路。

不过，对于大多数人而言，人到这个年龄已经到了被生活磨得精疲力竭，会转而把人生愿望寄托到下一代。在被命运遗弃了大半生之后，这一次宗庆后紧紧抓住了命运给予的一丝可能。也就在这一次次的送货的路上，宗庆后渐渐发现很多孩子存在食欲不振、营养不良的问题，觉得机会来了。

1988年，宗庆后找到浙江医科大学营养学教授朱寿民，在他的帮助下，国内第一款专门为儿童设计的营养液面世。宗庆后还在报纸上公开征集品牌名称，当时《娃哈哈》这首儿歌红遍中国。来信中，有人提议叫"娃哈哈"。宗庆后随即拍板决定，从此，娃哈哈成为"80后""90后"的童年烙印。

新产品上线之初，宗庆后手里只有10万元，可是杭州电视广告报价却要21万元，宗庆后思考后，决定硬着头皮也要上。"喝了娃哈哈，吃饭就是香"这句经典广告台词很快就家喻户晓。因为那时候人们获取信息的渠道主要是电视，广告打出去后，效果非常好，第一个月娃哈哈就卖出了15万瓶。随后，短短几个月时间，娃哈哈销售额猛增至488万元。

靠着"广告轰炸—招当地代理商—大肆铺货"的策略，娃哈哈的销量额屡创新高，市场呈供不应求之势。1990年，创业只有三年的娃哈哈产值突破亿元大关，完成了初步原始积累。

但是，即便是这样，宗庆后依然保持着强烈的危机感："当时我感觉如果娃哈哈不扩大生产规模，将可能丢失市场机遇。但如果按照传统的发展思路，立项、征地、搞基建，在当时少说也得两三年时间，很可能会陷入厂房造好，产品却没有销路的困境。"

宗庆后将扩张的目标瞄向了同处杭州的国营老厂杭州罐头食品厂。当时的杭州罐头食品厂有2200多名职工，严重资不抵债；而此时的娃哈哈仅有140名员工和几百平方米的生产场地。摆在宗庆后面前的有三条路：一是联营，二是租赁，三是有偿兼并。显然前两条路是稳当的，而有偿兼并要冒相当大的风险。但宗庆后最终决定拿出8000万元巨款走第三条路。

娃哈哈"小鱼吃大鱼"的做法在全国引起了轰动，最初包括老娃哈哈厂的职工都对这一举措持反对态度。宗庆后最终力排众议，"娃哈哈"迅速盘活了杭州罐头厂的存量资产，利用其厂房和员工扩大生产，三个月将其扭亏为盈，第二年销售收入、利税就增长了一倍多。

1991年的兼并为娃哈哈后来的发展奠定了基础，也让宗庆后尝到了并购的"乐趣"。1995年，娃哈哈年产值突破10亿元，利税总额达到1.8亿元。如果说早期的并购让娃哈哈迅速做大的话，那么，与达能的策略型合作则帮助娃哈哈做强。

1996年，娃哈哈的产品已经从单一的儿童营养液扩展到了包括含乳饮料、瓶装水在内的三大系列，当时的娃哈哈效益还很好。"但我感觉已经出现了危机，企业最薄弱的地方就是规模太小。"

宗庆后再一次谈到了他的感觉，"当时除了营养液是我们的主打产品之外，果奶、纯净水都有与我们实力和品牌相差无几的竞争对手。"

宗庆后为此制订了一个投资金额几亿元的长远规划。"当时的情况下，如此巨额的投资通过银行很困难，国内民间融资更不可能。最后，我们想到了国际资本。"从1996年与达能集团合资兴办了5家企业之后，娃哈哈与外部资金的合作领域越来越广泛，达能集团至今累计投资已近一亿美金。

"几乎每年都有几十个亿的外部资金进来让娃哈哈用，这使企业保持了高速发展的势头。"宗庆后兴奋地说。由于合资的基础不错，且娃哈哈满足了外国投资者获取利润的心理，避免外商指手画脚硬要经营权，因此娃哈哈与达能的合资不但没有像许多国内合资项目一样以失败告终，而是合资公司每年的资本回报率都保持在两位数以上。

当然，说起宗庆后，就一定要提到"非常可乐"这个让中国人为之骄傲的产品。自改革开放以来，全世界各大饮料品牌均在逐鹿中国市场。碳酸饮料市场是软饮料市场中比重最大的，但却始终被"二乐"（可口可乐、百事可乐）占据，尤其是20世纪80年代，中国八大饮料厂有七家被挤垮了，留下了"水淹七军"的屈辱史。宗庆后因此决定在饮料界扛起挑战国际大品牌的民族工业这面大旗。

在接触众多的经销人员之后，宗庆后发现了"二乐"市场操作的两大缺陷：一方面，"二乐"的决策过分依赖数据模型分析，流程漫长，不可能完全覆盖广阔的农村，而且"二乐"进入中国二十年来也一直没有想过要进入农村市场；另一方面，"二乐"对高额利润的无止境追逐使其经销队伍缺乏向心力。随着"二乐"市场地位的稳固，"二乐"逐步转向了重视大城市终端的深度分销模式，将经销商的利润空间压得越来越小。

宗庆后再次感觉到了机会。1998年，根据国人的口味，娃哈哈对原浆配方进行了1000多次的改进，终于研制出了"中国人自己的可乐——非常可乐"，正式向"二乐"挑战："非常系列"将双脚扎根于广大农村，紧紧抓住"二乐"在广大农村认知度相对较低的状况，以低价格切入；同时"非常系列"给经销商留足了利润空间，很快摆上了经销商柜台的显眼位置。

正是牢牢抓住"二乐"的缺陷做文章，"非常可乐"很快异军突起。2002年，娃哈哈"非常系列"碳酸饮料产销量达到62万吨，约占全国碳酸饮料市场12%的份额，在单项产品上已逼近百事可乐在中国的销量。虽然在城市和发达地区"二乐"仍具有绝对优势，但广大农村市场几乎已被非常可乐控制，和可口可乐、百事可乐形成了三足鼎立的局面，粉碎了"洋可乐不可战胜"的神话。

同时，宗庆后深谙"授人以鱼，不如授人以渔"的道理。因此，他多次到中西部贫困地区、革命老区和东北老工业基地进行实地考察与投资。大家都知道，地处大别山区的湖北红安是一个有名的"将军县"。1997年1月份，娃哈哈投资6000多万元，只用了48天的时间就在红安县新成立了一家分公司。此后9年，连续四期投资扩建工程。现在红安娃哈哈已经是当地数一数二的大企业，安置了1100多人就业，销售额累计28亿元，为当地带来了几亿元的利税，并带动了相关产业，大力支援了革命老区的经济发展。

1994年，娃哈哈投资4000万元，在重庆涪陵兼并了三家亏损、受淹的企业，组建了涪陵娃哈哈分公司，安置了1000多名移民就业。如今累计完成产值30多亿元，上缴税收几亿元，跻身于"重庆市工业五十强"。

此外，娃哈哈还在我国西部欠发达地区和东北老工业基地投资建厂，投资总额高达32亿元，用以支援欠发达地区，促进整个社会共同进步和发展。

截止到2002年底，娃哈哈已在浙江以外的22个省市建立了30个生产基地，2002年，娃哈哈共生产饮料323万吨，占全国饮料产量的16％。

接着，前方还传来振奋人心的消息，2004年娃哈哈的非常可乐漂洋过海，打到了可口可乐的"老家"——美国。2007年时，非常可乐的销售量达到了百亿瓶。

这就是说，靠着多年跑市场的经验积累和敏锐嗅觉，宗庆后主导的产品线几乎每次都能准确踩中时代的节点。2013年，娃哈哈创下高达783亿元的营收记录，宗庆后三度登上"福布斯中国内地（大陆）富豪榜"首富的位置。

有人说，2013年成为宗庆后人生也是娃哈哈的营收的巅峰。因为之后2014—2019年娃哈哈的营收分别为728亿元、677亿元、456亿元、451亿元、469亿元、500亿元。

宗庆后创业的30多年里，他既是董事长，也是总经理，一个人独掌娃哈哈大权，是公司的绝对权威。有人对这种公司治理的模式，产生了怀疑，问宗庆后的女儿宗馥莉："如果娃哈哈减去宗庆后等于什么？"宗馥莉毫不犹豫地说道："等于零。"就这样，靠着宗庆后的努力，娃哈哈一步步成长为全国知名企业，旗下产品几乎遍布全国的零售终端。

然而，又是什么造成娃哈哈无法超越2013年目标呢？宗庆后坦言，2014年以后，中国快消品行业的景气度转弱，加上电商的冲击，娃哈哈也陷入了困境。

不可否认，娃哈哈的扩张主要靠线下，靠着几十年在线下渠道的深耕，成为快消品龙头企业。面对电商的冲击，宗庆后似乎显得手足无措。

曾经自嘲不会网购的宗庆后，依旧相信实体经济会长期存在，消费者还是需要体验现实生活，而不是一直沉浸在虚拟世界。之后不久，当再次提及电商时，宗庆后开始松口："对于电商，我们不抵制，也不会拥抱。"

曾经让娃哈哈赖以为生的"联销体制度"也开始牵手"社交零售"。宗庆后表示："大环境进行变革的同时，娃哈哈也会跟上时代脚步进行模式上的创新。"应该承认，属于宗庆后娃哈哈的辉煌时代已然远去。

当主业出现瓶颈的时候，宗庆后决定开启多元化的新战略。前些年来，娃哈哈尝试做童装、奶粉、白酒、商场等，但都没有溅起多大的浪花。对于业绩下滑，宗庆后承认而立之年的娃哈哈存在着较为严重的大公司病，创新能力也在退步。

但宗庆后一直在努力试图让娃哈哈重生。多年之前，就有很多人劝宗庆后将娃哈哈上市，但他都充耳不闻，并坚称："娃哈哈现金流充裕，我们不需要上市。"

不过，商界硬汉宗庆后也有自己柔软的一面——女儿宗馥莉。

2004年，宗馥莉海外留学后回国，开始进入娃哈哈，从基层的生产管理做起。经过多年磨炼后，她已经能够独当一面。她与父亲的思维模式和管理风格截然不同。在宗馥莉看来，改革开放初期，只要有智慧、勇气、胆子大，就能闯出一片天来。而现在自己更加注重规则，讲流程，喜欢团队合作。一个团队需要各种各样的人，各自承担一部分角色，一起商量，统一思想，控制风险，一致对外。

2018年，宗庆后积极推动娃哈哈变革，重新进军保健品行业、与拼多多合作、试水社交电商等。在女儿的影响下，宗庆后开始尝试改变管理方法论，管理端尝试放权，渠道端试水电商。

如今，她和父亲的分工大致是：她负责生产管理，宗庆后负责市场营销。与此同时，宗馥莉还在娃哈哈的年轻化、国际化、资本化等方面做出了积极的尝试。

2018年底，宗馥莉出任娃哈哈品牌公关部部长，从幕后走到台前。从AD钙奶心月饼、炫彩版营养快线，再到跨界彩妆盘等，娃哈哈出现了许多变化。

2021年，宗馥莉还换掉了娃哈哈此前的形象代言人王力宏，选择小鲜肉来"取代"这一重要位置。5月31日，娃哈哈正式宣布演员许光汉为娃哈哈纯净水及苏打水系列产品代言人。换掉代言人，可能是娃哈哈为了破解"中年危机"迈出的重要一步。

也许，娃哈哈属于宗庆后的时代已经逐渐过去，属于宗馥莉的时代已经开启，宗馥莉能够带领娃哈哈重塑往日的辉煌吗？

我告诉宗庆后，娃哈哈在萧山的项目，是我时任省发改委经贸流通处处长，你女儿宗馥莉来找我审批的；娃哈哈到美国果品种植的项目，是我时任省发改委外资处处长，也是你女儿找我审批的。宗庆后笑着说，年轻人做项目，我也不干涉，权当给她交学费。

我还诚恳地对宗庆后说："你要向马云学习，早点退休交权！"宗总也直率，"等我做不动时，肯定是要交权的。"

30多年了，娃哈哈之所以能保持比较健康的发展，宗庆后说了几点感悟：

——不为名，要为利。做企业应该是"不为名，要为利"。企业不应为外界的舆论所左右，要按自己的实际情况去决定自己的发展战略，追逐利润始终是企业的内在动力。如果企业不赚钱，就不可能承担社会责任；赚了钱才能缴纳国家的税收、安排就业，才能去创新、去推动社会进步，所以我觉得企业的责任就是赚钱。娃哈哈在这些年每一步发展都受到了很多的非议，我对这些非议抱着"有则改之，无则加勉"的态度，对的，我听着；不对的，笑笑就是了。

——小步快跑。娃哈哈这些年确实是抓住机会小步快跑，我们不做自己没能力做的事情，因为做了可能就会出问题；但在看准时机、抓住机遇的时候，我们的魄力却很大，实际上我们现在每年都新增投资几个亿，甚至10个亿。这就是说，企业应该根据自己的实际情况来决定发展战略，看准了就跑得快一点，看不准的时候就小心谨慎一点。这些年我们确实比较保守，始终没有贷款，人家说我傻瓜，银行的钱不用白不用。对此我不能认同，也不相信它所谓的几百亿无形资产可以拿出来再发展。像我们至少有银行的现金，即使碰到什么大问题，重新起来做也没问题，所以我感觉这样做，可能比较能经受得住风浪。

——竞争力源自创新。娃哈哈一开始就是在不断地创新，因为当时没有实力，更多是模仿，以至于人家都说我们是在跟跑。比如，我们刚开始生产果奶，人家创新做钙奶了，我们就跟跑搞AD钙奶，就是在钙奶里再加一点维生素A和D。在饮料行业，就得发展健康饮料、保健饮料，要发展，就得加大科研投入，我们主动与国外的科研团队合作，不断科研开发。如果企业科技不能领先的话，竞争就很吃力。如果有高新技术，就可以不用和别人进行价格战，仍旧可以卖个好价钱。

——胡萝卜加大棒。娃哈哈一直采用的是高度集中的统一管理模式，如何才能奏效？宗庆后说，我们提出来的政策叫"胡萝卜加大棒"，对员工要严爱结合，一方面生产上严格管理，一方面生活上充分关心。如公司一段时间还给员工分房，分房子的标准比国家公务员还高，不仅住房面积要比国家公务员标准高，我们的住房补贴也高。虽然企业人力资本比较高，但是总的来讲，员工对企业的忠诚度也比较高，员工把整个企业的发展跟他自己的命运结合在一起，把工作当成一种事业在做，这一点是很重要的。

无疑，只有饱经磨难的人，才能会有这么深刻的感悟。不过，最令我敬佩的是，中国40多岁下海的企业家并不多，而能过像娃哈哈宗庆后这样创业成功的则更少。

如今，娃哈哈旗下的饮品像毛细血管一样，几乎分布于全国各地的市场终端，宗庆后本人依然奋斗在一线。宗庆后作为40年代老一辈的实体行业企业家、杭商的代表，在中国商业史上已经留下浓墨重彩。

4

一个万向节，可以创新一座城。

我们知道，实业营销无国界，实业家有祖国。有多大的视野，就有多大的胸怀。实业家拓展国际视野，立足中国，放眼世界，才能充分利用国际国内两个市场、两种资源，不断充盈、强健城市的经济力量。

好不容易找到杭州万向路1号，这里是许多人仰慕的鲁冠球的万向集团公司。过去我闭着眼睛能找到，从萧山城厢镇往北，顺着仅有的一条石子马路，快到宁围乡政府时，有一座水泥拱桥，鲁冠球过去就在桥脚下的铁匠铺打铁，后来铁匠铺在他手上升格为农机厂，慢慢地他成了中国第一代乡镇企业家代表。

20世纪80年代，我在一家省属国企当老总。有一年年底，管供销的副厂长提出要去万向节厂，我就很纳闷，我们搞建材的，与他搞汽配的有什么关系？

供销厂长笑着说，鲁冠球是我们的销售大户。坦率地讲，当时我一个堂堂省属国企，根本就没有把这些乡镇企业放在眼里。后来鲁冠球得知情况，用他新买的皇冠牌轿车接我到他们企业考察。要知道，那时县团级以上国企才有资格配小车，我的企业仅有一辆伏尔加。

这次登门拜访，彻底改变了我对鲁冠球这位传奇人物的看法，尤其对他如何把一个乡镇企业逐步打造成为叱咤资本市场的跨国企业集团，崇拜得五体投地。

早在1962年，鲁冠球就开始创业，当过铁匠、开过面粉加工厂、修过自行车、干过铁匠铺，直到1969年受浙江省萧山市宁围公社领导邀请，担任宁围公社农机修配厂厂长，才算走上了人生的正轨。

"1969年，正好有个机遇。中央有个文件，每个人民公社，可以搞一个农机修配厂。我和6个人一起办起了宁围公社农机厂。"鲁冠球用他地道的萧山土话告诉我。这是在铁桶般的统购统销年代，挤进"计划"的第一道缝隙。

　　1969年，鲁冠球24岁。他变卖了全部家当，筹集了4000元，带领6个农民，以一只火炉、几把榔头、一个84平方米的房子，创办"宁围公社农机修配厂"，开始了艰苦的创业。这一年的7月8日，被定为万向集团的创建日。

　　正是这种敢想敢干的性格，让鲁冠球在中国经济的奇迹创造过程中始终跑在前面：当1969年中国首次允许每个公社成立一家农机修配厂时，他已经积累到了第一桶金；当1978年中国开始允许一部分人先富起来时，他的公司已经能够每天创造一万元的利润。1978年，鲁冠球工厂门口已挂上了宁围农机厂、宁围轴承厂、宁围链条厂等多块牌子。

　　随着改革开放大幕的拉开，鲁冠球看到了中国汽车市场的前景，决定调整战略，集中力量生产专业化的汽车万向节。第二年，他又将工厂改名为萧山万向节厂。

　　1980年的时候，全国汽车零部件订货会在山东胶南县召开，鲁冠球在得知消息后马上和销售科长带着整整两卡车的"钱潮牌"万向节赶到了胶南。但是大会组织者却拒绝乡镇企业进场。千辛万苦赶到胶南却被拒之门外，此时的销售科长一下便泄了气，同来的员工也提出回去算了。

鲁冠球安慰大家："不就是不让我们进去谈嘛，但没有说不准我们在外面谈。我们可以在场外摆地摊嘛。"最后他派人进场探得"内情"，场内的买卖双方纠缠的只是"价格"，于是他们靠在会场外面摆地摊，以低于场内20%的价格，"钱潮牌"万向节在这次订货会上一炮走红，斩获了210万元的订单。

此后数年，鲁冠球一直坚持薄利多销，靠低价战略使"钱潮牌"产品牢牢控制着国内大部分市场，创造了"万向节奇效"。

在农村开始实施承包责任制以后，一心想大干一场的鲁冠球手更痒了。1983年，他将自家自留地里的两万元苗木全都拿出来抵押，承包了萧山万向节厂。同时，紧锣密鼓地实施了产权改革，将万向节厂所有资产的50%归企业所有，50%归乡政府所有；乡政府不参加企业利润分配，企业以销售额的20%作为管理费上缴乡政府，并作为销售费用计入成本。

这可能是中国乡镇企业最早的产权制度改革。鲁冠球没有为自己争取股份，他绕开了最敏感的地带，而通过产权改革，他获得了企业绝对控制权，企业也没丧失"集体经济"的地位。

1984年春天，万向的产品在广交会上赢得了外商的青睐，美国派莱克斯公司订购了30000套万向节，这个订单在当时被称作中国汽车产业的"出口第一单"。随后，美国舍勒公司也和万向签订协议：5年之内每年至少订购20万套万向节。舍勒公司是创立于1923年的美国汽车配件巨子，它拥有全球最多的万向节专利。鲁冠球说："要和外国人打交道，就要学习别人近百年的先进管理经验。"

后来的事实证明，鲁冠球的眼光没有错。在他承包的第一年，工厂利润便超额完成了154万元，此后年年超额完成承包任务。第一年完成承包以后，政府奖励他44.9万元，他却将钱全部用在了为工厂培养人才与建造乡村小学上。1985年，鲁冠球放弃的奖励高达300万元之多，他的仗义与善行令他名声大噪，1985年被评选为全国新闻人物，1987年当选全国十大农民企业家。

尽管此时的鲁冠球在全国已经小有名气，但是民营乡镇企业要想在商界立足仍然不是一件容易的事。好在"钱潮牌"产品在全国市场上的占有率达到了65%以上。

1990年开始，鲁冠球提出"大集团战略、小核算体系、资本式运作、国际化市场"的战略方针，又将公司正式改名为万向集团，并一直沿用至今。他用"钱潮牌"万向产品打开了日本、意大利、法国、澳大利亚和香港等18个国家和地区的市场，每年创汇在229万美元以上。

1992年，鲁冠球一边"花钱买不管"，通过资产清晰的方式剪断乡镇企业与当地乡镇政府模糊不清的产权关系；一边"花钱交学费"，派人员前往美国考察，真正感受到了和国际市场的差距。

例如，美国一家同行业企业仅有250名员工，每年生产400万套万向节，而当时的万向有近千名员工，每年只生产80多万套。对照美国的企业，万向采取了高起点投入、引入高精尖设备、培养高素质人才、生产高档次产品的策略，企业的整体素质得到了有效提升。

1994年，鲁冠球独资成立万向美国公司，让万向充分利用了国内的资源优势，同时又融合了美国的本土化运作，实施"以股权换市场""以设备换市场""以让利换市场""以无形资产收购"等资本经营和发展实业相结合的运作技巧，先后在美国、英国、德国、加拿大以及澳大利亚等8个国家建立了19家公司。"走出去"战略不只扩大了万向的国际市场份额，更为它利用国际资源打通了渠道。

同时，鲁冠球立足国内，成功争取万向钱潮在深圳上市，成为中国首家上市的乡镇企业。在WTO与国际化大潮汹涌而来之际，鲁冠球再一次成为故事的主角——国内第一个为美国通用汽车公司提供零部件的OEM厂商。2001年8月28日，他还一举收购了纳斯达克的上市公司UAL，开创中国乡镇企业收购海外上市公司的先河。

紧接着，后面几年万向集团开始发力电动汽车整车制造。这时我在省发改委外资处任处长，有一天，鲁冠球突然给我打来电话，听到他那特别熟悉的萧山沙地口音，毕竟久未联系，我们唠起很长时间的家常。

后来他笑着说，差点把正事忘了。2014这一年，我经办了万向以1.492亿美元的超预期竞标价收购美国增程式电动汽车生产企业Fisker的项目，成立Karma公司。

相比特斯拉Model系列，Fisker本身拥有K，N，P高中低档车的开发计划，但是参加过汽车展览的Atlantic没有机会生产，主要是外界因素导致资金链断裂而夭折。

对比特斯拉，Fisker走的是轻资产的路线，外观设计方面由Fisker承担，而电池等方面由A123负责。隔年，我又经办了万向集团收购美国A123国际锂电企业，记得花了10多亿美金，万向实现了动力锂电池技术的储备，而高价竞购Fisker，使其快速地整合电动汽车整车制造技术。

这个时候，万向集团通过完成一系列的收购，已经形成了由电池、电机、电控、电动汽车组成的一个完整产业链。但是，如何在新能源汽车产品布局，仍成为未来万向的新课题。

2016年12月15日，万向集团成为我国第6家获得新能源汽车生产资质的企业。从目前已获得资质的企业来看，万向在新能源领域采取的是从高端到中低端、从海外到国内的路线。根据特斯拉在中国市场的经验，Karma作为万向新能源布局已久的重要一步，成为其能否在中国取得成功的关键所在。

这么多年，鲁冠球一直和汽车零部件打交道。从万向节到其他零件，然后又发展到部件、模块，汽车的"内脏"几乎摸了个遍。要造汽车只有一步之遥，这是多大的诱惑啊！许多朋友开玩笑说，老鲁啊，你做了这么多年"配角"，也该当当"主角"了。

正因为前面有万向的引航破冰，杭州才信誓旦旦保证到2025年，将节能与新能源汽车产业，发展成为推动杭州市高质量发展的主导性产业，实现汽车产业总产值2500亿元，其中整车、零部件产值分别为1200亿元、1300亿元；实现整车产量73.7万辆，其中新能源汽车31.3万辆。

这个目标不算小。杭州不是传统的汽车制造大市，虽然起步较早，零部件配套体系也相对完善，与国内先进城市相比，仍是起了一个大早，赶了一个晚集。

好在鲁冠球成名实在太早了，早在1980年前后，他就成了浙江乃至全国乡镇企业的标杆，算来当年他刚过而立之年。而与他同龄者，如联想的柳传志、娃哈哈的宗庆后、华为的任正非等人在80年代中后期草根起步之时，鲁冠球已名满天下。

回首鲁冠球的创业轨迹不难发现，多亏他对时局的精确把握和商业手段的扎实运用，方能把握住每个稍纵即逝的机会。"中国发展这么快，时代早已不同了。今天的时代，是鼓励创业、创新的时代，是倡导个人自由发展的时代，是人人可以怀抱美好梦想的时代，是经过奋斗可以梦想成真的时代。你们比我幸运得多了！"鲁冠球这么说。

可见，在发达而且成熟的市场参与竞争，必须要有耐心，以点滴积累形成大势。而中国民营企业出身的万向，长期磨炼的是耐心、韧性，是对机会的等待和争取。

正因为鲁冠球不断改革创新，他才把一个负债累累的社办企业，打造成一个年营业收入超千亿元、直接或间接控股10家的上市公司。他的成功案例已被收入美国哈佛大学商学院的经典案例。

故事说到这里，大家是不是渐渐明了，一个城市到底需要什么样的实业家精神？也许，创新是灵魂，冒险是天性，合作是精华，敬业是动力，学习是关键，执着是本色，诚信是基石。

毕竟，实业一头连着城市发展，一头连着百姓就业。支持法人，归根到底也是保护自然人。这绝不是可有可无的事，也决不能拖沓怠慢。城市的当局者，一定要有这个清晰共识，和服务对象处于同温层，躬身入局，只争朝夕，做好为自然人和法人赋能、增值的服务工作。只有激发企业家精神和群众的首创精神，才能激活城市硬实力和软实力。

记得作家三毛说过这样一句话："世间的人和事，来和去都有它的时间。我们只需要把自己修炼成最好的样子，然后静静地等待就好了。"如今，杭城静心打造一流发展环境，想必是在等待更多优秀企业家的归巢。

在日升月落之间，如今杭州这个中国城市第二大服务贸易体，正在喷薄出无穷的活力。这城市的活力，离不开作为经济活动重要主体的企业家，更离不开作为经济发展重要源泉的企业家精神！

第 十 三 章

· · · ·

拥江，不只是多一个选项

那是在11世纪，18岁的武夷山少年柳永，北上赴考，途经杭州，望着到处是一派莺歌燕舞、欣欣向荣的杭城，情不自禁写下千古名词《望海潮》：

东南形胜，三吴都会，钱塘自古繁华。烟柳画桥，风帘翠幕，参差十万人家。云树绕堤沙，怒涛卷霜雪，天堑无涯。市列珠玑，户盈罗绮，竞豪奢。　重湖叠巘清嘉。有三秋桂子，十里荷花。羌管弄晴，菱歌泛夜，嬉嬉钓叟莲娃。千骑拥高牙。乘醉听箫鼓，吟赏烟霞。异日图将好景，归去凤池夸。

此处"自古繁华"的钱塘，无疑是指杭州。这句话的意思是，杭州自古以来就十分繁华。

步入21世纪，杭州正式启动了"西湖时代"走向"钱塘江时代"。随着城市框架越来越大，一个个区域中心迅速崛起，使得我们这些"老底子"的杭州人，顿觉钱塘江岸边的钱江新城变化太快。

杭州老百姓私底下有句话，叫"菜地变CBD，鱼塘变会堂"。这不是贬低钱塘江时代，只是更加形象地讲出了杭州钱江新城的变化。

从某种意义上说，现在的杭州，除了武林广场、龙翔桥一带的传统市中心之外，还有钱江新城、滨江、未来科技城、钱塘智慧城等等区域中心。特别是随着阿里巴巴、网易等一大批互联网企业的崛起和入驻，杭州被贴上了"电商之都"等标签。

不过，无论"西湖时代"怎么走向"钱塘江时代"，老百姓对杭州最大的感受，除了烟火气之外，更多了时尚气息，像G20大会、亚运会在钱塘江畔召开，都会给钱塘赚足眼球。

1

事实上，杭州历史上有一项富于挑战性又动感十足的民俗，那就是弄潮。手举红旗，凭借高超的技术，在江潮里踏浪翻波，这就是弄潮儿。"弄潮儿向涛头立，手把红旗旗不湿。"北宋文人潘阆《酒泉子》词如是说。

这里的弄潮民俗，是杭州人民勇于战胜大自然精神的生动体现。而这种精神，从未被握笔抚琴的手所掩盖。新中国成立后，杭州人筚路蓝缕以启"良田"，围江造田数百平方千米，沿江的大片土地靠围垦而来，创造了"人类造地史上的奇迹"。

不瞒大家说，我对钱塘的真正认识，也是在柳永18岁的那个年龄。1978年的冬季，我在杭州中村当兵，师部在萧山的钱塘江边一个部队农场。这年冬季开展兴修水利，重点是开河引水，来年围垦。

要知道，我所在杭州中村的红三连，是全师的尖子连，始终以全训为主，可以进行对抗赛的仅有杭州留下的"硬骨头六连"。当时，接到命令转战农场，心里多少有点失落。后来得知劳动时间是半个月，也就没有什么可怕的了。

那天，指导员给我们全连做行前教育，相当于临战动员，他分析得有板有眼。在比武这个问题上，硬六连不是我们红三连的对手。这次不知何故，或许是谁出的馊主意，又把我们两个连队安排在同一条旧河道上，说谁英雄谁好汉，挑河土方比比看。看来这次我们没有退路，唯有向前，披荆斩棘，勇往直前，要么屈服命运，要么战胜自己。

指导员把话题一转，又给我们讲起钱塘江的故事。这在那个信息闭塞的年代，听到这些陈年往事，还是蛮新鲜的——

钱塘江，古名浙江，亦名折江、之江，最早见名于《山海经》，其流域是越国和吴越文化的主要发源地之一。钱塘江作为浙江的母亲河，也是我国东南沿海一条独特的河流。

钱塘江属于真正的一江春水向东流，贯穿皖南和浙北，汇入东海。与金华江、曹娥江、乌溪江、分水江、浦阳江、寿昌江等10余条支流，一路将众多的明珠，如雄伟奇特的黄山、千岛集聚的千岛湖、"东南锁钥"的仙霞岭、万木参天的天目山、秀比天堂的西子湖——串联起来，形成了江南一道最秀丽的风景线。来到钱塘江，马上集结形成世界第一大潮。这是世界一大自然奇观，它是天体引力和地球自转的离心作用，加上杭州湾喇叭口的特殊地形所造成的特大涌潮。

钱塘江南岸赭山以东近50万亩围垦大地像半岛似的挡住江口，使钱塘江赭山至外十二工段酷似肚大口小的瓶子，潮水易进难退。杭州湾外口宽达100千米，到外十二工段仅宽几千米，江口东段河床又突然上升，滩高水浅，当大量潮水从钱塘江口涌进来时，江面迅速缩小，使潮水来不及均匀上升，就只好后浪推前浪，前浪跑不快，后浪追上，层层相叠。另外，还跟钱塘江水下多沉沙有关。这些沉沙对潮流起阻挡和摩擦作用，使潮水前坡变陡，速度减缓，从而形成后浪赶前浪，一浪叠一浪，一浪高一浪的涌潮。

唐代刘禹锡在《浪淘沙》中说："八月涛声吼地来，头高数丈触山回。须臾却入海门去，卷起沙堆似雪堆。"但"滔天浊浪排空来，翻江倒海山为摧"的破坏力却又极大，怎么办？

这里还有一个"钱王射潮"的传说。相传，五代时期，钱王统治着江浙一带。他是一位杰出的领导者，把江浙地区治理得井井有条，可唯独钱塘江怎么也治理不好，有时堤坝还没修好，大潮就把堤坝冲垮了。

一天，一位大臣对钱王说道："大王，据说潮神住在江里，如果能想办法把他降服，就能治住这钱塘江的水了。"钱王一听，心里非常高兴，忙问道："怎样才能找到潮神呢？"大臣说："八月十八是潮神的生日，他会骑着白马跑到潮头上面，这时是射他的最好时机。"听了大臣的话，钱王精心挑选了100名神射手，并在钱塘江边专门搭了个射击用的高台。

到了农历八月十八这天，100名神射手早早就做好了准备。当地的百姓听说钱王要射潮神，都前来观看。钱塘江的江面上起了一排排的波浪，钱王对着江水大声喝道："潮神，如果你保证不再胡乱兴风作浪，祸害百姓，我就放你一马，否则杀无赦！"潮神为非作歹多年，狂妄自大惯了，根本就不会理睬一个凡人的话。只见江上出现了一排白浪，就像一匹脱缰的野马冲向岸边的人群。钱王并没有被潮神吓倒，他镇定自若地指挥神射手："放箭！"话一落音，弓箭手对着潮头射击，成百上千支箭齐齐射向潮头，刚才还耀武扬威的潮神此时才知中了计，雨点般的箭头让他招架不住，只得灰溜溜地逃回了大海。从那以后，潮神再也没敢回来。

后来，人们在钱王所站的高台上建了一座六和塔。说来也奇怪，不论江里的潮水如何凶猛，只要一到六和塔边就畏缩不前，没

六和听涛（马立群 摄）

有更大的冲劲了。也许潮神是真的被钱王吓坏了！

欺软怕硬的潮神遇上钱王这般勇猛的人，当然只能退避三舍。从这个时候起，海堤才得以造成。百姓们为了纪念钱王这次射潮的功绩，就把江边的海堤，叫作"钱塘"。

看看吧，气势磅礴的八月钱江怒潮，已成为今天杭州旅游观光的一项独特自然资源，但在人类社会生产力不足以抵御江潮冲击力的历史时期，钱塘江曾经是横亘在南北两岸之间的一道天然屏障，南北交通唯有听"潮"由命。

即使当年挟一统中国之威巡视会稽以压"天子气"的秦始皇，在从北往南横渡浙江时，面对汹涌的江潮，也不得不因其"水波恶，乃西百二十里从狭中渡"。从历史文献记载可知，历史时期的钱塘江，对于两岸社会经济的发展，犹如一把双刃剑，利弊都十分明显。

自古以来，钱塘江涌浩浩荡荡、奔流不息，壮观天下无，两岸百姓得灌溉、渔猎、舟楫之利，也吃尽洪涝、潮汐之苦。尤其随着两岸社会经济的发展与人口的增长，两岸民众对土地的需求也不断增长。因此，钱塘江两岸的河堤驳筑与河床的农田围垦成为钱塘江流域人类历史发展史中的重要内容。

掌握了现代科技的新中国水利技术人员，跳出了前代人头痛医头、脚痛医脚的路子，实施了固流、促淤的治江方略，在钱塘江大桥下游筑起了一道道挑水丁坝，锁住了江流，让桀骜不驯的钱塘江开始把吞食的土地重新吐了出来。

新中国成立后，萧山开始了第一次大围垦，抱着"人定胜天"的决心，一场声势浩大的新区海涂围垦开始了，引江归流，围海造田。部队农场就是这个时候围垦造地的产物。

时至70年代，第二次大围垦。历经8年奋战，下沙、乔司、九堡、翁梅、小林、星桥、双林、亭趾、博陆、五杭等乡30000人，在下沙围垦钱塘江江涂，共围筑新堤三十来千米，被世界粮农组织称为"世界造地史上的奇迹"。

原来，每期围垦都必须选择在隆冬的枯水季节。大堤须在大潮汛尾与小潮汛头之间的六七天窗口期间完成，否则便会前功尽弃。新堤经小潮汛洗礼后，便可借小潮汛尾与大潮汛头之间另一个窗口期整修加固，抛石加固后的大堤才能经受得了大潮汛的考验。

围垦是与潮水争土地、抢时间的工程，争和抢便成了世代钱塘人的禀性。钱塘潮翻滚而来，巨大的冲击力让江鱼无法游动，随波翻腾。抢潮人如鹰般紧盯潮头，看准了便如风一般地斜刺里跑将上去，捞上一兜，急转身箭一样地跑上江堤，兜里的江鲜便是家人一天的衣食。有的地段潮水的速度快达每秒八九米，抢潮人是用生命在和潮水赛跑。靠的不仅是勇气和胆略，更需要智谋和信心。围垦便是萧山人与钱塘江的又一次争抢，又一次赛跑，分明也是一场世纪之战。

听了指导员的"痛说革命家史"，我们这才掌握了这次战前的一些情况，连夜将那段河段做成沙盘，然后针对硬六连，我们红三连又做了几套作战方案。

是的，围垦是一项极其艰辛的工程。初冬的钱江滩，冰霜一片。我们战士全部赤脚下地，在白茫茫的江滩上一字排开，沿着红旗拉成的直线用扁担挑土，一溜小跑，举目望去，天地间唯有簇拥的人头和寒风中猎猎的红旗。取土的地方挖成了一条笔直的河，堆土的地方不消说便堆成了高高的大堤。

一天下来，每个人的肩都肿得像馒头，甚至磨破了皮。晚上睡觉，寄宿在老百姓家里。记得萧山人给草棚起了一个很雅的名称叫"草舍"，尽管用来分间的只是草绳编制的黄麻秆，堂前、退堂、灶间、厢房，萧山人却将其分得井井有条。晚上睡觉也没有水洗脚，只能用打地铺的稻草，将腿上泥巴搓干净。

这么一说，大家肯定明白了，今天当你漫步在杭州江边，享受江风吹拂，脚下的土地却曾是滔滔江水——50年前，四季青、下沙、滨江，完全是泡在钱塘江里的滩涂，甚至直接就是水面。

我这里有一个数据，钱塘江河口通过50年围垦，为钱塘江两岸贡献了160万亩滩涂地，有效解决了杭嘉湖、萧绍宁平原的人地矛盾。

沿钱塘江的杭州下沙开发区、钱塘江东工业园区、绍兴滨海工业园区、上虞滨江化工园区、秦山核电厂、嘉兴港、嘉兴开发区等，全部建造在河口围垦地上，这些区域均已成为浙江经济的增长点。

说到这里，有人可能要对我急了，钱塘江河口还有多少土地可以围垦？过度的围垦对环境会产生什么样的影响？

对于这一问题，有50年历史的浙江水利河口研究院的专家最有发言权。我的叔叔王一凡正好在这里当领导，该院诞生时就在与凶猛的钱塘江潮斗智斗勇，在河口领域的研究也是全球领先的。

20世纪60年代，钱塘江因为江域开阔，主潮仿佛魔鬼般摇摆不定，给河口两岸居民带来许多灾难。从水利角度出发，这些年，河口不断围垦是为了稳定摇摆不定的主潮，减少对江堤的损害。

必须肯定说，钱塘江的围垦是经过科学规划的，也就是说，钱塘江岸线形成今天这般模样，是人为干预的结果。目前，两岸仅有萧山还剩7万亩滩涂，日后也没有滩涂可供我们围垦了。换句话说，钱塘江河口岸线经过最近50年的剧烈变化后，进入了稳定期。

但是，多年围垦的破坏性也不容小觑——水域面积减少，防洪形势更加严峻、河流纳污能力下降、河流生态系统也遭到破坏。杭州湾海域是全球候鸟的迁徙路径，目前的水质长期处于劣IV类，是中国四大海域中污染最严重的。这绝非杞人忧天，为了保护钱塘江河口的生物多样性和水资源，水利专家提出效仿迪拜的做法，设想在杭州湾建造生态人工岛。

2

无法想象，从二十来年前的一片滩涂到如今的高楼林立、风景如画的城市CBD，钱江新城的发展历程已经成了杭州这座颇有国际都市范儿城市的一条成长轨迹。

登上城市阳台，向前远眺是江对岸盛开的奥体白莲花，身后便是"日月同辉"。置身于这座新城，四周的高楼让这里看起来更像是一个地标建筑聚集地，眼见杭州已从"西湖时代"渐渐发展成了"钱塘江时代"。

2022年1月25日，正值人间小年，距离虎年春节还有6天，成立于2003年的杭州钱江世纪城，作为"钱塘江时代"的产物，曾承担了G20保障任务，也是亚运会的主场馆和亚运村之地。

没记错的话，早在四五年前，麦肯锡曾给杭州钱江世纪城做了一个走向"钱塘江时代"的规划。如今"十四五"规划步入关键之年，后续亚运后时代到底如何谋篇布局？

在这个节骨眼上，上海福睿智库承担了与"十四五"时间对应的一个五年产业规划。我是以杭州钱江世纪城的首席评审专家名义参会的，本来这个规划仅是一个部门的事，但参会的人员还是把它放大在"钱塘江时代"，甚至放在长三角地区这个大盘之中。所以，专家的投票决定着这个"钱塘江时代"的命门。

确切地说，自从20年前提出"跨江"以来，关于杭州从"西湖时代"迈向"钱塘江时代"的声音就不绝于耳。眼下，杭州常住人口已突破1100万，并正式迈入特大城市行列。现在能否突破长久的"小城区"之限，实现时下"大都市"的发展夙愿？

所以，我们会议一开始就引发争议。一种观点认为，杭州拉开"钱塘江时代"，事实上是对钱塘江的"回归"。为什么说"钱塘

钱江世纪城（马立群 摄）

江时代"是一种回归？

有史料记载，隋文帝开皇九年废钱唐郡，置"杭州"，依凤凰山筑城。据《太平寰宇记》，当时的州治设在余杭，"盖因其县以立名"，杭州也作为城市名称首次出现。但若往前倒推，早在秦汉时期最早的杭州聚落就已出现于钱塘江边今江干一带。即便2021年江干与上城两区合并，改叫上城，但仍不能改变"钱唐"作为县名在该地区存在数百年之久的历史，这一点谁都不能动摇。

还有一种观点认为，杭州的城市发展，长期以西湖沿湖地带为中心，以前市区面积仅430平方千米，是当时全国市区面积最小的省会城市之一。"三面云山一面城"的空间形态，使杭州的城市建设就像"螺蛳壳里做道场"，既影响了城市功能的发挥、城市布局的完善及产业结构的战略调整，也使旧城改造与保护历史文化名城的矛盾日益突出，严重制约了杭州城市化进程和经济社会的可持续发展。这种"背江发展"的方式，对杭州构成了新的限制。形似"腰鼓"的城市格局，倒逼杭州与大江大河握手言和，迎着一江春水荡漾，做一个名副其实的"弄潮儿"，急需我们在千年后的今天，尽快回到钱塘江边谋求破局。

听着专家的宏大阔论，我觉得"回归"是最重要的一点。钱塘江是浙江的母亲河，流域面积广阔，孕育了浙江5000年文明生生不息，积淀着深厚的历史和文化底蕴，以"世界第一大潮"享誉天下。祖宗留下的"当今世界殊"，无疑处于金字塔的最顶端，我们岂能忘记初心？当然，在杭州"钱塘江时代"中，它的意义远远不限于此。

回归"钱塘江时代"也好，从"西湖时代"走向"钱塘江时代"也罢，时下问题是怎样让杭州尽快回归，对不对？回首经年，杭州最早的探索，应该是始于20世纪90年代。确切地说，这个转折发生在1996年。这一年，浙江省委、省政府作出决定，在钱塘江两岸，从萧山、余杭各划出三个乡镇给杭州市。其中，把萧山的西兴、长河、浦沿三个乡镇划出，组成杭州高新技术开发区即后来的滨江区。

这是杭州跨江发展的第一步，预示着"沿江、跨江、向东走"的城市发展新走向，同时也拉开了杭州市区划调整的序幕。在外界看来，此次调整更大的意义在于改变了杭州主城与当时还是县级市的萧山之间的关系。

在那之前，杭州与萧山以钱塘江为界，虽同属一个市域范围，但"貌合神离"。萧山不仅文化上与同属吴越文化的绍兴更为亲近，其工业经济也强于与其临近的杭州诸多主城区。

1997年，杭州高新区调整区域范围，从原来西湖区之江区块拓展至钱塘江另一侧的滨江区，并拉开"北企南迁"的转移之路。

2000年，时任杭州市委书记王国平将跨江发展提升至新的高度，他强调迈入新世纪，杭州实施"沿江开发、跨江发展"战略，既是加快从"西湖时代"迈向"钱塘江时代"的一件大事，也是杭州5000年建城史上的一件大事。

呵呵，把钱塘江时代"回归"，与5000年钱塘文明相提并论，这着棋，算你狠！

进入新世纪，也倒逼杭州"钱塘江时代"驶上了快车道。2001年3月，萧山、余杭撤市设区，杭州市区由6个区增加到8个区，面积由683平方千米大幅增长至3068平方千米。"城市东扩、旅游西进、沿江开发、跨江发展"城市化战略被提升至新的高度。

这一年的7月1日，杭州大剧院在钱江新城核心区打下第一桩，钱江新城建设正式启动，杭州由此翻开了从"西湖时代"迈向"钱塘江时代"的崭新篇章。随后，各项建设陆续上马——

2002年2月19日，以"两横九纵"道路和"两大水体"为主的钱江新城基础设施建设全面启动；2002年8月31日，一条连接"西湖时代"与"钱塘江时代"的纽带开始建设——解放路隧道（现称新城隧道）成为从西湖前往钱江新城最便捷的通道；2004年11月25日，城市阳台建设启动；2005年，国际会议中心（大金球）、市民中心、杭州图书馆等项目签约或奠基……曾经的江滩沙地、鱼塘菜地，终于迎来了"凤凰涅槃"的一天。

2008年3月20日，王国平在调研钱江世纪城规划建设工作时强调，钱江世纪城是杭州中央商务区和城市新中心的重要组成部分。如果说开发建设钱江新城是做"沿江开发、跨江发展"文章的"江北"篇，那么开发建设钱江世纪城就是做"沿江开发、跨江发展"

文章的"江南"篇。

同时，还提出了新的要求，就是坚持高起点规划、高强度投入、高标准建设、高效能管理"四高"方针。当务之急是抓紧抓好控制性详规、修建性详规、城市设计和建筑设计的编制，形成完整的规划体系；坚持准国家级开发区体制，推进简政放权，完善体制机制，做到"办事不出世纪城、资金自求平衡"；坚持大项目带动。抓好"33811"工程和杭州奥体中心、国际博览中心等重大项目，推动钱江世纪城开发建设；坚持"环境立城"战略。还要牢固树立"环境就是生产力，环境就是竞争力""环境投入是回报率最高的生产性投入"的理念，按照"清洁、亲水、清静、绿色、无视觉污染"的要求，努力打造一流的生态环境；引入"紧凑型城市"发展理念，通过"高起来"让钱江世纪城"强起来、大起来、优起来、美起来"；树立"细节决定成败"理念，追求完美、不留遗憾，打造"国内领先、世界一流"的"世纪精品、传世之作"。

这年的9月30日，钱江新城核心区首次对外开放，一场（市民广场）、一城（波浪文化城）、一台（城市阳台）展现在市民和游客眼前：杭州大剧院月牙成形，国际会议中心太阳升起，一片片绿地、一条条道路、一幢幢高楼……杭州城市的繁华之音，逐渐在此汇聚。

2010年，在"城市东扩、旅游西进"的战略下，一个同样大手笔的项目在出海口落地——位于江东的三个工业园区先后筹建，正式成立大江东产业集聚区。

钱江新城（马立群 摄）

记得正式挂牌的那天，时任浙江省发改委主任史久武，带着我及六七位处长，搭乘着一辆柯斯达前往大江东参加活动。

2016年，G20杭州峰会召开，借助外力加快了杭州城市基础设施建设，极大地改善了城市产业发展的环境，增加了杭州与世界各地经济交流的机会，能够吸引丰富的国际、国内投资，聚集世界高端的跨国企业总部，进一步提高杭州城市知名度、美誉度和影响力。

2017年6月，杭州市委、市政府正式提出实施"拥江发展"，即以杭州境内235千米钱塘江为主轴，打造"沿江开发、跨江发展"升级版，实现由"跨江发展"向"拥江发展"的大跨越。

实施"拥江发展"，是保护"母亲河"、造福子孙后代的千年大计，是实现城市空间布局从"三面云山一面城"向"一江春水穿城过"嬗变的接力工程，是以城带乡、以东带西、构建城乡共富共美新格局的重大举措。

如此，一系列规划的出台，让"拥江发展"越来越清晰和完善。到2035年，杭州将基本形成以钱塘江为中轴的市域"拥江发展"格局，基本建成钱塘江生态带、文化带、景观带、交通带、产业带、城市带，成为杭州建设独特韵味、别样精彩世界名城的重要展示带。而在近期目标中，位于江东区域的大江东新城核心区、下沙新城，以及三江汇区域附近的杭州高新开发区（滨江）、之江新城均被纳入重点发展区域。

在拥江发展行动规划编制前，杭州为了开阔眼界，还破天荒地组团赴伦敦泰晤士河、莱茵河瑞士段，以及上海黄浦江这三条世界名河及河畔名城考察学习交流，梳理总结杭州在生态保护、产业转型、政策引导、机构运作、资源平衡等方面可以学习的经验。在考察中杭州发现，从地理水文条件，以及同城市的关系来看，泰晤士河与钱塘江非常相似。而伦敦从工业化转向城市化、现代化的进程，与杭州当前提出的目标和要求都非常一致。作为和杭州西湖相当的城市名片，上海将黄浦江两岸打造成为"人民公共客厅、城市人文魅力彰显的重要名片"的经验做法，也对钱塘江两岸发展有启发意义。

可能是杭州人的不懈努力感动了上帝。2019年春节前夕，"杭州市拥江发展行动规划"终于获得上面批复，这才为全市推进拥江发展拿到了真正的尚方宝剑，使得钱塘江从"城边江"变成"城中江"；"东南形胜，三吴都会，钱塘自古繁华"这一耳熟能详的词句，才有了全新的时代诠释。

3

常言道，隔河千里远。那隔江呢，莫非万里长？

1932年，杭江铁路西兴江边至金华段已通车，继续向玉山、南昌展筑，浙西公路亦逐步发展，但因钱塘江一水之隔，铁路、公路无法贯通，杭江铁路南北两岸货物运输均须先卸车装船，待过江后再卸船装车。

怎么办？浙江成立了专门委员会，着手研讨修桥事宜。同年7月，浙江省建设厅成立"钱塘江桥工委员会"，组织考察研究，拟定桥建方案。最终，桥梁专家茅以升主持制订的建桥方案获中华民国国民政府采纳，项目总投资510万银圆，比美国桥梁专家华德尔提出的方案减少投资约200万银圆。

这是新中国成立前，由中国人自行设计、自行建造的钱塘江上的第一座大桥，位于杭州市区南端，六和塔东侧约700米处，在浙赣铁路南星桥站与钱塘江站之间，北起上城区二龙山东麓，南至滨江区浦沿街道联庄村上沙埠，横贯钱塘江南北，是连接沪杭铁路、杭甬铁路、浙赣铁路的交通要道。

现在问题来了，大桥建成60年，杭州提出要收车辆过桥费，这激怒了江对岸的萧山人，因为他们早出晚归都靠这座桥，收费意味着增加了他们的通行成本。何况，民国时期建的桥，再怎么收钱，也不应该是你杭州人的事，对吧？

为了抗拒收费，一天，萧山有人约请了央视有关媒体，把车开到收费站门口，几个人打着号子，把小车抬过了桥。这事轰动全国，它告诉世人：你说开车收过桥费，我现在抬着过桥，你总不应该收费吧？这事也让从东北过来的时任浙江省委书记张德江大为震惊。一方面，他感叹江南人的精明；一方面，他责成杭州必须坚持"人民城市为人民"。考虑钱塘江大桥是城市桥梁，有别于非城市的经营性大桥，杭州知错即改，马上取消了钱塘江大桥收费的做法。

这个插曲，并非要贬低谁，只是想告诉人们隔江万里长，如今要跨江发展可谓难上加难。

这不，2019年杭州想把隔江两岸的大江东产业集聚区与杭州经济技术开发区（下沙），整合在一起，挂牌为钱塘新区。根据之前的规划，钱塘新区的目标是"成为展示我国先进制造业发展水平的重要窗口"，且将在"条件成熟后创建国家级新区"。

被寄予厚望的钱塘新区，这时扮演了跨江融合先行者的角色。有人指出，大江东产业集聚区发展遇到了重大难题，根本问题在于自身实力薄弱，没有外来的产城融合动力注入，很难取得突破。

本来，大江东与下沙有着互补关系，能够成为两者融合发展的切入点。有人曾说，下沙可开发利用的土地较少，而大江东土地用量较大，可联合开发；下沙众多高校所聚集的人才资源，也能为制造业主导的大江东提供提档升级的智力资源。

然而，发展"时差"让两地存在磨合成本。有人觉得，大江东离城市较远、生活配套设施有待完善，种种问题都有可能成为新区发展的障碍。比如，即便在大江东与下沙实现对接之后，如何进一步与滨江乃至萧山其他区域加强联系，交通问题不得不加以考虑。

钱塘新区，虽然现在正式命名为钱塘区，但横亘在钱塘江南北两岸之间的问题始终存在着。

而高新区，"北企南迁"让企业合作升温，某种程度上也加剧了心理隔阂，"江南争夺江北资源"的说法开始出现。2002年，杭州调整高新区江北、江南管理体制，提出"两合一留"的新方案，专门以"一留"保证江北区块现有管理模式保留不变。新的"江北孵化、江南发展"的模式，在两地进一步分工基础上，为江北区块规划了更多发展空间。

归根结底，江南江北之间根深蒂固的心理"保护网"并未被拆除。这话什么意思，大家多少听出了弦外之音。

有人问我，作为出生在萧山的地地道道的萧山人，你这么说话不怕老家人打脸？后来，我想了想还是闭嘴，直接引用《浙江日报》的报道吧："虽与余杭同期撤市设区，但萧山在融入杭州上明显'慢半拍'。与杭州的全力推进相比，萧山人融杭之路似乎迈着四方步。一等，二看，三小步。萧山人还时不时吐个槽：'萧山、余杭除外'这几个字带着括弧怎么还经常出现在各类文件中？"

矛盾的心理突出体现在交通设施建设上。2020年，由萧山火车站改建的杭州南站启用，但自2013年启动建设开始，足足花费7年时间；规划在杭州城市快速路系统中、穿过萧山城区的彩虹快速路，早在2012年就被报道将在年底全线贯通，然而直到2021年仍在建设当中。

坊间，这两个项目也被调侃为"萧山之难"。一个原因在于，对于萧山而言，"融杭"的20年是逐渐落后的20年，不仅生产总值增速一度落后于被"划出"的滨江区，并且，自2013年阿里巴巴进驻西溪园区后，同期"融杭"但位于江北的余杭开启了生产总值逆袭之旅。到2018年，余杭生产总值反超萧山，首次登顶杭州，成为浙江省经济第一区。

要改变发展的不平衡，"心理"的不平衡急需首先平复。纵观近年来杭州的发展，与萧山的"落寞"一道推进的是杭州加速"去工业化"的进程。2010年杭州生产总值中，二产占比首次跌破50%，并一路锐减，到2021年，占比仅剩30.3%。

余杭和萧山恰好走向两个相反的发展方向。紧跟全市总体步伐，余杭二产占比从2010年的54.0%下降至2019年的23.1%，下降幅度更甚；而萧山则稳住了二产的基本盘，与2010年的61.7%占比相比，2019年仅下降至41.5%。

如果说，过去十年是杭州第三产业快速狂奔的十年，那么，眼下的杭州正在将目光瞄准在了制造业。2019年，杭州紧锣密鼓地提出"新制造业计划"，强调"制造业是城市经济的根基，是杭州确保继续走在前列的底气"。在形成数字经济与制造业"双引擎"的规划下，杭州定下"实现规上工业企业、十百千亿企业、国家级高新技术企业数量和工业投资、工业技改总量、新引进项目投资额'六个倍增'"的目标。

是的，拥江发展，到底怎么"拥"？

杭州市又马上出台了实施"拥江发展"战略的意见、拥江发展四年行动计划。还设立杭州市钱塘江保护与发展委员会，由市钱江新城建设管理委员会更名组建。市钱塘江保护与发展委员会承担市"拥江发展"领导小组办公室职责。

随后G20时代，长三角一体化发展等国家战略持续推进，2020年4月16日，浙江又提出"大湾区、大花园、大都市区"战略，杭州又将如何为未来布局？

这时的时针指向一个重要时刻，2021年3月18日，湘湖·三江汇未来城市先行实践区建设动员大会召开，杭州"南启"集结号正式吹响。这座绿色、人文、创新、智慧、善治的未来之城，将是杭州迈入空间格局更为开阔的"拥江发展"时代的又一例证。

这个示范工程位于钱塘江、富春江、浦阳江三江交汇处，是杭州市"南启"战略的核心区块、拥江发展的战略要地，山水景观格局丰富多元。这块"绝版之地"，将成为杭州唱响"西厢记"的重要篇章，以"不一样的发展定位、不一样的开发理念、不一样的城市形态、不一样的产业业态、不一样的治理模式"，打造现代富春山居实践地、多元人文共生实践地、策源创新发展实践地、未来生活场景实践地、开放善治平台实践地，成为生态文明时代"未来城市"的实践区、未来城市"中国方案"的样板间、推动城市创新发展与竞争力提升的新引擎。一个现代版的《富春山居图》已经呼之欲出。

谁都知道，城镇建设水平，不仅关系居民生活质量，而且也是城市生命力所在。对于萧山而言，过去20年的落后，源于"后劲不足、招式不新"。在2019年召开的"创强大会"上，萧山曾自揭短板，"错失了数字经济发展的第一波浪潮"，不仅信息经济增加值占生产总值比重远低于全市平均水平，连带规上工业增加值增幅也低于全市水平。

三江汇的一系列规划，恰能为萧山弥补数字经济的短板。在产业互联网的新一波浪潮下，萧山需借机探寻自身的数字化路径，从制造业层面打造属于萧山的"阿里"。

不待人们从三江汇中回过神来，新中国成立以来，杭州最大的一次区划调整又轰轰烈烈地展开：经国务院批复同意，杭州撤销上城区和江干区，设立新的上城区，以原上城区、江干区的行政区域（不含下沙街道、白杨街道）为新的上城区的行政区域，人民政府驻望江街道望潮路77号。

撤销下城区和拱墅区，设立新的拱墅区，以原下城区、拱墅区的行政区域为新的拱墅区的行政区域，人民政府驻拱宸桥街道台州路1号。

撤销余杭区，设立新的余杭区，以原余杭区的余杭街道、仓前街道、闲林街道、五常街道、中泰街道、仁和街道、良渚街道、瓶窑镇、径山镇、黄湖镇、鸬鸟镇、百丈镇的行政区域为新的余杭区的行政区域，人民政府驻仓前街道文一西路1500号。

设立临平区，以原余杭区的临平街道、东湖街道、南苑街道、星桥街道、运河街道、乔司街道、崇贤街道、塘栖镇的行政区域为临平区的行政区域，人民政府驻临平街道西大街33号。

设立钱塘区，以原江干区的下沙街道、白杨街道和萧山区的河庄街道、义蓬街道、新湾街道、临江街道、前进街道的行政区域为钱塘区的行政区域，人民政府驻河庄街道青六北路499号。

此次调整后，杭州市下辖10个区、两个县，代管一个县级市，分别为上城区、拱墅区、西湖区、滨江区、萧山区、余杭区、临平区、钱塘区、富阳区、临安区、桐庐县、淳安县、建德市，总体建制数不变。

杭州区划调整肯定是牵一发动全身，而一个城市的发展势必与时代趋势同向而行。这次杭州区划调整，除了从"西湖时代"走向"钱塘江时代"之外，应该还有更大的战略意图。

党的十九届四中、五中全会都明确提出要优化行政区划设置，发挥中心城市和城市群带动作用。浙江省"十四五"规划更是明确，要全面提升中心城市能级，大力培育国家中心城市。如今杭州作为浙江省省会、长三角南翼中心城市，在长三角一体化发展国家战略中居重要地位。

此刻，当杭州从"西湖时代"走向"钱塘江时代"时，杭州在跨江发展、拥江发展的政策选择上，不单单要顾及钱塘江两岸百姓，还得考虑到钱塘江上下游的百姓。用现代的话来说，想必这也是共同富裕的必然要求。

纵观全球，很多知名城市都把江河作为城市发展轴：伦敦有泰晤士河，巴黎有塞纳河，上海有黄浦江，武汉有汉江和长江，这些江河先天的资源禀赋和特色文化，为城市发展提供了巨大的发展潜力。

所以，对照中央和省委、省政府赋予的战略使命，对照经济社会发展的趋势性变化和人民日益增长的美好生活需要，杭州市显然还存在一些短板和不足。特别是现有部分行政区划已严重不适应新阶段新形势新要求，区域空间不协调、产业布局不合理、人口密度不均衡、空间规划不协同等问题日益凸显，已成为制约城市高质量发展的瓶颈。

区划调整并不是易如拾芥，一蹴而就的。据说，杭州从2019年初开始，就围绕区划调整陆续开展了一系列必要性研究、风险评估、专家论证以及省、市、区等各个层面、各界人士的意见征求，仅市、区两个层面就分别召开了44场"两代表一委员"、老干部代表、民主党派代表等社会各界人士参加的座谈会，邀请了2400多名社会代表参加座谈交流。

那么，新的行政区划名称主要是基于哪些考虑呢？据说，调整前期，杭州市先后召开了7场专家论证会，对行政区划名称形成了统一意见。命名"上城区、拱墅区、余杭区、临平区、钱塘区"，有利于更好传承历史文脉、彰显杭州特色、也符合地名管理有关规定。

如"上城"，是南宋皇城及重要官署所在地，集聚杭州历史文化名城精华，继续沿用该行政区名，有利于传承和提升中心城区的影响力，形成广泛的文化认同。"拱墅"之名，具有鲜明的杭州特色，分别取自具有深厚历史底蕴的拱宸桥、湖墅，代表了杭州运河文化的历史内涵。"余杭""临平",都具有广泛的群众接受度,有利于传承弘扬古地名。而"钱塘"是杭州地域内设立最早的县之一,也是最能代表杭州历史文脉的符号之一。

这次区划调整,为杭州跨江发展向拥江发展,直接按下了"快进键",对杭州长远发展具有重要意义。杭州在"十四五"规划中提出,要打造"一核九星、双网融合、三江绿楔"的特大城市新型空间格局,有效遏制城市单体规模无序蔓延,形成"众星拱月"的组团式发展形态。

在有关专家看来,此次整合设立新的上城区和拱墅区,正是做强做优"一核"的题中之义。优化调整后,原上城区和原下城区发展空间不足的窘境将被一举改变。新的上城区将努力打造全国重要的高端服务业中心、消费中心、创业创新中心和宋韵文化传承展示中心,更高质量融入拥江发展,努力成为一流国际化现代城区。新的拱墅区将建设成为产业转型升级样板区、城市有机更新样板区、大运河国家文化公园样板区,高质量建成运河沿岸名区。可以想象,不久的将来,新的上城区、拱墅区将与西湖区一起成为大都市的国际会客厅。

而多中心、郊区化发展,是逐步解决中心城区人口和功能过密问题的必由之路。新设立的余杭区、临平区、钱塘区都承担着郊区新城建设的使命和重任。新的余杭区将打响创新余杭、品质之区、文明圣地的城市品牌;新的临平区有望依托区位优势和产业优势,打造融沪桥头堡、未来智造城、品质新城区；钱塘区将努力成为长三角地区产城融合发展示范区、全省标志性战略性改革开放大平台。

杭州将把优化公共服务布局作为着力点，切实解决人口密度和公共服务供给不均衡的突出矛盾，特别是围绕新的余杭区、临平区、钱塘区，优先布局一批教育、医疗、文化等公共基础设施。

区划这么一调整，杭州不再只是"三面云山一面城"的雅致、秀丽，更有"一江春水穿城过"的磅礴、大气。钱塘江，已成为今日杭州城市发展的核心轴带。

杭州因水而生、因水而兴、因水而名，是一座江、河、湖、海、溪五水并存的城市。浩浩荡荡的钱塘江水，宛若巨龙盘旋在浙江大地，注视着杭州的瞬息万变。

看到没有？钱塘江两岸，一个别样精彩的世界级滨水区域、一个践行"绿水青山就是金山银山"理念的生态文明建设示范区、一个创新驱动发展的经济转型升级示范区、一个宜业宜居宜游的区域协调发展示范区，正大步向我们走来。

这正是大江东去，未来已来，历史又站到了新的时代坐标上。

4

前几天，单位地区处处长给我打来电话说："不久前，杭州钱塘区生态海岸示范段作为省内四个生态海岸示范项目之一，刚刚获批，把杭州跨江发展又向前推进一大步。"

听到这个好消息，我忍不住开怀大笑："我的书正愁找米下锅，谢谢兄弟雪中送炭！"

对方当仁不让地说："我猜这事，你肯定会感兴趣。不过，还是建议兄有时间多下基层跑跑，不要以为你是萧山人，钱塘江南侧过去又都是萧山的地方，你就什么都清楚。"

呵呵，同事的话，像针一样扎到我心里。记得在2010年，杭州实施"城市东扩、旅游西进"的战略，一个同样大手笔的项目在出海口落地，就是将位于萧山江东的三个工业园区打捆，正式组建杭州大江东产业集聚区。

记得正式挂牌的那天，时任省发改委主任的史久武，带着我及六七位处长，搭乘着一辆柯斯达前往大江东参加挂牌活动，去时是萧山区的车辆带路的，回来可能没有衔接，他们丢下我们不管了。我们猜，过去这里都是萧山的沙地（围垦起来的土地），现在组建集聚区交给杭州，萧山人一定是于心不甘。也许，谁碰到这事都会闹情绪。

这时有人冲我嚷着，"你不是萧山人吗？你带路吧！"紧要时刻我又不能退缩，但私底下对这路还真的吃不准，但望着飞机起降的方向，我随手一指，"往机场方向，肯定没错。"

后来，不知汽车怎么七开八开的，竟然跑到机场的后门。这时，保安挡住我们要通行证。这下我急了，赶紧给机场负责人包云海打电话，他立马乘车赶过来，算是为我救了场。

车上的同事，开始埋怨我说："兄弟枉做萧山人，回家的路都弄点不灵清。"

坐在首长席上的史久武，到省发改委任职之前，曾任杭州市委常委、萧山区委书记，这时他听不下去了："你们不要说国云了，要骂就骂我。我在萧山这几年白干了。"

领导一发声，谁都不敢响了。我自然很感激主任说了句公道话，而车上几位处长如坐针毡，从机场到单位三十来千米的路程，大家都装着睡觉，一言不发。

看来，一个再熟悉的地方，也有你没见过的迷途。算是接受上次教训吧，我特别感激同事的提醒，第二天就跑到钱塘江边调研。

我开门见山就问，这生态海岸是什么意思？

当地人解释说，这里的生态海岸，是指浙江大陆海岸线陆侧20千米左右带状区域内，依托快速路、慢行系统、绿道，串接自然保护地、生态休闲区、人文景观区、美丽城镇村等，形成自然生态优美、文化底蕴彰显、人文活力迸发的滨海绿色发展带。

我又着急地问，杭州生态海岸带建设范围包括哪些地方？

对方又说，在这150余千米的生态海岸带，要打造"钱江潮涌图""都市繁华图""三江汇流图"三幅大美画卷。

听到这里，我拍案叫好，"杭州真是大手笔！"不等话音落下，我转念一想，又觉得什么地方不对！

对呀，杭州并不直接临海，谈何建什么生态海岸呢？

这让我想起，过去自己负责审批杭州与宁波钱塘江上建桥方案，专家们认为宁波的线位叫跨海大桥，杭州在上虞的线位只能叫跨江大桥，最后同意先建造宁波的杭州湾跨海大桥。有了这个先例，现在对杭州生态海岸说法，我当然持怀疑态度。

事后，我专门向河海专家讨教，这才弄明白，现在的杭州虽不直接临海，但杭州东部地区曾是海，钱塘江入海口也曾在杭州，历史上经历了几次围垦才形成如今的格局。

经专家这么一说，多少把杭州临海的事说圆了。现在，杭州生态海岸带如何建呢？

据说，整个生态海岸带建设，被细化为自然生态、海塘安澜、绿色交通、宜居城乡、文化休闲、未来创新六带建设。在这里强调的是生态为底，海塘为基，功能为核，交通为脉，文化为魂，经济为要。

哈哈，这种论文式的话语，我是最忌讳放到书上。所以，我丢下这一规划方案，直接跑到杭州最东侧、紧挨出海口的钱塘区。脚下这片土地，是2019年4月18日，正式挂牌成立的钱塘新区。大江东产业集聚区和杭州经济技术开发区，携手向未来，一个以打造杭州经济新"增长极"为时代使命的省级新区正式启航。

然而，近三万家企业扎根的钱塘新区，在机构设置方面曾经处于"小马拉大车"的状态，亟待体制机制创新突破。全新的钱塘新区实行"区政合一"体制，即行政区与功能区体制叠加，既沿袭了功能区体制扁平高效的特点，又兼具行政区管理健全规范的优势，更加有利于激发发展活力、提升整体运转效率。

这就是说，杭州大江东产业集聚区与杭州经济技术开发区"合二为一"，不只是简单的机构架设调整，更是对高质量发展的追求，力求实现"1+1＞2"的效果。

依托现有产业发展基础和比较优势，结合长三角、浙江省和杭州市产业发展方向，钱塘区快速构建"515"现代产业发展体系，全力聚焦半导体、生命健康、智能汽车及智能装备、航空航天、新材料五大先进制造业，迈向高质量发展新征程。

步入这里的中策橡胶"未来工厂"，看到的是一派繁忙的作业景象：AGV小车来回"奔波"，桁架机器人在空中"奔走"，将检验合格的轮胎自动堆垛……作为浙江省首批"未来工厂"试点，中策橡胶投资近5亿元打造"高性能子午胎未来工厂"，以数字化赋能研、产、供、销全链条，实现产品研制周期缩短50%，生产效率提升15%，不良率降低40%。借助"未来工厂"，中策橡胶正将轮胎制造业重塑为朝阳产业。

或许，中策橡胶是钱塘产业高质量发展的一个缩影。2021年，钱塘区实现规上企业数字化覆盖率100%，有效推动"未来工厂"建设。已认定省级"未来工厂"1家、培育1家，认定省级智能工厂、数字化车间14家，培育市级"未来工厂"体系企业45家，认定市级

"未来工厂" 7家。

"智能制造"目标引领之下，钱塘新区围绕五大主导产业，形成"链式+集群"发展模式，实现差异化发展。2021年，钱塘新区工业产值总量3169.11亿元，规上工业增加值总量677.17亿元。其中，智能汽车及智能装备产业产值突破700亿元，新材料制造产业在延链展链后产值超800亿元。

可见，产业是立区之本，也是命脉所在。钱塘的工业产值约占杭州市的20%，"再造一个杭州工业"和建设国家级新区的重要使命由始至终都贯穿在钱塘区的发展脉络中。

以高质量发展为导向，基本实现了"一年打基础"目标的钱塘新区，于设立的第二年，在产业功能平台建设上重新谋篇布局，调整优化设置杭州医药港、杭州大创小镇、杭州综合保税区、杭州江东芯谷、杭州临江高科园、杭州前进智造园等6个产业功能平台。

成绩有目共睹：平台成立一年后，大项目不断落地、大企业茁壮成长、专精特新企业不断涌现、优质企业相继上市……这些亮眼的成绩，无不彰显出产业平台效应，为钱塘新区"打造杭州制造业最大增长极"加速供能。随着行政区划的调整，钱塘新区进一步调整优化新区产业功能平台设置，在原有6大产业功能平台基础上，谋划设立钱塘科学城、杭州美丽云城、钱塘产城融合核心区三个新产业平台，实现招商引资、项目推进、企业服务精准化全覆盖，全面推进主导产业集聚式发展。

有数据显示，2021年，钱塘9大产业平台中，6个平台规上工业总产值占全区比重达93%。其中，在前进智造园，22.6平方千米土地上就吸引了20余家整车及零配件企业，产值规模达400亿元，形成一条完整的汽车产业链。

在这一个个高能级平台背后，是钱塘壮大万亩千亿产业的雄心。钱塘区负责人告诉我："力争到2023年，地区生产总值突破1350亿元；高新技术企业数稳定增长；围绕五大先进制造业，打造三个万亩千亿新产业平台……"最终钱塘要构建成为"一带两廊双城"的海岸带格局。

转了一圈，我终于明白了这个"一带"，就是钱塘江两岸生态海岸带。

那么，这个"两廊"呢？原来就是下沙段依托高教园区及创新创业基础，集聚运动、创新、活力、人才等要素，打造梦钱塘都市创新创业回廊；江东段以滨水田园风情及围垦文化创新为特色，集聚田园、生态、文化、休闲等要素，打造钱塘江围垦历史文化长廊。

这个"双城"呢？即东部湾新城和江海之城。东部湾新城围绕推动产、城、人、生、科、文深度融合，着力打造具有时代特征、钱塘特色、滨水特点的未来城市发展新空间；江海之城以"湾区魅力门户，星城魅力客厅"为目标，联动桥头堡、高铁新城和制造业产业功能平台，以南沙大堤串联古海塘、蜀山等历史文化资源，打造具有钱塘韵味、职住平衡的江南田园郊区新城。

看到了没有？在这片由上一代拓荒者用双手筑起的531.7平方千米的热土上，新一代钱塘人用智慧和勤劳接续传奇，肩负打造"世界级智能制造产业集群、长三角地区产城融合发展示范区、浙江省标志性战略性改革开放大平台、杭州湾数字经济与高端制造融合创新发展引领区"的艰巨使命，而随着钱塘区《高能级战略平台行动计划》的出炉和逐步落实，一幅现代版"望海潮"画卷正在徐徐展开。

想不到，一个"钱塘江时代"，从"跨江"到"拥江"，虽然仅是一字之差，给杭州带来的却不仅仅是面积的变化，更重要的是区域经济地理格局的改变，还有新发展理念在杭州的实践。我们有理由相信钱塘一定更繁华！

第 十 四 章

• • • •

走向世界的辽阔

记得第一次到美国考察，我们介绍是从杭州来的，老外多数摇头不知，但说杭州是上海南翼的一个城市，那里有一个美丽西湖，这时所有老外都鼓起掌。在我们纳闷时，一位美国老教授告知，1972年，震惊全球的中美上海公报，发表在上海，但是诞生地是西湖。西湖还为中美谈判提供了智慧的解决方案。

改革开放以后，尤其是西湖国际博览会（以下简称西博会）的恢复举行、G20大会的成功召开、"一带一路"的推进，以及亚运会的筹办，使杭州的知名度飙升。

这一看，考虑山水和人文历史的城市禀赋，大力发展杭州会展业是题中应有之义。应该说，会展曾让杭州尝到了头口水，所以杭州在第一时间把会展管理体制改革列为重点改革任务来做，出台了深化改革的实施意见，市财政局、市国资委代表政府，无偿划转市西博办所属杭州西湖国际博览有限公司等三家企业股权，市会展办下属的西博公司、休博公司、西博文化公司划归市商旅集团。

2018年3月30日，杭州市政府在西博会博物馆举行"市会展办（西博办）与市商旅集团划转企业"交接仪式，明确提出："杭州实行会展管办分离、事企分开。主要考虑到，杭州会展业已进入3.0时代，G20杭州峰会为杭州会展业的发展带来了一块分量十足的'金字招牌'。未来几年，世界短池游泳锦标赛、亚运会等众多国际性重大赛事、会议展览的举办，也将给杭州会展业发展带来前所未有的机遇。杭州会展业也要在'后峰会、前亚运'战略机遇期中，乘势而上，借势发力。"

这说明会展不仅有苟且，还有诗和远方。

1

说起杭州会展业，百年前的西博会可能谁都绕不开。无意间，它开创了杭州、浙江甚至中国会展先河。

那一天，我们来到杭州宝石山南麓，在西子湖畔的北山路41～42号，见有一座带有欧式风格的黄色建筑，在绿树的掩映下，显得格外的醒目，门框上有一块"西湖博览会博物馆"牌子，原来这里是1929年第一届西湖博览会工业馆的原址。

1999年6月，杭州市政府决定，为纪念1929年的盛会、发扬杭州文化中开放大气的品格、打造杭州会展业平台，在1929年西湖博览会工业馆旧址上，建立西湖博览会博物馆。2000年10月20日，第二届西湖国际博览会在这里隆重开幕。

这么说，有人可能会问，伴随着杭州人对这座城市的生活记忆，是什么促成1929年首届西湖博览会在这里落脚？

出于一种好奇，我们叩开了杭州西湖国际博览会的大门。1929年初夏的一天，在西子湖畔，沿着北山路行至葛岭路5号，跨过上百级台阶，可见位于半山腰的两栋欧式小洋房。这时，客厅的手摇电唱机正在播放着一首气势恢宏的歌曲：

熏风吹暖水云乡，货殖尽登场，南金东箭西湖宝，齐点缀锦绣钱塘。喧动六桥车马，欣看万里梯航。

明湖此夕发华光。人物果丰穰，吴山还我中原地，同消受桂子荷香，奏遍鱼龙曼沂，原来根本农桑。

原来这是中央大学教授、著名词曲家吴瞿安先生刚刚写就的西湖博览会会歌。只见博览会会长张静江拍案叫绝，果然是好旋律，立马吩咐下属送稿酬1000元。

张静江出生在浙江湖州一个巨商家庭，祖父做丝绸生意发家。他的血液里继承了祖父的创业精神，也流淌着自己的豪侠之气。

一次，年仅10岁的张静江冲入火海，成功救下一名两岁女童，自己被严重烧伤落下终身残疾，但豪侠性格丝毫未改。

　　1902年，钦差大臣孙宝琦奉命出使法国，身边缺一个机敏能干的商务随员。有人引荐张静江，孙宝琦大为赏识。

　　1905年，张静江外出乘船时偶遇孙中山，开启了革命心智。这之后，他鼎力相助，以智慧和资财为辛亥革命的早日成功作出了重要贡献，让孙中山一直铭记于心。1924年，中国国民党第一次全国代表大会在广州召开，他亲自提名张静江为中央执委候选人并获选成功。

　　1927年，张静江任职浙江省政府主席，一边走出政治旋涡，一边醉心于"经济救国"，在电力、水利、矿业、铁路等方面做了不少实事，开始他主政浙江的辉煌篇章。其中令人敬佩的是，他举一省一市之力举办西湖博览会，对于发展我国民族工业、提高中国产品的知名度和信誉具有很大的促进作用。

　　这个时候，张静江为什么想到举办西湖博览会？主要来自两个方面的牵引。

　　首先，杭州的西湖时代亟待破题，以会展引领杭州经济，甚至带动浙江经济快速发展，应该是一个最佳选择。其次，据说早在5年前，浙江军事善后督办卢永祥、省长张载扬任内曾草拟过西湖博览会方案，后因江苏军阀齐燮元与卢永祥兵戎相见，此事宣告搁浅。时至1928年秋，国民革命军北伐大功告成，这个时候再次启动筹办西湖博览会，可谓顺水推舟。

1928年10月，由省建设厅起草了西湖博览会的提案，经省政府会议通过。在筹委会第一次全体会议上，张静江明确提出西湖博览会的十二字宗旨："提倡国货，奖励实业，振兴文化。"

他强调说："人们常说在商言商，西湖博览会当然具有商业性，要争取多赚钱、赚大钱，然而，真正的目的是通过博览会鼓励发展实业，振兴教育，振兴文化，达到振兴中华之目的。因此，在馆所的设置上要充分考虑到我们的民族性和社会性。不但要有教育和文化的展地，而且在展示的产品和物品中要蕴含我们民族文化的精粹。"张静江是一个精明的商人，但他的爱国之心亦可明鉴。

当时杭州举办西湖博览会，政府没有一分钱的拨款，怎么办？

张静江毅然担负起这一重任，这位金融奇才，也是融资高手，决定以发行彩票的方式集资。彩票每条为10张，每张金额一元，共30万条，总收入300万元。以总额的三分之二作为博览会的经费，余下的为抽奖之用，设头等奖一个，可独得奖金10万元，其下再设二等奖、三等奖以及许多小奖。

在巨大的奖金诱惑和刺激下，奖券很快销售一空。为活跃市场，还在沿西湖各游览景点建造大批简易小木屋以供开设临时小店，展销各种产品供参观者选购，每间租金100元，为期四个月。此外，尚有门票收入以及车辆、游艇牌照等收入进账。

西湖博览会还有一个明文规定："出品以国货为限，在海外者，则以侨资工厂为限。"

为了展示中华工商业的繁荣，张静江决定在全国各地广泛征集名特产品，提出要在全国重要城镇设立西博会筹委会分会和出口委员会。筹委会经讨论，决定在皖、鄂、沪、浙等省市设立75个西博会筹委会分会，在苏州、无锡、常州、镇江及越南的南圻、印尼的万隆等地设立西博会出口委员会。

　　整个筹备工作不仅任务十分繁重，统一思想的工作亦十分艰巨。张静江先后主持召开了14次筹委会全体会议，在不断破旧立新中，进一步统一思想认识，完善筹备方案，加快筹备工作的进程。如卫生展馆的设立，就是在非议、反对和诽谤声中由张静江力排众议而定的。

　　张静江在第二次筹委会全体会议上说："卫生关乎民族盛衰切矣！西欧各国讲卫生、讲文明，国力强盛也；亚洲各国不倡导讲卫生，国力弱也。可见，卫生与国力是一对孪生兄弟，不能随意割裂。我们办西博会是为了国家强盛，那就要办卫生馆。我们不但要办卫生馆，而且还要办教育馆、文化馆和革命纪念馆！"诚如该馆创设宗旨中强调的："我民族不注意卫生，而肇今日民族前途之危险……咸卫生化而造身强体健之民族，用以负荷救国之重任，挽回民族之衰靡。"

　　卫生展馆的陈设都和吃喝拉撒有关，如厕所是仿欧式建筑，里面冲洗与消毒等设施一应俱全。还有"通俗卫生教育"的陈列，有关于如何注意孕期卫生，如何过好夫妻生活之类的展示，此举在20

世纪二三十年代的中国是破天荒的，令参观者闻所未闻。该馆经历了从开始遭人反对到后来普遍受到欢迎和认同的过程，可见张静江是独具匠心，高瞻远瞩。

张静江为办好西湖博览会殚精竭虑，千方百计想借助这个载体宣传民族精神，教育国民，振兴中华。在筹委会第三次会议上，张静江又别出心裁地提出要设立"禁烟陈列室"。他在会上慷慨陈词："民国元年，我同鹤卿（蔡元培）等人在上海搞'进德会'，其中就有戒烟一项。烟毒一日不除，不但工商事业不易发展，咱们中华民族的图强亦难以进行。"该次会议最后决定：博览会专门成立一个"禁烟陈列室"，进行禁烟宣传，并特别致函全国禁烟委员会，请他们提供各类烟毒标本，如鸦片、吗啡、海洛因、高根、金丹、红丸等，入馆陈列，详述其危害。

所以，博览会还于10月4日借大礼堂举行了"杭州市各界拒毒运动宣传大会"，特邀前驻比利时公使王景岐作《政府与民众应一致努力拒毒》的演讲，著名经济学博士马寅初作《拒毒须从家庭做起》的演讲。张静江亲自参加了这次大会，在最后总结讲话中，喊出了"没有毒品的世界就是天堂"的口号，赢得观众的阵阵掌声。

西湖博览会是一次全省乃至全国政治、经济、文教、科技的大会展，筹委会根据张静江的主张精心策划，并征得社会各界的意见，最后确定西湖博览会共设"八馆二所三个特别处"。八馆分别是革命纪念馆、博物馆、艺术馆、农业馆、教育馆、卫生馆、丝绸馆、工业馆；二所是特种陈列所、参考陈列所；三个特别陈列处为铁路陈列处、交通部电信所陈列处、航空陈列处。其中，工业馆规模特别大，除展出本省工业主要成果和优秀产品外，还引进世界上最先进的工业产品，如家电、电讯装置、初级自动化设备等，由浙江大学工学院院长李熙谋兼馆长。

西湖之大，会址究竟放在何处最佳？

张静江多次召开碰头会，集思广益，发动各界人士建言献策。他认为选好会址是西湖博览会成功的一半，既然博览会冠以"西湖"之名，就要借重这"淡妆浓抹总相宜"的西子魅力，将会址放在西湖最具代表性之地。

西湖之美，孤山最佳。这里青山绿水，园林古迹众多，是西湖的精华之处。筹委会权衡再三，决定将孤山与里西湖连为一体，作为西湖博览会的会馆和展馆，在北山招贤寺至孤山放鹤亭之间跨湖架桥将其串通，这无疑堪称一绝。

最后张静江一锤定音，将地址选择在里西湖的四周，包括断桥、孤山、岳王庙、北山、宝石山麓与葛岭沿湖这周长4000米、面积约5平方千米的地区内，大门设在里外西湖之交点、断桥的东北处。具体分布是：

革命纪念馆，设在西湖孤山一带的唐庄、平湖秋月等处。在白堤尾端建立骑街牌楼；于平湖秋月厅前建革命纪念塔，在厅内设革命书籍阅览室及售书室各一个；在唐庄设总理纪念厅一个、陈列室

6个，除陈列总理纪念物外，还有先烈遗像、遗物、遗墨、摄影作品、图表、证件等物品，共计2000余件陈列品。

博物馆设矿产、昆虫、植物、水产、动物标本及动物图画6部分。王电轮庄为矿产部，林社为动物部，巢居阁及林典祠为昆虫部，西北新建房舍为植物部，水产部与昆虫部之间为动物部，放鹤亭为该博物馆的休息室。本馆展品除向本省及外省致函征集外，还派员到各省及南洋等处收集，到天目山一带采集植物标本。该馆陈列范围很广，共陈列展品4988种。

艺术馆，从照胆台起至陆宣公祠一带为馆址。展品一是向私人征集，并由故宫博物院、山东武梁祠、南京古物保存所、河南龙门、山西云冈等处代征；二是设计，包括绘画、雕刻、金石、建筑、工艺品、民间艺术品。

农业馆设在忠烈祠、文澜阁、中山公园等处，面积百余亩。该馆分蚕桑、农艺、农业社会三部，展品为园艺、农艺、农产制造三类，建筑以农事性质分筑。该馆陈列品十分丰富，如蚕桑部有养蚕各期标本照相图片、桑园的各式栽培法、育蚕室的各式饲养法、蚕桑研究的各种仪器等。

教育馆设在浙江省立图书馆、徐潮祠、朱公祠、启贤寺及颐兴花园一带。展品有教育之成绩、统计、设计用品、教育机构活动状况，有摄影、歌谣、著作及民间故事、民间游戏、谜语、神话、童话、风俗、先哲遗迹等。展品除向各省教育厅及大学征集外，还派专员向北平、上海、南京等处征集。该馆陈列各种展品44700余件。

卫生馆设在西泠印社、广化寺、俞楼社寓等处,展品内容分为医学、药学、食品、嗜好品、化妆品、运动器、保健、防疫、卫生教育、学校及工厂个人卫生、肺病传染等12部。展品除南京卫生展览会全体物品运杭陈列外,广东、河北等地亦有大量展品送馆。该馆参观人数较多,达206万人次。

丝绸馆设在里西湖一带,东起西藏殿,西迄西泠桥。该馆设6大部:丝茧部、纺线部、绸缎部、服装部、装饰织物部、丝绸统计部。另有各厂家商号特别陈列多处。在服饰织物部内还布置了一个结婚礼堂,男女人物模型惟妙惟肖,其装饰为中国丝绸制品,突出国货形象。

工业馆设在葛岭之下王庄、菩提精舍、抱青别墅及新建口字厅一带。该馆依展品性质分陈四个分馆,其下又划分为98区。展出物品内容丰富,模型除自制外,还函电各厂商征集。展品有模型、历代工业家图像、中国伟大工程图说等。

特种陈列所设在坚匏别墅、兜率院、大佛寺等处。凡各机关图表、模型及不属于其他会馆的物品均归本所陈列,分浙江省政府建设厅陈列室、中央建设委员会陈列室等9个陈列室。陈列物品分图、表、模型、标本四类,共计10000余种。

参考陈列所设在岳庙,以征集外国物品供国人参考为目的。展品分原料与机器两大部分,由该所委托驻沪办事处和外国厂商如爱立司、西门子等厂家征集。该所筹备时间最长，开馆推迟了近两个月时间。

这些筹备情况，先后刊登在《上海新闻》附印的西湖博览会筹备周刊上。筹备处还专门设计了西湖博览会的会旗、会徽、纪念章和纪念册，发行有奖游券和纪念明信片。会场设有临时邮局，凡加盖"民国十八年西湖博览会开会纪念"戳记的明信片可免贴邮票投递。

1929年6月6日，西湖博览会正式开幕。来自浙江省国术分馆的运动员举行了国术表演，随后观众参观各陈列馆所，当天人数多达10余万，颇是空前绝后。

入夜，各馆所还分别举行了京剧、舞蹈、音乐、电影、杂技、交际舞等表演。满湖灯船，映照出波光粼粼；焰火四射，汇聚着五彩缤纷。

整个博览会展品多达14.76万件，以国产为主，在参考陈列所中则陈列有外国物品，以示比较。为了鼓励实业，振兴国货，提高质量，博览会特成立审定委员会，对展品进行评奖，从而提高了中国特别是浙、杭产商品以及杭州西湖的知名度，对发展民族工业起到了积极促进作用。

博览会期间，还进行了飞行表演，请名人、专家作有关政治、经济、文化与技术等各项专题讲演64场，举办了乒乓球、登高、男女自行车、象棋、围棋等多项体育比赛。主办方在注重经济唱大戏的同时，亦未忘记"文化搭台"。

博览会原定10月10日闭幕，后因游客踊跃，参观者络绎不绝，延至10月20日结束，前后历时137天，参观人数达2000余万人次。参观者不仅有全国各地各行各业代表，还有海外及华侨团体，如美国华侨参观团、美国记者团、日本考察团、日本教育考察团、英国商务考察团、朝鲜考察团、万隆考察团等前来参观、考察、洽谈业务。展览期间来杭州的国内外代表团体达1000多个。

西博会取得巨大成功，一时间轰动浙江和全国，在国际上也产生了影响。我国曾于1910年在南京开过一次南洋劝业会，又于1921、1922、1923及1928年在上海举办了四届国货展览会，但1929年举办的西湖博览会，无论是规模还是气势都是盛况空前的。

同时，西博览见证了杭州这座城市的百年蜕变，既是杭州会展业历史的源起，也是中国现代会展业发展的开端。尤其，张静江这位"跛足巨人"的文明一小步，创造了一个中国奇迹。

如今，张静江故居改名为"静逸别墅"，由他与妻子朱逸民的名字中各取一字组成。而面朝西湖的故居门口的北山路，曾经就叫"静江路"。

2

"钱塘自古繁华"，宋朝词人柳永的《望海潮》如此评说了当时的杭州。到千年之后的今天，这句话更像是一个伟大的预言。

2015年11月16日，一则消息从土耳其安塔利亚迅速传遍全球。中国国家主席习近平宣布，2016年G20峰会将在中国杭州举行。人们不免要问，G20为什么需要中国？回答这个问题之前，先说两个故事。

第一个故事：二十国集团以及全世界的目光一齐聚焦杭州，他们急切期待以此峰会迎来自身的尽快转型。

大家晓得，G20是2008年10月15日为应对由美国金融危机导致的世界经济出现的恐慌性局面，由美国发起的，邀请20个最重要的国家举办的第一次华盛顿峰会。随后的8年，一共在9个国家举行了10次峰会。因为美国举行过两次，加上中国这一次就是第11次峰会。这件事情很清楚了，也就是说应对国际金融危机发起的一次会议。

G20的概念是1999年由当时的G7财长和央行行长会议提出的。他们为了应对东南亚经济危机以后新的国际形势，就决定扩大G7，后来俄罗斯加入变成G8，这样一个协调的框架，到2008年扩大为G20。

G20没有常设的机构，没有专门的秘书处，也没有专门的执行机构，主要是这些国家的首脑作为协调人，由财经这两个双轨机制作为支撑，再加上财长会议以及专题工作组会议作辅助的一套运作的框架。峰会一年开一次；财长会议一年可能开两到四次；还有各个专题小组的会议、副手的会议，以及专门领域的部长会议。它的工作小组现在有8个，再加上两个研究小组。

G20创始成员，包括美国、日本、德国、法国、英国、意大利、加拿大、俄罗斯、中国、阿根廷、澳大利亚、巴西、印度、印度尼西亚、墨西哥、沙特阿拉伯、南非、韩国、土耳其等19个国家和作为一个实体的欧盟。G20涵盖面广、代表性强，其构成兼顾了发达国家和发展中国家以及不同地域平衡，在全球事务中发挥着举足轻重的作用，成为共同应对全球性问题的有效多边机制。

第二故事，作为G20峰会举办城市、世界瞩目之地，整个杭州更是为之沸腾。

官方称，G20杭州峰会是2016年中国最重要的主场外交，也是近年来中国主办的级别最高、规模最大、影响最深远的国际峰会。

说到这里，人们一定会问，G20为什么会选择在杭州呢？

杭州已不是第一次被追问"为什么是杭州？"近二十年来，杭州由一座无可争议的好山好水好人文的旅游集散地，变成了一座愈来愈有国际范儿的城市。杭州已不单单是江南水乡的代表，更是有能力和国际城市竞争的杭商选手。至少有四大理由可以解释G20为什么会选择杭州。

首先，杭州是中国传统文化的名片。如果说到中国的历史文化，那么杭州一定是一张重要的名片。选择杭州作为G20峰会的举办地，中国可以通过举办峰会的契机，一并将我国的历史文化更好地介绍给与会各国领导人。杭州不仅有西湖、钱塘江等美景，还有大运河和灵隐寺的历史文化遗迹；白娘子的传奇和梁祝故事也是举世知名。杭州作为G20峰会的举办地，风景和历史文化要素一定够格。

在世界知名度上，杭州也颇具实力。在13世纪，马可·波罗就在游记中赞叹杭州为"世界上最美丽华贵之天城"。杭州曾被美国《纽约时报》评选入"2011年全球最值得去的41个地方",还被联合国环境规划署评为国际花园城市。西湖、京杭大运河和良渚古城遗址也被列入《世界遗产名录》。

其次,杭州在外交上扮演过重要角色。虽然杭州不像北京和上海一样,有多次重大国际会议举办的经验,但杭州在中国外交历史上曾多次扮演重要角色。正如开头说起的,1972年尼克松访华,奠定中美建交的《中美联合公报》谈判异常艰难。正当谈判进行不下去的时候,周恩来提议把谈判地点换到杭州,最终中美双方在杭州西湖就联合公报达成了一致。

再次,杭州有发达的数字经济。G20峰会的定位是全球经济合作论坛,在选择举办城市时,经济发展会是一项重要的参考指标,而杭州作为长三角经济区的核心城市,经济发展成就令人瞩目。杭州是中国最具经济活力的城市之一,并且连续多年被世界银行评为"中国城市总体投资环境最佳城市",《福布斯》杂志将杭州评为"中国大陆最佳商业城市排行榜"第一名。

全球最大的电子商务公司阿里巴巴、收购沃尔沃汽车的中国吉利汽车总部都在杭州。杭州已经集聚了全国超过三分之一的电子商务网站。在电子支付、云计算、快递、网络营销、信息技术、运营服务等领域,涌现出众多专业的电子商务服务商,有的成为全球最大的网络零售交易平台或全球最大的电子支付平台。

最后，杭州还是万众创新之城。作为国家自主创新示范区的杭州，创业氛围浓厚，杭州金融机构数量多、种类齐，而且创新都走在全国的前列，众多金融机构为创业者提供融资服务，能够满足各类创业者需求，这都是杭州非常强的优势。

杭州还在努力打造"创业者的天堂"，建立有各类孵化器、众创空间，引进创新创业的海外高层次人才，加大对科技的投入，激发全社会创新活力和创造潜力。包括已建立的极客创业营等等的孵化器，几年来孵化出了无数个充满"生命力"的项目及创业团队，杭州已经渐渐成为投资人青睐的"投资热土"。

正因为杭州有着自己的独特优势，所以，2015年12月1日，中国正式接任G20主席国。2016年9月4日至5日，G20领导人第11次峰会在杭州正式成功举行。在中国推动下，G20峰会第一次将发展问题置于全球宏观政策框架的突出位置，第一次围绕落实2030年可持续发展议程制定行动计划。

同时，杭州峰会的主题也正式确定为"构建创新、活力、联动、包容的世界经济"，还设置了创新增长方式、更高效全球经济金融治理、强劲的国际贸易和投资、包容和联动式发展四大板块。

围绕这一主题，中国在之前9个月时间里，在20多个城市举办了各类会议数十场，包括三次协调人会议，三次财长和央行行长会，贸易、能源、就业、农业等G20专业部长会，以及妇女会议、智库会议、民间社会会议、劳动会议、青年会议等。这些会议都从不同领域、不同角度，为杭州峰会做了全方位的铺垫。

在中方推动下，G20在加强结构性改革"顶层设计"方面也取得了里程碑式的成果，明确了结构性改革的9大优先领域和48项指导原则，并制定了一套衡量结构性改革进展和成效的指标体系。中国还重启了国际金融架构工作组，推动建立更加稳定和有韧性的国际金融架构，并首次把绿色金融引入G20议程，创建了绿色金融研究小组。

此外，具有突破性的是，贸易部长会议发布了G20历史上首份贸易部长声明，同意加强区域贸易协定透明度，确保其与多边规则的一致性，批准了首份《G20全球投资指导原则》，为加强全球投资政策协调作出历史性贡献；能源部长会议则提出将能源普及重点从撒哈拉沙漠以南非洲地区扩展到尚有5亿无电人口的亚太地区，并鼓励成员制定可再生能源发展战略和行动计划，促进可再生能源投资，实现可再生能源在全球能源结构中所占比重大幅提高。

G20杭州峰会共达成近30项主要成果，成为历届峰会成果最丰富的一次。

9月4日晚，杭州为G20与会来宾，呈现一台全新的大型水上情景表演交响音乐会——"最忆是杭州"。创排秉承服务于"创新、活力、联动、包容"的G20杭州峰会主题，体现"西湖元素、杭州特色、江南韵味、中国气派和世界大同"的要求。演出节目包括交响乐、舞蹈、越剧、古琴大提琴合奏、钢琴独奏等，中西合璧，美轮美奂。

这场50多分钟的亚运会艺术盛宴，表达了东道主的心声，寄语各国朋友——无论何时何地怀想，"最忆是杭州"，期待"何日更重游"。同时，也向世界传达着融合共处的美好愿景，更传递着中国的文化自信。

3

物换星移。杭州延续了古典美，也将会展的现代美、竞技美融为一体，在这里，杭州亚运会筹办无疑将是最好的一次体现。

杭州亚运会吉祥物，是一组承载深厚底蕴和充满时代活力的机器人，组合名为"江南忆"，出自诗人白居易的名句"江南忆，最忆是杭州"。三个吉祥物分别取名"琮琮""宸宸""莲莲"，以清丽、雅致、婉约的江南色彩"出装"，分别代表了杭州拥有的三大世界遗产。

2018年8月6日，杭州亚运会会徽"潮涌"首发。钱塘潮水奔涌之姿，江南人文意蕴风韵，在一弯扇面上呼之欲出。

一个月后，雅加达亚运会闭幕，杭州终于接过会旗。这也标志着亚运之火第三次来到中国。从紫禁城北京到花城广州，再到西子湖畔的杭州，中国体育薪火相传，奔涌向前。

源自良渚文化的杭州亚运会火炬"薪火"，不仅喻示着中华文明的薪火相传，也向世界展示了真实、立体、全面的古代中国、现代中国和未来中国。

这是一个万物互联的时代，在亚运舞台之上，杭州已经张开怀抱，向亚洲各个国家和地区的人民发出用心交融的诚挚邀约，所以杭州亚运会主题口号就是"心心相融，@未来""Heart to Heart, @Future"。

也就是说，自2017年开始选址规划，到设计、施工、验收各环节顺利完成，一座座场馆璀璨亮相，见证着亚运会筹办进程。2022年3月31日，随着绍兴棒（垒）球体育文化中心和柯桥羊山攀岩中心完成赛事功能验收，杭州亚运会及亚残运会所有竞赛场馆全部竣工并完成赛事功能验收。

杭州亚运会和亚残运会共建设56个竞赛场馆，其中42个分布在杭州市范围内，将承办35场亚运赛事和22场亚残运会赛事。而按照"杭州为主，全省共享"的原则，在宁波、湖州、金华、温州、绍兴5个协办城市，有14个别具特色的场馆，将举办帆船、攀岩、龙舟等赛事。

随着亚运会举办临近，我们来到杭州钱塘江南岸的奥体博览城参观，这里是亚运会的主体育场，是一个拥有80800座观众席的大型特级体育场。该造型取意于杭州丝绸纹理和动态钱塘江水的理念，由248片大花瓣、27片小花瓣组成的"大莲花"，静静绽放在钱塘江畔。

杭州亚运会主场馆（马立群 摄）

人们可能顿生好奇，亚运会为什么选择杭州？

事实上，杭州在申办亚运会之前，已先后举办过女足世界杯比赛、"斯坦科维奇杯"洲际篮球赛、世界乒乓球巡回赛总决赛和国际马拉松等各类重要赛事，第14届世界短池游泳锦标赛，已经积累了举办大赛的丰富经验。

这次杭州在众多申办城市中脱颖而出，极大地彰显了中国的实力、杭州的诚意。而中国政府选择杭州作为申办城市，还有着多方面的考虑：一方面，杭州是长三角地区最重要的城市之一，文化繁荣、经济发达，又与国际大都市上海毗邻，区域位置十分优越；另一方面，浙江、杭州在体育方面的突出贡献有目共睹。浙江是中国自1984年参加奥运会以来，届届有金牌的两个省份之一。

还有，浙江的体育场馆基础良好、体育氛围浓厚、自然与人文环境俱佳。杭州在新建的奥林匹克体育中心，以及现有的浙江省黄龙体育中心等，完全能够承接大部分比赛项目，能够有效避免为承办赛事而大兴土木；杭州还是世界闻名的旅游城市。这些都能够帮助运动员有更出色的发挥，也有利于亚运文化的更好传播。办好一个会，提升一座城，这对杭州百姓来讲很重要。

那么，亚运会到底能给杭州带来什么影响呢？

我找到曾在一个班子中工作过的吴顺风先生，他现在是省统计局局长，从他手上拿到的数据，想必更有权威。

大家知道，杭州是继北京、广州之后，第三座举办亚运会的中国城市。先来看看广州。据广州市财政局公开数据显示，2010年广州亚运会共计投资1226亿元，是1990年北京亚运会的49倍，广州的城市建设速度比原规划至少加快了5~10年。广州市社科院测算，广州亚运会赛事方面的直接投资5年间拉动600亿的生产总值，城市建设投资拉动广州生产总值达1032.4亿元，亚运会关联投资为广州额外增加社会生产总值7120亿元。其中，亚运会额外增加社会消费19亿元，这19亿元又将额外为广州带来45.03亿元左右的生产总值。

亚运会又会对杭州的经济拉动起到什么作用？

第一个作用：大型体育赛事对固定资产投资的影响最为直接、最为显著，对杭州经济发展的影响将十分明显，能够带来更多的就业岗位。

浙江省统计局测算了亚运赛前筹办阶段的投资对杭州市生产总值、财政收入和就业人数的影响。假定在不举办亚运会的情况下，杭州市固定资产投资按历史规律变动。而在亚运会筹备阶段的2016—2020年，杭州市累计完成城市轨道交通、杭州西站、萧山国际机场三期、亚运场馆、亚运村等基础设施投资2248亿元，各大重点项目正抓紧施工，建设进度良好。亚运投资对杭州市生产总值的拉动量约为4141亿元，占同期生产总值的7.6%；对财政收入的拉动量约为1033亿元，占同期财政收入的8.2%；对就业人数的拉动量约为67万人，占同期就业人数的2.4%。

第二个作用：亚运会筹办的强大带动效应，还能推动杭州加快完善和补齐城市各类软硬件和基础设施，打造国家级的综合交通枢纽城市。

杭州的地铁轨道交通，从2015年的3条线路、81.5千米里程，增加到2020年的7条线路、306.3千米里程，并且实现10城区全覆盖。亚运会前，杭州地铁将建成"十普一快两市域"城市轨道骨干网络，运营线路将达到12条、运营总里程达516千米。同时，杭州都市圈内正配套建设杭绍城际、杭海城际、杭德城际等市域城际线路，将形成多网融合的都市圈轨道网，轨道交通基本覆盖亚运场馆。在"十三五"时期，杭州基础设施投资年均增长11.6%，比整个固定资产投资高4.5个百分点，有效投资助推经济发展，生产总值年均增长7.0%，高质量发展势头向好，城市能级蓄势跃升。

可见，亚运会的举办为杭州城市公共产品的供给和公共服务的提升都已经起到了强大的推动作用。城市环境、市容市貌、城市管理服务水平、城市抗风险能力水平都有显著提升。

第三个作用：亚运会也是拉动消费、扩大内需、推动经济高质量发展的新动能。

从前几届的经验来看，亚运会能有效促进体育产业和会展经济；拉动当地制造、建筑、运输、餐饮住宿服务、商品零售、电子通信、体育用品、休闲旅游、文化等领域产业发展。

杭州亚运场馆建设及赛后运营能推动建筑业、新材料产业、会展业及体育旅游餐饮娱乐文化产业的发展，实现产业结构优化升级，经济结构朝着更符合现代化大都市的方向调整。共新建场馆12个，改造其他场馆及设施43个，亚运村一个、亚运分村四个以及新闻中心，促进了高新技术、新能源、新材料、节能环保、新一代信息技术和物联网产业等崭新产业发展。同时，运动健身、休闲养生、线上诊疗、生物医药等产业方兴未艾，赛事经济集聚发展和"赛会+文旅"产业融合发展，体育动漫、游戏、电子竞技等新兴产业层出不穷。杭州加快大气污染源防治，提升城市空气质量。

第四个作用：亚运会的举办，也让杭州的"智能化"发展更进一步。

"绿色、智能、节俭、文明"是杭州亚运会的办赛理念。亚运场馆建设、开闭幕式文艺演出、体育科学发展等方面，无不展现着"智能"二字。杭州立足数字产业优势，加快推进互联网、大数据、人工智能与亚运会深度融合，到2022年，全市将建成5G基站不少于三万个，在亚运场馆和亚运村、城市重要功能区、交通枢纽等重要区域实现5G信号连片优良全覆盖，并将开拓"5G+4K/8K"高清直播领域应用。以人工智能为核心，杭州正打造智慧城市和未来社区建设新样本；构建立足健康和医保服务的个体数字化公共服务体系；建立城市公共安全数字监测平台，引导发展线上医疗、线上教育、线上消费、远程办公等生活工作新方式。

第五个作用：举办亚运盛会，无疑有助于拓展杭州的"国际朋友圈"。

杭州亚运会共设40个大项61个分项，预计将有超过10000名外国选手来杭参赛。体育赛事，能提升杭州在国际上的知名度和美誉度，让世界更了解杭州。

随着"大莲花""小莲花"、杭州奥体中心体育馆、游泳馆等世界级优质场馆的建成，后亚运时期，杭州还可凭借优秀的软硬件条件，申办各类世界级高水平体育赛事，为打造"国际赛事之城"助力。

举办亚运会将进一步推动补齐城市国际化发展的短板，扩大国际经贸合作和人文交流，吸引有影响力的国际组织在杭设立分支机构，吸引海外优质教育、医疗机构来杭合作办学办医，吸引更多海外高端人才来杭创新创业。

当然，对普通老百姓来说，亚运会后，可以运动的地方多了，健身的场地条件更好了，全民健身活动也会越来越热闹。

更重要的是，亚运会的场馆建设始终把赛时运行和赛后利用相结合，不仅仅是保障赛时需要，还将为城市留下巨大的亚运遗产。

百闻不如一见。虽说亚运会还未开赛，拱墅区运河体育公园这座曾经"留白"多年的"城中公园"，终于向市民敞开了怀抱。前一个周末，我专门跑到距家门口两三百米的公园，感受作为杭州主城区唯一新建的亚运场馆的魅力。

一出家门，我就能清晰看到公园内，一南一北两座体育场馆的美丽轮廓。南边玉琮造型的是国球中心，金色玉琮的线条倒映于人工湖"三叶湖"湖面之上，外体的鱼腹形双曲面鱼鳞状金属幕墙与菱形玻璃鳞片幕墙相互映衬。

进入场馆，7000个以粉红和白色为主基调、充满时尚感的座椅依次交错、层层而上，下半看台的座椅可伸缩调节。100平方米可自由升降的中央抖屏配备高清LED环屏，东西端还有两块60平方米的高清LED大屏，以及满足4K转播标准的照明灯具。通过这些屏幕，我们可以全视角观看杭州亚运会乒乓球和霹雳舞赛事的激烈赛况。

2019年，总投资约28亿元的拱墅运河体育公园项目正式启动。历时两年，2021年10月31日，运河体育公园通过杭州亚组委赛事功能验收，并于两个月后正式对外开放。

作为杭州主城区唯一新建的亚运场馆、最大的城市体育公园，这里或将成为杭州新的标志性建筑。而其科学灵活的宏观肌理和独具匠心的细节设计，也让我们看到这座公园独特的一面。

早在2018年，美国设计公司Archi-Tectonics在赢得国际设计邀请竞赛后，最终获得运河体育公园概念方案的委托设计。正如设计师对于艺术与建筑关系的理解，一座城市的特色文化应该成为现代化、智能化设计的驱动力，不管几十年、几百年后，这种出色的设计都会是经济的、可持续的。

走在运河体育公园，可以更直观地感受这些建筑群背后，是一座城市深厚历史底蕴与现代科学技术的碰撞。国球中心吸引人眼球的玉琮造型，正是取自良渚古城的玉琮，这是中国古代文化中最为神秘的物件之一。场馆以玉琮的几何形状为起点，中心的外形为"方"、内有圆洞。根据设计者的意图，这里可以有效地将运动的竞技赛场即时转变为可观看的表演场所，营造层次更为分明的动态场景。

另一侧的曲棍球馆，是半透明羽翼一般的屋顶结构，据说是借鉴杭州"油纸伞"轻盈的竹制材料和伞面架构原理。我们可以看到，曲棍球馆的大跨度屋盖，如竹制覆面内墙的饰面装点，实木以及钢制结构支撑着弯曲的玻璃幕墙，以拱形构件支撑着整个看台。"曲棍球场的罩棚使用的轻质PTFE膜材料，既能遮光又能透光，光与影的交错营造出更为轻盈柔软的氛围。"负责整个公园项目规划设计的浙江省建筑设计研究院全过程工程咨询院负责人说。

前后花了两个小时，我完整地走完一圈体育公园后，更为其科学巧妙的构思所震撼。山谷商业地带像脊柱一般流畅地连接起体育场馆、商店、餐厅等地面建筑物，从南至北，两座体育场馆被放置于长达1600米的线性场地的两端，下沉的长廊、环绕的跑道连接着它们。优美的建筑群外立面、处处流淌的艺术线条、分离而不割裂的各个区块，像一件完整的艺术品展现在人们眼前。

"建筑群在未来的很多年内，依旧会是城市生活的中心，因此，我们设计的公园和建筑物要能够适应这些未来用途。"设计院负责人还透露，运河体育公园的规划设计不仅仅是满足亚运的赛事需求，还更多考虑了未来公众的永久使用。正因如此，公园还担当着"城市海绵"角色，通过整合植物、湿地，收集、过滤和再利用雨水径流。

体育公园并没有被城市"孤立"，而是有机地融合于城市建筑与景观中，将这座城市、人们的生活，科学有效地扩展至更多可利用的景观与空间之中。

如果没有远期规划，在运动会结束后，很多的体育设施可能会"闲置"。但通过合理规划，体育场馆在几十年后依旧时尚前卫，成为城市地标，为当地居民最大程度利用的亦不乏其例。

正如设计者所述，规划纸页上的亚运公园也是这样的，既是着眼于杭州未来、支持城市持续发展的，也是后亚运时代的"未来社区公园"。未来某一天，人们从地铁站出发，步行到达公园，这里有健身中心和商业街区，打上两小时的球，饱餐一顿，前往屋顶花海逛逛；稍晚的日落时分，还可以在这里参加一场露天音乐会。

亚运会后，运河体育公园将由蓝城集团接手进行运营。"国球中心主要用于举行体育赛事、文化演出、企业年会等活动，曲棍球场还将进行场地改造。"蓝城集团项目负责人介绍，公园将依托商业部分支持日常运维，以发挥公园更大的公益属性。目前，商业街区已引入"天之音"浙江首店（原创音乐首发现场+live house）、音餐吧（明星店）等品牌，星巴克、肯德基等品牌也将陆续签约。

一边是顶端的设计创新，为满足举办体育赛事需求而伫立，是体育精神的养分供给；另一边是运河文化的延续，这座多功能的体育公园将满足全民健身、临时展览、业余训练等多样化的社会需求。亚运之后，这方自然人文的立体空间，将变得更具艺术性和舒适性。

这些经济与社会效益，统计部门也许还真的一时难以量化，但经这么一走之后，我原先对亚运场馆建设的种种担忧，早已荡然无存。

天有不测风云。就在我们充满着无比信心的时刻，2022年5月6日，亚奥理事会宣布，经与中国奥委会和杭州亚组委协商，并经亚奥理事会执委会会议讨论决定，原定于2022年9月10日至25日在中国杭州举行的第19届亚洲运动会延期举办，新的举办日期将由有关各方协商一致后对外公布。本届亚运会的名称和标识仍保持不变。

得知这一决定主要是考虑当时疫情影响、亚运会参赛规模和技术准备等情况，经过慎重研究作出的。但亚运会延期，可能会在经济上给杭州带来一些直接影响。如，近40亿的赛事赞助费可能暂时落空了。再如，花了100多亿建造的亚运场馆也暂时不能投入使用，还要支出大笔的场地管理费用。原来预期亚运会或能给当地的旅游、服务业带来的效益也将延迟。

往好处说，由于延期带来的时间空当，杭州可以进一步完善因疫情间歇性停工的亚运会配套基础设施，对周边房地产业有一定的辐射与带动。如果疫情得到进一步控制，亚运会或许能对全世界游客完全开放，届时当前的旅游、服务行业的损失也将"堤内损失堤外补"。杭州亚运会组委会也表示，将在亚奥理事会和中国奥委会的支持指导下，各方共同努力，继续做好各项筹办工作，相信延期后的杭州亚运会终将获得圆满成功。

也许，迎接和举办亚运会，是一道关乎经济、社会、民生的论述题，考验着城市的综合实力，但这道题目的最终落脚点，无疑是让百姓成为最大的赢家。

4

如果说西博会、G20、亚运会等国际会议成功举办，成就了杭州的创新、活力、担当，也渐渐成为杭城发展史上一份珍贵的财富，那么，杭州其他土生土长，甚至一开始就是名不见经传的展会，又能在西湖掀起什么样的浪花呢？

这里讲一个10多年前的故事。确定地说，是在2005年首届杭州动漫节上，我以浙江省发改委服务业处长身份参会，遇上多年未见的中南集团吴建荣老总，他说自己的企业在做动漫。

我惊叹地"啊"了一声。因为我在一家省属国有企业当厂长时，他还在萧山长河搞建筑，当地土话叫"包工头"。因我是生产建筑材料的，他就隔三岔五上门想买点优惠建材。

三十年河东，三十年河西。吴总见我久未吭声，知道我可能有陈见，忙提醒道："千万别小看民营企业啦！"跟着马上又是一句："杭州不是被人称为'现代童话'嘛，动漫就是想让这个童话更加美丽、更加生动。"

我当然清楚，动漫业是当今世界上独具魅力、市场巨大的朝阳产业之一。在21世纪初，不少城市开始布局动漫产业的发展。而杭州这座"天堂硅谷"利用自己独特的软件产业优势，与时俱进，顺时而动，率先亮出了建设中国"动漫之都"的旗帜。

2004年12月，杭州高新区被批准设立"国家动画产业基地"。杭州高新区党委、管委会始终把"营造政策洼地，形成产业高地，加快集聚动画产业"放在首要位置，还专门成立了"杭州高新区动画产业基地建设领导小组"，又筹建"杭州高新区动画产业基地专家咨询委员会"。

2005年2月，杭州发布了鼓励和扶持动漫产业发展的一系列政策措施，对动漫产业的领域范围、入驻基地的企业条件、扶持政策、奖励办法等作出具体的规定。一时间，纷至沓来的中外企业考察代表，纷纷感叹杭州对发展动漫产业如此周全、如此高含金量的扶持政策，在全国可谓首屈一指。

"在杭州举行首届中国国际动漫节，杭州看中的并不只是一个节，而是这个产业在杭州的落地、生根、开花。"吴总不管我想不想听，执着地说着。

作为杭州本地最具代表性的动漫企业，吴建荣组建的中南卡通，可以说是与杭州动漫节一同发展起来的特殊伙伴。早在2003年，中南就开始转型升级到文化创意产业，成为杭州第一批"敢于吃螃蟹"的民营企业。

回想起参加首届动漫节的种种，吴总还与我分享了从申办、筹备、策划、布展到获得圆满成功的幕后故事。

"首届动漫节尽管准备得非常匆忙，但氛围特别好。记得当时为了成功申办，省市领导几次专程到北京发动了所有的力量，让评委们看到了杭州对发展动漫产业的决心和信心，后来的成绩也充分证明，杭州有这个优势和实力办好动漫节。"

而参与其中的企业，更是深深体会到节展带来的巨大影响。像中南卡通的《天眼》作为杭产动画代表横空出世，在首届动漫节CGCN2005原创动漫大赛还获得特别奖，成为当年最受关注的动画作品。国内外的合作商、电视台也是不请自来，40多家国内地方电视台上门购播《天眼》。

会展中心的展区，自然成了小朋友们的乐园，最新开发的数十种衍生产品，因来不及补货而数度脱销。动漫节让企业可能需要几个月甚至一年半载想进行的活动或对外交流，在几天里就实现了。

吴总还告诉我，有很多朋友的公司，包括北京、上海、台湾，甚至是韩国、新加坡的企业都在第一届动漫节后纷纷进驻杭州。"这就好比筑巢引凤，政策好了，环境好了，基础实了，人才和企业自然跟进。"

不过，我还是没有敌意地幽默一声："现在是不懂文化的人在搞文化。懂文化的人，靠边站。"

或许这话很伤人，但吴建荣摸了摸他那八字胡子，很智慧地回了我一句："兄弟，我正努力'把外行的事做成内行'。"

"啊，哈哈。"笑声在天堂杭州的天空激荡。

"如果说首届动漫节落户杭州，是杭州的地缘优势和产业实力打拼而来的话，那么，第二届动漫节再次落户杭城，正是凭借着杭州锲而不舍的实干精神打动评委而胜出。"之后，中宣部原副部长、原国家广电总局局长王太华曾对杭州成功举办动漫节给予充分的肯定和鼓励。

记得过了不久，吴建荣约我喝茶，我断定他的工作碰到什么麻烦，就问他："'动漫'还好吗？"

他直截了当地说："遇到了知识产权保护的问题。"说现在他的动漫，在中央电视台一播放，各种动漫衍生品，一周内就在省内某市场出现。

我问："为什么不赶紧向上反映？"

"找过了，我要求省里打击假冒伪劣。但省里有顾虑。"

我问吴总："后续怎么办？"

他悄悄告诉我说："现在我们发现外省有家乡镇工业园区，在制造我们的动漫的衍生品。怎么办？"

我说："赶紧上报，求得省领导的支持！"

没几天，省里就派出知识产权保护人员到省外那家乡镇工业园区调查，出乎意料的是，半夜一场大火，那家园区的整个厂房都烧得精光，让你死无对证！

得知这个情况，后来我还对吴建荣老总说："动漫本身就是烧钱的事，主要靠衍生品赚点钱。眼下知识产权保护一年半载还难以起色，你是不是别再烧钱了呢？"

吴总没有回答我是或不是，自言自语道："那就全当缴学费！"

正因为有了中南卡通的不懈努力，从第三届开始，动漫节永久落户杭州，除了在政策、体制上进一步完善之外，还有两项其他地方无法比拟的"稀有资源"：一个是人才充足，一个是民营经济活跃。

是啊，杭州是一座拥有悠久历史的文化名城，人文气息浓郁，这里独特的自然人文资源为动漫及游戏开发提供了丰富的创作源泉。中国美术学院、浙江大学、浙江工业大学、浙江传媒学院、浙江理工大学等大专院校成为发展动漫产业的人才培育基地和自主创作的无穷资源。

而当独步全国的浙江民营经济与21世纪最有希望的朝阳产业相遇时，对于素有"创业天堂"之称的杭州来说，可谓"一遇雨露就发芽，一见阳光就灿烂"。

政府的政策和决心，为民营企业发展注入最有力的强心剂。优良的创业环境，吸引着越来越多的民营资本和国际资本涉足杭州动漫，越来越多的本土中小民营企业也将目光盯上新兴的动漫产业，杭州可谓离"动漫天堂"越来越近。

不过，一座城市能否真正成为"动漫之都"，并不在于她起步的早晚，而在于起点的高低。杭州，在中国动漫产业拉动引擎的时候，凭借着一次动漫节，抢到了一个有利的制高点，杭州的潜力和实力让她有自信引领中国动漫的未来。

……

时间过得真快，转眼来到2021年，受疫情断断续续的影响，孩子在电视上见到杭州动漫节要召开的广告，嚷着要去观看。我说，好呀，我的朋友就在那里做动漫。

那一天，我没有提前告知吴建荣，就直接从西湖边出发，沿中河高架一路狂奔，跨过钱塘江，三五分钟后穿越冠山隧道，就是满目山河、农家楼阁、碧波荡漾，这里就是滨江高新园区的腹地——白马湖。每年4月或5月初，杭州除了西湖边，白马湖的一年一度中国国际动漫节，都吸引了全球动漫从业者和爱好者，使得这里成为最热闹的地方。

这届动漫节，中南卡通"数智"动漫真的特别讨孩子喜欢。从8米高的人机交互巨型"天眼"机器人，到现场裸眼3D动画；从AI变脸，到飞行体感小游戏；从现场连线"跨屏唱响红歌接龙"的"之江一号"AI表演动画数字摄影棚，到"版钉"区块链数字文化版权保护平台，再到原创IP创作孵化平台，一项项数字动漫产品的出现，引起了业界与媒体的高度关注。

后来得知，在动漫产业高峰论坛中，中南卡通董事长吴佳出席，并与其他全国知名动画影视领军人物一道，参与了中央电视台财经频道《对话》栏目的录制，共同探讨中国动漫产业数字化发展的未来。

听说吴建荣有了自己的接班人，我当然为他高兴，毕竟动漫是件烧脑的事。在这次动漫节上，得知中南卡通共有8个精品动画项目参与推介，吸引不少来自电影院线、投资机构以及出品、宣发公司代表的兴趣。《天眼归来第二季》重磅亮相新片发布会，中南卡通旗下众多原创动漫IP也登陆授权大会，在服装、鞋帽、文具、玩具、潮玩等多个领域与客户进行授权洽谈。

在动漫节"中南日"主题日活动暨中南（杭州）数字文创谷开园仪式上，中南卡通先后与趣链科技签订合作协议、与中国网络作家村网艺文创签订共建原创IP创作孵化平台协议、与极光动漫签署网络动画《超能公寓》改编创作合作协议，并正式上线、发布了依托区块链技术的数字文化版权保护平台——版钉，这是中南卡通与趣链科技共同开发的面向影视创作、游戏娱乐、玩具周边等文化领域的全新版权存证、维权、授权平台，创新平台的发布让中南卡通继续领跑数字文创领域。

没想到这次动漫节成了中南卡通收获的时节，在第17届中国国际动漫节"金猴奖"揭晓仪式上，由中南卡通和央视动画联合打造的动画片《天眼归来第二季》一举斩获了2021"金猴奖"综合动画系列片类铜奖，并携新晋"金猴奖"之势，在央视少儿频道首播，引来了新一轮的收视热潮。而已经举办了16届的"天眼杯"中国国际少年儿童漫画大赛，首次通过网络方式提交作品，共有来自五大洲40多个国家和地区的42000余件作品参与角逐，促进这些孩子们实现属于自己的动漫梦想。

这些来之不易的成绩，最后让我还是按捺不住激动，接通吴建荣的电话向他表示祝贺。他当然仍是不忘初心，对我说道，杭州之所以能成为如今名副其实的"动漫之都"，这要庆幸16年前首届动漫节播种下的种子，才使得在杭州落地、生根、发芽并茁壮成长。

从"一年中有一半时间都住在杭州"的漫画家蔡志忠，到"最早入驻杭州的漫画家"之一台湾漫画家朱德庸，到从首届动漫节就开始参加的香港漫画家黄玉郎，到携经典IP"乌龙院"落户杭州再开新篇引发关注的台湾著名漫画家敖幼祥……那些陪伴我们成长的漫画大师们纷纷选择扎根在了杭州。

而杭州这片动漫热土，不仅成为更多人创新和创业的地方，也给这座城市发展带来全新的机遇，给全球整个行业带来经久不息的激情和活力。

尤为喜人的是，近年来，杭州动漫还加快了"走出去"，跑到国际舞台上讲好中国故事。据统计，2021年浙江数字文化贸易进出口额超过了150亿元，动漫成为浙江省数字服务贸易的第三大领域。在2020年度浙江省数字贸易百强榜中，中南卡通再次登榜，位列数字影视十强，连续16年蝉联国家文化出口重点企业，动画片出口稳居全国前列。在2021北京服贸会上，中南卡通还正式授牌成为"国家文化出口基地"。

这时，我又顺便向吴总打听："动漫工作你移交给了女儿，现在你是什么角色？"

他见我说话很开心的样子，估计他又想起10多年前我说的那句话，他马上说："你笑得早了！我现在还是中国动画学会副会长、杭州动漫游戏协会名誉会长、浙江中南控股集团董事局主席。"

我一声叹息道："好吧，慢慢隐身吧！"

他话锋一转："不过，做事有时还真当'旁观者清'！"

吴建荣的话带着萧山腔，话也很风趣，逗得我们哈哈大笑。

5

上面几个故事，也让人发现，会展业已是现代服务业的重要组成部分，也是展示一座城市文化气质的重要窗口。

刚好手头上有一组数据，截至2021年年底，杭州每年举办超过50人的会议逾万个，在专业展馆举办的展览超过200个，展示面积超过200平方米。如今，杭州从事会展及相关行业的企业有300多家，市会展协会单位会员已达200多家，总量翻了两番，这是西博会开办10多年来等带来的最直接的变化。

时下，打造"国际会议目的地城市"也已成为杭州会展业发展的重要目标，而杭州便捷的交通、舒适宜人的商务酒店、优美的风景、厚重的文化底蕴又将为这个目标加分。

如今在杭高校，设有会展专业的有11所，学生2000多人。尤其，随着杭州会展业的发展，连续17届西博会的举办，众多国际会议的召开，还培养了一支有国际视野、有专业化水平、有战斗力的人才队伍。

应该说，杭州会展业在西博会带动下取得了长足进步，发展速度很快，但是由于体制机制上的原因，也呈现一定程度的"无序生长""野蛮生长"。

为了能够承办更多大型的国际峰会，杭州还在加快培训了一批专业的司机队伍，人数有上千名之多，其中一项要求就是能够听得懂英语，至少可以用英语作简单交流。

杭州目前还建有杭州国际博览中心，可使用展览面积15万平方米，可容纳国际标准展位7500个；会议中心2.9万平方米，能够满足如G20、达沃斯、APEC等国际会议的要求。杭州拥有星级宾馆252家，其中五星级酒店14家，仅次于北京、上海，位居全国第三。在ICCA（国际大会及会议协会）对大陆城市承接国际会议的排名中，杭州连续第三年获得第三名，仅次于北京和上海。同时，杭州也逐步在国内外打响了"开会观展到杭州"的城市品牌。

站在双循环发展的新格局下，长三角一体化发展战略也在倒逼杭州向"数智杭州·宜居天堂"的方向发展。那么，杭州如何拓展城市格局、提升综合能级，展现"重要窗口"的"头雁风采"？

杭州已明确提出，要按照"多中心、网络化、组团式、生态型"的原则，构建"一核九星、双网融合、三江绿楔"的空间格局，持续做强国际交往平台，持续打造会展之都、赛事之城，推动更多国际会议、国际赛事、国际组织落户杭州。

特别是2020年年底开通的杭州地铁一号线三期，备受市民关注。也就是说，过了下沙江滨站后，第一站就是"杭州大会展中心"。

2021年10月的一天，萧山委派我主持杭州临空经济示范区"十四五"产业规划，我借机提出要充分发挥杭州大会展中心的作用。这个杭州大会展中心，是杭州会展新城的核心项目和首个启动项目，占地约1100亩，总建筑面积约110万平方米，投资高达145亿，已成为全国"三大会展中心之一"。

一年前，杭州大会展中心项目一期工程正式开工，会展新城建设打下"第一桩"，标志着杭州国际会展之都建设进入新阶段。坦然地说，杭州的数字经济、文化旅游、先进制造等特色优势产业，迫切需要一个高端的主场会展空间，来提升杭州国际化和知名度。

数据本身可能过于枯燥，但对于生活在这座城市的市民来说，一个最直观的感受就是，在家门口可以参加的国际大型展会越来越多，从吃喝玩乐到购物消费，从休闲体验再到文化熏陶，几乎无所不包。

说到这里，我还是要提醒一句，国际上展览业的产业带动系数大约是1∶9，正是会展经济如此高回报，才有可能点燃会展经济的激情。而杭州作为一座历史文化名城、国际旅游都市以及创建美丽中国先行区，会展业的快速发展不只是为了杭城如何走向世界，还有辽阔与未来，对吧？

第 十 五 章

. . . .

站在未来城市门槛上

这是一个解构与重塑的变革时代，这是一个跨界与穿越的创新时代。站在未来城市门槛上，仰望城市的天空，我们发觉太阳每一天都是新的。

此时此刻，千年古城杭州，也许会随着历史烟云渐行渐远，但时间总是不断向前，"胜似闲庭信步"，即便许多过往的城市故事慢慢被雪藏，不管从地理意义还是文化意义上，谁都不能否认杭州是华夏民族的一个重要历史坐标。

这个横坐标是政府治理留下的：历史街区保护—产城融合（包括工业遗存活化）—城市更新（包括城市大脑）—背街小巷（包括未来社区）—未来城市（包括城乡一体化），这里的每一步都是文明城市的一大步，属于城市的物质层面。

这个纵坐标是市井人家的幸福模样："人间天堂"—"联合国最佳人居奖"—"中国最具幸福感的城市"—"全国数字治理第一城"—未来城市（包括城乡一体化），这里的每一步都有魅力城市的万丈光芒，属于城市的精神层面。

而未来杭州城市到底何去何从？这个横纵向交叉的坐标轴，除了让我们窥到杭州的历史与现实，是否也在提醒着我们什么？

从人口看，2021年末，杭州常住人口已达到1220.4万人。按城区常住人口算，已进入特大城市行列。按杭州人口"十四五"规划，预计2025年杭州常住人口1370万，到2035年至少达到1500万人。这就是说，杭州在这一轮人口红利中已经渐渐抽离，那么，未来杭州到底拿什么来拯救自己？

从城镇化率看，2021年末，杭州城镇化率高达83.6%，已媲美发达国家。从全球的规律看，城市化率的天花板是75%～80%。即使再过100年，城市化可能也还会在75%～80%，不会变成95%。这也从某种意义告诫我们，杭州城市化的浪潮也已经过去，试问下一步杭州城市可以拿什么来支撑天堂？

……

一个个杭州的叩问，从我们脑海中蹦出，对杭州这一古老而又年轻的城市，我不敢说得太远，最起码在未来的三五十年间，杭州到底应该选择一个什么样的发展模式，才能寻找到未来城市可持续发展的密码？

1

站在未来杭州城市门槛上，应该说接轨长三角一体化国家战略，已是瓜熟蒂落，进而达到提升杭州城市综合能级和核心竞争力，打造成为长三角南翼强劲增长极。

为什么这么说？

毕竟，长三角地区是我国经济发展最活跃、开放程度最高、创新能力最强的区域之一，在国家现代化建设大局和全方位开放格局中举足轻重。尤其长三角一体化发展战略，与京津冀协同发展、粤港澳大湾区建设一起，成为国家重大区域战略。

杭州目前市域面积占长三角地区的4.7%，常住人口占4.3%，经济总量占6.4%，一般公共预算收入占7.2%——作为长三角南翼中心城市的杭州，如何更好地发挥在浙江融入长三角中的"头雁"作用？

还有，长江三角洲，这片长江入海前形成的冲积平原，是中国第一大经济区、亚太地区重要国际门户、全球重要的先进制造业基地，也是中国率先跻身世界级城市群的地区。

杭州，则是长三角的"地理中心"，沪杭宁、沪杭甬、杭宁合三大板块在杭州形成空间上的交汇，区位条件得天独厚。当前，杭州的城市能级正在蝶变，经济形态正在迭代，社会治理正在攻坚，迫切需要内生动力与外部赋能的交互作用，这与长三角一体化发展国家战略的实施形成了历史性的交汇。这两个交汇为杭州提升城市综合能级和核心竞争力带来了千载难逢的重大历史机遇，我们必须把握时机、抢占风口，更好地实现借势借力发展。

再从长三角区域发展态势来看，杭州既面临着上海超大城市的"虹吸效应"，也面临着周边城市的"洼地效应"。上海对龙头企业、高端人才的吸引力持续增强；由于临近上海这个国际大都市，许多国际化资源难以在杭落地布局。同时，随着基础设施的互联互通，嘉兴、湖州、绍兴等周边地区产业空间大、生产成本低等优势也进一步显现。

区域之间的合作交流从来都是机遇与挑战并存。大家都处于新的起跑线上，谁看得准、动作快，就能抢占先机赢得主动，一旦错过机遇，就有被边缘化的趋势。

这里人们不免要问，杭州到底如何走向长三角一体化？

以创新链产业链的协同效应为底座，形成高效协同联动的区域创新矩阵，共同打造世界级产业集群。需要杭州坚持全面深化改革，积极打破行政壁垒和制度壁垒，努力推动与长三角城市政策协同、规则协同、标准协同、要素协同，合力探索区域一体化发展的体制机制。

以交通的同城效应为骨架，加快构建城际轨道交通"一张网"，加快构建世界级航运航空枢纽体系。过去，杭州参与长三角一体化主要是以城市为单位的同城化；现在，杭州正以市域为主体，加快整个都市圈同城化发展，实现以都市圈为单位的集群融入。

以流量的放大效应为纽带，推动关键资源要素在大都市圈内高速流动、高频交换、高效增值。杭州必须成为南翼的高峰，在板块中走在前列。除了促进高水平的空间布局、高层次的产业发展，更要高水平地提升人民生活水平。

以人文生态的共生效应为特色，形成更高品质、更有底蕴、更加彰显江南特色的环境优势。杭州既要精心守护"中华文明圣地"，彰显历史文化名城新魅力；也要全力打造数字经济第一城，彰显创新活力之城新魅力；同时，还要通过统筹美丽城区、美丽城镇、美丽乡村建设等行动，努力建设美丽中国大花园，彰显生态文明之都新魅力。

就在我绞尽脑汁，思考杭州到底如何接轨长三角一体化时，2022年9月，上海市人民政府、江苏省人民政府、浙江省人民政府联合编制并印发了《上海大都市圈空间协同规划》。这是沪苏浙两省一市深入落实长三角一体化发展国家战略的纲领性文件，也是全国首个跨区域、协商性的国土空间规划。

上海大都市圈建设是上海与周边8个城市的"大合唱"，与南京、杭州、苏锡常、宁波都市圈等互为腹地、相互促进。要在现代化都市圈建设上率先展开探索，在完善城市化发展战略上率先走出新路，为长三角更高质量一体化发展创造新的鲜活经验。要汇聚资源、整合优势、联合起来，打造世界级都市圈，提升整体竞争力、赢得发展主动权。

浙江参会的省领导也明确表态，要进一步加强上海大都市圈与杭州都市圈的联动发展，在规划落实中突出沪杭同城一体化发展。

杭州在这里要深度对接，就是强化创新产业服务对接、强化对外开放服务对接、强化金融科技服务对接等。推动在沪名校名院名所与杭企建立定期对接机制，对接推动"张江研究+钱塘新区智造"，鼓励杭企到上海建立研发中心，加强两地临空经济示范区合作交流，吸引上海大型金融机构、金融总部在杭设立研究机构，等等。

杭州在这里要深度融入，就是融入一个拥有2.2亿人口的大市场，融入一个高端资源集聚的大平台。一方面，助推基础设施的互联互通，以构建与长三角中心城市一小时交通圈为目标，争取加快跨区域交通基础设施建设，包括提升杭州高铁枢纽功能，加快铁路西站枢纽建设，协同做好湖州至杭州西至杭黄铁路连接线、商合杭、杭临绩、沪乍杭铁路、宁杭高铁二通道、杭衢、金建高铁及杭绍、杭海、杭德等成绩铁路建设，积极审慎开展沪杭磁悬浮项目规划研究，打造轨道上的长三角中心城市。另一方面，率先在都市区实现公交化客运服务，全面推进萧山机场三期扩建，积极拓展国际航线网络，等等。

杭州在这里要深度协同，就是协同推进跨区域廊带建设，推动长三角公共服务共建共享，协同推进社会治理。包括携手推进"名城名湖名江名山名村"风景廊道，共同打造最具诗画韵味的江南水乡之旅；共推优质院校联盟，共同打造亚太地区教育高地；协同提升养老、医疗、失业保险在长三角城市间转移接续的便利化水平，推进跨区域医疗共同体建设，共同打造健康长三角，等等。

呵呵，当风轻借力，一举入高空。随着长三角一体化国家战略不断向纵深推进，作为"长三角金南翼"的杭州必将翻开新的历史篇章。

2

站在未来杭州城市门槛上，城乡一体化更是努力的方向，需要杭州尽快"东西并进"，进而实现缩小城乡差距、地区差距、收入差距，打造共同富裕示范区杭州样本。

说到"东西并进"，有人会问，为什么拥江东拓后的杭州，又得西行呢？我的理解就是要寻求新的发展腹地。如果说杭州过去是聚焦"城"，如今杭州把西部山区全部拉了进来，聚焦全市域城乡。

可以肯定，杭州已经具备了这一发展的基础与条件：

杭州急需打造高质量共富之城。2021年是浙江高质量发展建设共同富裕示范区开局之年，杭州围绕打造共同富裕示范区城市范例，大力推进"扩中提低"，完善社会保障体系，推动公共服务优质共享，城乡差距、地区差距、收入差距明显缩小。全市居民可支配收入由2016年的4.6万元增至2021年的6.7万元，农村居民可支配收入由3.79万元增至4.8万元，城乡居民收入比缩小至1.76∶1。共同富裕更加看得见、摸得着，真实可感。

杭州急需打造生态大美之城。良好的生态环境是最普惠的民生福祉，杭州深入践行"绿水青山就是金山银山"理念，坚持环境立市、生态优先，扎实开展西湖西溪一体化保护提升，设立淳安特别生态区，大力推进美丽乡村未来社区建设，构建了一户一处景、一村一幅画、一镇一天地、一区一风光的全域大美格局，绘就了一幅现代版的《富春山居图》。

杭州急需打造创新活力之城。幸福城市应该是人才成就梦想、企业铸就辉煌的创新创业创造之城，杭州坚持五湖四海广纳贤才，连续出台人才新政27条、人才生态37条等系列政策，深化实施名校名院名所工程，推动西湖大学、之江实验室、中法航空大学等科创重企落地，为人才创新创业创造提供了广阔舞台。人才净流入率、互联网人才净流入率多年保持全国第一，连续11年入选"外籍人才眼中最具吸引力"的中国城市。

杭州急需打造历史文化名城。幸福不仅要物质富有，更要精神富有。杭州有着8000年跨湖桥文化，有着5000年良渚文化，有着5000年的建城史，拥有西湖、大运河、良渚古城遗址三大世界文化遗产。从唐诗宋词到明清烟雨，历代文人墨客留下了8000余首赞美杭州的诗词。如今，漫步杭州城，人们仍能感受到与白居易徜徉绿杨白堤、与苏东坡共赏春晓烟柳、与黄公望同绘富春山居图的独特韵味、别样精彩。

是的，当杭州首次提出将西部山区作为杭州大都市的战略纵深时，估计有许多人还一下子转不过脑筋。

在这里，杭州需要一个什么样的"东西并进"呢？

杭州市委十三届二次全会上，重新给我们的西部山区一个战略定位：西部山区是杭州大都市的战略纵深，也是未来发展的潜力所在。同时，这次全会还提出要实现"东西并进、南北互动"。

随着杭州经济社会的发展，这里的西部山区是指临安、桐庐、淳安、建德四地。杭州给这些地方"战略纵深"的定位，勾勒出怎样的未来？

谁都知道，缩小区域差距是浙江建设共同富裕示范区的主攻方向之一。对于杭州来说，缩小区域差距也是一个迫切的现实需求。

人口和生产力布局，已经凸显了迫切性所在。临安、桐庐、淳安、建德四地，占杭州区域面积超72%，而人口仅占杭州15%，生产总值仅占杭州不到10%。这四个区县市，人口密度、经济密度与区域面积不相匹配，东西发展不平衡的问题更加凸显。

这就是说，杭州既有广袤乡村，又有现代城市，经济社会结构多元，回答好"如何缩小区域差距"的问题，将对省内乃至全国产生示范带动作用。

事实上，杭州一直在探索如何缩小区域差距。这里还有一个故事，我在浙江省委党校厅局级领导干部培训班学习时，曾到下姜村蹲点一周，在那里采写并发表了中篇报告文学《习近平联系点下姜村纪事》。下姜村是时任浙江省委书记习近平同志的基层联系点，2003年至2007年，他多次来到这里实地考察，是下姜村脱贫致富的引路人。

2021年2月25日上午，在北京召开的全国脱贫攻坚总结表彰大会上，淳安县枫树岭镇下姜村党总支书记姜丽娟，代表中共淳安县枫树岭镇下姜村总支部委员会，从习近平总书记手中接过"全国脱贫攻坚先进集体"奖牌，并向主席台毕恭毕敬鞠上一躬。

那一刻，她的身后，是下姜村所有百姓，是这个普通山村从"穷脏差"到"绿富美"的蜕变之路。

下姜村坐落于杭州市淳安县西南部，素有"雅墅峡涧"的美称。早在800年前建村时，这里就被先祖赋予了绿水青山的美好期许。2001年之前，这里属于偏远山区的偏远山村，人穷、环境差、交通不便，山林乱砍滥伐严重，有100多个露天厕所，猪粪遍地，污水横流，苍蝇乱飞。村子周边流传着这样一个顺口溜："土墙房，烧木炭，半年粮，有女莫嫁下姜郎。"据统计，直到1998年，村民的年人均收入仍不足2000元。

这里也被称为"梦开始的地方"。2003年至2007年，时任浙江省委书记的习近平同志，多次来到下姜村实地考察，和乡亲们一起，探索科学发展、脱贫致富的路子。

从2003年4月24日第一次到下姜村，习近平同志就一直惦记着下姜村的建设和发展。乡村要振兴，生态环境必须先改善。很快，省农村能源办的专家到了，资金也落实了，村里建起了沼气池，厕所、猪圈、牛舍里的粪便污水都流进了密封沼气池，村子干净了，村里的生态好了，村民们有了沼气用，上山砍柴的也少了。在短短两年多时间里，下姜村不但农业生产迎来了历史最好收成，人均收入增幅创下新高，而且在党员干部带动下，发展了1300多亩效益农业。

尽管已经过去了10多年，时任村委会副主任的杨红马仍清晰地记得当时座谈会的场景：2005年3月22日，习近平同志第二次到我们村来调研，他看到村子周边的山因为村民砍柴烧炭变得光秃秃的，于是就临时召集村干部和村民代表开座谈会，会上跟我们说，要给青山留个"帽"。

"听到他说，'既要金山银山，又要绿水青山'，当时我们大家都觉得很新鲜，但对我们启发也很大，后来村里开发山林经济，首先想到的就是要保护好山林植被。"

久困于贫穷的下姜村，通过土地流转让村民从土地束缚中解放出来，然后引进资本发展成为绿色农业、生态农业、美丽农业，再以"原山""原水""原村落"为基础，深入推进农旅融合，并借着千岛湖全域旅游快速发展的东风，发展以农场采摘、登山康养为特色的旅游业和教育培训。

下姜村的翻身记，从根本上唤醒了村民保护生态的意识，彻底改变了以往通过"伐薪烧炭"向生态要生活的传统生产方式，让农民吃上了"生态饭",打心底明白了"绿水青山就是金山银山","保护好环境,日子会过得更好"。

2006年5月25日,时任浙江省委书记习近平同志第三次到下姜村调研。从防洪护村堤到村民家的沼气池,从高效生态农业基地到养蚕房,从村宣传栏到村里的放心店,他一路看,一路与村民交谈,全面了解村里的情况。

"看到村里生产发展了,群众生活宽裕了,村容村貌也发生了很大的变化,特别是听说我们村里的党员在新农村建设中,遇到难事带头上、涉及自身利益带头让这些带头行为,他感到很欣慰,也非常高兴。"姜银祥至今还清晰记得习近平同志在下姜村走访调研时的一幕幕场景。"村党员干部要争做'四种人'的要求,就是他这次调研中,与镇村干部和村民代表进行座谈时提出来的。"

"习近平同志给我们提了'四种人'要求后,我们很快就成立了蚕桑、中药材、茶叶和竹笋四个产业党小组,我就分在蚕桑小组。"时任村干部的杨红马回忆说,当时他是村里桑园面积最大的农户之一,他的任务就是负责帮助村里贫困户或种养大户采购蚕药蚕具,村委主任姜发初则负责蚕种的订购和发放。"结果到了第二年,全村桑园面积就发展到了140亩,全年养了400多张蚕种,创下了历史新高,中药材和竹笋的产量也是历年来最高的。"

村里流转土地建现代农业产业园,党员带头签下协议;发展农家乐,村民怕投入后亏本,老党员姜祖海带头开起了下姜村第一家农家乐；"无违建村"创建，党员率先拆除自家的违法建筑；村里成立实业发展股份公司升级业态，党员带头入股……

2017年11月9日，下姜村收到一份特殊的礼物——习近平总书记给下姜村干部群众寄来亲笔签名的党的十九大首日封。为感谢总书记的关怀，下姜村村民把每年的11月9日作为"下姜感恩日"。

2021年4月21日晚上7点，下姜村村委会的小楼里还灯火通明。党总支书记、村委会主任姜丽娟正召集下姜村37位民宿协会成员开会，重申"五统一"（统一管理、统一规划、统一营销、统一分客和统一结算）的规范，以及做日常的管理培训。

姜丽娟是2020年8月接过了带领全村践行"绿水青山就是金山银山"理念的接力棒，成为下姜村党总支书记、村委会主任的。

早在2012年春，下姜村发展的蓝图初现端倪时，大学毕业的姜丽娟还在杭州创业。也正是从这一年开始，下姜村"美丽乡村，幸福下姜"建设明显加快。

2016年，姜丽娟辞职回乡，创办了由自己设计的"栖舍"民宿，成为下姜村新兴民宿产业的带头人。"'栖'就是栖息，就是栖居。"姜丽娟践行着"栖"字里蕴含的居住理念。

作为返乡创业的第一位年轻人，姜丽娟的归来引来了村民们好奇的目光。"民宿是什么？""是不是每天坐等游客上门就可以了？""在小山村搞这个会比在杭州挣得更多吗？"姜丽娟试着跟慕名上门求教的村民解释各种概念，不过，更多的时候，她也在思考，应该如何增强游客的"栖居"感。她说："站在这里望去，你可以看得见下姜的山，望得见下姜的水，记得住这一份来自每个人内心深处的归乡情结。"姜丽娟的成功也让更多年轻人动起回乡念头。

2018年2月，姜德华辞去了杭州的工作回到了村里。"这几年虽然人在外面工作，但一直关注着村里发展。早就开始动了心思。"望着从门前成群结队走过的游人，姜德华笑着说，回来，除了乡情和乡愁的牵挂之外，也是因为看到了更多创业的机会。

大约半年的光景，姜德华一家就成了村里的"创业之家"：他自己利用山里的资源做起了根雕；他的妻子在村里开了一家甜品店；他的60多岁的老父亲把荒废了10多年的篾匠手艺捡了起来，编起了竹工艺品卖给游人；他的母亲则做起了特色小吃，专供村里的民宿客人。也就是说，姜德华一家人的生活轨迹，随着下姜村的发展而发生了变化。

在下姜村，这样返乡创业的热潮每年都在生动上演。曾经，他们离开家乡，只因为家乡的土地不养人；现在，他们返回故土，因为故土生活蒸蒸日上。这一份份透着幸福与温暖的回归，传递着人们对小康生活的认真态度，回荡着人们为小康梦想不懈奋斗的追梦足音。

不错，在下姜这片乡村振兴试验田发生着日新月异的变化的同时，"成长的烦恼"也随之而来：一方面，下姜村发展已经有了溢出效应，需要拓展容量、丰富产业；另一方面，同样的山、同样的水、同样的人，求变之心同样迫切——下姜村的巨变，周边区域的村民看在眼里、急在心上，曾有人"抱怨"："不能总把目光聚焦在下姜，我们也要富起来。"

可是，抱团发展怎么个抱法？乡村振兴的路子怎么个走法？平台共建、资源共享、产业共兴、品牌共塑，这是"大下姜"抱团发展给出的答案。

2018年3月，杭州出台了《下姜村及周边地区乡村振兴发展规划》（简称"1+4"规划），枫树岭镇28个行政村和大墅镇4个行政村在交通、旅游、农业发展、乡村建设等方面结成了"共同体"。这相当于在下姜周边画了一个圈，从一个村扩大到了32个村，面积也从10平方千米扩大到了340平方千米，涉及人口近22000人。

2020年6月24日，"千岛湖·大下姜"乡村振兴联合体成立一周年之际，49岁的黄立法接过大红色的聘书，正式成为大下姜振兴发展有限公司的新任"掌门人"。

如今，除了下姜村已跻身国家级AAAA级景区村，枫树岭村、薛家源村、桃源凌家村等7个村也已成功挂牌浙江省AAA级景区村庄。截止到2020年底，大下姜已接待游客154.26万人次，还辐射带动了周边的孙家畈村、源塘村等。

此外，2021年，大下姜还启动了"我们一起富"行动，着力构建强村带弱村、先富带后富、区域融合带动的帮扶机制。24个班子强、产业强的"强村"和8个"弱村"结对，通过支部联建、党员联带、产业联兴、考核联评等方式实现共同进步，同时还建立先富群体自愿帮扶困难群众数据库，实现农户家庭人均年收入全部在一万元以上。这就是"先富帮后富、区域共同富"的大下姜联合体模式。

目前，大下姜的未来乡村建设，紧紧围绕改造提升共富后巷、乡里花园、滨河绿道、智慧绿道等，并新建具有7大特色服务功能的跨场景高度复合的乡里中心，其中包括邻里中心、便民服务中心、多功能厅、未来乡村展示中心、行政服务中心等。一个个中心，既是本地村民休闲、办事、活动的场所，是大下姜展现未来乡村生活的场景集合空间，也是老百姓最能感受到幸福的地方。

听了下姜村的故事，我们就会发现，如今的杭州有"完成时"，如西部山区的低保、低边等标准与杭州主城区实现统一；有"进行时"，如让每个西部区县市都有优质高中、三甲医院资源支撑；也有"未来时"，如目前杭州正在酝酿的10多个支持西部山区跨越式发展的政策。

凡此种种，彰显了杭州下狠功夫缩小区域差距的决心，也将让广大人民在绿水青山间享有更加富足的生活。

目光向西，临安、桐庐、淳安、建德四地，生态资源丰富，生态优势突出。这道绿色屏障，是杭州最厚重的生态底色，具有其他城区并不具备也无法取代的重要功能。

杭州将西部山区视作战略纵深，并不是指基础设施大干快上，也不是简单地承接产业梯度转移，而是要打破西部长期扮演的资源供给者角色，以构建西部山区跨越式发展新格局为牵引，加快实现更高水平的城乡一体化。在这里，杭州至少要谋划三条路径：

一条指向"协作发展"。过去的山海协作，专门为经济欠发达的山区县而设计。如今，杭州创新提出"搭建协作发展共同体"，要建立紧密"教共体""帮共体"等，开创"先富带后富、先富帮后富"新模式。2022年，杭州推出了"8050"计划，即"百社百企结百村"，由100家国有企业、100家民营企业、100个综合实力较强的村社，与西部山区100个帮促村结对。到2025年，这些结对村集体经济，总收入要达到80万元，经营性收入要达到50万元。

一条指向"文旅西进"。21世纪初，杭州开始实施"旅游西进"，西部山区被定位为"远郊景区"。如今，西部的风景"登堂入室"，"三江两岸"、吴越千年等生态景观保护被杭州作为一个整体谋划实施，大都市的最美会客厅呼之欲出。2022年6月，杭州开始围绕"三江两岸"黄金线，打造了12条未来乡村共富引领带，包括"富春山居""千岛环湖""新安诗路"等，这些都将成为带动西部山区跨越式高质量发展新的增长点。

一条指向"价值转化"。过去，生态补偿大多是一次性到位，难以延续。如今，杭州在动态优化耕地指标跨区域调剂等方面，按一次性收益和长久收益共享分配等方式先行先试，形成"种楼"和"种田"利益分享机制。

事实上，杭州不仅是国内第一批实施生态补偿的城市，还突破了"省直管县"的财政体制，由杭州市一级财政持续直接转移生态补偿资金。值得一提的是，杭州市委十三届二次全会上，还明确了要拓宽生态价值实现的转化路径，其中，完善以生态补偿为重点的转移机制就是重中之重。

向西，再向西。杭州西部山区一场集体突围正在开跑，那就让我们共同期待着杭州城乡一体化的冲线时刻。

3

站在未来杭州城市门槛上，如何确保城市的创新活力？无疑这里还必须要找到"新的城市中心"，这也是事关未来杭州能否真正站上北上广深一线城市阵营的关键。

谁都知道，一线城市历来是在全国政治、经济等社会活动中处于重要地位并具有主导作用和辐射带动能力的大都市。这主要体现在城市发展水平、综合经济实力、辐射带动能力、人才吸引力、信息交流能力、国际竞争能力、科技创新能力、交通通达能力等各层面。

几年前，就有人把杭州推上一线城市的热搜，无论够格还是不够格，此事对杭州或许都不重要，重要的是，它倒逼杭州向着一线城市冲击，从而引发中国第五城之争的浪潮，时起时伏。

之前，人们对杭州作为一线城市的呼声时起时伏，主要原因有两个方面：

一个是G20会议在杭州的举办。众所周知，北京、上海、广州、深圳已经奠定了中国一线城市的地位，而杭州在此之前顶多属1.5线城市。平心而论，北京和上海应是G20最佳选址，但杭州因缘际会，弯道超车，夺得G20中国东道主举办城市的机会。如果我们再向深度思考，又会发现G20对城市的选择渐渐由早期的政治、经济中心，转向休闲旅游、历史文化、发展潜力等领域的优质城市，选定杭州正是遵循这一逻辑的考量。在获得G20举办权后，杭州迅速成为全球焦点，同时也成为中国新的城市名片。

一个是工信部牵头召开的2021中国国际数字经济大会，将杭州与北上广深正式列为中国数字经济一线城市。接踵而至的是，国际知名品牌价值评估机构GYbrand发布的2022年度中国十大城市排名，其主要评估依据是品牌价值，即并不是按照城市的生产总值或者人口规模排序，而是从经济实力、治理能力、文化体验、居住生活、城市形象、发展潜力等指标进行综合评估分析。通过GYbrand评估得分，杭州正好紧排在北上广深之后。

数据是会讲话的。杭州想要全方位迈进一线城市行列，当务之急，还真的得有一个"城市新中心"来担当。试问，这是一个什么样的"新的城市中心"呢？

这个新的城市中心，是指能享受政策红利，由存量规划和设计指导建设的城市更新空间。这些空间往往是城市中土地估值最高、公共活动最聚集的区域，是承担行政、文化、商业、商务等综合服务职能的核心区。

人们不会忘记，在杭州，武林广场所在的区域，一直被认为是杭州的传统城市中心。随后，从"西湖时代"迈向"钱塘江时代"的过程中，钱江新城被认为是杭州东部的城市新中心。

如今，顺应从投资驱动转向创新驱动，城西科创大走廊成为聚全省、全市之力打造的科创大平台。身处科创大走廊核心区域，且产业、人才、文化基础都具备的余杭，被寄予厚望。

杭州"十四五"规划也明确提出了建设国家综合性科学中心的新目标，"站、产、城"一体的杭州西站及城西CBD、城西科技文化中心，功能强大，特色鲜明，将对杭州的发展起到举足轻重的作用。

可以说，杭州的未来在大城西，大城西的发展要看"城市新中心"。

这件事似乎来得有点唐突，为什么是余杭呢？

2022年8月，新组建的余杭区首次提出了"建设杭州城市新中心"的目标，一个辐射城西的"城市新中心"宣告了它的实力和雄心。

有人问，莫非新官上任三把火？我不敢苟同。"十四五"时期，浙江提出支持杭州建设社会主义现代化国际大都市，致力打造国家中心城市。过去杭州城市空间格局，从"西湖西湖"到"跨江跨江"，引领杭州成为浙江的杭州、中国的杭州；未来杭州城市空间格局，从"跨江跨江"到"向西向西"，杭州还应成为世界的杭州，打造世界一流的现代化国际大都市。

一方面，离不开省市发展战略对余杭的"助力"。近年，浙江将着力建设"互联网+"、生命健康和新材料三大科创高地作为战略之举。其中，作为空间载体并举全省之力建设的杭州城西科创大走廊，核心区域正位于余杭。这让该区晋升为"发展要地"。

在市级层面，2022年杭州提出"构筑大都市、建设新天堂"的目标。而余杭区是杭州"构筑大都市、建设新天堂"的主阵地和主战场。余杭在争当科技创新第一区、产业发展第一区、文化传承第一区、生态文明第一区、数字治理第一区，打造城市发展新中心。

另一方面，离不开余杭自身发展基础的支撑。余杭把握住数字经济先发优势弯道超车，如今不仅综合实力位于浙江头部，更是浙江科技创新高地，是数字经济活跃度最高的地区之一。经济方面，即便疫情冲击十分严重的2022年上半年，该区实现生产总值1237.7亿元，与财政总收入、地方财政收入组成的三大经济指标，仍然继续位居杭州首位。

代表未来竞争力的科创实力方面，浙江十大省实验室，余杭坐拥其四。在浙江2021年高质量发展建设共同富裕示范区工作考核评价这项重要排名中，余杭获评优秀，位列全省90个区、县（市）首位。而实证中华5000年文明史的良渚古城遗址，则让余杭有了体现历史与现实交融风采的独特气质。

再一方面，离不开新的行政区划调整带来的机遇。2021年，杭州行政区划调整落地，新的余杭区裂变而生。余杭告别过去因东西跨度大，东部政治中心与西部产业中心相距甚远的格局，实现了政治中心与产业中心叠加，发展中心更聚焦，为加速实现更高能级的跃升埋下了伏笔。

当然，无论实力抑或机遇，背后离不开一群可爱、可敬的人。从"拥抱"杭州，到融入杭州，再到致力于成为城市新中心，余杭始终主动无缝连接杭州城市发展。这里的广大党员干部群众营造起浓厚的"干事"氛围，以超高执行力、战斗力，在不懈奋斗与政策红利的叠加之下，共同"从无到有"开垦出一片发展热土。

这么看来，在杭州乃至浙江，将余杭称为县域"新贵"都不为过。现在的问题是，我们到要打造一个什么样的城市新中心？

2022年上半年举行的余杭区委十五届六次全会上，杭州市委常委、余杭区委书记刘颖表示，余杭将打造"创新活力之城的新中心、历史文化名城的新中心、生态文明之都的新中心、最具幸福感城市的新中心"。

创新是余杭近20年打造出县域经济发展"余杭现象"的第一动力。建设创新活力之城的新中心，是余杭持续擦亮这块"金字招牌"的态度体现。余杭提出，全方位融入长三角一体化发展战略，以未来科技城、良渚新城、钱江经济开发区、云城余杭片区、瓶窑新城为重点，加强创新协同、产业联动、区域协调，加快建设全球创新策源地、人才蓄水池、科技成果转化首选地，争创综合性国家科学中心核心区。

因为良渚遗址这张名片，余杭的另一面是文明圣地。围绕打造历史文化名城的新中心，该区提出坚持物质文明和精神富裕相统一、保护传承和创新发展相统一、文化事业和文化产业相统一，打造历史文化与现代文明交相辉映、文化力与生产力和谐互动、文化事业繁荣与文化产业兴旺相得益彰的文化文明高地。

在打造生态文明之都的新中心方面，余杭提出，统筹山水林田湖草系统治理，拓宽"绿水青山"向"金山银山"转化通道，持续巩固国家生态文明建设示范区创建成果，打造全域美丽、全民富裕的大花园。

"人"是建设城市新中心的核心。为打造最具幸福感城市的新中心，余杭区明确，全面推进共同富裕示范区建设，以数字化变革重塑共建共治共享的社会治理体系，努力打造更高水平的平安余杭、法治余杭，加快构建"舒心、省心、暖心、安心、放心"的幸福共同体。这是服务省市发展大局、抢抓重大发展机遇的主动作为，是坚持以人民为中心、主动回应群众期盼的具体行动。

那么，未来余杭的"新"愿如何成真？建设杭州城市新中心，愿望美好，而其如何成真亦是考验。已奠定发展基础、勾勒发展蓝图的余杭，如何一步步实现真正的跃升？

余杭将集中精力聚焦创新能力增强、产业实力提升、城市品牌塑造、公共服务供给、发展环境优化，全面提升城市能级，全力推进优势再造。为进一步增强核心竞争力，余杭将加快构建以国家实验室、省实验室、高校科研院所、头部科技企业研发中心等为主体的科技创新体系，依托杭州城西科创大走廊，打造具有全球影响力的科创高地和创新策源地，并引导行业龙头企业联合重点实验室、高校科研院所和行业上下游企业共建产业创新联合体。

产业发展方面，余杭将构建以数字经济为核心、新经济为引领的现代化经济体系，巩固电子商务等优势产业，培育新增长点；发展人工智能、区块链、云计算、元宇宙等产业，承接数字经济系统"产业大脑+未来工厂"试点。

在提升城市软实力的背景下，如何进一步让文化资源串珠成链？据悉，余杭将高水平推进良渚国家考古遗址公园和良渚文化艺术走廊建设，同时打造运河文化、径山文化、千年古镇文化等多张文化名片，持续打响"浙江有礼·文明圣地"品牌，实施文艺精品"攀峰"工程。

此外，为提升公共服务能级，余杭致力于加密轨道交通、城市快速路、城市主干路等交通路网，让生态、生活、生产空间布局清晰起来，打造与现代化国际大都市新中心相匹配的、"科产城人文"相融合的高能级城市发展群；在综合治理能级提升上，不断丰富数字政府、数字社会、数字孪生城市等数字治理场景，走出一条新时代"大区善治"之路。

这些都是属于一座城的梦想之路。

这里的每日，已是杭州早高峰最忙碌的地段之一；这里的地铁、公交、城市街道，满是青春朝气的年轻面孔；这里的城市天际线，被现代建筑不断拔高……从希望集聚之地到城市新中心，余杭探索着自身的特色路径，也为杭州的城市蜕变积累起令人期待的发展变量。

的确，要成为杭州新的中心，需要有中心的辐射力和带动力，对周边地区要产生强大的向心力和凝聚力，成为城市中的重要枢纽。显然，随着各项交通基础设施的陆续建成，未来科技城的城市中心枢纽地位，已经逐渐凸显。

时下杭州西站枢纽已建成，从未来科技城出发，通过高速铁路网络，可以通达上海、南京等长三角城市，甚至更远的北京、广州等地，使未来科技城成为杭州的新城市枢纽门户。

还有，未来科技城的地铁3号线、5号线、16号线以及机场快线，可以快速到达市内的萧山机场、火车东站、龙翔桥、钱江新城和临安等地；杭州西站枢纽将成为联系城市内外的换乘枢纽；可实现三线换乘的绿汀路地铁站，则将成为杭州市内交通的又一大换乘枢纽。

加上建设中的杭州中环、文一西路快速路等快速干道，围绕着未来科技城，正织起一张四通八达的交通网络，让未来科技城的城市辐射力沿着交通网络不断扩展，犹如众星拱月一般，也快速将未来科技城向杭州"新的城市中心"推进。

不过，对杭州这座古老而又年轻的城市，之所以在这个时候急需要确定一个"新的城市中心",关键还是要寻找到一个与杭城相匹配的产业。

或许,只有跃升了杭州城市能级,开创了杭州发展新局,一个"人人都有人生出彩机会、人人都能有序参与治理、人人都能享有品质生活、人人都能切实感受温度、人人都能拥有归属认同"的美好愿景,才能成为这座城市的生动图景和场景。而这又将是杭州的不二选择,是不是?

杭州一家人

那天，正好是我随浙江代表团，到台北谈妥浙江博物馆先将馆藏文物《富春山居图》（剩山图卷）送到台湾，与台北故宫博物院所藏的《富春山居图》（无用师卷）联合展出一事。参会的国民党前主席连战更是兴高采烈，与我们讲起杭州一家人的故事：

杭州有他的祖父连横的足迹，西湖边上的玛瑙寺曾是他的暂驻地，现在那里建有连横纪念馆；杭州还赐给他美女，他的夫人方瑀，老家曾是钱塘江边人；加上今天我们在台北见证杭州《富春山居图》合璧一事，岂不是家乡人办家乡事？

出乎意料，连家竟然是典型的杭州一家人？在座的人，被连主席的话，说得一愣一愣的。

也许，每一个人心中，都有一座属于自己的城。连战的开场白，也勾起了大家对杭州回望。

说话间隙，连战在我刚出版的《水流云在——"富春山居图"》一书扉页上，特别签了"梦里富春"几个字回赠，再次把我拉回到"杭州一家人故事"中。

莫不，爱上杭州这座城，一千个人眼中会有一千个哈姆雷特？

1

我与杭州这座城市的相识，得从三年困难时期说起。

所谓三年困难时期，是指中国大陆地区在1959至1961年期间由于各种原因而导致的一场重大灾难。也有人称之为"三年经济困难"。

不知什么原因，父母竟然都记不清我出生在这期间的哪一年，只晓得是农历十月二十八日，在萧山城厢镇"十八间"的一处住房内，听到一声婴儿的啼哭，说我正式降临到人间。

三年困难时期，大家都难得揭不开锅。现在再添一丁，家里人说我是"讨债鬼"投胎来的。好在隔壁的娟花阿姨，一直想要孩子，现在有机会了。所以，在我朦胧印象中，我是她哺乳大的。

父母是南下杭州的，一直没有住房。三年困难时期，父亲突发奇想，把当时18家无房户发动起来，选择在萧山火车站与一座庙宇之间的荒地上，以竹片当隔墙，以茅草当屋顶，靠东有9间住房，靠西有9间住房，排成一排，这就是城镇最初"十八间"的来历。

好在这房子地理位置不错，门前是浙赣铁路，门后是萧金公路，路边还有一条萧绍运河。父亲对外宣称，这里是现代城市立体交通的标配。

有趣的是，"十八间"建成后，不少人相中了房子边上疯长的茅草。这时父亲感到机遇来了，带着人把那里的草圈起来。别小看这个举动，立马解决了一些家属工作问题，卖草又赚了不少银子。

有人还翻出历史经典，说我父亲这是"青茅之谋"，就像当年的周天子。周天子分封诸侯，100多个诸侯国不听他的指挥，天子没钱了，财政有问题。周天子找管仲问计，管仲马上给他想了个主意，说那个地方产一种茅草，以后让诸侯国祭祀时都得用这种茅草。周天子回去，就把茅草地都围起来，谁要买都得到这儿来，钱就源源不断地跑进了他的腰包里，一种普通的草被管仲慧眼赋予了它的价值。

不过，父亲觉得这"青茅之谋"，还只是点蝇头小利，他更相中的是"十八间"的做法，带动了整个杭城住宅发展。当时，杭州在天水桥、刀茅巷、南大树巷、望江门、余杭塘上、小营巷、潮鸣寺巷等不同城区，先后兴建了不少类似的简易住宅楼。基本套路都是土法上马，房屋结构比较简单，大都采用半成品的水泥预制构件建成，不仅施工快，造价低廉，最管用的是解决了一大批无房户。

那时，杭城最有名的延安路都还未打通，当时还叫"延龄路"，"十八间"的公铁水立体交通，自然倒逼延龄路从庆春路接通到更北的体育场路，路加宽到40米，成了当时杭城最宽的道路。紧接着，无轨电车也开通了，1960年新建的延安新村居民出行再也无须绕道去"解百商场"了。

有人这样评说，萧山"十八间"的政治遗产，不亚于现在杭州城西的未来科技城的示范效应。为什么呢？

用我父亲的话来说，城市治理首先要识人，就是要把各方面的能人集聚起来，充分发挥他们的聪明才智，在城市中尽快建立一个"能人丛"。

现在可以揭秘了，当时父亲对这18户人家是有选择的，他们有懂经营的，也有道德水平和文化水准较高的，还有会协调矛盾的，甚至还有会组织文体活动的。当把这些能人组织起来发挥作用时，你说还有什么样的城市搞不好呢？

父亲有句口头禅，叫"生活可以中断，但决不马虎"。

2

提起父亲的"识人"，我们兄弟姐妹四个，好像对他都不敢恭维。

这事还得从头说起。我们的祖籍是江苏海安，别看过去是人们谁都瞧不起地方，但这里一直受"耕读传家"的影响，几乎每年都是全国上清华北大最多的地方。又因爷爷的老宅门前，既有小学，又有初中和高中。所以，远在江南的父母，好像想也未想，就把我们兄弟姐妹几个统统送回苏北老家上学读书。

学校坐落在双楼城西，远看像一座庙，近看还是一座庙，当地人称之为如来庵。我们入校时，庵内早已空空荡荡，取而代之的是课桌椅。一级一级的台阶，直达大雄宝殿，两三个人才能合抱的殿柱让人明白什么叫"十年树木，百年树人"，什么叫"中流砥柱"。

庆幸在这里，时间仿佛止步，没有城市的喧嚣，可以在乡村小镇闲庭信步，慢悠悠地品尝佳肴，甚至坐在田埂上发发呆，好一派世外桃源。加之，爷爷的家是明清古建筑瓦房，比起当时萧山"十八间"茅棚，这条件自然是一个在天堂一个在地狱，我们当然愿意回归老家。

但苏北平原水乡潮湿，爷爷家的古建筑，经常外面下大雨，家里下小雨。后来，在爷爷手上进行了一次翻建，他弄得比我们做数学作业还复杂，对每根木头都进行了编号，对每块砖瓦也做了记号，对每个雕刻还进行了划线。爷爷说，这是老祖宗留下来的传家宝，不能在我们手上失传。其实，在那个大家并不富裕的时代，爷爷的做法并没有得到社会认同。

1965年秋到1966年春，长春电影制片厂曾先后两次到双楼学校拍摄纪录片，负责编写电影剧本的江苏省文联主席李进还写过一首七律诗："大有可为屋顶呈，改庙攻书育后生。开机用电需新手，喜听机声伴蛙声……"这是一个多么美妙的学校。

可能受"改庙攻书育后生"这句话的影响，爷爷在第一时间，将老宅上的木头桁条又统统捐助给学校建教室，问他为什么？爷爷回答很朴实，"我家有四个杭州来的孩子要读书！"

有一点遗憾的是，老家远离父母，让我们成了新中国的第一批留守儿童。虽说苏北老家教育资源丰富，但父母与孩子长期分离，可能影响最大的还是教育。不知道多少年，我们还不习惯叫父母，甚至开口叫一声父母都很难。父母只能在每年的年底探亲，我们才能见上一面。而对我们的出生地杭州，只有从大人嘴中，才知道"上有天堂，下有苏杭"，至于是什么意思，当时都不晓得。

1972年，听说美国总统尼克松到过杭州访问，这对我们出生在那里的孩子，多么扬眉吐气。但他离开杭州后，留下一句有名的话"美丽的西湖，破落的杭州"，又彻底让我们不敢在人们面前炫耀杭州了。

我是1975年7月在苏北全国第一所农业中学读完高中，正逢全国"上山下乡"运动。这时我才晓得，比我大三岁的哥哥，最后竟然是和我一起毕业。我甚至都不知道，我是什么时候跳的级。问题是这时我才15虚岁，面对知识青年上山下乡，投身到农村"广阔的天地，在那里是可以大有作为的"。但是，你人小力气小，挑的担子比人家少，贫下中农不会说你年纪轻，更多会说你娇气怕吃苦。这是当时最致命的弱点，也影响了我的发展与进步。

在那个时代，如果要跳出"农"门，仅有两条路可供选择：一条在农村干满三年，争取推荐成为工农兵大学生读书去；一条是入伍当兵，到解放军这个大熔炉深造。

按照我当时处境，哥哥已在部队服役，对我有了潜移默化的影响，所以我毅然决然选择当兵。想不到参军竟然来到杭州，仿佛是做梦又回到父母身边。

可能是我回归心急吧，为了早日见到杭城模样，当新兵的第一周，没有向连队请假，还带着两个兵，花了3分钱的车票从西湖中村偷偷跑到转塘镇，买了一大堆零食，不敢在大街上吃，就来到乡间田野边。

真的是"冤家路窄"，这时，一辆军车呼啦而过，我们还忙着向军车招手致意。没想到新兵连的指导员在车上，这还了得。当晚，新兵连紧急集合，对我们不请假外出提出严厉批评。这简直就是一场天崩地裂的大地震，我们只能痛哭流涕地做检讨，下不为例。

好不容易熬过三个月的新兵连生活，父母说要从萧山来看我，我怕再惹出什么麻烦，就约好到杭州城里见面。父母写信给我，选定在一个周日到杭州动物园门口碰面。哈哈，动物园是孩子首选之地，可能我们在父母眼中，是永远长不大的孩子。

那天，一到动物园，父母就拉着我参观动物园，接着又马不停蹄地赶到玉泉观鱼。嘿嘿，这时我这才知道，在杭州别说做人，就是做一个动物也是幸福的。

在部队除了军训外，我们还参加了西湖和运河的清淤，到过杭州笕桥机场值勤，到过杭州大关小学军训，还参加杭富公路修建。在改革开放初期，城里人住房紧张，年轻人谈恋爱都跑到公园。为了社会治安，我们还时不时被拉到公园值勤，望着那些成双成对的少男少女，对"欲把西湖比西子，淡妆浓抹总相宜"的印象愈加深刻。

对于20世纪六七十年代的杭州人来说，有段时间对于西湖边上的龙翔桥一带印象颇深。主要是那时候，杭州的城市规模偏小。

改革开放初，从杭州中村军营，9分钱爬上公交车一路就可以跑到杭州龙翔桥。因为听人讲，到了龙翔桥才算是"进城"。

"那时候的杭州充满了烟火气，龙翔桥一带是杭州的中心，每逢节假日，遍地人山人海，到处灯红酒绿。"让我们这些军营里"兵哥哥"，对"城里"的一切充满着好奇和向往。

后来在萧山团委岗位上，节假日还是喜欢往杭州跑，从萧山乘315路公交车的终点站就是龙翔桥。那时，对龙翔桥的衣服和美食，谁都会失去"抵抗力"，我们隔三岔五跑到龙翔桥买东西，逛完街再去新丰小吃品尝杭州经典的美食，什么虾肉小笼、牛肉粉丝和鸭血汤等，百吃不厌。

不过在军营，我们直接或间接参与杭城建设工作，还真的不少。后来因西南边陲的一场战争，部队正式明确今后不从战士中提干（而是从军校）。要知道，我当兵第一年就去了师教导大队当学员，第二年又进了军教导大队，这里原来都是培养干部的摇篮。

至今还有人记得，我发在一家军报上的《冲锋》一诗："那天，有一个人冲在队伍最前列/用胸膛顶住冷枪热弹/他向世界发出最强音/为了信仰，也为了美丽天堂/冲—冲—冲，战—战—战！"

虽说诗写得有点幼嫩，还是让我成了一个小有名气的战士诗人。现在问题是今后战士不能提干，你说我的天堂梦是不是彻底破灭了？

一个周日的下午，我独自跑到杭州植物园散心，沿着玉泉路本应向西，结果向东走错方向，跑到浙江大学门口。当我见到那些莘莘学子，蓦然有一种无名状的针刺感，痛定思痛的我猛醒，觉得读书拿文凭须趁早。

铁打的江山，流水的兵。到地方，不知怎么时来运转，当上团委书记。利用这个平台，我在青年中提出为杭城添光增彩，带领大家开展小发明、小创造、小革新、小设计、小建议的"五小"活动。想不到，竟然旗开得胜，有人还拿到了全国发明大奖，集体当年还拿到杭州共青团的先进。

应该承认，机会总是留给有准备的人。不久，省里为了加强省属国企领导班子，按照革命化、年轻化、知识化和专业化"四化"要求，把我推荐为浙江建材总厂的厂长，25岁就享受到县团级待遇，成为当时年轻人中的佼佼者，许多不可能的事让我有了可能。

当时，一位南下的正师级老厂长，指着杭城耸立的高楼，对我说："年轻人，万丈高楼平地起，一定不要辜负组织的信任。"

受老厂长"万丈高楼"的启迪，上任伊始的我，第一把火就是抓工厂产品质量，要求员工"当天堂杭州好市民，做城市建设好产品"。一开始，不少人说闲话，甚至有误解，但经过两年的努力，我们终于拿到了全国优质产品，还争取到建设部门发文确认：今后杭州所有重点工程项目，必须首选浙江建材总厂的产品，还要求设计部门一开始就在蓝图中安排浙江建材总厂生产的产品。

这两句话，在当时真的了不得，事关企业命运。工厂拿到这一尚方宝剑，每天只需开足马力不愁销路，而杭城高楼大厦也有了百年大计，杭州市市长更不用为腐败工程担惊。这时，员工回首看，对我为什么拼命抓质量终于有了认同，甚至佩服得五体投地。说到底，我这也是得益于父亲常讲的治理首先要识人。

为了努力推进杭州城市更新，之后工厂还注意开发新型建材。80年代后期，杭州大厦A座曾是当时杭城最高的建筑，所有墙体材料选用了我们开发的加气混凝土。它的好处，一方面可以减轻大楼自重，降低地基造价；一方面可以加快大楼施工建度，每个房间仅由三块构件组合，如此创新施工法也轰动了全国。

由于省属企业业务上受省发改委直接指导，发包方是与省财政厅签订协议。有一年，上级对企业进行考核，有人说我各方面都很优秀，现在"他干的是建材厂长的活，操的是杭州市长的心"，就怕我们这个企业庙宇太小，他有野心，到时企业留不住。

听到这话，我不以为然地一笑，本人当时还是单身一枚，有什么野心呢？横想竖想，都不明白我的野心在何处。哦，如果真有的话，莫非有朝一日，能找到一位像西子那么美丽的姑娘吧，是不是？我暗地"哈哈"大笑起来！

人一旦遭遇流言蜚语，这上万工人吐唾沫还真的能把你淹死。同时，也把我推向了一个未知的十字路口。就在这个档口，我的那位南下的父亲，来到我的办公室，与我进行了一次推心置腹的谈心。不过，我是反对家人干预我的工作，但这次我敌不过，破例接受了父亲的支招。

父亲开门见山，说流年似水，岁月如歌，人出来混，总会受到些委屈甚至误解，但承受委屈是一种胸怀，接受误解是一种心怀。过了一会儿，父亲又把话题一转说，之前我比较强调城市治理要识人，今天接着上次没说完的话，城市治理还需识物。

什么是识物？就是当地出产什么有用的物产，一定要去研究。有的人可能发现不了当地物产的价值，这就需要有慧眼。现在你把企业产品在杭城固化，说明机遇来了。

那识什么物呢？比如，城市非物质文化遗产，要善于发现它的价值。许多非物质文化遗产非常有价值，怎么开发、怎么利用很有讲究。用得好，变成有特色的文旅产品，经济效益、社会知名度、文化影响力都会产生难以估量的效应。我现在带着团队，在萧山就是在主攻南宋官窑工艺失传技术的恢复，还有萧山花边出口。下一步，我要主攻杭州张小泉剪刀、胡庆余堂的祖传秘方。再如，挖掘文化价值，恐怕这是企业管理的最高境界。我一直在想，杭州城市建设基本完成之后，搞传统建材的企业，应逐步转型办一个诸如良渚啊南宋啊这样的文化公司，然后把萧山湘湖恢复成为西湖的姊妹湖，到那时应该是西湖时代迈向钱塘江时代了！

……

父亲说话一旦开腔，总是一套套的，说明他早已深思熟虑。这时，你想插话也没门儿。其实，之前爷爷"拆房攻书育后生"就是典型的识物吧？不过今天，父亲的话信息量特别大，真的让我脑洞大开。我说，谢谢父亲的忠告，是不是给我一个消化的时间？我抬头对父亲说这话时，瞬间发现他两鬓有了许多白发，心里还咯噔了一下，难怪这几年父亲总是嚷着要抱孙子。

想到这里，我又用一种怀疑眼光打量着父亲，难道他另有图谋？因为我从他刚才话语中，感觉到有一种流露或暗示着什么。啊，想起来了，父亲提出适时开发湘湖，是不是怕我杭州西子姑娘找不到，可以到萧山找一个湘湖姑娘？

可怜天下父母心。真是又好笑又好气，但这事还是让我偷着乐了许久。出人意料的是，后来杭州的发展，还真的是朝着父亲的构想，从西湖时代迈向了钱塘江时代。

我粗略统计了一下，杭州1913年拆除旗营、城墙，结束了西湖与杭州城区被城墙分割的历史，被称为"把西湖搬进城"。2018

年，杭州正式出台《杭州拥江发展行动规划》，以钱塘江为主轴的市域统筹发展格局形成，杭州从"西湖时代"正式迈向"钱塘江时代"，城市的发展框架进一步拉大，发展空间进一步拓展。截止到2020年，杭州市区面积达8289平方千米，比1949年新中国成立初期扩大了31.9倍，这个速度的确惊人。

不瞒大家，我做了六七年厂长，对上封顶下包底的承包办法，即个人奖金每年不得超过职工平均工资三倍的做法，一直存在着抵触。因为这常常会诱导企业生产上留有余地，甚至转移企业利润，或直接拿企业产品为职工谋利。

那时，建材企业男工多、单身的多，我就跑到毗邻女工多的杭州棉纺厂、杭发厂和杭齿厂，跟他们喊话，凡是找建材厂职工成家的，房子一律由建材厂解决。因为建材厂是1952年建成的老厂，占地面积1000多亩，自己有土地有产品，造家属宿舍真的既简单又方便。而在那个找房子比找对象难的杭州，我的做法又一下提高了建材工人的含金量。

记得那段时间，到建材厂打卡的美女如云，什么西子姑娘，什么西施姑娘，什么湘湖姑娘，多得就怕你会挑花眼。这时，杭州市市长听到有企业主动为无房户买单，兴奋地上门慰问，还让共青团和妇联，在全市推广建材厂的经验，弄得我一段时间成为杭州最红的"红娘"。

直至有一天，得知省发改委经济研究所要招兵买马，我知道那时经济所承担着全省中长期规划，已经在全国非常有影响力。不是吹，随着杭州城市化加快，我早已把这家省属建材企业做到极致，整个企业发展也被推向一个高度。

这事也倒逼我掂量着未来，觉得自己可以转身了。因为我非常清楚，在那个特殊年代，我已将国有企业差不多做到天花板，再做就受到体制束缚。与其这么在企业耗着，不如赶紧换一个工作环境，或许更能激发工作的激情与干劲。

同时，我也已发现自己还是有点研究天赋。记得当时《厂长条例》有规定，获得全国厂长统考合格证书，才具有当厂长资格。当时，我脱产到杭州工人业余大学，经过三个月的速培，没有想到竟获得全国统考的优秀。

这是什么概念呢？据说，当时优秀仅占全国统考人员的万分之一。本来厂长就是人精，现在你独占万人之上，还让人家怎么活？后来我还发现我的试卷上最后一道思考题获得了满分，成了全国的范卷。

就在我准备告别国营企业铁饭碗时，终于有人发声了："你看这家伙野心暴露了吧！"开始我还想做点解释，后来干脆还是闭嘴为好。当我觉得人生到了从实践到理论，再从理论指导新的实践的阶段时，令我后怕的是，我离开没几年，这家企业因矿产资源枯竭，竟然轰然倒塌，宣告破产。

3

可能是搞研究人的脑子好使，我马上找出蔡元培先生的一句话："一个民族或国家要在世界上立得住脚，而且要光荣地立住，是要以学术为基础的。学术昌明的国家，没有不强盛的；反之，学术幼稚和知识蒙昧的民族，没有不贫弱的。"作为我厂长辞职报告的首语。

我就想用伟人的话，给自己找到更多离开企业的托词。组织部门得知天要下雨，娘要嫁人，还是痛快地批准了我的报告。但要好的朋友仍提醒我，不就一家研究所嘛，无须用蔡老先生吓人。

我知道，对我这种没有背景的人来说，有时这也是一种无奈。

告别企业的那天，我仍是依依不舍，毕竟曾经与万名职工朝夕相处，一起流过汗，流过泪。但我又怕人们说矫情，所以我是含着泪水，头也不回地离开。

当时，省发改委经研所在杭州少年宫后面的九莲村办公，坐在办公室抬头可以见到西湖的身影，精神一下抖起来。大家见我是企业来的，大凡涉及企业课题，基本都交给我。记得我写的《企业集团组建完善与发展》一书，就承担了杭城第一家上市公司——中大集团上市方案的策划。当时集团的老总是钟山，后任职至商务部部长。

凑巧，那段时间，西湖轰轰烈烈地在选美，让许多人怦然心动，就像有句话说的，"浓妆时美艳得不可方物，素颜时婉约而沉静"。这时，仿佛有美人抓心，令人一阵脸红心跳，就觉得杭州在为我准备着什么。

单位的人，见我那段时间工作，像打了鸡血一样拼命，就问，为何这么玩命？我也不知怎么回答，就云里雾里地说，大文豪苏东坡不是把西湖喻为西子姑娘嘛，说她"淡妆浓抹总相宜"，现在，我来到她的身边，外秀于湖光山色之间，内慧于文脉传承之中，岂能不努力？同事笑我："花痴！"

省发改委原分管建材系统的领导，听说我调进到同一个单位，也赶来祝贺，并感叹说："在企业我就看出你了，早晚要被组织重用的。"

我也花言巧语回答说："杭州有个西子姑娘在等，不来不行啊！"接着，又感叹道："只可惜，调动到杭州的成本太高！"

领导问我，此话咋讲？

当时我冲着杭州城市人口控制办公室发了一通牢骚。在那一个月工资几十块钱的年代，进城人头安置费得花近10万元，你说一般的单位用得起人吗？望着这么高的门槛，我感到杭州这是自我捆住手脚。

在一次杭州两会小组讨论会上，我毫不客气地建言说："杭州要发展，就得下决心下好人才'先手棋'，以更宽广视野，谋划好人才引进大文章，以容纳百川胸怀，让杭城率先成为人才高地。"

在研究所岗位，我也是以首选如何经营城市为突破口，针对城市产业选择为落脚点，包括参与当地一些中长期规划。时至1995年5月，举国上下学习孔繁森，单位人事处处长打电话给我："省里正在组织援藏，你报名没有？"我说，听说所里几年前曾派人援过藏，这次说我们不要报名了。

这时，人事处处长丢下一句狠话："报不报名是态度问题，能不能去是组织决定。"听话要听音，看来必须报名。

之后我才知道，组织部门看重了我在企业时曾有援藏的经历，当时企业主要承建西藏体育馆、西藏大学等一些"西藏大庆工程项目"。

没想到，这名一报，不到一周时间，就立马通知我参加体检准备援藏。时任省发改委主任卢文舸，亲自主持发改委班子会议，还以集体名义对我进行了谈话。说这是全国第一批援藏干部，你一定要为发改委带好头；浙江对口支援藏北高原还有一个上亿元投资的水电站，你就是那里的总负责人；最后还要求，咱们都是企业出来的人（因卢文舸曾在省属企业任过职），你又有援藏经验，一定要为浙江、为杭州人民争光。

这是我一辈子当中，第一次享受到整个班子集体接见，说明援藏工作在当时是多么重要。之前，我也听到了，说萧山一市长因援藏报名不积极，被组织部门撤职。所以，此刻对于援藏，我只有绝对服从，没有什么可以讨价还价的余地。

但我提出了工作中的一个难题，就是1995年初，我参加了省社联的课题招标，获得省里排序一号课题《现代企业制度研究》，现在要去援藏，这课题谁做？这时，省社联也是死活不同意我放弃课题，说今年他们首次尝试课题面向全省招标，你又是排在打头的一号课题，绝对不能退。时任研究所所长吴敏一也劝我，你是课题组长，其他人也接不上手，你就辛苦一点儿，带到西藏去做吧。

这样，除了正常援藏工作之外，还有两件与杭州有关联的故事，值得一说。

1995年8月25日，来自杭州援藏干部那曲县常务副县长姜军的一封"急信"在《杭州日报》一版刊出："每个杭州人少吃一根棒冰，少抽一支烟，省下的钱可以建三四所希望小学。"接着，《杭州日报》下午版，刊登《援藏爱心特别行动募捐启事》，当天就引来杭州人响应，短短一周时间，225万元善款从杭州飞向那曲。

这时，我在那曲地区发计委任职，刚好分管地区建筑公司，而该公司总经理于力生也是浙江派出的援藏干部。杭州援藏领队、那曲县委书记魏尔平来找我，请求承建杭州支援的10所希望小学的任务。

坦率地说，在那曲海拔4500米的高原施工，与内地搞建设完全两码事，碰到的困难和挑战太多了。事实上，也找不到第二家建筑施工队。为了改变那曲孩子的命运，我们当然是"开弓没有回头箭"。毕竟，援藏是一时的，但智力支持恐怕才是一劳永逸的。

再一个故事是，前面说到要我将省里一号课题《现代企业制度研究》带上高原。我只能利用全部业余时间，以杭州的浙江中大等一批上市公司为研究蓝本，着力从现代企业制度建设角度深入研究，使得这个课题填补了当时国内的空白。

同时，在高寒缺氧条件下，所有文字研究都得以生命作代价。在藏北有这样一个俗语："人在高原走，命在天上游。"英国作家查尔斯在其《人在高原》一书中断言："人到海拔4500米以上，神志迷糊，气喘如牛，生存极其困难，写作更是天方夜谭。"

我一本30多万字的《现代企业制度》课题，由杭州大学正式出版时，在高原上下立即引起了轰动。人们关心的不是这本书的内容，而是我如何冲破生命禁区写作的。此书确认了我为"高海拔4500米以上写书第一人"。这个故事曾在《杭州日报》头版发表过，这里就不再赘述。

三年援藏结束回到杭州，已升任副省长的卢文舸仍时不时交办我援藏工作。一个是藏北提出要做历史以来第一个五年规划，我说那里有新到的援藏干部，就让他们放开手脚去做吧。省领导说，你援藏三年，情况熟悉，又是写作高手，你带队我们放心！

隔日，由我担任课题组长，带着省发改委王东祥、张善坤、钱建新三位处长，以及刚刚完婚的倪树高小两口直奔那曲。当我的身影再次出现在那曲高原时，当地人都不敢相信自己的眼睛，说我是横空出世，为藏北高原做首个五年规划，这是破天荒的大事。

再一个故事是承担藏北高原浙江路的援建。这时，我刚调入浙江省投资办任职，领导说我主管全省投资，还在藏北无人区修建过水电站，到那里建一条浙江路，当然是小菜一碟。

那年12月，我作为代表团长带队飞抵拉萨，从拉萨至那曲还有328千米，藏北早已冰冻三尺，这时恐怕只有磕长头的藏民可以进去。当我的身影再一次出现在世界海拔上最高的镇——那曲街头时，当地没有一个人相信这是真的，因为在藏北这一冰天雪地中，即便当地人也难进出，想不到让美丽西湖上的儿郎们闯进来了。

加上修建这条路，又是当时世界上海拔最高的一条水泥马路，其技术难度不亚于修建进藏铁路的难度……直到这次回杭，我被彻底地累趴下了。

生病前几天，我还随时任省发改委主任孙永森到了普陀。我们都是第一次去，当地安排参观普陀。我自己刚从高原下来，总觉得那里的寺庙都是真金白银，眼下，有点儿小看这里。想不到，这晚我高烧到四十多度。浙江医院开了病危通知单，杭州陆军疗养院也用最好的检查设备进行复查并维持"原判"。后来，我要求到技术好些的对口的浙一医院住院，当天检查结果反倒一切正常。

这是怎么一回事？对佛教颇有研究的孙永森主任对我说，既然住进医院了，不妨好好地休整一下。出院后，他又提醒我到普陀去一趟吧。说来也怪，打这之后，我就平安无恙。难道，我们有许多事真的是人在做，天在看？

在省级投资岗位，与杭州重点工程联系就愈加直接了。印象中，有几个工程的故事很值得回味。

一个是千年古塔杭州雷峰塔重建工程，使得"一湖映双塔"和"雷峰夕照"景观在消失近80年后重现，西湖中轴线上的五大著名景观因此不再残缺。

但你可知，项目前期工作阻力很大，主要就是对恢复与不恢复，各有各的道理。这个时候，作为我们搞项目审批的人压力山大。

当时的焦点，主要受《白蛇传》传说影响，这是中国最凄美浪漫的爱情神话故事，千家万户都是白娘子的忠实粉丝。而雷峰塔为法海镇压白娘子之处，现在你还要将好不容易倒掉的塔再恢复，让白娘子再吃两遍苦再受两茬罪？说实话，谁都于心不忍。

还有的人，搬出大文豪鲁迅，说他在《论雷峰塔的倒掉》一文中说过："现在，他居然倒掉了，则普天之下的人民，其欣喜为何如？这是有事实可证的。试到吴、越的山间海滨，探听民意去。凡有田夫野老，蚕妇村氓，除了几个脑髓里有点贵恙的之外，可有谁不为白娘娘抱不平，不怪法海太多事的？"

经这么一说，对雷峰塔重建与不建是否爱憎分明？就我个人而言，曾有一个想法，自然雷峰塔已经倒掉几十年，早已成为废墟，如果非要保护，可否在废墟旁建一个历史文化博物馆，其社会效果不一定亚于重建！

后来，再一细想，估计这个方案难以打动人。所以，我又从书架上翻出《鲁迅全集》，想查找鲁迅原著表述的背景，这可能是我多年理论研究养成的喜欢翻书的习惯。

这次我偶然发现，鲁迅还写了另一篇杂文，叫《再论雷峰塔倒掉》。"倘在民康物阜的时候……新的雷峰塔也会再造的罢"，可见先生已有预见。先生初闻雷峰塔倒掉，"欣喜以为何如"，寄寓了对白娘娘的同情、对法海的憎恨。先生接着从该塔遭破坏，进一步深化开来，表示了对那种"与建设无关"的"寇盗式"加"奴才式的破坏"的谴责，并表达了对未来的理想文明社会重建与革新的向往。"我们要革新的破坏者，因为他内心有理想的光"；"无破坏即无新建设"，"但有破坏却未必即有新建设"。先生的话说得很清楚，倒塌的文明需要扶持和复兴，优秀的中华文化更需要继承与发扬。

这真是不看不知道，一看吓一跳。鲁迅这篇《再论雷峰塔倒掉》一文的发现，对后来雷峰塔重建的决策，起到了定海神针的作用。

还有一个项目，是杭州的首个城市综合体项目的落地建设。我们知道，现代都市中，人们的生活节奏愈来愈快，确实需要一个方便、快捷、经济、集多种功能于一体的综合空间，以享受高效率的生活和工作。于是，城市综合体便应运而生。这个项目肯定好，问题是项目选址引发了社会争议。这是一块什么宝地呢？

原来这块地块，从前属于历史悠久的浙江大学湖滨校区，前身是浙江大学医学院，而浙大医学院的前身，又是由1912年中国人自己创办的浙江医学专门学校，与1945年8月创设的国立浙江大学医学院合并而成的浙江医学院，1960年4月改名为浙江医科大学。1998年，它与浙江大学、杭州大学、浙江农业大学合并成立新的浙江大学，并于次年重组成立了浙江大学医学院和药学院。

2005年，浙大湖滨校区地块踏上"腾笼换鸟"转型之路。当年10月25日，在100多轮的竞价后，最终香港嘉里集团以24.6亿元一锤定音，将该地收入囊中。2007年1月6日上午7点17分，浙大湖滨校区三号旧实验楼在一声爆破中轰然倒塌。

从嘉里中心拿到地块之日起便争议不断，争议的焦点，始终集中在楼宇"高度"这一问题上。项目单位在提交的概念性规划方案中，即将建起的香格里拉大酒店，塔楼最高处达85米，成为"西湖第一高楼"，由此将改变杭州西湖边的建筑天际线，改变古城风貌，引起了国内外建筑专家和古城保护专家的强烈批评和质疑。

当时，该地块的《杭州市国有土地使用权出让合同书》中规定：新地块上的建筑基本限高为25米。局部可适当提高，但超过25米部分应控制在总建筑面积的1/4以内，具体提高幅度在方案论证中结合西湖景观分析确定。显然，正是因为"局部可以适当提高，超过25米部分在总建筑面积的1/4以内"这句话，成了日后"纠缠"的一个重要原因。以至于新华社发文说，"西湖会成为被高楼包围的'小盆景'吗？"

在众多质疑声中，嘉里中心的高度在一步步下调。2008年降为

56米，2009年修改后的规划设计方案公开征求意见，其中将楼高调整为48米，但仍未通过审批。

这时，我调到外资处当处长，嘉里中心项目负责人马上找上门，说这个项目审批了7年未果。当时还有一个很形象的说法："公司每天的财务成本达70万元，相当于每天把一辆奥迪商务车开进西湖里，这么多年了，西湖都要被奥迪商务车给填满了。"

我觉得这不是一般项目，既然是引进外资的项目，我们必须信用第一；既然现在争议的楼宇高度已下调，没有新的问题产生，理应进行审批。所以，我把这个项目列为一号工程进行督办。

这就是说，六七年未批的项目，在我手上六七十天就搞定了，最终方案延续的是2009年的方案48米，终于在2012年初获批并公示。2016年，杭州市中心最大综合体——杭州嘉里中心，在原浙大医学院湖滨校区的土地上，终于被揭开了盖头。细心的人发现，如今嘉里中心靠延安路的草坪上，还安放着一块褐色的"校址铭石"，向人们述说着嘉里中心的前世今生。

说到这里，还有杭州九峰垃圾焚烧发电项目，也曾在杭州闹出了很大的风波。这个故事必须要说一说。

2012年8月9日，杭州市政府成立了杭州市九峰垃圾焚烧建设工作领导小组，该工程由市城市建设投资公司三家下属企业共同投资建设。2013年10月，开展项目选址及选址论证报告的编制工作。2014年5月10日上午，余杭区中泰乡及附近地区人员因反对中泰垃圾焚烧厂项目选址，发生了规模性的聚集，少数人蛊惑群众堵截高速焚烧车辆，并围攻警察和过往无辜路人。

这日下午，杭州市召开新闻发布会通报"5·10事件"情况，要求全程确保群众知情权，一定要把这个项目做成能求取最大公约数的项目。余杭区方面称，该项目在没有履行完法定程序和征得大家理解支持的情况下，一定不会开工。

随后，相关部门对九峰垃圾焚烧项目给出了"36问36答"，主要解答市民心中的疑问，为什么要新建垃圾处理设施、为什么要选择垃圾焚烧处理、为什么要选址在九峰等。

当时我就觉得这个项目审批流程上有问题。杭州市城建部门投资的项目，省城建部门审批掉，这是典型的既当裁判员又当运动员。

可笑的是，项目出事之后，投资方按兵不动，让项目属地余杭出面，老实说，一开始余杭压根就不知道这个项目，你让它怎么向群众解释。

庆幸省委主要领导头脑比较清醒，将原内资项目马上调整为外资项目，说白了，就是将原投资业主挤走，真正把世界上有过此类投资经验的团队招引进来。同时，省里又决定将项目审批权转给省发改委，作为时任外资处长的我，当仁不让地接下这一烫手山芋。

为了项目稳步推进，2014年8月18日，光大国际宣布，与杭州市城投及余杭城投签订合作意向书，三方组建项目公司。项目投资额约人民币18亿元，设计总规模为日处理生活垃圾3000吨，主要负责处理杭州中心城区的垃圾，预计每年提供绿色电力约3.9亿千瓦时。项目采用BOT（建造—运营—移交）模式建造，特许经营期30年，光大国际占股70%。

2017年11月30日，光大国际又正式宣布，浙江杭州余杭九峰垃圾发电项目经过18个月的建设，现已顺利通过"72+24小时"试运行，正式投入商业运行。

看到了吗？杭州九峰垃圾焚烧发电项目在筹建初始遇到了"邻避效应"。但在我们审批部门引导下，项目坚持以人民为中心的发展思想，积极做好群众工作，按照"项目不合法不开工、群众不理解不开工"的"两不承诺"，探索建立了政府是主导、企业是主体、群众是主人的"政企民"良性互动机制，严格落实信息公开、全面接受群众监督、达成广泛社会共识，取得了属地群众的充分理解和支持，有力推动了该项目顺利落地建成。

从政府层面，想要化解"邻避效应"，就是要结合地方实际，做好成熟的具体可行的顶层设计，从出台政策、工作实施等方面为后续工作开展提供清晰的思路。

从企业层面，专业领域的实力、公众对企业品牌的认可，是政府和群众选择的首要及必要条件。作为企业主体，要主动意识到并积极承担社会责任。只有一家为政府解忧、为群众及当地区域造福的企业，才能够融入当地社区，与当地环境和谐共生。

一句话，化解"邻避效应"的关键在于一定要充分重视并及时回应群众的诉求，要让属地区域及群众因为垃圾焚烧项目的引进而有所获得。

这个项目建设的成功经验，后来还得到了《人民日报》、"CCTV新闻联播"等国家级媒体的广泛报道推广，书写了破解垃圾焚烧发电项目"邻避效应"这一世界性行业难题的"杭州答卷"。

说起杭州固定资产投资故事，在国际上也有许多成熟经验，像近几年我经手争取到世界银行贷款资金，成功做了杭州富阳区农村污水处理项目，完成了杭州建德市、淳安县绿色环境建设项目，建设了杭州绿色物流项目。

由于工作原因，我曾多次到国外考察学习。记得最后一次从美国归来，正好是国庆节，早已病入膏肓的父亲终于等到我的回国，我也是匆忙在第一时间来到他病床前，这时他头脑仍然非常清醒。

只见父亲上气不接下气地说，之前跟你讲过了，杭城治理一要识人，二要识物，今天再讲一个还要识势。

识什么势？就是要认清形势，现在是一个大变革的时代，城市各项改革不断深化，要随时把握形势的发展走向，特别是杭州城市化进程的变化，我们要紧跟着形势。

就是要把握地势，研究清楚所处的地理方位，这个地方不通高速，突然通了高速，还有一个出口，会带来什么；城郊接合部，可以发挥为城市人做服务的优势；山清水秀的地方，应该发展旅游、养生养老。没有条件也别瞎折腾，以免劳民伤财。条件可以创造，但要因地制宜、量力而行。

还有要顺应趋势，趋势就是规律，要适应规律，要跟着规律走。父亲说，他现在最怕的是城乡一体化后，美丽乡村建设走弯路，如集体产权制度改革，这是推进农村经济发展的基础性工作，必须做扎实，不顺应这个趋势，会给未来留下无尽的隐患。农业生产的基本规律就是家庭经营为主体，尤其是大田作物，古今中外的农业，概莫能外。当年苏联想改变这个规律，搞了一个集体农庄，失败了，我们学习集体农庄，搞人民公社也失败了，不得不回头，再走以家庭经营为主体的路子，这就是规律，农业就要顺应这个规律。有些资本下乡，到农村跑马圈地，结果是"笑着进去，哭着出来"，就是因为不懂这个规律。

父亲的话，几乎都是鸡汤，我相信成功虽然不可复制，但成事人人可学。这时父亲又微笑地对我说，前段时间他参与杭州扶贫工作，将杭州一家建材企业退役的设备，以废铁的价格收购后，转赠给苏北老家。为了不占工作时间，他又请了一个月的事假，带队帮老家新建了一家乡镇建材厂。

我对他竖起大拇指，"老爸，您太伟大了！"他又悄悄回答我："哪里？主要是人家设备七成新。"最后父亲还嘱咐我，有机会应该看一下《风从东方来》这部电影，说那是1959年6月在杭州拍摄外景，它是中国和苏联合作拍摄的彩色宽银幕故事片。不是说不忘城市初心嘛，这部老影片里可以看到当时西湖之畔的湖滨路景象。

在那个娱乐匮乏的年代，这样一部电影很有可能在50年后，像今天的《非诚勿扰》一样，让杭州的城市品牌更具有号召力。遗憾的是，第二年苏联撤走了全部的在华专家，中苏关系开始恶化，使得这部电影受到冷落。

是的，杭州从来都不缺风雅镜头。即便在那个年代，杭州也不曾泯灭浸染在骨子里的风雅气氛。如那时，解放街百货店里的杭州产搪瓷脸盆，印着的是齐白石或徐悲鸿的名画；而鲜艳诱人的杭州产花布，也都是以"柳浪闻莺"或"苏堤春晓"作为商标。

这就是说，如果你没有读懂杭州的历史，你就很难破译杭州的风雅密码。这也是许多年后那些不解杭州风情的非本土房地产企业，在这座江南城市里一直水土不服的原因。

正如从"苦难"到"辉煌"，是伟大转折；从"站起来"到"富起来"，是伟大飞跃。就像诺贝尔奖诗人德里克·沃尔科特在《仲夏》诗中所写的那样："我能够理解博尔赫斯对布宜诺斯艾利斯盲目的爱：一个人怎样去感受在它手中膨胀的城市的街道。"只不过，同样在不断扩张的杭州，我们可否像阿根廷首都布宜诺斯艾利斯那样，滋生出一个世界级的文学大师博尔赫斯？

这样的话，我会大言不惭地说，《杭州传》受益于我的父辈，也得益于杭州这片生我养我的这片土地。

遗憾万分的是，国庆当夜，父亲就静静地也永远地离开了他牵挂的杭州，还有他一直为我惦记着的西子姑娘……每当想起这些，

我自然会情不自禁地泪流满面，

　　是啊，我一直记得父亲对着苍天说："我不要天堂的星星，只要尘世的幸福。"

　　没错，在这里作为杭州一家人，我们没有刻意，也不会后悔，仅仅力求把小我融入大我，渐渐渗透到这座城市的过往，甚至还能眺望到这座城市的未来。

后记

· · ·

发现真实历史与现实真实

尊重历史演变，以更加宽阔的视野、更多人物的描写，通过感人的故事、丰富的细节与文学化的表达，生动地述说有着8000年跨湖桥文化、5000年良渚文化，吴越国和南宋的都城，拥有西湖、大运河、良渚古城遗址三大世界文化遗产的杭州的前世今生，让人读懂这座城。

我算是土生土长的杭州人，能把为党尽忠、为国尽职、为民尽责，与建设家乡、服务家乡、回报家乡统一起来，是我今生莫大幸福和荣光。经过人生风风雨雨，历经工农兵学商党政而练达，既增长了我智识的厚度，也拉升了我做人的高度，倍感欣慰的是，没有辜负光阴，除了小学、中学在祖籍地苏北外，能把人生最成熟、最宝贵的年华奉献给杭州这片大地。

之前以杭州为蓝本写过几个中篇，但真正想写这本书，那是七八年前，单位派我参加在杭州召开的二十国集团工商峰会的有关筹备，当时有人提出，这个时候手上最好有本《杭州传》，可以向中国和世界讲好杭州的故事。

后来G20开幕式上，国家主席习近平出席并发表主旨演讲时，为杭州做了精彩的推介："杭州是中国的一个历史文化重镇和商贸中心，有千年以上的历史了。千百年来，从白居易到苏东坡，从西湖到大运河，杭州悠久历史和文化传说引人入胜。杭州是创新活力之城，电子商务蓬勃发展，在杭州点击鼠标连通的是整个世界。杭州也是生态文明之都，山明水秀，晴好雨奇，浸透着江南的韵味，凝结着世代匠心。"

毕竟在这里工作了6个年头，习主席熟悉这里的山水草木、风土人情，别说杭州的水、杭州的山都走过，还参与和见证了这里的发展。应该说，在中国像杭州这样的城市有很多，在过去几十年经历了大发展、大变化，许许多多普通家庭用勤劳的双手改变了自己的生活，这一点一滴的变化集合起来就是磅礴的力量，推动着中国的发展进步，折射着中国改革开放伟大的进程。

所以，本书写作首次从历史文化名城来反映一座城市的悲欢与离合，从创新活力之城来反映一座城市的躁动与激情，从生态文明之都来反映一座城市的风物与淳美。同时，也是首次从高质量共富之城来反映一座城市的往事与沉思。前几天主持浙江省报告文学创委会活动，澎湃新闻副总编胡宏伟问我："《杭州传》是写历史，还是写现实？"我说："大约四六开吧，历史占40%，现实占60%。"

感谢杭州市文联第一时间将本书列为文艺精品工程扶持项目，极大鼓励了我写作的信心和勇气。感谢杭州市委宣传部原部委会议成员马立群提供了全书图片。

为了写作本书，主要参考书单有王国平总主编的《杭州全书》丛书，文献集成、研究报告、通史、辞典等，总数约380本，有《干在实处 勇立潮头——习近平浙江足迹》，王济民主编《杭州人手册》，贾冬婷、杨璐《我们为什么爱宋朝》，李磊《中国乡村地理——南宋皇城根》，孙跃《西湖边的王朝》，王旭烽《走读西湖——从湖西开始的风雅之行》，张程《脆弱的繁华——南宋的一百五十年》，联合调研组《美丽中国的杭州风景》，杭州市统计局《中国共产党成立百年杭州经济社会发展报告》，我与孙侃合作的《美丽中国这样走来》，还有我的老师夏坚勇写的《绍兴十二年》《庆历四年秋》等图书，在这里一并鸣谢。

感谢九州出版社负责人张万兴，责任编辑姬登杰，为人作嫁衣的辛劳。

感谢浙大正呈科技有限公司、杭州临平开发投资集团有限公司、杭州文投喜牛文化公司、杭州浙企智库有限公司、杭州市公共关系协会、上虞远景创投基金、杭州阿明网络科技有限公司、龙兴（杭州）航空电子有限公司、杭州市服务业联合会、杭州中南集团、浙江环晟保险、余杭丝绸城、杭州播芳传媒等企业，对本书采访发行给予的帮助和支持。

人间江南，天堂杭州。愿我们在这个春日，有清风拂面，有良人知心，不负时光不负卿，不负时空不负云。一句话，《杭州传》受益于不朽的历史，更得益于生我养我的杭州这片土地。

张国云

二〇二三年二月二十日于杭州丰潭欣苑